L'enfant du train

RUTH DRUART

Traduit de l'anglais (Royaume-Uni)
par Karine Xaragai

City
Poche

Publié pour la première fois au Royaume-Uni par Headline Review,
une marque de Headline Publishing Group sous le titre *While Paris Slept.*
Couverture : Joanna Czogala/Arcangel

ISBN : 978-2-8246-2071-8
Code Hachette : 49 4004 7

Collection dirigée par Christian English & Frédéric Thibaud.
Catalogue et manuscrits : city-editions.com

Dépôt légal : Juin 2022

À Jeremy, à Joachim et à Dimitri
qui m'ont inspiré cette histoire.

Et à la mémoire de ma grand-mère,
Diana White.

« Sacrifions un jour
pour avoir peut-être toute la vie. »

VICTOR HUGO, *LES MISÉRABLES*

Première partie

1

Jean-Luc

Santa Cruz, 24 juin 1953

Jean-Luc approche le rasoir de sa joue. L'espace d'une fraction de seconde, il ne se reconnaît pas dans le reflet que lui renvoie le miroir de la salle de bains. Le rasoir en l'air, il se regarde droit dans les yeux, perplexe. Il a pris un petit quelque chose d'Américain. C'est là, dans ce hâle sain, ces dents blanches, mais autre part, aussi. Dans ce menton qu'il lève avec assurance ? Dans ce sourire confiant ? Quoi que ce soit, cela lui plaît. Faire Américain, c'est une bonne chose.

Une serviette autour des reins, il retourne dans la chambre lorsqu'une forme sombre attire son regard au-dehors. C'est une Chrysler noire qui roule au pas et s'arrête juste derrière le chêne. Étrange. Qui cela peut-il bien être à 7 heures du matin ? L'esprit ailleurs, il regarde la voiture quand une bonne odeur de beurre chaud le tire de sa rêverie. Des crêpes… En bas, le petit déjeuner est prêt.

En entrant dans la cuisine, il embrasse Charlotte sur la joue, puis ébouriffe les cheveux de son fils en guise de bonjour. Un coup d'œil à la fenêtre lui confirme que la voiture est toujours là. Un homme filiforme s'extrait du siège conducteur en se dévissant le cou pour regarder alentour… À la manière d'un pélican, songe Jean-Luc.

Un robuste gaillard émerge à son tour du côté passager et les deux hommes se dirigent vers la maison.

La sonnette tranche la chaleureuse ambiance matinale comme un coup de couteau. Charlotte lève les yeux.

— J'y vais.

Mais Jean-Luc est déjà en chemin. Il ôte la chaîne de sécurité et ouvre la porte.

— Monsieur Bow-Champs ? demande l'homme-pélican sans sourire.

Jean-Luc jauge l'individu d'un coup d'œil : costume bleu marine, chemise blanche, cravate passe-partout, regard arrogant. En temps ordinaire, il ne relève pas lorsqu'on écorche son nom de famille, mais ce matin, il se sent piqué dans son orgueil. Peut-être à cause de l'aplomb de cet homme qui vient sonner chez lui de si bonne heure.

— Ça se prononce Beauchamps, rectifie-t-il. C'est français.

Le regard de l'homme-pélican se durcit presque imperceptiblement et il avance le pied dans l'embrasure de la porte.

— Oui, on sait que c'est français, mais ici, on est en Amérique.

Sa chaussure noire brille sur le seuil. Il cherche à voir au-delà de Jean-Luc, à l'intérieur de la maison, puis, dans un craquement de cervicales, il tourne la tête vers l'abri à voitures et esquisse un petit sourire en apercevant la Nash 600 flambant neuve.

— Je suis M. Jackson et voici M. Bradley. Nous aimerions vous poser quelques questions, monsieur Bow-Champs.

— À quel sujet ?

Jean-Luc en rajoute dans l'étonnement, mais sa voix sonne faux à ses propres oreilles – une octave trop haut. Les bruits assourdis du petit déjeuner lui parviennent de la cuisine : les assiettes qu'on empile, le rire léger de son petit garçon. Ces bruits familiers résonnent autour de lui tel un rêve lointain. Il ferme les yeux, s'agrippant avec la force du désespoir à une réalité qui lui échappe. Le cri perçant d'une mouette le ramène au présent. Son cœur cogne vite et fort dans sa poitrine, comme un oiseau affolé contre une vitre.

Bradley, le grand baraqué, se penche vers lui pour lui demander à voix basse :

— Avez-vous été admis au County Hospital il y a six semaines, pour un accident sur la voie publique ?

L'homme tend le cou en avant, comme s'il espérait glaner quelques indices sur l'intimité de leur foyer.

Le cœur de Jean-Luc s'emballe.

— En effet, oui. En prenant un tournant trop vite, j'ai été renversé par une voiture. *(Il s'interrompt, le souffle court.)* J'ai perdu connaissance.

Le nom du médecin lui revient subitement. Wiesmann. Tandis qu'il cherchait péniblement à retrouver ses esprits, ce docteur n'avait cessé de le bombarder de questions. « Depuis combien de temps vivez-vous en Amérique ? » « D'où vous vient cette cicatrice au visage ? » « Vous n'avez qu'un doigt et un pouce à la main gauche, c'est de naissance ? »

Bradley toussote.

— Monsieur Bow-Champs, nous aimerions que vous nous suiviez jusqu'à l'hôtel de ville.

— Mais pourquoi ? croasse Jean-Luc, la gorge serrée d'angoisse.

Les deux hommes le dévisagent sans bouger, les mains dans le dos, le torse bombé comme pour lui barrer le passage.

— Il vaudrait mieux discuter de tout ça là-bas plutôt qu'ici, sur le pas de la porte, au vu et au su de vos voisins.

Jean-Luc frémit sous la menace voilée.

— Mais qu'est-ce que j'ai fait ?

Bradley pince les lèvres.

— Il ne s'agit que d'une enquête préliminaire. Nous pourrions tout aussi bien nous faire assister par la police, mais à ce stade de l'affaire, nous préférons d'abord… tirer les choses au clair. Je suis sûr que vous comprenez.

Non, je ne comprends rien ! voudrait-il hurler. *Je ne sais pas de quoi vous parlez.* Au lieu de quoi, il marmonne un assentiment :

— Accordez-moi dix minutes.

Et leur claquant la porte au nez, il retourne dans la cuisine.

Charlotte est en train de faire glisser une crêpe sur une assiette.

— C'était le facteur ? lui demande-t-elle sans lever la tête.

— Non.

Elle le transperce de son regard brun, vaguement inquiète.

— Deux enquêteurs… Ils sont venus me chercher pour que je réponde à certaines questions.

— À propos de l'accident ?

— Je n'en sais rien. J'ignore ce qu'ils me veulent. Ils refusent de me le dire.

— Comment ça, ils refusent de te le dire ? Mais ils n'ont pas le droit. Ils ne peuvent pas te demander de les suivre sans raison.

La couleur s'est retirée de son visage.

— Ne t'inquiète pas, Charlotte, je pense qu'il vaut mieux que j'y aille. Pour mettre les choses au point. Il ne s'agit que de quelques questions…

Leur fils a cessé de mastiquer ; il les regarde, l'air soucieux.

— De toute façon, je serai de retour très vite, affirme Jean-Luc d'un ton qui ne le convainc pas lui-même. Tu pourras appeler le bureau pour les prévenir que je serai en retard ? Et toi, Sam, passe une bonne journée à l'école.

Le silence s'est abattu sur la maison, comme le calme avant la tempête. Jean-Luc ressort aussitôt de la cuisine. Du calme. Il doit se comporter de façon normale. Normale. Ce n'est qu'une formalité. Que pourrait-on lui vouloir ?

Dix minutes. Vite, il ne faut pas que les hommes sonnent de nouveau. Jean-Luc monte les marches quatre à quatre. Dans la chambre, il ouvre le tiroir de la penderie et parcourt du regard les cravates enroulées sur elles-mêmes tels des serpents. Il choisit la bleue à pois gris. L'apparence, c'est primordial dans ce genre de situation. Il ôte sa veste du cintre et redescend.

Charlotte l'attend sur le seuil de la cuisine, anxieuse. Il écarte avec douceur la main qu'elle porte nerveusement à la bouche pour embrasser ses lèvres froides, en la regardant droit dans les yeux. Puis il tourne les talons.

— Salut, fiston !

— Salut, papa ! À tout à l'heure !

— À plus tard… mon lascar.

Une fois de plus, ses mots sonnent faux.

Conscient du regard de Charlotte sur sa nuque, il ouvre la porte d'entrée et suit les deux hommes jusqu'à la Chrysler noire. Il prend une profonde inspiration, forçant l'oxygène à se frayer un passage dans son abdomen. Il se souvient maintenant d'avoir entendu l'orage éclater en pleine nuit ; l'odeur de la terre gorgée d'eau lui monte aux narines. Elle commence déjà à s'évaporer. Bientôt, l'air sera chaud et humide.

Le trajet se déroule dans un silence de mort. La voiture passe devant les maisons familières avec leurs vastes pelouses ouvertes qui s'étendent jusqu'au trottoir, puis devant la papeterie, la boulangerie, le marchand de glaces. Toute cette vie qu'il a appris à aimer.

2

Charlotte

Santa Cruz, 24 juin 1953

Je continue de regarder par la fenêtre de la cuisine, bien que la voiture noire ait disparu. Le temps s'est arrêté. Je ne veux pas qu'il reprenne son cours.

— Maman, ça sent le brûlé.

— *Merde !*

J'ôte vivement la poêle du feu et je fais glisser la crêpe carbonisée dans l'évier. Les volutes de fumée me piquent les yeux et me font pleurer.

— Je vais t'en faire une autre.

— Non, merci maman. J'en peux plus.

Sam saute du tabouret et file comme une flèche.

Je regarde autour de moi, prise de panique devant la scène du petit déjeuner interrompu. Il faut que je me ressaisisse. Je gravis l'escalier à pas lents et je me dirige vers la salle de bains. Je m'asperge le visage d'eau froide, j'enfile la robe que je portais hier et je redescends.

Sur le chemin de l'école, Sam gambade à mon côté.

— Maman, qu'est-ce qu'ils lui veulent, ces gens, à Papa ?

— Je n'en sais rien, Sam.

— D'après toi, c'est pour quoi, maman ?

— Je n'en sais rien.

— C'est peut-être pour un cambriolage…

— Quoi ?

— Ou un meurtre !

— Sam, tais-toi.

Il cesse de sautiller comme un chiot et adopte une démarche traînante. Mon cœur se serre de culpabilité, mais des soucis plus graves m'occupent l'esprit.

Nous arrivons à la grille de l'école alors que les autres mamans repartent déjà chez elles.

La voix de Marge s'élève du petit groupe.

— Salut, Charlie ! Tu es en retard, aujourd'hui. Tu passes prendre un café, tout à l'heure ?

Je mens avec aplomb :

— Bien sûr !

Après avoir déposé Sam, je m'attarde devant le portail, le temps de laisser les autres mères prendre de l'avance. Puis je rentre chez moi à pas comptés, menacée par un immense sentiment de solitude. Je serais presque tentée d'aller le prendre avec les autres, ce café, si cela n'était pas trop dangereux. Mais je risquerais de me trahir dans le feu de la conversation. Certes, il y a peu de chances pour qu'une voisine ait été témoin de la scène de ce matin, mais si jamais l'une d'elles a vu ces deux hommes emmener Jean-Luc, il faudrait que j'aie une histoire plausible à leur fournir. Parce qu'elles voudront tout savoir, dans les moindres détails. Oui, mieux vaut éviter tout contact pour le moment.

Une fois rentrée, je passe nerveusement de pièce en pièce : je retape les coussins du sofa, je fais la vaisselle du petit déjeuner, j'arrange les magazines sur la table basse. De toute façon, il ne sert à rien de se faire du souci ; après tout, ils ont parlé de lui poser quelques questions, rien de plus. Je ferais mieux de m'occuper les mains à quelque chose d'utile, ça me changera les idées. Tondre la pelouse, par exemple, ce sera déjà ça que Jean-Luc n'aura pas à faire.

Chaussures de jardin aux pieds, je sors la tondeuse du garage. J'ai déjà vu Jean-Luc la faire démarrer. Je tire d'un coup sec sur le cordon. Rien ne se passe. Je recommence. Quelque chose crachote à l'intérieur avant de retomber aussitôt. Je m'escrime encore plus fort sur le cordon et soudain, le moteur se met à ronronner, m'entraînant dans son élan. La fumée dégage une forte odeur d'essence, mais ça n'est pas vraiment déplaisant.

Bercée par la régularité de la tonte, je suis déçue de finir si vite. La tondeuse remisée au garage, je retourne à l'intérieur.

Et si je faisais le ménage du salon ? Ça ne serait pas du luxe. Mais en tirant l'aspirateur de sous l'escalier, je me souviens que je l'ai passé pas plus tard qu'hier. Vaincue, je me laisse glisser par terre, le gros tuyau de l'aspirateur à la main.

Les souvenirs me submergent. Le passé, Jean-Luc m'empêche de l'évoquer. Toujours pragmatique, il m'a toujours recommandé de le laisser à la place qui est la sienne : loin derrière moi. Comme si c'était aussi simple ! J'ai bien essayé, franchement, mais quand je dors à poings fermés, je ne contrôle pas les rêves dans lesquels je revois ma mère, et mon père. La maison. Ces rêves me laissent en proie à une nostalgie tenace, à une absence qui continue de hanter mon présent. J'ai pourtant repris contact avec mes parents ; dans mes lettres, je leur ai dit que nous nous étions installés ici, que nous avions trouvé un endroit où faire notre vie. Ma mère m'a répondu : un message bref, cassant, dans lequel elle m'expliquait que papa n'était pas encore prêt à me revoir. Il ne m'avait toujours pas vraiment pardonnée.

Je retourne lentement me poster à la fenêtre de la cuisine. Je donnerais tout pour que Jean-Luc rentre à la maison. Relâché après cet interrogatoire, blanchi de tout soupçon. Mais la rue est déserte.

Au loin, un moteur de voiture trouble le silence. Mon cœur s'emballe. Le nez collé à la vitre, je scrute l'extérieur. *Mon Dieu, je vous en supplie, faites que ce soit lui !* Un capot d'un bleu familier surgit à l'angle de la rue. Je cesse de respirer. Mais non… ce n'est que Marge, ma voisine d'en face. Je la regarde se débattre avec ses sacs de courses pendant qu'un des jumeaux court après son frère autour de la voiture. Elle jette un coup d'œil dans ma direction. Je m'écarte vivement derrière les rideaux en dentelle. Secrets et mensonges. Que sait-on vraiment de ses voisins ?

Je n'ai aucune envie de croiser quelqu'un, aujourd'hui. Si jamais une voisine a vu la voiture noire qui a emmené Jean-Luc ce matin, toutes les mamans sont déjà au courant. Je les imagine se perdant en conjectures, s'échauffant les unes les autres. Décidément, je dois rester à l'écart, mettre de la distance entre moi et les autres. Et si j'allais faire des courses dans une autre ville, quelque part où je ne risquerais pas de tomber sur une connaissance ? Un lieu vaste et anonyme, comme l'un de ces immenses supermarchés.

Je prends mon sac ainsi que les clés au crochet de l'entrée et je me glisse discrètement dans la voiture. Vitres baissées, je file vers le nord par la route de la côte, les cheveux au vent. J'aime la vitesse : elle me donne un sentiment de liberté et d'indépendance. Je peux prétendre être quelqu'un d'autre.

Au bout d'une demi-heure, j'aperçois le panneau du Lucky Store. À la sortie de l'autoroute, je suis les flèches jusqu'à un parking rempli de breaks. Il y a aussi un de ces restaurants à hamburgers, et un manège. Sam adorerait ; nous devrions peut-être l'emmener ici, un samedi, passer la journée en famille. D'ordinaire, j'évite ce genre de grandes surfaces, je préfère faire mes emplettes chez les commerçants du quartier : je peux demander à l'épicier ses pommes les plus croquantes ou au boucher son morceau le plus maigre. Ils prennent toujours le temps de me choisir leurs meilleurs produits, heureux de pouvoir satisfaire une cliente exigeante sur la qualité.

Je me sens mal à l'aise dans les allées interminables de ce supermarché débordant de denrées bariolées. Des femmes au foyer arborant jupe évasée, escarpins et ondulations poussent d'énormes chariots où s'entassent boîtes de conserve et emballages en plastique. Rattrapée par le mal du pays, je regrette la maison, je regrette Paris.

Du poulet, voilà ce que je vais préparer pour ce soir, du poulet au citron. C'est le plat préféré de Jean-Luc.

À mon passage en caisse, les deux barquettes de blancs de poulet, le litre de lait et les quatre citrons ont l'air tout perdus au fond de mon grand chariot, mais je ne suis pas arrivée à me concentrer sur ce dont nous aurions besoin pour la semaine. Le regard goguenard de la caissière augmente mon malaise.

— Vous voulez que je vous aide à tout mettre dans un sac, madame ?

Se moque-t-elle de moi ?

— Non, merci. Je vais le faire.

Mon estomac se met à gargouiller bruyamment alors que je dépose mon unique sac en papier brun dans le coffre de la voiture. Je n'ai pas pris de petit déjeuner. Je devrais peut-être m'acheter un hamburger, mais la seule idée de mordre dedans me soulève le cœur. Je rentre à la maison en priant pour que Jean-Luc soit revenu.

La voiture garée dans l'allée, je me hâte vers la porte d'entrée. Elle est fermée à clé. Jean-Luc n'est pas là, évidemment. Comment ai-je pu croire qu'il m'attendrait à la maison ? Même si on l'a laissé repartir, il est allé droit à son travail. Il craignait d'être en retard, ce matin.

Déjà 15 heures. Je dois aller chercher Sam dans trente minutes. Il vaut sans doute mieux que j'arrive en retard, aujourd'hui. Sinon, je vais devoir papoter avec les autres mamans. Bien sûr, Sam pourrait rentrer à pied – certains de ses copains le font – mais j'adore aller le chercher à l'école : c'est le meilleur moment de ma journée. Quand j'étais petite, à Paris, toutes les mamans allaient chercher leurs enfants avec un morceau de baguette fourré d'une barre de chocolat noir. Attendre mon fils devant la grille à la fin de sa journée d'école, c'est comme une tradition familiale pour moi. Mais aujourd'hui, pour la première fois, j'aurai cinq minutes de retard. Cela me laisse encore vingt-cinq minutes à tuer.

Je mets le poulet au frigo et je me lave les mains en me récurant les ongles avec la vieille brosse à dents que je garde à cet effet sur le rebord de la fenêtre. La voix de mon père résonne dans ma tête. « Des ongles propres, c'est la marque d'une personne soignée », disait-il chaque fois que je me faisais prendre avec les ongles sales. « C'est comme pour les chaussures, ajoutait-il souvent. On peut juger quelqu'un rien qu'à l'état de ses ongles et de ses chaussures. »

« Pas en Amérique », lui répondrais-je aujourd'hui, si je le voyais. « En Amérique, ce sont les cheveux et les dents. »

En remettant la brosse dans son pot, je ne peux m'empêcher de penser à Jean-Luc, inquiète. Mon estomac recommence à gargouiller. La tête me tourne. Il faudrait que je mange quelque chose de sucré. J'attrape la boîte en fer-blanc sur l'étagère du haut et j'en sors deux cookies. J'en emballe un pour Sam dans du papier alu et je partage l'autre en deux. J'en grignote une moitié, craignant que cela me donne des crampes d'estomac, mais au contraire, je me sens tout de suite mieux. Du coup, j'avale l'autre moitié.

Vingt minutes se sont écoulées. Je monte dans notre chambre. Assise à ma coiffeuse, je sors du premier tiroir la brosse en véritable soie de sanglier et je fais briller mes cheveux avec application. Le miroir me rappelle que je suis encore séduisante : pas de ridules, pas de cheveux gris et pas de relâchement sous le menton. De l'extérieur, tout va bien. C'est mon cœur qui a l'impression d'avoir cent ans.

Je vais lisser la courtepointe confectionnée par la communauté amish de Pennsylvanie : des centaines d'hexagones parfaits, assemblés à la main. Nos premières vacances ensemble. Sam commençait à marcher. Encore mal assuré sur ses petites jambes, il s'était pris quelques pelles. Je me revois trottinant devant lui, prête à le rattraper au vol.

Encore dix minutes à attendre. Je redescends, déambule d'une pièce à l'autre. Enfin, j'ouvre la porte d'entrée. Assaillie par l'éclat du soleil, je rentre chercher un chapeau. Dans l'allée, je m'interroge pour la énième fois sur la passion des Américains pour les jardins ouverts, sans haies ni murs de brique. N'importe qui peut entrer, s'approcher de la maison et regarder par la fenêtre. Quelle différence avec les jardins français, toujours ceints de hauts murs ou d'épais buissons propres à décourager les indésirables !

Jean-Luc, lui, adore ces espaces non clôturés. D'après lui, ce qui s'est produit en France n'aurait jamais pu se passer en Amérique parce qu'ici, la franchise est de rigueur : personne ne se serait caché derrière des volets fermés pendant que serait emmené le voisin qu'on aurait soi-même dénoncé. Je n'aime pas quand Jean-Luc tient ce genre de discours, en idéalisant son pays d'adoption. C'est plus fort que moi, je le trouve déloyal envers la France. Des années de faim, de peur et de privations suffisent à transformer quelqu'un de bien en salaud.

— Charlie ! m'apostrophe Marge, du jardin d'en face, interrompant mes réflexions. Où étais-tu passée ? On a pris le café chez Jenny. On pensait que tu viendrais.

— Désolée.

Le cœur me manque, ma main se porte par réflexe à ma bouche comme pour dissimuler le mensonge que je m'apprête à proférer.

— J'avais des courses à faire. Je suis allée au Lucky Store.

— Quoi ? Tu es allée là-bas toute seule ? Je croyais que tu détestais ces immenses centres commerciaux. Tu aurais dû me le dire, je serais venue avec toi.

— Je regrette d'avoir manqué le café.

— Bah, ce n'est pas grave. On ira le boire vendredi chez Jo. Écoute, j'ai un service à te demander. Tu peux aller chercher Jimmy, s'il te plaît ? Je dois emmener Noah chez le docteur. Il a de la fièvre et je n'arrive pas à la faire tomber.

— Bien sûr.

Je m'efforce de sourire, mais j'ai l'impression de trahir mes voisines de longue date.

Marge s'épanouit.

— Merci, Charlie.

En progressant vers l'école, je me souviens de l'accueil chaleureux que nous avaient réservé nos voisins à notre arrivée à Santa Cruz, il y a neuf ans. Dans la semaine, tout le monde nous avait invités, et pas que pour l'apéritif, pour un grand barbecue. J'avais été touchée par cette réunion amicale, par tous ces gens qui nous démontraient avec enthousiasme leur joie de compter une nouvelle famille dans le quartier. À peine le portail franchi, nous nous étions retrouvés un verre à la main : une grosse chope de bière pour Jean-Luc et un ballon de vin blanc pour moi. Tout le monde était aux petits soins pour Sam qu'on avait installé à l'ombre d'un arbre sur sa couverture de bébé, entouré de jouets de toutes les couleurs. Une grande fête conviviale, sans cérémonie. Apparemment, tout se passait à la bonne franquette : dès qu'un steak était prêt, les invités se pressaient vers le barbecue. J'avais accepté avec reconnaissance l'assiette garnie qu'un invité m'avait tendue. On s'asseyait où l'on voulait, on tirait des chaises en bois pour se joindre à tel ou tel groupe.

Tout était si différent de Paris ! Les quelques fois où mes parents donnaient un dîner, ils élaboraient des plans de table. Les invités attendaient pour s'asseoir que la maîtresse de maison leur indique leur place. Et on ne servait pas à boire avant que tout le monde ne soit arrivé. Maman se plaignait souvent d'untel ou d'unetelle qui était toujours en retard et les faisait tous attendre une heure avant qu'ils ne puissent commencer l'apéritif. De toute façon, la guerre avait mis un terme à ce genre de soirée.

Ici, il semblait n'y avoir aucune règle en société. Les femmes bavardaient avec moi sans réserve, répandant leurs rires en cascade ; les hommes, eux, me taquinaient sur mon accent, « tellement sexy ». J'étais sous le charme, et Jean-Luc encore plus. Il était tombé amoureux de l'Amérique dès le premier jour. S'il avait le mal du pays, il n'en parlait pas. Pour lui, tout était merveilleux, extraordinaire, ici : l'abondance de nourriture, la convivialité des gens, la facilité avec laquelle on pouvait tout acheter. « C'est le Rêve américain, répétait-il. Nous devons apprendre à nous exprimer dans un anglais impeccable. Pour Samuel, ce sera plus simple, ce sera sa langue maternelle et il pourra nous aider. »

Samuel était très vite devenu Sam, Jean-Luc John et moi, Charlie. Nous avions été américanisés. D'après Jean-Luc, c'était le signe que nous avions été acceptés ; en remerciement pour cet accueil chaleureux, nous devions éviter de parler français. Sinon, nous aurions eu l'air de ne pas vouloir nous intégrer. Du coup, nous ne nous exprimions qu'en anglais, même entre nous. Je comprenais très bien ce point de vue, mais j'étais triste de ne pas pouvoir endormir Sam avec les berceuses que me chantait ma mère quand j'étais petite. Cela m'éloignait encore plus de ma famille, de ma culture, modifiait notre mode de communication, notre façon d'être. Je continuais d'aimer Jean-Luc de toute mon âme, mais entre nous, ça n'était plus pareil. Il ne me murmurait plus *mon cœur, mon ange, mon trésor*. Désormais, j'avais droit à *darling*, *honey* ou, pire, *baby*.

La cloche interrompt le cours de mes pensées. Les enfants envahissent la cour de récréation et partent chacun à la recherche de leur mère. Sam se reconnaît de loin, ses cheveux bruns brillent dans la masse de têtes blondes. Son teint olivâtre et ses traits fins indiquent eux aussi des origines différentes. Une voisine m'a dit un jour que de si longs cils, c'était gâché sur un garçon. Comme si la beauté pouvait être gâchée sur quiconque. Quelle drôle d'idée !

Sam m'a repérée. Il me gratifie de son petit sourire en coin, semblable à celui de Jean-Luc. À neuf ans, il est trop grand pour se précipiter vers moi comme un bébé, il finit de discuter avec ses copains avant de se diriger vers moi avec une nonchalance étudiée.

Je l'embrasse sur les deux joues, consciente de le mettre à la torture, mais c'est plus fort que moi. Et puis, un moment de honte de temps en temps, cela forge le caractère.

— Va dire à Jimmy qu'il rentre avec nous, dis-je.

— Chouette !

Il repart en courant, se fige et fait volte-face.

— Papa est rentré ?

— Pas encore.

Sans un mot, il part chercher Jimmy à pas lents.

À leur retour, je sors le cookie aux pépites de chocolat que je partage en deux. Jimmy engouffre sa moitié tout entière.

— Il y en a d'autres à la maison, dis-je.

— Ouais ! s'écrie Jimmy en partant à fond de train. Viens, Sam !

Mais Sam continue d'avancer avec moi.

Jimmy a disparu à l'angle de la rue. Je pose la main sur l'épaule de mon fils.

— Ne t'en fais pas, papa sera bientôt de retour.

— Mais qu'est-ce qu'ils lui voulaient, ces hommes ?

— On en reparlera plus tard, Sam.

— Bouh !

Jimmy a bondi devant nous.

Je pousse un cri de frayeur.

— Désolé, articule-t-il, plié en deux par un fou rire.

Une fois calmés les battements de mon cœur, je feins de rire de sa blague, moi aussi, pour redonner de la légèreté à l'instant.

Jimmy attrape Sam par le bras et ils partent en courant.

À la maison, je pose la boîte de cookies sur la table de la cuisine.

— Prenez-en autant que vous voulez.

Jimmy me regarde avec de grands yeux, souriant d'une oreille à l'autre.

— Wouah, merci…

Les voir se régaler de mes cookies me procure un peu de réconfort.

— Ce sont les meilleurs que tu aies jamais faits, maman, déclare Sam, des miettes aux commissures des lèvres.

Jimmy opine du chef, la bouche trop pleine pour prononcer un mot.

— Vous aimeriez que j'en fasse pour toute votre classe ?

Sam me jette un regard noir, jaloux.

— Non, merci. Rien que pour nous.

J'ai envie de le serrer dans mes bras, de lui dire qu'il n'a rien à craindre. Que mon amour pour lui est plus vaste que l'océan, qu'il ne se tarira jamais. Au lieu de quoi, je commence à préparer le repas. Je presse les citrons après en avoir râpé le zeste, je mets le tout dans un saladier et j'émince les blancs de poulet que je plonge dans la marinade. Je ne suis pas de recette particulière : c'est ainsi que maman préparait le poulet au citron du dimanche, avant la guerre.

3

Jean-Luc

Santa Cruz, 24 juin 1953

Ils se garent devant l'hôtel de ville. Jackson coupe le moteur et regarde longuement Jean-Luc dans le rétroviseur. Puis son collègue et lui descendent de voiture, attendant que Jean-Luc sorte à son tour. Mais il n'est pas pressé, il serait même tenté d'attendre qu'on lui ouvre la portière. La perspective en serait modifiée. Et les détails, ça compte. Bradley cogne à la vitre avec brusquerie. Un son dur, que Jean-Luc reçoit dans son plexus noué d'angoisse. Mais pourquoi a-t-il donc si peur ? C'est complètement irrationnel, il n'a rien fait de mal. Il ouvre enfin la portière et émerge dans le soleil du matin.

Les trois hommes gravissent les marches sans dire un mot et franchissent l'imposante double porte. Il est encore tôt, ce qui explique sans doute que les lieux soient déserts. Les deux hommes le guident en bas d'un escalier, le long d'un couloir chichement éclairé, puis le font entrer dans une pièce sans fenêtre. Bradley appuie sur l'interrupteur : un néon se met à bourdonner puis à clignoter avant d'inonder la pièce d'une lumière blanche et crue. Une table en Formica, trois chaises en plastique à pieds métalliques, voilà pour le mobilier.

— Ça risque de durer un petit moment… Prenez place.

Bradley tire de sa poche de poitrine un paquet de cigarettes tout écrasé et le tapote sur la table avant de le présenter à Jackson. Les deux hommes s'allument une cigarette sans quitter Jean-Luc du regard.

Assis sur sa chaise, Jean-Luc croise les bras, puis les décroise en ébauchant un pâle sourire. Il veut leur faire comprendre qu'il est heureux de coopérer, qu'il est prêt à leur dire tout ce qu'ils veulent savoir.

Les deux hommes restent debout, le visage dur et impassible. La peau grasse de Bradley luit sous le néon, révélant des marques de petite vérole rouge vif. Il tire profondément sur sa cigarette, s'emplit les poumons de fumée, puis exhale lentement un épais brouillard.

— Monsieur Bow-Champs, comment vous êtes-vous fait cette cicatrice au visage ? Elle est très particulière…

Jean-Luc se remémore des situations similaires : dans de tels cas, mieux vaut ne rien provoquer. La passivité, c'est la meilleure attitude. Sinon, il risque de sembler sur la défensive. *Ne les prends pas à rebrousse-poil. Reste calme.* Une goutte de sueur dégouline le long de ses côtes.

— Je me suis fait ça pendant la guerre, murmure-t-il.

Bradley regarde Jackson d'un air surpris.

— Et où ça ? demande ce dernier.

Jean-Luc hésite. Peut-il leur servir la version qui a toujours été la sienne jusque-là, à savoir qu'il a été touché par un éclat d'obus lors d'un bombardement à Paris ? Mais d'instinct, il comprend que ça ne va pas marcher.

Bradley se penche vers lui en le regardant droit dans les yeux.

— Et qu'est-ce que vous faisiez pendant la guerre ?

Jean-Luc le regarde droit dans les yeux.

— Je travaillais à Bobigny… À la gare.

Bradley hausse un épais sourcil.

— À Drancy ?

Jean-Luc acquiesce.

— Le camp de concentration de Drancy ?

À nouveau, Jean-Luc opine. Il se sent acculé, forcé d'être en accord avec les faits. Mais les faits ne racontent pas toute l'histoire.

— Là où des milliers de Juifs ont été envoyés à la mort, déportés à Auschwitz ?

— J'étais cheminot, je m'occupais juste de l'entretien des voies, précise Jean-Luc en soutenant son regard.

Il refuse d'être le premier à détourner les yeux.

— Afin de garantir le bon fonctionnement des trains…

— Je ne faisais que mon travail.

Bradley rougit de colère, la peau encore plus luisante.

— Vous ne faisiez que votre travail ? Le couplet habituel ! Vous étiez bien sur les lieux, non ? Vous avez donc été un complice actif.

— Jamais de la vie !

— Drancy était un camp de transit, n'est-ce pas ? Et vous les avez aidés à déporter les Juifs à Auschwitz.

— C'est faux ! J'ai voulu les en empêcher ! J'ai même essayé de saboter une voie ferrée. Ça m'a même valu un séjour à l'hôpital.

— Ah oui ? fait Bradley d'un ton ironique.

— C'est la vérité. Je vous le jure.

4

Jean-Luc

Paris, 6 mars 1944

Au bout de quatre ans, l'Occupation allemande était devenue un mode de vie. Certains s'en accommodaient mieux que d'autres, mais Jean-Luc continuait de s'éveiller le cœur lourd. Il se força à sortir du lit pour prendre son service à la gare Saint-Lazare, mais ce matin-là, son chef ne lui tendit pas sa sacoche à outils comme d'habitude.

— Aujourd'hui, tu vas à Bobigny.

— À Bobigny ?

— Oui.

Son chef le regarda droit dans les yeux. Tous deux savaient ce que cela voulait dire.

— Mais je croyais que la gare était fermée…

— Elle l'est pour les trains de passagers, mais elle reste ouverte pour d'autres usages.

Son chef marqua une pause, le temps de laisser Jean-Luc saisir le sens de ses paroles.

— Près du camp de transit de Drancy ? s'entendit croasser Jean-Luc.

Son esprit se mit à chercher désespérément le moyen de se soustraire à la réalité.

— C'est ça, poursuivit son chef. Il y a pas mal de boulot à faire sur les voies. On nous a donné l'ordre d'envoyer six hommes là-bas… Ne fais pas de bêtises, Jean-Luc. Ce sont les boches qui contrôlent tout, maintenant. Tâche de ne pas te faire remarquer.

Jean-Luc travaillait à la SNCF depuis qu'il avait quitté l'école six ans plus tôt, à l'âge de quinze ans. Mais comme tout le reste, les voies ferrées appartenaient aux Allemands, désormais. Il détourna le regard, enfonçant sa main difforme dans sa poche. Il n'y pensait presque jamais à son handicap : être né avec un seul doigt et un pouce à la main gauche ne l'avait jamais retenu ni empêché de faire quoi que ce soit.

Le regard de son chef se radoucit.

— Ça n'a rien à voir avec ça… Tu bosses aussi bien que les autres. Mais les boches n'aiment pas qu'on fasse des vagues, tu sais bien. Ils aiment que tout soit… Enfin, tu vois ce que je veux dire. Pas la peine de te faire expédier dans un de leurs camps de travail.

Jean-Luc ressortit sa main de sa poche, embarrassé.

Son père connaissait bien le contremaître, c'était ce qui lui avait permis d'obtenir ce premier emploi malgré son handicap. Mais il n'avait pas eu besoin de faire ses preuves, ses collègues et ses supérieurs s'étaient vite aperçus que sa difformité n'était pas un obstacle à sa dextérité, qu'il pouvait maintenir n'importe quoi de la pince ferme de sa main gauche, tandis que sa main valide s'activait.

— Est-ce que… est-ce que je suis vraiment obligé d'y aller ? s'enquit-il en remettant les mains dans les poches.

Son chef le regarda d'un air incrédule avant de tourner les talons. Jean-Luc n'avait d'autre choix que de le suivre jusqu'au camion de l'armée qui stationnait devant la gare. Ils échangèrent une ferme poignée de main et Jean-Luc monta à l'arrière du véhicule. Cinq cheminots étaient déjà là ; il les salua d'un hochement de tête.

Pendant le trajet, tous se jaugèrent en silence, l'air sinistre. Aucun d'eux ne devait être très enthousiaste à l'idée de travailler si près de ce camp tristement célèbre. Des milliers de Juifs, de communistes et de résistants y avaient été envoyés. Personne ne savait ce qu'ils étaient devenus, même si certaines rumeurs circulaient. Des rumeurs, il y en avait toujours.

Le camion quitta les rues désertes de Paris pour prendre vers le nord-est, vers Drancy, dépassant de temps à autre des véhicules militaires. Jean-Luc vit leur chauffeur français les saluer. *Un collabo !* Il avait le don pour les repérer, c'était même devenu un jeu pour lui : deviner qui collaborait et qui ne collaborait pas, même si, bien souvent, la limite était assez floue entre les deux. Par exemple, certains de ses amis se fournissaient au marché noir. Mais qui gérait le marché noir ? En général, seuls les boches et les collabos avaient accès à certaines marchandises. C'était donc une zone grise. Lui-même préférait n'accepter que les denrées dont il connaissait la provenance exacte : un lièvre ou un pigeon tiré par un ami, ou des légumes cultivés par un contact à la campagne.

Un cahot le ramena brutalement au présent. Il releva la tête, ne croisa que des regards vides. Finie l'époque de la franche camaraderie. Oubliées les blagues de potaches entre jeunes embauchés. Un silence lugubre, voilà tout ce qu'il en restait.

Le silence. C'était une arme en soi, et la seule dont disposait Jean-Luc. Il refusait de parler aux boches, même à ceux qui semblaient aimables et lui demandaient poliment leur chemin. Il les ignorait, tout simplement. Il pliait aussi ses tickets de métro en forme de V avant de les lâcher dans les souterrains. Le V de la victoire. De petits actes de provocation, c'était tout ce qui lui restait, mais ce n'était pas avec cela qu'on changeait quoi que ce soit. Il brûlait de pouvoir agir vraiment.

Lorsque les boches avaient pris le contrôle de la SNCF, il avait été très clair avec ses parents.

— Je refuse de travailler pour ces salauds, leur avait-il annoncé après seulement quelques semaines d'occupation. Je vais démissionner.

— Tu ne peux pas faire ça.

Son père lui avait posé une main ferme sur l'épaule, signe que ce qu'il s'apprêtait à dire ne souffrait pas de discussion.

— Ils trouveront toujours un moyen de te punir, comme de t'envoyer te battre au diable vauvert. Là, au moins, tu es à Paris, et nous sommes tous ensemble. Attends de voir comment les choses vont tourner.

Papa. Jean-Luc ne pouvait penser à lui sans un mélange de honte et de chagrin. Il avait obéi à son père, travaillé sous les ordres des boches, mais cela ne lui avait pas réussi et il en voulait à son père de l'avoir obligé à se conformer ainsi. Car en fait, Jean-Luc avait vu juste dès le début : l'amabilité polie des boches s'était peu à peu muée en dédain et en sentiment de supériorité. À quoi pouvait-on s'attendre d'autre ? L'ignorance et la naïveté de certaines personnes qui suggéraient que les Allemands n'étaient peut-être pas si mauvais que ça l'avaient sidéré.

Puis, à l'été 1942, les Allemands avaient fait quelque chose qui avait ôté les derniers doutes qu'on aurait pu avoir. Ils avaient réquisitionné tous les Français pour le Service du travail obligatoire, le STO, en Allemagne. Son père avait été parmi les premiers à partir. Il avait reçu les papiers et, une semaine après, il était parti. Jean-Luc n'avait eu ni le temps ni les mots pour lui demander pardon d'avoir été si désagréable, pour lui dire son amour et son respect filiaux. Son éducation ne lui avait pas donné le vocabulaire pour exprimer ses sentiments.

Par la vitre du camion, il aperçut deux immenses immeubles d'au moins quinze étages de haut. Au-delà s'étendait un grand complexe en forme de U.

Le chauffeur jeta un coup d'œil dans le rétroviseur.

— Voilà le camp ! Plutôt moche, hein ? Il avait été construit pour les pauvres, mais comme il n'était pas fini quand les Allemands ont débarqué, ils ont décidé de le transformer en ça… Pour les pauvres.

Le chauffeur avait lâché ça d'un ton désinvolte, voire moqueur. Ironique ? se demanda Jean-Luc.

— Il y a là des milliers de Juifs qui attendent d'être transférés, poursuivit l'homme en changeant de vitesse pour tourner. Ils sont tous les uns sur les autres… C'est horrible.

Jean-Luc fixa les trois étages du complexe en forme de U, clôturés par des barbelés. Du haut de deux miradors, des sentinelles armées de fusils montaient la garde.

— Où est-ce qu'ils les emmènent ? se risqua-t-il à demander.

— En Allemagne.

— En Allemagne ? répéta-t-il d'un ton faussement détaché.

— Oui. Il y a beaucoup de travail, là-bas. Il faut bien reconstruire.

— Reconstruire ?

Jean-Luc se faisait l'effet d'un perroquet, mais le chauffeur poursuivit ses explications sans broncher :

— Bah, oui. Tu sais bien, les dommages de la guerre. Les Anglais continuent de les bombarder.

— Et les femmes et les enfants ? Ils les emmènent aussi ?

— Bien sûr. Ils auront besoin d'elles pour faire la cuisine et le ménage. Ça fera chaud au cœur des hommes, tu ne crois pas ?

— Mais… et les personnes âgées ?

Le chauffeur lui lança un regard dur dans le rétroviseur.

— Tu poses trop de questions.

Jean-Luc se retourna vers ses camarades cheminots, se demandant ce qu'ils en pensaient, mais tous étaient abîmés dans la contemplation de leurs chaussures. Ils roulèrent encore quelques minutes dans un silence gêné, puis le chauffeur reprit :

— Les boches ne sont pas si mauvais que ça. Tant que tu travailles dur et que tu ne montres pas de sympathie envers les Juifs, ils te traiteront bien. Ils iront même boire un coup avec toi. Il y a un petit café sympa de l'autre côté de la route ; on y va souvent boire une bière. Ils adorent la bière !

Le chauffeur réfléchit.

— Quand j'ai commencé à bosser ici, il y a deux ans, il n'y avait pas un seul Allemand dans le coin. Mais ils ont dû trouver qu'on n'était pas assez efficaces, c'est pour ça qu'ils nous ont envoyé Brunner et ses hommes… Ah, on est arrivés. C'est ici que vous serez logés, dit-il en s'arrêtant devant l'une des tours.

À l'arrière du camion, les hommes échangèrent des regards anxieux, le visage crispé. Combien de temps allaient-ils rester là ? Jean-Luc s'inquiétait pour sa mère. Elle allait croire qu'il avait été arrêté ou envoyé dans un camp de travail. Il fallait qu'il lui fasse passer un petit mot. Sinon, elle allait se faire un sang d'encre. Depuis que son père avait été envoyé en Allemagne, ils étaient devenus très proches. Elle se reposait sur lui pour tout : il était à la fois son soutien financier et moral. Jean-Luc se sentait protecteur envers sa mère et ce nouveau statut l'avait aidé à devenir un homme.

Le garde qui les accueillit leur distribua un petit sac à dos à leur descente du camion, puis il les conduisit jusqu'à l'un des blocs. Un ascenseur les amena à leurs chambres situées au quinzième et dernier étage. Les fenêtres donnaient de l'autre côté du camp. Jean-Luc contempla le ciel gris, puis les petites routes tout en bas et l'entrelacs de voies ferrées. Mais il n'y avait pas un seul train en vue.

Il découvrait le contenu du petit sac à dos (un pyjama et une brosse à dents) quand un boche entra dans la chambre.

— *Willkommen.* Bienvenue à Drancy.

Jean-Luc lâcha le sac sur le lit et se tourna vers le soldat. Son visage blafard luisait d'un éclat malsain et ses lèvres minces étaient décolorées. Il était jeune, pas plus de vingt ans. Pourquoi les boches avaient-ils envoyé un tel gamin à Drancy ? se demanda Jean-Luc. Néanmoins, il ne sourit pas au soldat et ne lui adressa même pas la parole. Il se contenta de le suivre jusqu'à l'ascenseur.

Le chauffeur les attendait dehors, dans le même camion de l'armée.

— Salut, les gars !

Comme s'ils étaient amis de longue date. Jean-Luc le détesta.

Cette fois, lorsqu'ils passèrent devant le camp, Jean-Luc se dévissa le cou pour voir comment c'était à l'intérieur. Des récits d'arrestations, d'interrogatoires et de déportations lui revenaient en mémoire. Le chauffeur s'arrêta devant une petite gare et se retourna pour leur lancer des bleus de travail.

— Voilà… il faudra que vous mettiez ça. Histoire qu'on vous prenne pas pour des prisonniers !

Pourquoi régnait-il un tel silence ? se demanda Jean-Luc en traversant la gare. Où étaient passés les trains ? Il balayait le quai du regard lorsqu'un objet marron attira son attention. Il s'approcha de quelques pas. C'était un ours en peluche, tout aplati, comme si un enfant s'en était servi d'oreiller. Un peu plus loin, il aperçut un livre ouvert dont la brise du matin faisait tourner les pages.

— *Schnell ! Schnell*[1] !

Une main le poussa dans le dos. Jean-Luc trébucha vers les autres cheminots qui entraient dans la maison du chef

1 « Vite !Vite ! »

de gare. À l'intérieur, tout était calme, on n'entendait que le cliquetis des machines à écrire sur lesquelles s'activaient des femmes en uniforme, le dos droit.

— Nom ? aboya le boche derrière le bureau d'accueil.

— Jean-Luc Beauchamps.

Le soldat le consigna dans son registre, puis dévisagea Jean-Luc, un peu trop longuement. Jean-Luc détourna le regard, honteux de pointer devant un boche.

— Travailler dur. Pas parler.

Jean-Luc opina du chef.

— Maintenant, aller vérifier les voies. Elles sont mauvaises – mauvais travail. Outils dans baraque sur quai.

Jean-Luc haussa une épaule et tourna les talons sans un mot.

5

Jean-Luc

Paris, 24 mars 1944

Les jours se muèrent en semaines et une certaine routine s'installa. À 8 heures, ils embauchaient. À midi, demi-heure de pause-déjeuner et ils finissaient à 6 heures, à la tombée du soir. Jean-Luc avait pour tâche de vérifier l'état des rails, de s'assurer que les traverses n'étaient pas trop usées, que les éclisses – les pièces métalliques qui raccordaient les rails – étaient bien en place et que tous les boulons étaient bien serrés. Ensuite, un autre cheminot passait pour la qualité ; autrement dit, il contrôlait son travail. Si Jean-Luc avait loupé quelque chose, c'était retenu sur sa maigre paye et il devait travailler une heure de plus, à la lampe torche. Il avait ses dimanches, cependant, et tous les samedis soir, il prenait le train au départ du Bourget, la gare de passagers de Drancy, pour aller voir sa mère à Paris.

Le soir, il était trop épuisé pour aller boire un verre dans le café situé en face du camp. De toute façon, il n'en avait pas envie. Comment pouvait-on vouloir frayer avec les boches ? Alors, il passait ses soirées à lire dans sa chambre à la lumière d'une petite lampe. Les autres gars restaient eux aussi à l'écart, mais parfois, le besoin de contacts humains les rapprochait et ils se retrouvaient alors dans l'une des chambres. Immanquablement, la conversation s'orientait sur la gare.

— Enfin, comment ça se fait qu'on ne voie jamais de trains ? fit Marcel en tirant sur son mégot de cigarette.

— Parce qu'ils partent avant le lever du jour.

Jean-Luc promena son regard sur la chambre spartiate : des murs nus et gris. Les gars fixaient le sol en ciment. Il comprenait leur refus de participer à la conversation. Comment savoir s'il n'y avait pas un collabo infiltré parmi eux pour les espionner ?

— Oui, mais pourquoi ?

Marcel abandonna à regret son minuscule mégot qu'il laissa tomber sur le sol froid.

— Parce qu'ils ne veulent pas qu'on les voie, répondit Jean-Luc en lui passant une Gitanes de son propre paquet tout froissé.

Il avait presque de la peine pour son collègue à le voir tenter de comprendre ce qui se passait sous son nez.

— Ils déportent les prisonniers. Par centaines, probablement par milliers.

— Merci, dit Marcel en acceptant la cigarette avec empressement.

Jean-Luc sentit les yeux des autres gars le transpercer. Personne ne filait ses précieuses cigarettes comme ça, en échange de rien. Jean-Luc, lui, ne fumait pas, mais il aimait bien avoir un paquet sur lui pour casser la tension dans des moments tels que celui-ci. Il offrit ses Gitanes à la ronde.

— D'accord, mais pourquoi faire tant de mystères ? insista Marcel, en fixant sa cigarette comme s'il ne pouvait croire à sa chance. Tout le monde sait ce qu'ils font.

Jean-Luc se tourna vers les autres. Si placides. Crédules. Silencieux. Prenant une profonde inspiration, il décida de faire fi de toute prudence.

— Pourquoi ils ne veulent pas qu'on voie ce qu'ils font, d'après toi ? Hein ?

Dans la pièce, le silence devint écrasant et Jean-Luc se sentit soudain impuissant, démuni. Posant la main sur l'épaule de Marcel, il se pencha à son oreille :

— Parce qu'on pourrait poser des questions. Si on savait *vraiment* ce qui se passe ici, on serait fous de rage.

— Fous de rage ? se récria Frédéric. Mais putain, on l'est déjà ! Ils nous ont pris notre pays, bordel ! « Fou de rage », c'est même pas l'expression qui convient !

Il darda des regards furieux autour de lui, mais les autres se détournèrent en remuant les pieds pour se donner une contenance. L'un d'eux toussa. Un autre exhala sa fumée de cigarette. Le silence retomba, oppressant.

— Tu crois, vraiment ? demanda Jean-Luc à mi-voix, lentement. Mais sommes-nous si furieux que ça ? Qu'avons-nous fait pour le montrer ?

Il s'interrompit, conscient que la conversation prenait un tour périlleux, mais au point où on en était, c'était trop tard.

— Bon sang, mais regarde-nous : on est là, on bosse pour eux !

Il s'interrompit à nouveau en voyant Philippe adossé au mur, le regard vide.

Jacques, assis dans un coin de la pièce, intervint avec calme :

— Ce n'est pas notre faute. On n'avait pas d'armée capable de les battre. Pas d'armée digne de ce nom, en tout cas, et maintenant, on n'en a plus du tout.

— Enfin si… on a de Gaulle, à Londres…, répliqua Frédéric d'un ton ironique.

— Ça nous fait une belle jambe ! répliqua Jacques.

— Mais où est-ce qu'ils les emmènent ? s'enquit Marcel.

Les autres baissèrent les yeux.

— Très loin d'ici, répondit Jean-Luc dont la voix avait pris une intonation irréelle, comme s'il leur contait un récit imaginaire. Dans un lieu éloigné de toute civilisation.

— Exactement ! cracha Frédéric. Et à la frontière, ils remplacent le conducteur français par un conducteur boche. Ils ne veulent pas qu'on sache où ils les emmènent. Ils ne veulent pas parce que…

Il hésita.

— Parce que quoi ? demanda Marcel.

Frédéric détourna la tête.

— Je ne sais pas.

Marcel s'adressa à Jean-Luc.

— Et toi, qu'est-ce que t'en penses ?

— J'en pense que je suis crevé. Je vais me coucher.

Jean-Luc voulait mettre un terme à cette discussion avant que quelqu'un ne mette des mots sur ce qu'ils avaient tous à l'esprit. On pouvait se faire arrêter pour avoir trop parlé.

— Mais les trains, ce sont des wagons à bestiaux, bon sang ! s'emporta Frédéric. Et tous ces objets personnels qu'on retrouve sur les quais après le départ du train ! Je parie que les boches leur font croire qu'ils peuvent emporter des affaires pour refaire leur vie ailleurs. Mais ensuite…

Une chape de plomb s'abattit sur la chambre : tous imaginaient le sort réservé aux prisonniers.

Frédéric tapa contre le mur.

— Ils les tuent, bordel ! Je le sais.

Jean-Luc se tourna vers Philippe dont le visage restait indéchiffrable et reporta son attention sur son camarade. Il était temps de mettre un terme à cette discussion. Ils se mettaient tous en danger en proférant de telles choses.

— Ça, on n'en sait rien. On ne sait rien du tout. Pas avec certitude.

6

Jean-Luc

Paris, 25 mars 1944

Le samedi, il pouvait partir du camp. Sa journée finie, il prenait le train du Bourget jusqu'à Paris. Il aimait sortir du métro à la station Blanche pour jeter un coup d'œil au Moulin Rouge avant de gravir tranquillement les marches escarpées menant à la rue Lepic où il habitait avec sa mère.

Mais ce soir-là, il ne se sentait pas prêt à affronter l'absence de son père. Pas encore. Il s'arrêta pour boire un pastis au café du coin de la rue.

— Salut, Jean.

Thierry lui servit une dose d'alcool anisé dans un grand verre avec une petite carafe d'eau. Jean-Luc regarda le pastis se troubler. Thierry s'accouda au zinc et effectua des rotations de tête dans un sens puis dans l'autre, comme s'il avait mal à la nuque.

— Alors, quoi de neuf ?

Jean-Luc fronça les sourcils.

— Quoi de neuf ? Rien que je sache.

Thierry se rapprocha.

— Des nouvelles de ton père ?

— Il y a deux mois… on a reçu une lettre dans laquelle il nous demandait de lui envoyer des chaussettes chaudes et de la nourriture. Il disait qu'il allait bien, qu'il avait juste maigri et vieilli.

— Sale affaire… emmener les hommes comme ça. Moi, j'ai de la chance, je suis trop vieux pour eux et toi… bah, tu as eu du bol qu'ils aient besoin de cheminots. Mais comment veux-tu qu'on continue à faire vivre le pays ? Il n'y a plus personne pour cultiver la terre.

— Je sais, je sais…

Ils en avaient déjà discuté des centaines de fois.

— Service du travail obligatoire, mon cul ! On nous force à bosser pour les boches.

— Évidemment. Mais au moins, on sait qu'il est en Allemagne.

Jean-Luc but une longue gorgée de pastis.

Il avait fait de son mieux pour remplacer son père, mais le petit appartement qu'il partageait avec sa mère lui semblait plus qu'à moitié vide. L'absence de son père avait laissé un trou béant par lequel un vent amer s'engouffrait dans les pièces. Tous les dimanches, il accompagnait sa mère à la messe, au Sacré-Cœur, et ils faisaient brûler un cierge pour lui. Jean-Luc se plaisait à croire que cette petite flamme donnait du courage à son père, où qu'il soit. Il pensait souvent à lui, mais cela le rendait morose et mélancolique. Son père était un homme si fort et si indépendant que Jean-Luc était saisi de pitié à l'idée qu'il soit soumis aux boches et à leur brutalité. Son père ne méritait pas ça.

Thierry baissa la voix.

— T'en fais pas. Il reviendra. Tu es au courant pour les Américains ?

— Quoi ?

Thierry se mit à chuchoter, même si le café était vide.

— Ils vont débarquer en France. Oui ! Ils sont en train de préparer leurs troupes et ils vont débarquer ici, chez nous, et foutre les nazis dehors.

Jean-Luc le dévisagea avec perplexité. Comment Thierry avait-il eu vent d'une telle chose ?

— Ma foi, espérons-le, dit-il en vidant son verre d'un trait.

— Un autre ? *(Thierry avait déjà repris la bouteille.)* Tous ces pauvres gens déportés pourront revenir… et ton père aussi.

— Espérons-le.

Jean-Luc fit tournoyer son second pastis.

— Les Cohen seront peut-être bientôt de retour. Je me souviens de leur gamin, Alexandre… un bon petit diable. J'aimerais bien le revoir.

À cet instant, deux boches entrèrent dans le café et Jean-Luc s'en alla, laissant son verre à demi plein. À sa sortie du café, la solitude le submergea et son ex-petite amie lui manqua de façon aiguë. Ils s'étaient fréquentés pendant presque un an, tous les deux. C'était très sérieux pour lui, il comptait même la demander en mariage. Il admirait son envie de vivre sa vie à fond malgré la guerre : elle adorait danser et semblait toujours connaître la date et le lieu du prochain bal clandestin. Lui aussi aimait ces bals tenus secrets, c'était comme une petite victoire sur les boches. Quand son père était parti au STO, elle lui avait dit de ne pas s'inquiéter : il n'était qu'en Allemagne, après tout, et puis les boches avaient besoin de bras, là-bas, donc ils s'occuperaient bien de lui. Jean-Luc avait bu ses paroles réconfortantes, s'était persuadé de leur véracité, mais au fil du temps, il s'était mis à douter. À douter de revoir son père un jour. Puis il avait sombré dans l'abattement et s'était replié sur lui-même. Comment aurait-il pu prendre du bon temps en sachant que son père avait sans doute froid et faim loin de chez lui ? C'était au-dessus de ses forces.

Alors, il s'était mis à décliner ses invitations insistantes et elle était allée danser sans lui. Il aurait dû savoir qu'elle ne tarderait pas à rencontrer quelqu'un, mais les beaux partis s'étant faits rares, il ne s'était pas trop méfié. Il espérait juste qu'elle ne s'était pas mise avec un de ces collabos puants ou, pire, un boche. Bien sûr, il ne le saurait jamais, mais tout de même, elle n'aurait pas été idiote à ce point ? La collaboration horizontale, c'était l'expression qu'employaient les gens avec dédain, comme s'ils étaient moralement supérieurs aux autres. *Nous sommes tous plus ou moins coupables*, songea Jean-Luc. Si on lui avait demandé de nommer sa propre façon de collaborer, il aurait appelé cela une collaboration de survie. Car on avait le devoir de survivre, en mémoire de tous ceux qui n'avaient pas eu cette chance.

Le pastis lui avait ouvert l'appétit, il avait hâte de manger. Pendant la semaine, sa mère mettait toujours ses rations de côté pour lui préparer un bon repas avec des légumes et, les jours fastes, du pigeon. Le dimanche, après la messe, ils mangeaient chez l'un de leurs voisins, ou les invitaient chez eux. C'était l'auberge espagnole, chacun apportait ce qu'il pouvait : des légumes du jardin, des conserves de l'année précédente… Parfois, c'était la fête, quelqu'un arrivait avec de la viande dans un sac en papier – du gibier offert par un ami ou par l'invité lui-même. La viande était dévoilée avec un rituel presque sacré, et un silence vibrant d'expectative étreignait les convives. La nourriture partagée semblait toujours durer plus longtemps.

Mais désormais, Jean-Luc vivait ces déjeuners comme une épreuve. Il n'avait rien à dire et la mesquinerie des bavardages le poussait à se mettre en retrait. Leurs voisins s'intéressaient plus aux personnes qui avaient réussi à se procurer du beurre ou un lièvre au marché noir qu'à celles qui se faisaient assassiner. Leur blabla était sans intérêt et s'ils abordaient le sujet des rafles, cela ne débouchait jamais sur rien. Jean-Luc se sentait alors mourir de l'intérieur, comme incapable de se rappeler l'homme qu'il était ou celui qu'il était censé être.

Ce dimanche, c'était les Franklin qui recevaient. Le frère de M. Franklin était allé chasser à la campagne et en avait rapporté deux lapins. Le civet était succulent et pour une fois, la conversation s'anima.

Ce fut sa mère qui commença :

— Pensez-vous qu'il nous restera du vin quand cette maudite guerre sera finie ?

La réponse de M. Franklin fusa :

— Voyons, Marie-Claire, vous savez bien que nous avons caché quelques bouteilles !

— Oh, moi, je ne sais rien du tout.

— Ha, ha, ha ! D'accord. Moi non plus, alors. Mais quand cette fichue guerre sera finie, nous descendrons en chercher une, pas vrai ?

— Je bois à cette perspective, répliqua ma mère en levant son verre d'eau.

— Alors, Jean-Luc, comment se passe ton nouveau boulot ? lança M. Franklin.

Jean-Luc sentit son rythme cardiaque s'accélérer comme chaque fois qu'on faisait allusion à son travail.

— Un peu trop près des boches à mon goût.

— Ah, mais oui, tu es en plein cœur du processus, n'est-ce pas ?

— Qu'est-ce qui se passe vraiment, là-bas ? l'interrompit Mme Franklin.

Jean-Luc la dévisagea. Elle avait des lèvres fines et des yeux vifs d'oiseau. Rien ne lui échappait et tout ce qu'il dirait serait répété le lendemain lorsqu'elle ferait la queue devant les magasins avec ses tickets de rationnement.

— Je n'en sais rien, répondit-il en se tournant vers la fenêtre pour éviter le regard scrutateur de sa mère.

— Allons, petit..., insista M. Franklin. Tu dois bien savoir quelque chose. Que font-ils de tous ces prisonniers ? Où les emmènent-ils ?

— Je n'ai jamais rien vu. Ni trains ni prisonniers...

— Il paraît que ce sont des trains pour le bétail, pas des trains de passagers, l'interrompit Mme Franklin. Et que les prisonniers doivent coucher sur de la paille, comme des animaux.

Cette femme semblait toujours en savoir plus long que tout le monde.

— Oui, j'ai entendu dire la même chose, renchérit Mme Cavalier. Et qu'il n'y avait pas non plus de toilettes. Ils doivent faire pipi dans un seau.

La mère de Jean-Luc prit la parole pour la première fois :

— Mais c'est dégoûtant ! D'où tenez-vous ça ? On aura exagéré, sûrement...

Mme Cavalier haussa les épaules.

— Vous avez vu de quoi ils sont capables. Moi, ça ne m'étonnerait pas d'eux. Ils ont arrêté des milliers de gens, n'est-ce pas ?

— C'est donc qu'ils doivent les déporter par milliers, conclut M. Franklin, la mine grave. Tu pourrais peut-être te renseigner, Jean-Luc.

— Quoi ?

— Ma foi, tu es aux premières loges. Tu ne peux pas en savoir plus sur ce qui se passe ?

— Je vous l'ai dit, je ne vois jamais aucun train partir. Je commence mon travail après.

— Et tu ne pourrais pas te débrouiller pour arriver plus tôt ?

— Non !

Jean-Luc prit le temps de se calmer avant d'expliquer d'un ton neutre :

— On nous dépose à la gare à 7 heures et demie tous les matins.

— Mais tu es logé près de la gare, non ? Tu ne peux pas y aller à pied ? Aller jeter un coup d'œil ?

Jean-Luc fronça les sourcils.

— Je ne sais pas… Ce serait risqué. Ils nous surveillent tout le temps.

La déception se peignit sur les visages et il se fit l'effet d'un lâche.

— Peut-être… peut-être qu'en me levant très tôt, et en me cachant, je pourrais assister au départ d'un des trains.

Sa mère étouffa un cri.

— Brave garçon ! déclara M. Franklin avec un grand sourire. Tu pourrais même prendre une photo. J'ai un appareil.

Une photo ? Pour quoi faire ? Ce serait risquer sa vie pour pas grand-chose… Non, il devait y avoir d'autres moyens de procéder.

De retour chez eux, sa mère leur prépara une dégoûtante boisson à base de chicorée et de glands grillés. Jean-Luc prit la tasse qu'elle lui tendait et fit semblant de la boire.

— Maman, j'ai bien réfléchi.

Elle se mit à rire.

— Oh, non… ça ne va pas recommencer !

— Non, je suis sérieux. Il faut que je fasse plus que prendre une photo.

— Que veux-tu dire par là, mon fils ?

— Je dois agir, dit-il en fronçant les sourcils. Faire bouger les choses.

Sa mère se pencha vers lui et murmura :

— Et si tu entrais dans la Résistance ?

— Mais je ne connais personne.

— Non, moi non plus. *(Elle se passa la main sur le front.)* Nous ne devons pas fréquenter les bons cercles.

Jean-Luc la regarda d'un air railleur.

— Ce n'est pas franchement le genre de chose qu'on demande, si ? *Excusez-moi, vous faites partie de la Résistance ? Parce que j'aimerais bien vous rejoindre.* Je pense qu'il faut attendre d'être approché par quelqu'un.

— Personne ne t'a jamais approché ?

— Non, maman. Et toi ?

— Non, mais si on me l'avait demandé, je n'aurais pas hésité, tu sais. Cela dit, qu'est-ce qu'ils feraient d'une vieille femme comme moi ?

Elle avait raison. Ce n'était pas aux vieilles femmes de se battre, c'était aux jeunes gens comme lui. Jean-Luc ne voulait pas se battre, il voulait arrêter les trains qui emportaient les prisonniers Dieu sait où. Ce qui le retenait, c'était une promesse, celle qu'il avait faite à son père avant son départ pour l'Allemagne.

Son père l'avait pris à part pendant que sa mère faisait la queue à la boulangerie.

— Je veux que tu me promettes quelque chose, mon fils.

— Bien sûr, papa.

— Promets-moi de veiller sur ta mère pendant mon absence.

Jean-Luc avait regardé son père sans ciller.

— Je te le promets.

— Maintenant, je peux partir l'esprit en paix. Ça m'aidera à revenir ici.

Son père l'avait brusquement attiré contre lui, comme pour graver en lui le visage de son fils. Ils s'étaient étreints longuement, puis son père s'était écarté en s'essuyant les yeux du revers de la main.

Papa. Jean-Luc entra dans sa chambre et son regard se posa sur les étagères que son père avait fabriquées, poncées et fixées lui-même. Les livres étaient classés par thème – récits d'aventures d'un côté, fictions de l'autre – puis rangés du plus grand au plus petit, toutes les reliures dans le même sens. À défaut d'ordonner sa vie, il pouvait au moins ordonner ses livres.

7

Jean-Luc

Paris, 30 mars 1944

Le chauffeur jeta un regard dans le rétroviseur.

— Hé, les gars ! Quoi de neuf, ce matin ?

Jacques haussa une épaule, Frédéric émit un vague grognement. Les autres gardèrent le silence, absorbés dans la contemplation de leurs chaussures. Le camion de l'armée filait vers la gare de Bobigny par des rues sombres et désertes.

— N'oubliez pas que vous avez de la chance, poursuivit le chauffeur. Mieux vaut être ici que dans un camp de travail quelque part en Allemagne !

Jean-Luc croisa son regard dans le rétroviseur. Il ne pouvait pas leur fiche la paix, non ? Sale collabo de merde !

— On est crevés, c'est tout, marmonna Philippe en se frottant les yeux.

— Crevés ? Mais la journée n'a pas encore commencé !

Le chauffeur rétrograda dans un horrible bruit de ferraille. Jean-Luc frémit, en empathie avec la boîte de vitesses.

Le chauffeur soupira.

— Vous risquez de trouver cette journée encore plus fatigante, alors…

Il laissa sa phrase en suspens, comme s'il attendait qu'on lui demande pourquoi.

Mais personne ne voulait lui donner ce plaisir.

— Le train a pris du retard, ce matin, finit-il par dire en croisant le regard de Jean-Luc. Ouais. Ils ont eu du mal à faire monter les passagers. Certains n'avaient plus envie de prendre le train.

Il quitta le rétroviseur des yeux pour changer à nouveau de vitesse, en douceur cette fois, à l'abord d'un tournant. Un silence lourd d'expectative emplissait le camion. Tous voulaient savoir ce qui s'était passé, mais personne ne voulait se mêler à la conversation.

— Du coup, reprit le chauffeur, vous allez voir, il y a un sacré bazar sur le quai. *(Il se gara à sa place habituelle.)* Allez, les gars… Tout le monde descend.

Les six hommes sautèrent sans enthousiasme de l'arrière du camion, les épaules basses, telle une petite troupe défaite aux ordres des vainqueurs. Alors qu'ils accédaient au quai, une rafale souleva quelque chose de pâle qui traînait le long de la voie. Jean-Luc le reçut en pleine face, ce qui déclencha le rire enfantin de Marcel. Comment pouvait-il trouver ça drôle dans un moment pareil ?

Le rire cessa. Jean-Luc examina ce qui s'était collé à son visage. C'était une nuisette. Délicate. Féminine. Comment s'était-elle retrouvée à flotter sur le quai comme un fantôme ? Jean-Luc regarda autour de lui. Un escarpin rouge, le talon aiguille cassé. Une luxueuse capeline violette. Deux chapeaux melons noirs. Une canne. Une paire de lunettes cassée. Une poupée de porcelaine, la jambe brisée. Un singe en peluche dont la garniture rose s'échappait au niveau du cou.

Jean-Luc sentit son estomac se nouer, la bile lui refluer dans l'arrière-gorge. Il se tourna vers les cinq autres afin de jauger leur réaction. Philippe poussa un soupir avant d'aller pointer dans la maison du chef de gare. Frédéric blêmit et ferma les yeux. Les autres, gênés, regardaient le bout de leurs chaussures. Jean-Luc aurait voulu les entendre dire quelque chose… N'importe quoi pour l'aider à donner un sens à la scène qui s'étalait sous ses yeux. Mais il n'y avait aucun sens à tout cela. Le monde était devenu fou.

Son regard se remit à balayer le quai. Un objet, tout au bout, attira son attention. D'instinct, il sut ce que c'était – trop grand pour être une poupée ou une petite peluche, même si c'en avait la forme. Non, ça ne pouvait pas être ça, ce n'était pas possible. Ça devait être un gros ours en peluche. Oui, un très gros ours en peluche. Le vide se fit dans sa tête. Il contemplait la scène comme si le temps s'était arrêté. Puis, il se reconnecta au réel et il n'y eut plus aucun doute dans son esprit.

— Allez pointer ! cria le garde.

Jean-Luc partit d'un pas chancelant vers la maison du chef de gare. Quelqu'un lui mit un morceau de pain dans la main et une tasse d'ersatz de café dans l'autre. Les deux lui échappèrent. La tasse se brisa par terre et le liquide brûlant éclaboussa le sol. Autour de lui, la stupeur se lisait sur tous les visages.

Une matraque s'abattit sur son épaule, sans même qu'il tente de parer le coup.

— *Achtung*[1] ! Dehors ! lui hurla-t-on dans l'oreille. Dehors maintenant ! Nettoyez le quai !

Tel un automate, il entreprit de ramasser les divers objets disséminés : deux paires de lunettes cassées, le talon aiguille, la capeline. Il approchait maintenant du bout du quai, comme aimanté par ce qu'il y avait aperçu plus tôt. Mais il n'y avait plus rien. Son imagination lui avait-elle joué des tours ? Sûrement. À cet instant, il vit un groupe d'hommes qui traînaient quelque chose au sol

1 « Attention ! »

jusqu'à une benne. Il s'approcha encore de quelques pas : était-ce un sac de vêtements ou d'ordures ? Mais au fond de lui, il savait que ce n'était ni l'un ni l'autre. Il regarda les hommes soulever la chose et la jeter dans la benne.

Ce samedi soir, il rentra à Paris dans un état d'hébétude mêlée de désespoir. Il salua sa mère presque sans la voir et alla droit dans la chambre qui était la sienne depuis sa naissance. Assis sur le lit, il fixait les rayonnages de livres. *Les Trois Mousquetaires* le toisait avec dérision. Enfant, il rêvait de devenir grand et fort comme l'un des mousquetaires, plein d'audace et de panache : un homme dont son père pourrait être fier. Pas la lopette qu'il était devenu…

La porte grinça et sa mère entra à pas feutrés dans la chambre.

— Qu'est-ce qui se passe, mon fils ?

Jean-Luc la regarda, vit les ridules autour de sa bouche, les cernes noirs sous ses yeux. Et il sut qu'il ne pourrait pas lui parler.

— Je n'en peux plus… Je ne veux plus prendre part à tout ça.

— Oui, je sais que c'est dur. Cette fichue guerre est terrible pour nous tous.

— Tu ne sais pas tout, maman. Non, tu ne sais pas.

Elle s'assit à côté de lui sur le lit et posa une main sur son épaule.

— Qu'est-ce que je ne sais pas ?

Il secoua la tête comme pour en chasser tout ce qu'il savait.

— Je veux savoir ce qui te bouleverse, mon fils.

Il la regarda droit dans les yeux, des yeux habités par l'inquiétude.

— Non, il vaut mieux que tu ne saches pas. Je t'assure.

— Laisse-moi en juger par moi-même. Je suis coriace, tu sais.

— Personne n'est coriace à ce point, maman.

— Allons…, dit-elle en lui serrant les doigts. Tu m'as toujours parlé librement, Jean-Luc. Ne t'arrête pas maintenant. Nous avons besoin l'un de l'autre, plus que jamais, et je vois bien que tu souffres.

— Ils les tuent. Je les ai vus, je les ai vus sur le quai. Des corps. Un bébé. Il y avait un bébé mort sur le quai.

Il sentit sa mère se raidir contre lui. Elle retira sa main de la sienne et joignit les doigts à s'en faire blanchir les articulations.

— Un bébé ? Tu en es bien sûr ? Tout le monde sait qu'ils tirent sur des adultes, sur des résistants, des immigrants juifs, mais…

— Je l'ai vu, maman, abandonné sur le quai après le départ du train. Et puis, ils l'ont enlevé.

— Tu l'as peut-être imaginé. Tu subis une pression énorme en travaillant pour les boches et ça n'a rien d'étonnant. Tu as besoin de repos.

Elle allait poser sa main sur son épaule quand Jean-Luc se prit la tête à deux mains.

— Je savais que personne ne me croirait…

— Ce n'est pas ça. Tu penses avoir vu un bébé, mais es-tu vraiment sûr que c'en était un ? Mais Jean-Luc, pour quelle raison tueraient-ils un bébé, voyons ?

Il leva les yeux.

— Pourquoi, d'après toi ? Tu penses qu'ils font quoi, au juste ? Arrêter tous les Juifs jusqu'au dernier, les « déplacer »… Qu'est-ce que tu crois qu'ils font d'eux ?

— Ils les envoient dans des camps de travail.

— Quoi ? Des vieilles femmes ? Des vieillards ? Des bébés ?

Il laissa passer quelques secondes.

— Réfléchis. Ils n'ont pris que papa pour le STO, non ? Ils ne t'ont pas emmenée, toi. Ils ne m'ont même pas pris, moi. Ils voulaient que je continue à travailler ici, sur les voies, et ils ne voulaient pas de toi parce que tu es trop faible. Alors, pourquoi emmener tous les Juifs ? Même les vieux et les faibles ? Ils ne leur serviront à rien, là-bas.

Sa mère secoua la tête.

— Réfléchis-y, maman.

— Non, mon fils. Là, tu vas trop loin. Tu dois cesser de t'imaginer de telles choses. Ça ne sert à rien.

— À rien ?

Jean-Luc bondit sur ses pieds, suffoqué par la frustration et la colère.

— Pourquoi refuses-tu de voir ce qui se passe ?

Furieux, il se mit à jeter au sol tous les livres des étagères, l'un après l'autre.

Peu importait ce qui pouvait lui arriver, au point où il en était. Sa seule certitude, c'était qu'il lui fallait agir.

8

Jean-Luc

Paris, 3 avril 1944

— Salut, les gars !

Le chauffeur les salua de la tête tandis qu'ils grimpaient à l'arrière du camion.

Comme d'habitude, tous l'ignorèrent. En temps normal, à force de le voir tous les jours, Jean-Luc lui aurait demandé son nom. Mais il ne voulait rien savoir de cet homme. Il regarda au-dehors. C'était le début du printemps. Le soleil levant resplendissait dans un ciel sans nuages, mais il était encore trop faible pour réchauffer l'atmosphère. Les genoux de Jean-Luc tressautaient de nervosité. Les mains sur la nuque, il effectua quelques rotations de la tête pour essayer de se détendre. Peine perdue. Il lui fallait agir. Il se l'était promis. Une idée germa dans son esprit. Ce n'était qu'une idée, et il ignorait s'il pourrait la mener à bien, mais…

Et s'il faisait dérailler un train ? Il s'agirait juste de desserrer les boulons des éclisses, puis de dévier les rails au pied-de-biche… Ce n'était pas si difficile que ça, peut-être. En revanche, il ne pouvait pas le faire seul. Il lui fallait s'assurer de la complicité de Frédéric qui vérifiait son travail à la fin de la journée. Mis devant le fait accompli, son camarade serait bien forcé de marcher dans sa combine : il n'était pas homme à dénoncer un ami. Quoique ?

Jean-Luc coula un regard dans sa direction, perplexe. De toute évidence, Frédéric avait autant de mal que lui à travailler pour les boches, mais de là à commettre un acte de sabotage ? Cela demandait une sacrée dose de courage. S'ils se faisaient prendre, ils se retrouveraient face à un peloton d'exécution, mais avant, ils seraient interrogés et torturés. *Torturés !* Jean-Luc ferma les yeux, repoussant cette pensée avant qu'elle ne s'installe en lui.

Frédéric leva soudain la tête et leurs regards se croisèrent en un éclair de compréhension mutuelle. Qu'est-ce qu'ils faisaient là, à bosser pour les boches ?

Jean-Luc revint à son idée. Le jeu en valait-il la chandelle ? Cela ne ferait sans doute que retarder le départ du convoi, mais c'était déjà quelque chose. À tous les coups, les boches seraient furax ! Son rythme cardiaque s'accéléra. Plus il y pensait et plus sa frustration se muait en rage. Rage qu'on ait emmené son père, rage d'avoir trouvé un bébé mort sur le quai, comme une simple valise oubliée. Rage envers lui-même et tous les autres qui assistaient à cela sans rien dire, terrifiés, craignant pour leur peau.

— Nous y revoilà. Bobigny, annonça le chauffeur.

Comme d'habitude, ils allèrent pointer et prendre leur frugal petit déjeuner à la maison du chef de gare – ersatz de café et pain sec. Jean-Luc avala le liquide marronnasse d'une seule gorgée, mais balança le pain sur les rails. Il avait l'estomac noué. Était-il vraiment capable de saboter les voies ?

Il alla jusqu'à la baraque à outils, prit la clé à éclisses, le grand pied-de-biche et jeta un coup d'œil aux autres gars. Ils mastiquaient tranquillement leur pain. Jean-Luc se mit à longer la voie, cherchant un joint, à savoir l'endroit où deux segments de rails étaient raccordés par une éclisse.

Il ne tarda pas à en repérer un. Il s'accroupit pour examiner l'éclisse de plus près. Les boulons étaient rouillés. S'il voulait mener son projet à bien, il lui faudrait d'abord chronométrer le temps qu'il lui fallait pour dévisser un boulon et multiplier le résultat par quatre. Un bon quart d'heure, sûrement. Les gardes semblaient passer toutes les trente minutes, en moyenne.

Jean-Luc avait les jambes en coton. Il s'assit en les repliant sous lui pour inspecter les boulons rouillés, tentant de respirer normalement. La sueur lui dégoulinait des aisselles et il avait la bouche sèche. Mais s'il ne le faisait pas maintenant, il ne le ferait jamais. Et il lui faudrait vivre avec sa lâcheté jusqu'à la fin de ses jours.

Prenant une profonde inspiration pour se calmer, il positionna la clé autour du premier boulon. Il retroussa sa manche, regarda sa montre : 7 h 41 pile. Le boulon était grippé. Jean-Luc pesa de toutes ses forces sur la clé. Haletant, il réussit à lui faire faire un tour, puis un autre. À partir de là, le boulon vint facilement. Après l'avoir complètement desserré, il regarda de nouveau sa montre : 7 h 43 et quarante secondes. Presque trois minutes. Autrement dit, douze minutes en tout avec les trois autres boulons. Il avait le temps. C'était faisable.

— Jean !

La voix de Frédéric lui fit l'effet d'une décharge électrique.

— Qu'est-ce que tu fais ? On est censés travailler à l'autre bout de la voie, aujourd'hui.

La clé lui échappa et tomba avec fracas sur les rails. Toujours à genoux, Jean-Luc regarda autour de lui au cas où on pourrait les entendre. Mais il était encore tôt et seuls deux gardes étaient postés à proximité, en train de fumer et de bavarder. Ils se tournèrent vers Jean-Luc et leurs regards se croisèrent. Jean-Luc retint sa respiration. Mais ce fut à peine si les Allemands le remarquèrent ; ils reprirent leur conversation, apparemment passionnante. Jean-Luc vida lentement ses poumons et se tourna vers Frédéric. À voix basse, d'un ton volontairement posé, il déclara :

— Cette éclisse n'est pas fixée.

— Eh bien, grouille-toi d'arranger ça ! lui lança son camarade en s'éloignant.

Ramassant la clé, Jean-Luc s'attaqua au deuxième boulon, les mains l'une sur l'autre, afin d'augmenter la pression. Un tour, puis un autre et le boulon céda. Du travail régulier et efficace. En trois minutes à peine, il était desserré. Jean-Luc passa au troisième boulon. Sa main moite glissa sur la clé, son bleu de travail lui collait à la peau. Trois minutes et quarante secondes s'écoulèrent. Enfin, il positionna la clé autour du quatrième et dernier boulon. Sa gorge se noua. Celui-ci était complètement mangé par la rouille. Il ne bougerait pas. Jean-Luc pesa de toutes ses forces sur la clé, à en avoir mal au poignet. Il regarda sa montre. Déjà une minute et il n'avait pas bougé d'un millimètre. Or, il lui fallait défaire les quatre boulons pour que ça marche. Il s'arrêta, le temps de prendre une profonde inspiration. Il allait essayer une dernière fois. Il entreprit d'ôter la rouille à coups de clé avant de positionner celle-ci autour du boulon, puis il pesa de toutes ses forces sur le manche en métal. Le boulon finit par céder. Trois minutes et trente secondes s'étaient écoulées.

Il ne lui restait que deux minutes pour dévier la voie. Il enfonça le pied-de-biche sous le rail, le cœur battant à tout rompre. Il n'arrivait plus à respirer. Il ouvrit grand la bouche pour avaler des goulées d'air. Des ordres retentirent :

— *Achtung ! Vorwärts marsch*[1] !

---

1 « Attention ! En avant, marche ! »

Mais il n'osa pas relever la tête. Il pesa sur le pied-de-biche de toutes ses forces. Le rail se mit à bouger. Il le dévia légèrement.

Un bruit dans son dos le fit bondir. Un bruit de bottes. Il se retourna.

C'était Brunner, le chef du camp, qui s'avançait vers lui. Merde ! Jean-Luc fit mine de se concentrer sur les rails. *Mon Dieu, je vous en prie... Mon Dieu, faites qu'il s'en aille.*

Les pas continuaient de se rapprocher. Jean-Luc retira le pied-de-biche d'une main tremblante et l'enfonça de l'autre côté du rail, comme s'il cherchait à le redresser.

Il tordit le cou pour regarder Brunner. Ce dernier s'adressait à un garde. Un rire guttural s'éleva et les Allemands s'éloignèrent. Jean-Luc se remit à l'œuvre, les mains tremblantes. Il devait le faire ! Repositionnant le pied-de-biche de l'autre côté, il se mit à peser de toutes ses forces pour dévier le rail.

Tout se passa très vite. Le pied-de-biche ripa. La douleur lui irradia dans la joue, comme s'il avait reçu un coup de couteau. Jean-Luc pressa les mains sur sa pommette éclatée. Le sang giclait sur ses mains. Il n'y voyait plus. Une douleur atroce lui transperça la jambe. Il hurla et tout devint noir.

Des mains rudes le tirèrent sur le quai. Puis deux hommes le jetèrent à l'arrière d'un camion.

9

Charlotte

Paris, 3 avril 1944

— Tu es en retard, une fois de plus…

Maman me tendit un morceau de pain dur et je me précipitai sur le palier.

— Il faut que tu te lèves plus tôt.

Elle me répétait la même chose tous les matins, mais 6 heures et demie, c'était déjà bien assez tôt ! Il y avait une trotte de notre appartement de la rue Montorgueil jusqu'à l'hôpital Beaujon de Clichy, mais ça m'était égal : à dix-huit ans, prendre les transports en commun me donnait l'impression d'être adulte.

C'était maman qui m'avait trouvé cet emploi. Elle voulait que je sorte de l'appartement où, selon elle, je « gâchais ma vie à lire ». Elle avait aussi besoin des tickets de rationnement supplémentaires auxquels mon travail nous donnait droit. Au début, papa n'avait pas été d'accord – après tout, c'était un hôpital allemand – mais maman avait su le convaincre. Pour elle, ça n'était pas comme si j'avais divulgué des secrets d'État ou dénoncé nos voisins. Et puis, elle estimait qu'en temps de guerre, « s'occuper des blessés » était une bonne occupation pour les jeunes femmes. En mon for intérieur, je me disais que l'expérience aurait été plus profitable pour les jeunes hommes : ils y réfléchiraient peut-être à deux fois avant de partir à la guerre… De toute façon, les patients de Beaujon n'étaient pas tous allemands, il y avait aussi des soldats français ralliés à leur cause. Ce n'était pas les bureaux de recrutement qui manquaient dans Paris.

Je passais mes journées à briquer les sols, à faire manger à la petite cuillère ceux qui avaient perdu la vue ou l'usage de leurs mains, et à réconforter les patients français. Les cas les plus graves étaient les amputés qui continuaient à éprouver une douleur intolérable à la place du membre manquant : « syndrome du membre fantôme », m'avait expliqué l'un des médecins. On ne pouvait rien faire pour les soulager.

Une chose me frappait, néanmoins : dans un lit d'hôpital, les hommes étaient tous pareils. Vulnérables. Inoffensifs. Seule leur langue maternelle distinguait les origines des uns et des autres. L'hôpital était régi par une stricte routine, mais on nous incitait à réconforter les patients et j'aimais beaucoup cet aspect-là de mon travail, même si j'aurais préféré exercer ailleurs que dans un hôpital allemand. Car l'ironie de la situation m'apparaissait clairement : j'aidais l'ennemi à guérir pendant que des Français plus patriotes risquaient leur vie pour faire l'exact opposé.

À mon arrivée à l'hôpital, je sortis mon uniforme de mon casier et l'enfilai en vérifiant dans le miroir en pied qu'il était propre et tombait bien. J'étais presque en retard, mais pas tout à fait. Aussi pris-je le temps d'étudier ma silhouette. Plate, c'était le qualificatif qui convenait. Pas de renflements ni de courbes pour indiquer que je devenais une femme. Quatre années d'occupation m'avaient laissée en proie à un grand vide intérieur. Ce n'était pas tant la faim (incessante) qui me tenaillait, qu'une faim émotionnelle. Je mourais d'envie de découvrir la vie. Quelque part, il y avait un monde où les gens riaient, dansaient, buvaient, s'embrassaient, faisaient l'amour… et moi, je passais à côté. Cela me rongeait.

Je lissai ma blouse au niveau de ma poitrine inexistante, les paroles de ma mère résonnant à mes oreilles : « Inutile de t'acheter un soutien-gorge. » Je me souvenais de mon excitation quand j'avais eu mes premières règles, puis de ma déception lorsqu'elles s'étaient arrêtées au bout de seulement trois mois, comme si, finalement, elles n'avaient pas eu lieu d'être. « Tu ne connais pas ta chance, m'avait dit maman. Les règles, c'est une malédiction. » Mais moi, je voulais que mon corps se transforme, j'avais envie qu'on me touche à des endroits que je ne n'osais nommer.

J'examinai ensuite mon visage, esquissant un timide sourire. Oui, c'était nettement mieux. Mais je n'avais pas envie de sourire, pas même quand certains patients flirtaient avec moi. De toute façon, la plupart n'étaient pas drôles. Ils me fichaient la trouille avec des remarques stupides comme « Mains froides, cœur chaud » ou « J'adore votre uniforme ». Je préférais les malades plus réservés. J'avais pitié de ceux qui tentaient de faire bonne figure malgré leurs souffrances et qui ravalaient leurs larmes quand je les aidais à s'asseoir dans le lit.

Je me lissai les cheveux. Si seulement j'avais pu me laver la tête… J'avais les cheveux gras, mais le savon était si rare que maman avait limité les shampoings à un tous les quinze jours. Je n'avais pas non plus droit au maquillage, mais cela me dérangeait moins. J'avais de longs cils bruns et en me pinçant les joues, je pouvais donner l'illusion d'avoir du blush.

— Allez ! Allez !

L'infirmière-chef fit irruption dans le vestiaire, la mine affairée. Nos regards se croisèrent dans le miroir, instaurant une distance bienvenue entre nous.

— Ce n'est pas le moment de vous admirer ! lâcha-t-elle d'un ton froid. On a du pain sur la planche.

— Désolée, marmonnai-je en lui prenant des mains le seau et la serpillière.

10

Jean-Luc

Paris, 3 avril 1944

— *Ruhig zu halten*[1] !

On lui fourra un bout de cuir dans la bouche. Jean-Luc le mordit de toutes ses forces, étouffant un hurlement. Que lui faisaient-ils ? Il avait l'impression qu'on lui ouvrait la face en deux.

Quand ils étaient venus vers lui, son cœur avait fait un bond. Brunner s'était avancé à grands pas dans son dos. Le pied-de-biche. L'éclat du métal devant ses yeux avant qu'il ne lui éclate le visage, puis la douleur dans la jambe. On l'avait frappé ? Les boches avaient-ils compris ce qu'il était en train de faire ?

Alors qu'il fixait le néon au plafond, un éclat argenté attira son regard. La lame s'approchait de son visage. Il recracha le morceau de cuir et hurla.

Quelqu'un cria à nouveau :

— *Ruhig zu halten ! Halten ihn fest*[2] !

Sa tête se mit à tourner. Des figures floues entrèrent dans son champ de vision, puis s'évanouirent dans une lumière d'un blanc éblouissant. Une odeur de Javel et de désinfectant le prit à la gorge. Il avait envie de vomir.

1 « Restez tranquille ! »
2 « Restez tranquille ! Tenez-le bien ! »

Les paroles en allemand heurtèrent son crâne palpitant de douleur.

— Je vous en supplie ! Arrêtez ! Arrêtez ! Je vais vous dire…

— *Es ist aus.* C'est fini.

Fini ? Ils en avaient fini avec lui. Que leur avait-il dit ? Il savait qu'il avait bredouillé, pleuré, supplié. Ses yeux étaient humides, sa bouche sèche. La douleur le déchirait comme si un couteau à lame crantée lui labourait la joue tandis que sa douleur à la jambe irradiait dans tout son corps. Brusquement, le froid l'envahit. Un violent tremblement s'empara de son corps. Si seulement quelqu'un pouvait lui mettre une couverture dessus…

On le saisit par les aisselles pour le faire asseoir. Il voulut lever la tête, mais se mit à convulser, incapable de contrôler ses mouvements. Une main lui soutint la nuque. Un verre contre ses lèvres. Il but une gorgée d'eau et sentit qu'on lui mettait des médicaments dans la main. Il les regarda : trois comprimés dansaient dans la vision floue qu'il avait de sa main tremblante. Ils étaient blancs, mais il ne savait pas du tout ce que c'était.

— Antidouleurs, fit une voix au fort accent allemand.

Jean-Luc les avala sans les croquer avec un peu d'eau, puis ferma les yeux en exhalant un gros soupir de souffrance. *Pourvu que les comprimés fassent vite effet.*

Sa jambe ! Qu'avait-il à sa jambe ? Il essaya de s'asseoir, de regarder.

— *Nein !* Non !

Une main le força à se rallonger.

Il était sur un brancard à roulettes. On le poussait. Il laissa sa tête partir en arrière et, les yeux rivés au plafond blanc, tenta d'occulter la douleur. Un brouhaha de gémissements, de bavardages et de cris lui parvenait et même, de temps en temps, un éclat de rire. Parfois, il interceptait une phrase entière en français, puis l'allemand reprenait le dessus et il était de nouveau perdu. Où diable était-il ?

On continuait à le pousser dans des couloirs. Il tourna la tête. Distingua des rangées de lits blancs. Ouf ! Il devait être à l'hôpital !

On ne le cuisinait pas. On le soignait.

La douleur commençait à s'estomper dans le lointain. Sa tête devint tout à coup plus légère. Il n'avait qu'une envie, sombrer dans l'oubli. Il se laissa partir.

Il se réveilla groggy. Sa joue et sa jambe palpitaient encore de douleur. Il porta la main à son visage ; il était recouvert de bandages. Bon sang, que s'était-il fait ? Son estomac gargouilla bruyamment. À quand remontait son dernier repas ? Il ne savait pas. Se relevant en position semi-assise, il regarda autour de lui. Des infirmières en blanc circulaient d'un pas pressé le long de l'allée centrale, s'en écartant parfois pour aller au chevet d'un patient, en général un thermomètre à la main.

— *Willkommen*[1].

La voix venait du lit de gauche.

Jean-Luc se tourna.

— Bonjour.

— Vous êtes français. Comment vous appelez-vous ?

— Beauchamps.

— Que vous est-il arrivé ?

— Accident sur une voie ferrée.

— Eh bien, vous aurez une belle cicatrice à montrer à vos enfants, maintenant.

— Je n'ai pas d'enfants.

Le boche se mit à rire.

— À vos futurs enfants, je veux dire. À propos, je suis le soldat Kleinhart. Enchanté de faire votre connaissance.

1 « Bienvenue ».

J'ai pris une balle dans la jambe… Deux terroristes m'ont tiré dessus, des fous.

— Je suis désolé…, marmonna Jean-Luc.

Que pouvait-il dire d'autre ?

— Ne vous inquiétez pas. On les a attrapés et on s'occupe d'eux en ce moment même.

Jean-Luc referma les yeux pour ne pas voir l'image des hommes torturés qui s'imposait à son esprit. Cette souffrance supplémentaire lui était intolérable.

Il rouvrit les yeux. Kleinhart le regardait d'un air d'expectative. Ce n'était pas le moment de jouer au héros.

— Oui, ils ont besoin d'une bonne leçon, dit-il.

— Tout à fait, approuva Kleinhart en se renfonçant dans son oreiller. La peur, ça marche à tous les coups. C'est toujours surprenant de voir à quel point c'est efficace comme méthode… la peur.

Ce mot noua les entrailles de Jean-Luc. S'efforçant de ne pas penser à ce qu'on risquait de lui infliger, il ne put s'empêcher de vérifier qu'il avait encore tous ses ongles.

Une infirmière s'avança en secouant un thermomètre. Le boche lui sourit.

— *Guten Morgen, Krankenschwester*[1].

— Bonjour, monsieur.

L'infirmière plongea ses doux yeux chocolat dans ceux de Jean-Luc.

— Ouvrez la bouche, monsieur, s'il vous plaît.

Docilement, il s'exécuta sans cesser de la regarder pendant qu'elle lui glissait le thermomètre sous la langue. Un violent élancement lui coupa le souffle, comme si sa joue allait se rouvrir. Il referma la bouche sur le tube de verre, reprenant sa respiration en détaillant l'infirmière. Elle semblait très jeune ; son teint de porcelaine, parfaitement lisse, lui fit penser à une toile vierge.

---

1 « Bonjour, infirmière ».

Elle croisa son regard en lui ôtant le thermomètre de la bouche. Se détourna très vite.

— Où suis-je ? lui demanda Jean-Luc.

Il voulait établir un contact avec elle, mais l'infirmière se concentrait sur le thermomètre.

Soudain, elle le regarda droit dans les yeux.

— À l'hôpital Beaujon.

Sa voix lui parut intime, comme un murmure adressé à lui seul.

— L'hôpital Beaujon ? dit-il sans quitter ses yeux chocolat brillants de compassion.

— C'est un hôpital allemand.

Le cœur de Jean-Luc se mit à cogner à ses oreilles. Bien sûr ! C'était pour cela qu'ils parlaient tous en allemand ! Mais pourquoi l'avait-on amené là ? Il balaya la salle du regard, se pénétrant de l'efficacité débordante des boches, de la blancheur amidonnée des lieux. Sans doute était-il entre de bonnes mains, mais pourquoi ne l'avait-on pas anesthésié pour recoudre sa plaie ? Était-ce parce qu'il était français ? Ou le soupçonnait-on d'avoir voulu commettre un attentat ?

Si les boches avaient découvert son projet de sabotage, ils l'auraient sûrement envoyé dans un hôpital français, voire directement à la question. Non, ils ne se doutaient de rien. C'était impossible. Mais qu'avait-il à la jambe ?

L'infirmière s'affairait à border les draps au fond du lit. Il attendit qu'elle ait fini pour lui demander :

— Vous savez ce que… ce que j'ai à la jambe ?

Sans un mot, elle décrocha la pancarte du lit et l'examina en fronçant les sourcils.

— Je suis désolée, mais je n'en sais rien. Tout est écrit en allemand…

— Faites-moi voir, l'interrompit le boche d'une voix forte.

Elle lui tendit la pancarte sans le regarder.

— Fracture du fémur, traduisit le boche. Vous avez été heurté par un train ?

— Non… *(La tête de Jean-Luc se remit à tourner.)* Une pièce d'assemblage s'était détachée, je l'ai prise en pleine face.

— Vous travaillez sur les voies ferrées ?

— Oui, monsieur.

— Eh bien, la prochaine fois, soyez plus prudent.

Jean-Luc acquiesça et se retourna vers l'infirmière. Elle était sur le point de partir, mais sa présence le réconfortait. Elle au moins était française, comme lui.

— Combien de temps vais-je rester ici, mademoiselle ?

Il voulut sourire, mais cela lui faisait trop mal.

— Ça, je l'ignore. Il vous faudra demander au médecin.

Et sur ces mots, elle s'en alla, le laissant seul avec le boche.

11
Charlotte

Paris, 4 avril 1944

Comme si le couvre-feu des boches ne suffisait pas, mes parents m'imposaient également le leur. Je devais être rentrée avant 8 heures, même si, à dix-huit ans, je mourais d'envie de sortir le soir. Dans des cafés ou dans ces bals clandestins dont les gens parlaient à voix basse, d'un ton excité. Ma seule distraction, c'était le vendredi soir, lorsque j'avais la permission d'inviter quelques amies à la maison. Maman nous laissait nous installer dans la bibliothèque, bien plus douillette que le salon avec ses banquettes Louis XVI, raides et tendues de tapisserie. Les canapés de la bibliothèque venaient de notre maison de campagne, leur cuir était doux et usé. Nous aimions nous vautrer dedans en faisant semblant de fumer pour avoir l'air décadentes, alors qu'en réalité, nous mâchions des bâtons de réglisse en buvant le thé que maman commandait en Angleterre, avant la guerre.

Agnès me regarda du coin de l'œil en suçant sa réglisse.

— Tu sais que Marc est parti ?

— Marc ? Mais il est catholique.

Mon cœur s'emballa. Ils ne pouvaient pas avoir emmené Marc !

— Mais non, bécasse. Il a rejoint le maquis.

— Non !

— Il n'est pas venu te dire au revoir ?

J'aimais beaucoup Marc, et Agnès le savait. Je fis non de la tête sous le regard apitoyé de mes amies.

— Ne t'en fais pas, dit Mathilde. Il n'a dit au revoir à personne. Si on le sait, c'est parce que sa mère a rencontré la mienne en faisant la queue à la boulangerie. Elle est complètement bouleversée, tu penses bien. Quand les boches attrapent un résistant, ils le tuent.

Comment pouvait-elle dire de telles horreurs avec cette désinvolture ? Je tentai de me ressaisir :

— Enfin, au moins, il fait quelque chose, lui. Vous n'avez pas envie d'agir, vous ?

Je les dévisageai tour à tour d'un air interrogateur, mais ne récoltai que des regards inexpressifs.

— C'est trop dangereux, répondit enfin Agnès. Pour ma part, je n'ai aucune envie de prendre le maquis. Ils vivent comme des sauvages dans les collines, ils dorment dehors… Tu imagines ?

— Mais au moins, ils tentent de faire bouger les choses, non ? Ils font ce qu'ils peuvent.

Je ressentais le besoin de défendre ceux qui avaient fait ce choix.

— Je les trouve très courageux, reconnut Mathilde. Mais moi, j'en serais incapable. De toute façon, je ne leur servirais à rien : je me mettrais à table dès l'instant où je me ferais arrêter. *(Elle frissonna.)* Les boches leur font des choses atroces quand ils les attrapent…

— Imaginez devoir transmettre un message… Je serais malade d'angoisse, murmura Agnès.

Je poussai un profond soupir.

— Moi aussi. Mais si on me le demandait, je crois que j'aurais envie d'essayer.

— Tu as des nouvelles de Jacques ? me demanda Agnès à brûle-pourpoint.

Jacques avait disparu une nuit du mois précédent. La Sorbonne l'ayant exclu en raison de ses origines juives, Mathilde lui faisait passer les cours d'autres étudiants, mais il n'était pas venu à leur dernier rendez-vous. Par la suite, nous avions appris qu'il avait été arrêté et conduit à Drancy.

— Si seulement je lui avais demandé de venir habiter chez nous…, soupira Mathilde en se rembrunissant.

Agnès lui serra affectueusement le bras.

— Ç'aurait été trop dangereux. S'ils l'avaient trouvé chez toi, ils vous auraient emmenés aussi, toi et tes parents.

— J'espère qu'on sera toujours amis quand il reviendra…

La voix de Mathilde se brisa. Je comprenais la détresse de mon amie. Combien de fois étions-nous restées les bras ballants pendant qu'on emmenait nos voisins et nos amis Dieu sait où ? Nous nous sentions toutes complices d'une manière ou d'une autre, sans jamais l'exprimer à voix haute. Car que pouvions-nous faire d'autre ?

— Vous avez entendu parler de cet homme qui a abattu un nazi au Printemps ?

Une fois de plus, Agnès changeait de sujet. Elle semblait toujours tout savoir avant tout le monde. Le fait de travailler à la boulangerie y était sans doute pour quelque chose : les gens parlaient en faisant la queue pendant des heures. Nous la regardâmes, attendant la suite.

— Oui, en plein jour ! Au rez-de-chaussée du magasin, là où il y a les sacs à main.

Elle nous laissa digérer la nouvelle.

— Il savait qu'il serait arrêté et exécuté, mais il l'a fait quand même… Ce n'est pas du courage, ça ?

— Peut-être, mais ils ont fusillé des prisonniers français en représailles, objecta Mathilde en se levant du fauteuil. Penses-tu que ça en valait la peine ? Je n'en suis pas sûre.

Je réfléchis.

— À mon avis, ça ne fait qu'énerver les boches, et ça les pousse à nous traiter encore plus durement.

— Tout à fait d'accord, dit Mathilde. Ce n'est pas en tuant des boches au hasard que nous gagnerons la guerre.

Elle s'affala de nouveau dans son fauteuil. Agnès se pencha en avant pour chuchoter d'un ton de conspiratrice :

— Il paraît que de Gaulle tente de former une armée en Angleterre. Un jour, ils viendront nous aider à combattre les boches.

— Eh bien, nous devrions être prêts à ce moment-là, dis-je, regrettant de ne pouvoir agir.

— Prêts ? dit Agnès en riant. Ah, mais je suis prête, moi ! Plus que prête, même ! S'ils arrivent jusqu'ici, je les embrasserai.

— Moi aussi ! s'écria Mathilde. Un bel Anglais, ça ne me déplairait pas…

Toutes se mirent à glousser.

— J'aimerais bien avoir l'un de ces sacs à la mode… vous savez, en forme de masque à gaz, dit Agnès.

Mathilde sourit.

— Oui, ils sont très en vogue, mais aussi très chers.

— Et j'aimerais aussi me coiffer d'un turban… *(Agnès caressa ses cheveux ondulés.)* C'est du dernier chic, mais maman ne me permettra jamais d'en porter un. Elle dit que ça fait paysan.

— Bah, il faut savoir le porter. Rehaussé par une jolie paire de boucles d'oreille…

Mathilde semblait goûter le tour que prenait la conversation, mais pour ma part, je ne comprenais pas comment nous pouvions parler mode et coiffure dans un moment aussi grave. Tout cela me paraissait d'une telle futilité ! Étions-nous donc si étriquées, nous, les filles ? Cette pensée me déprima.

— Saviez-vous que Mme Clermont, de la pharmacie, fréquente un nazi ? dit Agnès.

J'acquiesçai. Certaines rumeurs m'étaient parvenues.

— C'est un SS…, murmura-t-elle.

Les yeux de Mathilde étincelèrent de rage.

— C'est dégoûtant ! Cette femme mériterait la mort !

Agnès se dirigea vers le piano, l'ouvrit, enfonça une touche avec force et attaqua *Mon légionnaire*. Mathilde alla s'appuyer contre le piano, mais je n'étais pas d'humeur à chanter, ce soir-là.

Soudain, Agnès s'interrompit pour se tourner vers moi.

— Charlotte, j'espère que tu ne m'en voudras pas de te poser cette question, mais… pourquoi travailles-tu dans un hôpital de boches ?

Mes joues se mirent à brûler.

— Pour ta gouverne, sache que les malades ne sont pas tous des boches, il y a aussi quelques Français.

— Oui, mais ce sont des collabos. Du coup, ça revient au même.

— Je trouve même ça pire ! se récria Mathilde. Personne ne les obligeait à s'enrôler dans l'armée allemande, pas vrai ? Ce sont eux qui ont choisi de le faire.

Je ne relevai pas sa dernière remarque : avec Mathilde, il n'y avait jamais de nuances.

— C'est maman qui m'a trouvé ce travail. Elle voulait que je m'occupe.

— Ta mère ? Mais je croyais qu'elle détestait les boches.

— Bien sûr qu'elle les déteste. Mais « soigner les malades est une excellente occupation pour une jeune femme en temps de guerre », dis-je en imitant le ton péremptoire de ma mère.

Mes amies éclatèrent de rire.

— Eh bien, tu as tort ! rétorqua Mathilde, le regard glacial. Tu es une grande fille, maintenant. Tu n'es pas obligée d'accepter tout ce que ta mère te dit de faire.

Je ne répliquai pas. Mathilde avait marqué un point : il serait bon que je commence à faire mes propres choix.

— Je pensais que tu irais à la Sorbonne. Tu ne voulais pas faire des études de lettres ? Tu as eu des résultats si brillants au baccalauréat.

Agnès rabattit bruyamment le couvercle du piano. Je frémis : maman m'avait appris à le fermer en douceur.

— C'est vrai, les études me manquent beaucoup.

— Bah, tu peux toujours lire chez toi… Tu n'as pas besoin d'aller à l'université pour ça, n'est-ce pas ?

— Ce n'est pas pareil. Un livre, ce n'est pas seulement des caractères imprimés sur des pages.

Agnès haussa les épaules.

— De toute façon, ça n'est pas vraiment pertinent pour le moment.

— Oui, je vois ce que tu veux dire, dit Mathilde. Ça a l'air futile de vouloir étudier quand d'autres se font arrêter et fusiller… Ta mère a peut-être raison, après tout.

— C'est ça, maman dit qu'elle ne voit aucune raison de poursuivre des études quand l'avenir est si incertain. De plus, mieux vaut avoir des tickets de rationnement que des diplômes, par les temps qui courent. C'est plus utile… L'éducation, c'est un luxe que nous ne pouvons plus nous permettre.

— C'est ce que dit ta mère ? s'enquit Mathilde en fronçant les sourcils.

— Non, c'est moi qui le dis.

— Mais c'est bizarre, non ? Alors que vous êtes si riches !

— Je parle d'un point de vue moral.

La perplexité de Mathilde augmenta.

— Moral ?

— Ma foi, nous avons d'autres priorités en ce moment, non ?

J'espérais ne pas l'avoir offusquée.

— Oui, mais que pouvons-nous faire d'autre ? s'enquit Mathilde.

Agnès se leva en soupirant, assommée par le tour qu'avait pris la conversation.

— Vous, je ne sais pas, mais moi, j'ai tout le temps faim, dit-elle en tapotant son ventre plat. Enfin… Au moins, on a la ligne, pas vrai ?

— Un peu trop, même…

Comme pour acquiescer, mon estomac se mit à gargouiller.

— Dimanche, nous avons mangé de l'agneau, chuchota Agnès. Maman a mis son collier de perles au clou pour en acheter au marché noir… C'était l'anniversaire de papa.

Mon front se plissa de désapprobation.

— Ma mère n'aime pas se servir au marché noir.

— Mais ça ne la dérange pas que tu soignes des boches ? riposta Agnès. Mes parents ne me laisseraient jamais faire ça, eux. Tu devrais plutôt faire attention à ne pas t'attirer d'ennuis.

J'ouvris de grands yeux. Que voulait-elle dire ?

— Tu sais comment sont les soldats… Ils seraient prêts à tout pour…

— Pour quoi ? demanda Mathilde.

— Tu sais bien, répliqua Agnès en me regardant d'un air entendu.

À cet instant, maman entra avec un plateau de thé.

— Bonsoir, les filles…

Nous nous redressâmes, le dos droit, au garde-à-vous.

— Bonsoir, madame de la Ville, dirent Agnès et Mathilde en chœur.

Maman servit le thé à l'aide d'une passette dans les tasses en porcelaine.

— Earl Grey.

— Merci, madame de la Ville.

Je poussai un soupir. Il me tardait que maman reparte pour que nous puissions reprendre notre conversation. Mais elle ne semblait pas prête à s'en aller, elle restait là dans son tailleur sur mesure, pincé à la taille. Si seulement je pouvais porter des tenues élégantes comme les siennes au lieu des robes informes qu'elle me confectionnait ! Ma mère continuait de me voir comme une enfant.

— Comment va ta maman ? s'enquit-elle auprès d'Agnès, d'une voix soucieuse.

— Très bien, merci.

Je sentis Agnès se raidir. Sa mère et la mienne étaient en froid depuis quelque temps. C'était en lien avec la guerre et le marché noir.

— Je continue de l'aider à la boulangerie. Enfin, quand il y a du pain, bien sûr…

— Oui, les files d'attente semblent de plus en plus longues, n'est-ce pas ? Et toi, Mathilde, comment se passent tes études ?

— Bien, je vous remercie. Enfin, ce n'est pas toujours simple, en ce moment ; certains cours ont été annulés.

Maman hocha la tête.

— Tu as des manuels, mais ce n'est pas la même chose, n'est-ce pas ?

— Non, surtout en sciences.

— Oui, c'est sûr…

Maman semblait avoir oublié ce qu'étudiait Mathilde.

— Eh bien, je vais vous laisser, les filles. Je repasse à 8 heures, cela vous laissera tout le temps de rentrer chez vous.

— Mais maman, c'est dans une heure ! Elles n'habitent pas si loin que ça.

— Inutile de tenter le diable.

Là-dessus, elle tourna les talons en refermant la porte derrière elle.

— Ne t'en fais pas, Charlotte, dit Mathilde gentiment. Ma mère aussi préfère que je sois rentrée bien avant le couvre-feu.

Agnès me regarda d'un air inquiet.

— Charlotte… Tu devrais vraiment faire très attention dans ton hôpital de boches. Ça m'étonne que tes parents te laissent faire. Certaines personnes pourraient se méprendre, tu sais.

Mon cœur bondit.

— Qu'est-ce que tu veux dire ?

— Ma foi… On pourrait croire que tu collabores.

— C'est faux !

— Tu sais comment sont les gens…

Mathilde la transperça du regard, furieuse.

— Arrête, Agnès ! Tout le monde sait que Charlotte n'est pas comme ça.

— Bien sûr ! Nous, en tout cas, on te soutiendra.

Agnès se leva, déplissa sa robe et considéra le tableau accroché au mur.

— C'est un Picasso ?

— Oui, maman l'a ramené la semaine dernière.

Agnès s'approcha de la toile.

— C'est très avant-gardiste. Il n'a plus le droit d'exposer ses œuvres, vous savez. Les nazis disent que c'est de l'art dégénéré.

— Dégénéré ? *(Mathilde se mit à rire.)* Qu'y a-t-il de dégénéré là-dedans ?

— Il doit lui avoir coûté une fortune, murmura Agnès sans le quitter des yeux.

— C'est un cadeau.

— Un cadeau ? Ta mère doit connaître des gens très intéressants.

Son amie le pensait-elle vraiment ? Charlotte n'aurait pas pu en jurer.

12

Jean-Luc

Paris, 5 avril 1944

Deux jours plus tard, Jean-Luc entamait les tartines beurrées de son petit déjeuner – ils avaient du beurre dans cet hôpital ! – lorsque la figure menaçante du chef de gare apparut dans son champ de vision.

— Bien, bien, bien… Qu'est-ce qui t'est arrivé, alors ?

Par réflexe, Jean-Luc porta la main au bandage qui lui entourait la tête.

Le chef de gare, mal à l'aise, jeta un coup d'œil en direction du lit que Kleinhart venait de quitter. L'Allemand devait être allé aux toilettes.

Jean-Luc repoussa sa tartine, l'appétit coupé.

— Non, non… Finis ton petit déjeuner. Je suis juste venu voir comment tu allais et te poser quelques questions. Ça te dérange si je… ?

Le chef de gare désigna le lit.

— Bien sûr que non. Asseyez-vous, je vous en prie. Il y a la place, dit Jean-Luc.

Merde ! Il aurait dû se préparer à cet entretien. Comment allait-il s'expliquer ?

Règle n° 1 : ne rien laisser paraître de sa nervosité.

Il reprit sa tartine, se força à mordre dedans, mais le pain était froid et caoutchouteux.

— Tu es comme un coq en pâte, dis-moi. On s'occupe bien de toi, ici…, constata le chef de gare.

— Oui.

— Comment va ta jambe ?

— J'ai une fracture du fémur. Ça devrait se réparer très vite.

— C'est une bonne nouvelle. Hem, ce qui s'est passé est extrêmement… fâcheux.

Jean-Luc fronça les sourcils. « Fâcheux » ? C'était un euphémisme !

— Je… Je ne sais pas trop ce qui s'est passé, j'étais inconscient…

— Oui, bien sûr. Quand tu as pris ce retour de pied-de-biche, l'un des b… euh, des soldats allemands… l'un d'eux, donc, a estimé nécessaire de te corriger.

— De me corriger ?

Son cœur battait très fort.

— Oui, il a cru que tu avais commis une erreur… *(Le chef de gare laissa passer quelques secondes.)* Ma foi, il n'avait pas tout à fait tort, n'est-ce pas ? Cette éclisse était parfaitement fixée. Je l'avais vérifiée moi-même la veille. Qu'est-ce que tu fichais avec ce pied-de-biche ?

Jean-Luc chercha désespérément les mots adéquats. Règle n° 2 : toujours préparer ses réponses.

— C'était… Les rails, ils n'étaient pas tout à fait droits. Il fallait en ramener un vers l'intérieur.

— Vers l'intérieur ? Mais tu avais enfoncé le pied-de-biche de l'autre côté.

À cet instant, la jeune infirmière les interrompit.

— Une visite ? Comme c'est gentil, dit-elle en leur souriant. Je prends juste votre température et ensuite, je vous laisse tranquille.

Mais Jean-Luc ne voulait pas qu'elle le laisse seul avec le chef de gare. Il ouvrit la bouche, prêt à recevoir le thermomètre, et comprit avec soulagement qu'il ne pourrait pas poursuivre la conversation tant qu'il aurait le tube de verre sous la langue.

Se laissant aller contre l'oreiller, il regarda l'infirmière bavarder avec le chef de gare. Il lui sembla qu'ils discutaient du rationnement. Comment en étaient-ils venus à parler de cela ?

Il tenta de se concentrer sur sa réponse au sujet du pied-de-biche.

Règle n° 3 : rester cohérent dans ses réponses.

L'infirmière lui ôta le thermomètre de la bouche.

— 37,5 ! annonça-t-elle fièrement, comme si la fièvre n'avait baissé que grâce à son intervention. C'est bien, je reviendrai chercher le plateau du petit déjeuner dans quelques minutes.

Dès qu'elle fut partie, le chef de gare adressa un clin d'œil à Jean-Luc.

— Elle est mignonne. Et jolie. Tu es mieux ici qu'à Drancy, mon gars… Alors, le jeu en valait la chandelle ?

— Quoi ?

Jean-Luc s'étouffa avec un morceau de pain sec, au point que le chef de gare dut lui donner des tapes dans le dos.

— Que voulez-vous dire ? lui demanda-t-il dès qu'il eut repris son souffle.

— Ce que je veux dire ?

Le chef de gare se rapprocha pour que seul Jean-Luc puisse l'entendre.

— Mais, qu'est-ce que tu t'imaginais ?

Jean-Luc le dévisagea, les yeux agrandis par la peur.

Le chef de gare était maintenant si près de lui qu'il sentait le café dans son haleine.

— Écoute, un inspecteur allemand va venir te voir très bientôt. Il va te poser la même question que moi : qu'est-ce que tu foutais avec ce pied-de-biche ? Que vas-tu lui répondre ?

Il lui donnait une chance ! Il était de son côté et cherchait à le tirer du pétrin, comprit Jean-Luc, inondé de soulagement. Le chef de gare était un camarade.

— Écoute, tu t'en tiens à ce que tu m'as dit, à savoir que le rail n'était pas bien parallèle à l'autre et qu'il fallait le redresser. Mais ne sois pas nerveux, n'aie pas l'air d'hésiter. Tu as du bol, il a plu et le trou que tu avais creusé s'est embourbé. Quand le boche l'a examiné le lendemain, on ne voyait plus rien. Ça pourrait passer, vu que tu n'as pas d'antécédents. *(Le chef de gare réfléchit.)* Souviens-toi : quoi qu'il te dise, tu ne dévies pas de ta version.

À cet instant, Kleinhart revint vers son lit. Il les regarda avec curiosité.

— Qu'est-ce que c'est ? Les derniers sacrements ?

— Non, je prenais simplement des nouvelles de notre cheminot. Mais je ne suis pas inquiet, il va s'en sortir, plaisanta le chef de gare.

— Espérons-le ! Il faut qu'il puisse revoir cette infirmière dans d'autres conditions, répliqua Kleinhart en riant.

Jean-Luc enviait la décontraction du soldat allemand. Ce n'était pas à lui qu'on allait poser des questions épineuses…

La visite du chef de gare laissa Jean-Luc dans un terrible état d'anxiété. Les jours passèrent sans le moindre signe de l'inspecteur allemand, mais la boule d'angoisse ne cessait de croître au creux de son estomac. Kleinhart essayait parfois de lui faire la conversation, à la condition tacite que ce soit lui qui mène l'échange. Encore fallait-il aussi qu'il soit d'humeur.

— J'aime la France, déclara-t-il un matin tandis qu'on leur servait du pain et du jambon.

Jean-Luc, qui avait appris à attendre que Kleinhart lui pose une question avant de parler, se contenta d'acquiescer.

— Vous savez pourquoi ?

Devinant que la question n'était que de pure rhétorique, Jean-Luc attendit la suite.

— Parce que c'est le paradis sur terre ici ! Des vins exquis en abondance, des femmes de toute beauté, des œuvres d'art magnifiques. Nous n'avons rien de tout ça en Allemagne. Là-bas, c'est boulot, boulot, boulot. La vie est très dure. Nous n'avons jamais le temps de nous amuser comme vous. Créer, rêver… J'ai toujours adoré la France.

Ses yeux bleus sondèrent ceux de Jean-Luc comme s'il espérait y découvrir quelque chose, mais Jean-Luc s'efforçait d'afficher une expression parfaitement neutre.

— Vous avez une petite amie ? s'enquit Kleinhart.

— Non.

— Et pourquoi ? Avec la guerre, il n'y a plus beaucoup d'hommes. Un beau gars comme vous ne devrait pas avoir de problèmes pour s'en trouver une.

— Vous savez, je passe toute la semaine à Drancy, maintenant.

— Hum, ce n'est pas le meilleur endroit pour rencontrer des filles, hein ? Mais… et ici, l'hôpital ? Certaines infirmières sont très jolies…

Jean-Luc se sentit rougir.

— Je le savais ! s'écria Kleinhart. Vous l'aimez bien, hein ? J'ai tenté ma chance, mais elle ne m'adresse pas la parole, même quand je lui parle en français.

Jean-Luc se sentit obligé de défendre la jeune infirmière.

— Je sais, elle ne me parle pas à moi non plus.

— Foutaises ! J'ai bien vu comment elle vous regardait…

Quatre jours plus tard, il fut transféré dans un autre service. Cette fois, il avait un fauteuil près du lit et s'y affala avec gratitude. Clopiner d'un service à l'autre l'avait épuisé, même si l'infirmière l'avait soutenu tout du long – ou peut-être à cause de cela. Cette proximité physique, ce corps qui frôlait le sien lui avait affolé le cœur, comme s'il avait couru un sprint.

Elle le regarda.

— Je vais vous enlever vos bandages.

Il regarda ses mains fines, les imaginant s'affairer sur sa peau.

— Comment vous appelez-vous ?

— Charlotte.

— Charlotte, répéta-t-il avec plaisir. Moi, c'est Jean-Luc.

— Je sais.

Elle sourit, creusant de petites fossettes autour de sa bouche.

Jean-Luc s'épanouit et ils restèrent plusieurs secondes les yeux dans les yeux.

— Je vais essayer de ne pas vous faire mal.

— Merci, Charlotte.

Il n'imaginait pas qu'elle puisse lui faire mal, mais il se retint de le lui dire. C'était un peu trop osé.

Elle se pencha sur lui. Elle avait des ongles nets et courts et ne portait pas de bijoux. Quelques mèches dépassaient de sa petite coiffe blanche. Ses cheveux bruns et soyeux étaient coupés au carré, les pointes s'incurvant gracieusement sous son menton. Jean-Luc ferma les yeux et se concentra sur les doigts de Charlotte qui couraient sur son bandage, en soulevant les bords avec délicatesse. Il inspira profondément ; une légère odeur citronnée lui emplit les narines. Il prit encore une longue inspiration, savourant le parfum de la jeune infirmière.

— Maintenant, je vais désinfecter la plaie. Ça risque de piquer.

Il ne s'était même pas rendu compte qu'elle lui avait ôté son pansement. Il la regarda prendre un flacon, imprégner un coton de désinfectant et ne put se défendre d'un mouvement de recul lorsqu'elle l'approcha de sa joue.

Elle laissa échapper un petit rire.

— Ça ne fera pas mal longtemps.

La douleur le transperça comme une nouvelle entaille, et par réflexe, il porta la main à sa joue. Mais Charlotte fut plus rapide que lui et lui saisit le poignet au vol.

— Non, vous ne devez pas y toucher ! Vous risqueriez de l'infecter.

Comme elle ne le lâchait pas, tout naturellement, Jean-Luc referma ses doigts sur sa douce main.

13

Jean-Luc

Paris, 12 avril 1944

Il y avait quelque chose chez cette fille qui l'attirait. Allongé sur son lit d'hôpital, il la regardait passer la serpillière dans l'allée centrale. Était-ce ses façons tendres et gentilles ? Son naturel, sa simplicité ? Elle n'avait absolument pas conscience de son pouvoir de séduction. Il n'y avait aucune affectation chez elle, aucune minauderie. Pas de battements de cils ni de sourires factices.

Brusquement, elle releva la tête. Leurs regards se croisèrent et elle lui sourit. C'était un sourire lumineux, spontané. Jean-Luc inclina la tête sur le côté, l'invitant à venir lui parler.

Elle regarda autour d'elle, au cas où l'infirmière-chef aurait été dans les parages. Mais non, la voie était libre et Kleinhart était tourné de l'autre côté. Son corps s'abaissait et se soulevait sous les couvertures, au rythme de sa respiration laborieuse mais régulière. Il dormait à poings fermés.

— Tout va bien ? s'enquit Charlotte, le sourire aux lèvres.

— Oui, merci, répondit Jean-Luc. J'avais simplement besoin de compagnie.

— Vous voulez que j'aille voir si quelqu'un veut jouer aux cartes avec vous ?

— Non. C'est de votre compagnie que j'ai besoin.

La jeune fille piqua un fard. Elle devait avoir grandi dans un milieu très protégé, se dit Jean-Luc qui tâcha de ramener la conversation vers un sujet plus confortable.

— Vous avez toujours été infirmière ?

— Oh, mais je ne suis pas infirmière.

— Ah bon ? On ne le dirait pas.

— Je ne suis ici qu'à cause de la guerre. Normalement, je devais faire des études de lettres.

— Pourquoi vous n'avez pas continué ?

Elle haussa les épaules.

— Mes parents voulaient que je travaille. C'est la guerre…, poursuivit-elle devant l'air étonné de Jean-Luc. L'avenir est incertain et pour le moment, notre problème, c'est la faim. Mon travail à l'hôpital nous donne droit à des tickets de rationnement supplémentaires.

— Oui, ça se comprend. Vous devez aimer la lecture, alors ?

— J'adore la lecture.

— Quel est votre livre préféré ?

— *Le Comte de Monte-Cristo.*

Il sourit.

— Alexandre Dumas ?

Charlotte hocha la tête.

— Vous l'avez lu ?

— Oui, quand j'étais petit. C'est mon père qui me faisait la lecture. Il adorait… les histoires d'amour. Il m'avait même constitué une petite bibliothèque. À chacun de mes Noëls et de mes anniversaires, il m'offrait un livre.

Jean-Luc se tut quelques instants, se remémorant son père et son amour pour la lecture. Il reprit :

— Quelle merveilleuse histoire, vous ne trouvez pas ? Le comte ne renonce jamais.

Ses propres paroles lui faisaient mesurer avec amertume le gouffre qui s'était creusé entre lui-même et les héros de son enfance.

— En effet, dit Charlotte. Mais est-ce bien réaliste ? Cette manière qu'il a de toujours revenir après chaque atrocité qui lui arrive ?

— Je ne sais pas. Mais ça nous permet de rêver, non ?

— Rêver d'être meilleur qu'on ne l'est ? s'enquit-elle.

Dans son regard brillait le désir de progresser, d'être plus courageuse. Jean-Luc lisait en elle comme dans un livre ouvert.

— Oui, dit-il. Edmond Dantès ne baisse jamais les bras, en dépit de toutes les épreuves qu'on lui inflige. Enfant, j'avais adoré *Les Trois Mousquetaires*. Je voulais être d'Artagnan quand je serais grand. *(Jean-Luc eut un petit rire amer.)* Et aujourd'hui me voilà, soigné dans un hôpital allemand.

— Vous avez toujours été cheminot ?

— Oui, à quinze ans, j'en ai eu marre de l'école. J'ai voulu arrêter pour apprendre un métier.

— Et vos parents ? Ils ne s'y sont pas opposés ?

Jean-Luc sourit.

— Non. Mon père a toujours travaillé sur les routes et ma mère… Eh bien, ma mère s'occupait de nous. Au contraire, il était content que j'aie trouvé un emploi à la SNCF.

— Mais maintenant, ce sont les Allemands qui dirigent la SNCF.

— Oui, concéda-t-il.

Charlotte se détourna vivement. De toute évidence, elle craignait de se faire surprendre par l'infirmière-chef, mais Jean-Luc ne voulait pas qu'elle s'en aille.

— Oui, murmura-t-il. Ce sont les boches qui commandent, à présent… Et je n'aurais pas dû rester.

Charlotte baissa les yeux.

— Moi non plus, je ne devrais pas être ici.

Jean-Luc s'en voulut aussitôt. Il n'avait pas l'intention de la mettre mal à l'aise.

— Je trouve ça courageux de votre part, s'empressa-t-il de déclarer.

— Quoi ?

— Ma foi, il faut du courage pour venir ici tous les jours, être témoin de toutes ces souffrances, de tous ces malheurs. Regardez autour de vous. Pour la plupart, ce ne sont que des jeunes gens comme moi. Ce ne sont pas eux, les véritables ennemis. Les véritables ennemis, ce sont ceux qui sont au sommet, ceux qui donnent les ordres. Et je vous fiche mon billet qu'aucun d'eux ne finira sur un lit d'hôpital.

— Peut-être, mais ces jeunes acceptent d'obéir aux ordres, n'est-ce pas ? objecta Charlotte.

— Savez-vous la dose de courage qu'il faut pour résister à un système ?

Jean-Luc la laissa réfléchir quelques secondes avant de répondre lui-même à sa question :

— Plus que n'en ont la plupart, et je m'inclus dans le lot.

— Oh, vous pouvez m'inclure aussi… Je devrais arrêter de travailler ici.

— Non, Charlotte, ne faites pas ça… du moins, pas avant que je sois sorti. Vous êtes notre seul rayon de soleil, ici. Vous brillez comme un…

— Chut !

Kleinhart se retourna en toussant dans son sommeil.

Charlotte s'écarta du lit et, jetant un dernier regard à Jean-Luc, elle s'éloigna d'un pas vif.

14

Charlotte

Paris, 14 avril 1944

— Charlotte !

Je levai les yeux sur Mathilde, attablée en face de moi. J'avais beau essayer de me concentrer, ses paroles me passaient au-dessus de la tête. Jean-Luc occupait toutes mes pensées.

— Alors, qu'est-ce que tu en dis ? insista Mathilde. Tu crois que je devrais lui parler ?

Parler ? À qui ? Je n'osais pas lui demander de répéter…

— Avoue, Charlotte ! Tu n'as pas écouté un seul mot de ce que j'ai dit, n'est-ce pas ?

J'embrassai du regard le café miteux, les murs écaillés, les vieilles affiches d'Édith Piaf et d'Yves Montand.

— Excuse-moi, Mathilde. J'étais dans la lune.

— Ça se voit ! Qu'est-ce qui t'arrive ? À qui rêves-tu comme ça ?

Je me sentis rougir.

— À personne.

Elle sourit.

— Personne qui ?

Je ne pus m'empêcher de lui rendre son sourire.

— À quelqu'un que j'ai rencontré à l'hôpital.

— Quoi ? À l'hôpital Beaujon ? C'est un médecin ?

— Non.

— Je t'en prie, Charlotte, ne me dis pas que tu t'es amourachée d'un boche, chuchota-t-elle.

— Bien sûr que non ! Il est français.

— Collabo, alors ?

— Mais non !

Je bus une gorgée d'eau. Jean-Luc n'était pas un collabo, j'en étais sûre. Ce n'était pas sa faute si les boches avaient pris le contrôle de la SNCF.

— Pourquoi a-t-il été admis dans un hôpital allemand, alors ? me demanda Mathilde.

— Tu pourrais me poser la même question.

Je contemplai les taches de vin et de café qui maculaient la vieille table en bois.

— Je pourrais, en effet, sauf que toi, je te connais. Lui, je ne le connais pas.

Je relevai la tête. Mon amie me regardait avec inquiétude.

— Son travail consiste à entretenir les voies de chemin de fer. Il a pris un morceau de rail ou je ne sais quoi en plein visage.

— C'est un cheminot ? s'enquit-elle d'un ton teinté de déception.

— Oui… Mais je ne sais pas si je lui plais…

— À ta place, Charlotte, je ne me ferais pas trop de souci pour ça. En revanche, je ne te vois pas entretenant une relation à long terme avec un cheminot.

Je lui décochai un petit coup de pied sous la table.

— Ne sois donc pas si snob !

— Ça va, ça va… Alors, il est comment ?

— Que tu es superficielle ! dis-je en m'illuminant. Il a d'épais cheveux bruns, avec la raie sur le côté. Gauche.

— Sur le côté gauche ! Tu l'as drôlement bien observé, dis donc !

— Les yeux bruns… Enfin, pas bêtement bruns comme les miens. Avec des paillettes dorées et des reflets verts, mais de loin, on dirait qu'ils sont bruns.

— Tu dois l'avoir regardé de très près, alors !

— Évidemment, je dois lui prendre la température tous les jours.

— Est-ce qu'elle monte quand tu t'approches de lui ? pouffa Mathilde.

— Ne dis pas de bêtises. Si seulement je savais si je lui plais… Il doit s'ennuyer à rester alité toute la journée. C'est pour ça qu'il me parle.

— Mais Charlotte, pourquoi ne lui plairais-tu pas ? Tu es belle, intelligente…

— Non, c'est faux. Je suis laide et maigrichonne.

— Pour l'amour du ciel, Charlotte ! Il suffirait que tu te maquilles un peu… et puis, tu pourrais peut-être te laver les cheveux.

— Je sais, ils sont sales et tout raplaplas. Maman ne me permet de les laver que le dimanche soir. Il n'y a pas assez de savon.

— Ta mère, je ne la comprends pas. Vous avez un Picasso au mur, mais pas de savon !

— Les Picasso ne sont pas rationnés. Le savon, si.

— Ta mère refuse de se servir au marché noir, mais elle expose la toile d'un artiste interdit. *(Mathilde se pencha vers moi.)* Où est la logique dans tout ça ?

— Je sais, je sais… Mais maman a des principes. La solidarité. Pour elle, on doit tous se serrer les coudes, et si on nous impose le rationnement, il faudrait que ce soit le même pour tout le monde, les riches comme les pauvres.

Nous restâmes chacune perdue dans nos pensées. Ma mère pouvait être dure avec moi, mais elle était aussi dure avec elle-même.

— Si tu veux, je peux t'en trouver, du savon…, me dit Mathilde.

— Non, ne t'en fais pas pour ça.

— Bref…, dit-elle en étirant les jambes sous la table. De toute façon, je suis sûre que ton cheminot n'en vaut pas la peine. Ça ne m'a pas l'air d'un garçon pour toi.

— Il est très intéressant, figure-toi. Et il me pose des tas de questions sur moi.

— Bah, il cherche à te flatter. Est-ce qu'il parle aussi aux autres infirmières ?

Mon enthousiasme retomba.

— Oui…

C'était la vérité : Jean-Luc parlait à toutes les infirmières, je l'avais vu.

Mathilde m'adressa une petite moue suffisante.

— Et voilà.

— Oui, tu as raison. Je me fais sûrement des idées.

— Parce qu'il y a très peu d'hommes dans ton entourage, Charlotte, ce n'est pas normal. Du coup, dès que l'un d'eux s'intéresse à toi, ça te fait de l'effet.

— Oui, tu as raison. Il vaut mieux que je l'oublie.

— Parfait !

Mathilde se pencha au-dessus de la table pour murmurer :

— La guerre va bientôt se terminer, je le sens. Et tu rencontreras quelqu'un de mieux.

La serveuse s'arrêta à leur table.

— Un autre ersatz, mesdemoiselles ?

— Non merci. De l'eau, s'il vous plaît.

Mathilde regarda l'affiche punaisée en face d'elle.

— Édith Piaf chante ce week-end. On avait dit qu'on irait.

— Je sais, mais je n'ai pas encore demandé la permission à mes parents. Maman a été d'une humeur massacrante toute la semaine.

— On n'a qu'à y aller en matinée. Ne demande pas la permission à tes parents… Dis-leur que tu y vas, et c'est tout.

— D'accord, d'accord. Je le ferai.

— Et fais-moi le plaisir d'oublier ce garçon, tu m'entends ?

Mathilde ne comprenait pas. Je ne voulais pas l'oublier ni rencontrer quelqu'un d'autre. Je n'avais pas su lui expliquer à quel point il m'était facile de parler à Jean-Luc, que je l'aimais tel qu'il était et que je me sentais vraiment moi-même avec lui. Il ne me parlait pas tant que cela, mais surtout, il me laissait des silences à remplir. Et quand je me confiais à lui, il me regardait avec intensité, comme s'il souhaitait s'imprégner du moindre détail me concernant. J'adorais ses questions : grâce à elles, j'avais l'impression de me découvrir autant qu'il me découvrait. C'était la première fois que quelqu'un s'intéressait vraiment à mes opinions. Mes pensées s'échappaient de mes lèvres à l'état brut, mal dégrossies, mal formulées, mais Jean-Luc me guidait avec patience en buvant mes paroles. Je me fichais qu'il ne soit que cheminot et qu'il n'ait pas fini ses études ! Il aurait eu son bac s'il avait voulu le passer, j'en étais sûre. Sauf qu'il avait préféré faire quelque chose de plus concret, de plus utile.

Jean-Luc avait le même sentiment que moi vis-à-vis de l'Occupation. Lui non plus ne voulait pas travailler pour les boches. Nous étions tous les deux piégés par le système et il nous fallait trouver un moyen d'en sortir. Je brûlais d'en faire plus pour mon pays et Jean-Luc aussi, je le savais. Je cherchais désespérément des moyens d'agir, de résister à mon tout petit niveau. Je pouvais bien sûr accumuler les petits actes de défi, jusqu'à ce que je trouve le courage de commettre quelque chose de plus audacieux, de plus dangereux. Je pouvais commencer par plier mon ticket de métro en forme de V avant de le jeter par terre. Certains le faisaient… Mais jusque-là, je n'avais même pas osé prendre ce tout petit risque, pas depuis que j'avais vu une femme se faire frapper à la tête pour l'avoir fait. Les boches l'avaient forcée à se mettre à quatre pattes pour ramasser le ticket et le déplier. Sur le moment, j'avais été mortifiée pour elle, mais aujourd'hui, je regrettais de ne pas avoir été lui parler, de ne pas lui avoir dit que j'admirais son courage.

15

Charlotte

Paris, 17 avril 1944

Durant tout le récital d'Édith Piaf, je n'avais cessé de penser à Jean-Luc, surtout lorsqu'elle avait entonné *On danse sur ma chanson.* Jean-Luc faisait danser mon cœur et ma semaine se passait dans l'attente de le revoir le week-end suivant.

Dès mon arrivée à l'hôpital, le lundi matin, je commençai comme tous les jours à laver le sol du service à la serpillière. Jetant des regards alentour, je m'approchai petit à petit de son lit dans l'espoir d'échapper à l'œil impitoyable de l'infirmière-chef. Je savais que dans la matinée, les voisins de Jean-Luc seraient emmenés pour des séances de kinésithérapie. Réussirais-je à grappiller quelques instants d'intimité avec lui ? Alors que je continuais de m'activer, l'équipe de kinésithérapie avança dans ma direction et me dépassa d'un pas nonchalant. Je retins mon souffle. *Gagné !* Ils venaient chercher leurs patients et Jean-Luc n'en faisait pas partie. Je me concentrai sur la serpillière, tête baissée. Quand la voie fut libre, je me précipitai à son chevet.

Assis dans le fauteuil près de son lit, il lisait une brochure. Son regard s'éclaira lorsqu'il me vit.

— Charlotte ! Vous voulez bien vous asseoir une minute avec moi ?

— Non ! Je ne peux pas. Je dois d'abord faire votre lit.

Posant ma serpillière, j'entrepris de tendre ses draps au maximum, supprimant le moindre pli avant de les rentrer sous le matelas.

— Chaar-lotteeee.

La façon dont il prononça mon nom, avec une lenteur délibérée, en traînant sur la finale comme s'il le savourait jusqu'au bout, me fit bondir le cœur dans la poitrine.

— Oui ? dis-je d'un ton faussement détaché.

— J'ai quelque chose à vous dire.

Ma main s'immobilisa sur le drap. Jean-Luc me fixait d'un regard ardent.

— S'il vous plaît, Charlotte, asseyez-vous. Juste une minute. Tant que nous sommes seuls.

Je vins me percher au bord du lit, tout près du fauteuil, prête à bondir sur mes pieds si quelqu'un regardait dans notre direction.

— Je ne voulais pas vous mettre mal à l'aise, l'autre jour, dit-il avec douceur. Quand vous m'avez dit que vous ne devriez pas travailler ici…

Sa voix n'était plus qu'un murmure, si bien que je dus me pencher pour l'entendre.

— … dans un hôpital allemand. Mais vous n'avez rien à vous reprocher, Charlotte. Vous faites ce que vous avez à faire.

— C'est pourtant vrai. Je ne devrais pas être ici.

Les prunelles de Jean-Luc s'assombrirent, comme si toutes leurs paillettes s'étaient éteintes.

— Moi, je ne voulais pas travailler pour *eux*, reprit-il. C'est moi qui me déçois.

Je hochai la tête en regardant nerveusement autour de moi. Pas de danger, l'infirmière-chef et mes autres collègues assistaient l'équipe de kinésithérapie.

— J'ai fait une promesse à mon père, poursuivit Jean-Luc, en fixant un point au-delà de moi. Quand ils sont venus le chercher pour l'envoyer au STO…

— En Allemagne ?

Jean-Luc me regarda droit dans les yeux et il poursuivit d'un ton monocorde :

— Oui. Ça va bientôt faire deux ans. Ce jour-là, il m'a fait promettre de veiller sur ma mère.

Je hochai la tête avec compassion.

— J'aurais pu ne pas lui obéir, voyez-vous, mais je me sentais terriblement coupable.

— Pourquoi ?

— Parce que je m'étais disputé avec lui juste avant qu'on l'emmène… Une dispute horrible.

J'attendis la suite.

— Je lui ai dit qu'on ne devrait pas se coucher devant les boches, tout accepter sans rien dire. *(Il s'interrompit, se passa la main sur le front.)* Pardonnez-moi, Charlotte. Je ne devrais pas vous raconter tout ça.

— Non, continuez.

Je jetai encore un regard autour de moi : le calme et le silence régnaient toujours dans la salle.

— Mon père ne faisait que protéger sa famille, dit Jean-Luc, c'était sa priorité.

— C'est important de tenir ses promesses. Votre père serait fier de vous. Vous avez fait ce que vous estimiez être juste, dis-je en lui effleurant l'épaule.

Il secoua la tête.

— Ce qui était juste avant ne l'est plus aujourd'hui, vous ne pensez pas ? Mon père n'imaginait pas à quel point la situation allait empirer. Je suis sûr qu'aujourd'hui, il préférerait me voir agir. Vous comprenez, je veux qu'il soit fier de moi quand il reviendra.

J'opinai.

— Je comprends. Moi aussi, je me déçois, vous savez.

— Nous ne devrions pas être ici, Charlotte, ni vous ni moi.

Il se leva de son fauteuil en s'appuyant sur sa jambe valide.

Je me levai à mon tour. Mon visage était si près du sien que je sentais son souffle sur ma joue, comme de l'électricité courant sur ma peau.

— Charlotte, murmura-t-il. Nous valons mieux que ça, vous et moi. Je le sais.

Le cœur me manqua. C'était comme si un aimant m'attirait vers lui et me faisait vaciller. L'espace d'une seconde, je fermai les yeux et je sentis ses lèvres s'attarder sur mon front. Quiconque nous aurait surpris à cet instant aurait pris cela pour un tendre baiser paternel. Moi seule savais que c'était bien plus que cela. C'était le baiser d'un amant.

16

Charlotte

Paris, 18 avril 1944

— Qu'est-ce qui te met de si bonne humeur ? s'enquit maman d'un ton sec.

Je cessais aussitôt de fredonner.

— Tu ferais bien de te dépêcher, Charlotte. Tu vas être en retard à l'hôpital. Il est déjà 6 heures et demie.

Désormais, j'avais une bonne raison de me lever le matin. Je jaillissais du lit, impatiente de prendre mon poste à Beaujon. La faim ne me tenaillait même plus, j'avais même perdu l'appétit, comme si l'amour débordant de mon cœur remplissait mon estomac selon le principe des vases communicants. Je tentais bien de me sermonner : il fallait que je me calme, que je ne laisse rien paraître de mon excitation, il devait servir le même discours à toutes les filles qu'il rencontrait. Mais tous ces beaux raisonnements n'y changeaient rien. Avec Jean-Luc, j'avais l'impression de sortir de ma chrysalide, de me muer en femme plus mûre, plus belle. La femme que je voulais être. Voire plus : auprès de lui, je me sentais investie d'un courage insoupçonné. Je me sentais forte. Vivante. À ses côtés, j'étais prête à défendre mes idéaux, à courir des dangers que je n'aurais jamais imaginé affronter seule. Je voulais être courageuse pour lui. Je voulais être quelqu'un de bien pour lui.

Je piaffais d'impatience dans la rame de métro qui m'emportait à toute vitesse vers l'hôpital. Je regardais les autres usagers au visage las et sans expression en songeant : *J'ai un secret que vous ignorez !* Néanmoins, le feu qui brûlait dans mes yeux devait me trahir. Je me consumais d'amour.

C'était ce jour-là que Jean-Luc devait sortir de l'hôpital. Le sang bouillonnait dans mes veines. J'avais hâte de le voir dehors, dans la vraie vie. Nous pourrions aller nous promener dans Paris, aux Tuileries peut-être, main dans la main. Cette pensée me faisait frémir de joie.

Lorsque je pus enfin m'approcher de lui, il était assis sur son lit, encore en pyjama. Je compris tout de suite que quelque chose n'allait pas. Son visage était d'une pâleur mortelle. Et un boche était assis dans le fauteuil. Que pouvaient-ils se raconter ? Jean-Luc était attentif à ce que lui disait le boche. Je tendis l'oreille.

— … Sabotage… Interrogatoire…

Merde ! Que se passait-il ? Le boche affichait un air grave. Soudain, il se tourna vers moi.

— Oui, mademoiselle ?

— Je dois prendre la température du malade.

D'une main tremblante, je sortis le thermomètre de ma poche de poitrine, le brandissant comme une preuve.

Jean-Luc leva sur moi un regard stupéfait et ouvrit la bouche machinalement, sans me dire bonjour comme il en avait l'habitude. Si seulement j'avais pu l'embrasser par surprise… Mais je me contentai de lui placer le thermomètre sous la langue. Le boche soupira, comme excédé par le train-train hospitalier.

— Je croyais que votre patient sortait aujourd'hui, me dit-il.

— Oui, c'est le cas.

— Alors pourquoi lui prenez-vous la température ?

Si je détestais les boches, je détestais encore plus ceux qui parlaient français. Je mentis d'un ton neutre et dénué d'émotion :

— C'est la procédure. Je dois m'assurer qu'il n'a pas développé d'infection avant de le laisser sortir. *(Je m'adressai d'une voix douce à Jean-Luc.)* Vous avez l'air fatigué. Vous vous sentez en état de sortir aujourd'hui ?

— Oui, ça va aller, intervint le boche. Ce qu'il lui faut maintenant, c'est retrouver ses fonctions.

« Retrouver ses fonctions » ? Leurs façons de parler me donnaient parfois envie de rire. Ignorant délibérément sa remarque, je me concentrai sur Jean-Luc, mais il dardait des regards inquiets autour de lui, sans jamais s'arrêter sur quelque chose en particulier. Je repris avec calme, affichant devant le boche un courage que je n'éprouvais pas.

— Votre jambe commence tout juste à cicatriser, vous savez. Vous devez rester prudent…

Cette fois, Jean-Luc me fit oui de la tête, mais il était clair qu'il n'avait qu'une envie : partir de là, en bon ou en mauvais état.

Le boche se pencha en avant pour le regarder droit dans les yeux.

— En effet, vous devrez être prudent à l'avenir. Nous ne pouvons pas nous permettre d'autres accidents de ce genre. Nous avons demandé de bons ouvriers, pas des hommes qui ne sont même pas capables de manipuler un pied-de-biche comme il faut. C'est peut-être à cause de votre handicap. Votre main difforme n'a pas la force nécessaire pour manier des outils aussi lourds. Nous ferions peut-être mieux de vous envoyer dans l'un de nos camps de travail en Allemagne, où le travail est moins qualifié.

Jean-Luc se mit à tousser, délogeant le thermomètre. Je le lui retirai, le secouai et le lui remis sous la langue en effleurant volontairement les bourgeons de peau qui deviendraient sa cicatrice.

Le boche me lança un regard aigu.

— Vous vous occupez toujours aussi bien de vos patients, mademoiselle ?

Mes joues s'embrasèrent, ce qui déclencha son hilarité.

— Ha, ha, ha ! J'ai mis cette pauvre fille dans l'embarras !

Sans croiser le regard de Jean-Luc, je lui retirai le thermomètre de la bouche et lus sa température, les mains tremblantes.

Le boche se renfonça dans son fauteuil.

— Alors ? Il peut sortir ?

— Trente-sept, dis-je d'un ton que j'espérais affirmé. C'est un peu bas, mais ça ira.

Le boche éclata de rire.

— Je suis sûr que vous pourrez lui faire remonter la fièvre !

Il jubilait, ce maudit boche ! Il fallait que je reprenne le contrôle de la situation. Me tournant vers Jean-Luc, je m'adressai à lui d'une voix claire, en le regardant bien en face :

— Quand vous serez habillé, je vous apporterai les documents de sortie à signer.

Je saluai ensuite le boche :

— Au revoir, monsieur.

— J'espère que je ne vous fais pas fuir !

Il se retourna vers Jean-Luc.

— Encore un accident de ce genre, et nous pourrions remettre vos capacités en cause… Faites en sorte que ça n'arrive pas.

Sur ces mots, il se leva brusquement et nous fit le salut hitlérien.

Nous dûmes le lui rendre – nous étions dans un hôpital allemand. Puis nous le regardâmes s'éloigner à grands pas, ses bottes cloutées résonnant le long du couloir.

Dès qu'il eut disparu, Jean-Luc reposa la tête sur l'oreiller.

— Je l'ai échappé belle. Il voulait des détails sur mon accident…

Il me dévisagea longuement, la mine grave.

— Je crois que vous venez de me sauver la mise, Charlotte.

17
Charlotte

Paris, 22 avril 1944

Nous nous étions donné rendez-vous pour le samedi soir, à 6 heures. La veille, incapable de dormir, je m'étais tournée et retournée dans mon lit durant des heures, tous mes sens en émoi. Et le samedi, j'étais tellement nouée de trac que ce fut à peine si je pus avaler une bouchée. Papa mit mon manque d'appétit sur le compte d'une indisposition féminine et se jeta avec voracité sur mon assiette.

Comment m'habiller ? J'aurais aimé porter une tenue qui ne me donne pas l'air d'une écolière montée en graine… Ma mère étant allée faire la queue chez l'épicier, j'en profitai pour fouiller dans sa garde-robe : je dénichai une jupe en tweed ainsi qu'une vieille paire de chaussures en cuir noir, aux semelles fines comme du papier à cigarettes et aux talons complètement usés d'un côté. Je les garnis de vieux morceaux de carton pour éviter de sentir la moindre irrégularité des pavés. Puis, à l'aide de pointes, je clouai d'autres pièces de carton sur les talons abîmés et les peignis en noir. Le résultat n'était pas franchement confortable, mais vu de dessus, ça pouvait faire illusion.

Je passai l'après-midi à m'occuper de moi. Je me lavai les cheveux avec le copeau de savon que m'avait donné

Mathilde, les rinçant avec un seau d'eau froide additionné d'une cuillerée à café de vinaigre afin d'augmenter leur éclat. Puis, ressortant ma boîte de peinture d'écolière, je me peignis les lèvres en rouge en fixant la couleur avec un reste de graisse de canard dénichée au fond du frigo.

À 6 heures moins dix, j'étais prête ! Par chance, papa était sorti. Il n'y avait que maman à la maison ; elle était dans la cuisine, en train de râper quelque chose au-dessus d'un journal étalé sur la table.

— Maman, je vais chez Mathilde.

Elle se tourna vers moi et je me sentis rougir. Elle ne pouvait qu'avoir remarqué le soin tout particulier que j'avais apporté à mon apparence.

— Tu sais que je n'aime pas te savoir dans les rues à la nuit tombée. Je devrais peut-être t'accompagner…

— Non ! me récriai-je avant de prendre une profonde inspiration. Écoute, maman, j'ai dix-huit ans et Mathilde n'habite qu'à deux rues d'ici. Je peux très bien y aller toute seule.

— Ne serait-ce pas ma jupe, ça ?

Je devins écarlate.

— Mais maman, toutes mes jupes me sont trop courtes, elles m'arrivent au-dessus du genou. C'est gênant avec tous ces soldats dans les rues…

— Hem, je comptais la retoucher, cette jupe… Elle est beaucoup trop chargée. Extravagante, même, et parfaitement démodée.

Elle émit un claquement réprobateur de la langue, tandis que je plongeais dans un abîme de perplexité : qu'est-ce qui était pire ? Être démodée ou extravagante ?

— Et qu'est-ce que tu as sur les lèvres ? Tu les as peintes ! Et les soldats, que vont-ils penser de ça ? File te laver !

Je me rebiffai :

— Je voulais seulement être jolie, pour une fois !

— Es-tu sûre que tu ne vas voir que Mathilde ? Qui y aura-t-il d'autre ?

— Personne, juste Mathilde et Agnès.

Là-dessus, je filai prendre mon manteau pour échapper à ses questions.

C'était ridicule, pensai-je en sortant de l'appartement. Je n'aurais pas dû passer tant de temps à m'apprêter. Je n'avais réussi qu'à me faire remarquer…

Mais je me sentais dégringoler dans un puits sans fond, telle Alice au Pays des merveilles, trop curieuse et trop ravie pour me raccrocher aux parois. Jean-Luc occupait toutes mes pensées, faisant pâlir tout le reste en comparaison. Les pénuries, l'omniprésence des soldats allemands… plus rien ne comptait pour moi. Tant que j'avais Jean-Luc, plus rien n'avait d'importance. Avec lui, je vaincrais mes peurs et mes angoisses. Je tiendrais tête à mes parents, je leur annoncerais ma décision de ne plus travailler pour les boches. Jean-Luc et moi puiserions de la force l'un chez l'autre. Je brûlais de le revoir ! Chacune des paroles qu'il m'avait dites à l'hôpital était gravée dans mon esprit, comme s'il y avait apposé sa marque. Indélébile.

En marchant dans la rue Montorgueil, je me souvenais avec nostalgie de ce qu'elle était avant l'arrivée des boches. Bordée d'étals multicolores, elle embaumait le pain chaud et le poulet grillé. À la terrasse des cafés, des hommes coiffés d'un béret discutaient politique en fumant le cigare pendant qu'au marché, leurs femmes se bousculaient pour avoir les meilleurs morceaux de viande et les fruits et légumes les plus frais.

Aujourd'hui, c'était l'odeur âcre de la sueur rance qui flottait sur les pavés, la puanteur de la peur. L'ambiance sonore avait changé, elle aussi. Le temps était rythmé par les bruits de bottes, tandis qu'un silence étouffé retombait sur la rue entre deux patrouilles de soldats.

J'aimais aller me poster devant la pâtisserie Stohrer, comme au temps où les vitrines regorgeaient de pains au chocolat encore tièdes, de pains aux raisins caramélisés et de croissants à la texture aérienne. Je humais l'odeur imaginaire du chocolat chaud et des pâtisseries fraîches. Maman appelait ça faire du lèche-vitrine. Mais si le lèche-vitrine, c'était faire semblant d'acheter, alors faire semblant de faire du lèche-vitrine, c'était quoi ?

Faire semblant de faire semblant. C'était ce que nous faisions tous. On ne savait plus à qui se fier. Je m'appliquai à respirer calmement. Mon estomac gargouillait, mais je n'avais pas de sensation de faim, seulement de l'excitation à l'idée de le revoir.

Et puis, il fut là.

— Charlotte.

Il était si beau avec son long manteau de laine et ses chaussures cirées.

— Bonjour, dis-je d'une voix contrainte.

Je n'arrivais même pas à prononcer son prénom.

Il me fit la bise, une joue, puis l'autre. Pas ce baiser dans le vide que se font les gens. Ses lèvres sur ma peau m'électrisèrent tout entière. Il me coula son petit sourire oblique.

— On marche ?

Je sentis mes lèvres s'incurver, comme mues par une volonté propre, jusqu'à dessiner un immense sourire, et j'opinai en silence, les mots coincés au fond de ma gorge.

Je marchais à son côté, lentement, car il avait encore une canne. Néanmoins, il se débrouillait très bien pour quelqu'un qui s'était cassé la jambe à peine trois semaines plus tôt. Il me prit la main. À côté de la sienne, petite et difforme, la mienne me paraissait énorme et pataude. Je refermai mes doigts dessus, admirant son absence totale de gêne. Le naturel de Jean-Luc face à son handicap le rendait encore plus fort.

— On va jusqu'au pont Neuf ?

Je hochai la tête.

— Oui.

— Qu'est-ce que tu deviens ?

Les mots s'échappèrent de mes lèvres :

— Tu m'as manqué.

— Toi aussi, tu m'as manqué. Je n'ai pas cessé de penser à toi.

Mon cœur s'emballa et je pressai sa main avec émoi.

Soudain, deux soldats traversèrent la rue, se dirigeant droit sur nous. Je me raidis.

— Papiers ! aboya le plus grand des deux.

Jean-Luc s'appuya sur sa canne pour ouvrir son long manteau et tirer ses papiers de sa poche intérieure. Le soldat les lui arracha.

— Jean-Luc Beauchamps, SNCF, lut-il d'un ton ironique avant de tendre la main vers moi.

J'avais déjà préparé mes papiers que je lui remis sans le regarder.

— Charlotte de la Ville. Âgée de dix-huit ans. Vos parents savent que vous êtes dehors ?

Je mentis :

— Oui.

— Avec M. Beauchamps ?

Je fis oui de la tête, les yeux rivés au sol.

— Comme c'est romantique, ces petits rendez-vous secrets…, dit-il à l'autre soldat.

Tous deux se mirent à rire.

Puis il me rendit mes papiers.

— Passez une bonne soirée.

Nous continuâmes rue Montorgueil, sans parler, jusqu'à l'église Saint-Eustache, au bout de la rue. Jean-Luc rompit le silence.

— Tu sais, un jour, un boche m'a arrêté ici pour me demander si c'était Notre-Dame.

— Non ! Et qu'est-ce que tu lui as répondu ?

— J'ai répondu que oui, bien sûr !

Il éclata de rire et je me joignis à son hilarité, toute mon angoisse envolée.

Il reprit d'un ton plus sérieux.

— Entrons.

— D'accord.

Je n'avais pas tellement envie d'entrer dans une église, mais je pouvais difficilement refuser.

À l'intérieur, nous fîmes le tour, regardant les cierges qui brûlaient dans les chapelles. Jean-Luc mit une pièce dans le tronc et me tendit un petit cierge.

— Prions pour que cette guerre se termine vite.

Je fis le signe de croix en murmurant une prière.

À la sortie de l'église, nous partîmes vers la rue de Rivoli, puis nous traversâmes au niveau de *La Samaritaine*. Le pont Neuf était presque désert ; nous nous assîmes sur les bancs circulaires en pierre qui surplombaient la Seine. Je contemplai l'eau sombre en contrebas, me remémorant le temps où il y avait encore de la circulation sur le fleuve. Désormais, on ne voyait plus que des ondes noires qui s'écrasaient les unes contre les autres.

— Tu veux boire quelque chose ?

Jean-Luc tira une flasque argentée de la poche de son pantalon.

— Qu'est-ce que c'est ?

— Goûte.

Je pris une petite gorgée du liquide. Sa riche saveur me rappela les repas de famille du passé.

— Du vin ! Il est délicieux. Où te l'es-tu procuré ?

— Ne t'inquiète pas pour ça. Régale-toi.

J'en bus une autre gorgée et ma nervosité s'estompa. Tout allait bien se passer. Jean-Luc me regardait du coin de l'œil. Je pris encore une gorgée de vin – une bonne rasade – avant de lui rendre la flasque.

— J'ai aussi apporté de quoi manger, dit-il en me tendant quelque chose emballé dans du papier.

Je portai le paquet à mes narines.

— Du fromage !

— Oui, du comté !

Le fromage sentait si bon que mon estomac se creusa. Je le déballai avec empressement et caressai sa surface parfaitement lisse.

— Vas-y. Mange…

Il me sourit et me passa un bras autour des épaules.

Je mordis dans le fromage avec volupté. C'était comme si j'en mangeais pour la première fois. Il était si onctueux, si savoureux… J'en pris une autre bouchée avant de le passer à Jean-Luc.

Il secoua la tête.

— Il y a un souci ? m'inquiétai-je.

— Pas du tout. J'aime te regarder manger. *(Il me caressa la joue.)* Qu'est-ce qu'on va faire ?

— Quoi, maintenant ? Mais on est bien, là, tous les deux, dis-je en me blottissant contre lui, la tête sur son épaule.

— Et si on dansait ?

Il bondit sur ses pieds, m'entraînant avec lui, tandis que je lâchai le fromage sur le banc.

— Quoi ? dis-je en riant. Ici ?

— Oui. Ici !

Il m'enlaça, prit ma main et y déposa un baiser cérémonieux.

— Me ferez-vous l'honneur de m'accorder cette danse, mademoiselle ?

Je souris.

— Mais tout le plaisir est pour moi, monsieur.

Il se mit à me faire valser, prenant appui sur sa jambe valide, fredonnant un air que je ne connaissais pas. Petit à petit, nous ralentîmes le rythme et j'appuyai ma tête contre sa poitrine.

— Chaaarlo-tte, murmura-t-il au creux de mon oreille, m'envoyant des décharges électriques dans la nuque.

— Oui…

— Ces moments n'ont pas de prix pour moi.

Je me laissai aller contre lui en lui caressant le dos.

— Quand j'ai le cafard et que je me demande si cette fichue guerre prendra fin un jour, il suffit que je pense à toi et je… Ça me redonne de l'espoir. Ça me remonte le moral.

Il déposa un baiser au sommet de mon crâne, puis m'attira à lui. Ses lèvres trouvèrent les miennes et il se mit à les taquiner de sa langue, à les entrouvrir. Je sentis sa respiration s'accélérer tandis que nos corps s'épousaient.

Une tape sur l'épaule me fit bondir. Je me retournai.

Un gendarme me fixait d'un regard noir.

— Vos papiers !

Je me mis à fouiller dans mon sac pendant qu'un autre gendarme entraînait Jean-Luc sur le côté.

— Dépêchez-vous ! lança le gendarme en tapotant sa matraque dans la paume de sa main.

Je lui tendis mes papiers, tremblante.

Il me les arracha des mains, en prit connaissance et me regarda d'un air réprobateur. Ses yeux luisaient dans le noir.

— Vous ne devriez pas être dehors, à cette heure, à vous conduire comme une putain.

La tête me tournait. Je ne trouvais plus mes mots.

— Je pourrais vous emmener au poste pour vous interroger. Qu'est-ce qui m'en empêche, hein ?

Je ne savais pas comment me défendre. Je me tournai vers Jean-Luc, désemparée, mais il était en pleine discussion avec l'autre gendarme.

— Hein, qu'est-ce qui m'en empêche ? tonna le gendarme.

— Ce… ce n'est pas encore l'heure du couvre-feu.

Il se mit à rire.

— Ha ! Pas encore, non. Alors, dépêche-toi de rentrer, Cendrillon. Allez, rentre chez toi ! Vite !

Il me rendit mes papiers.

Je tentai de croiser le regard de Jean-Luc, mais il était toujours accaparé par l'autre gendarme. Que faire ?

— Rentre chez toi, Cendrillon, n'attends pas ton prince charmant.

Le sourire mauvais du gendarme me faisait peur.

— Allez, rentre chez toi ! Tout de suite !

Je m'éloignai, les tempes battantes, sans oser me retourner. Qu'allaient-ils faire de Jean-Luc ? Voyons, ce n'était que des gendarmes. Pas la Gestapo. Que pouvaient-ils contre Jean-Luc s'il n'avait rien fait de mal ? Ils ne pouvaient tout de même pas l'arrêter pour m'avoir embrassée ! Je tentai de me persuader qu'il ne lui arriverait rien, qu'il reprendrait vite contact avec moi. Mais par les temps qui couraient, rien n'était jamais sûr.

Sur le chemin du retour, je retournai dans l'église et allumai un cierge en priant pour que les gendarmes le laissent partir et que je puisse le revoir.

18

Jean-Luc

Paris, 22 avril 1944

Donnez un peu de pouvoir à un faible et il en abusera. Les gendarmes en étaient un exemple parfait. Jean-Luc avait vu Charlotte s'éloigner avec soulagement, mais désormais, il était seul face à eux. Ils n'avaient aucun motif pour l'arrêter, mais Jean-Luc savait qu'ils ne manqueraient pas d'exercer leur peu d'autorité à son encontre.

— Si on les avait laissés cinq minutes de plus, on pouvait les boucler pour attentat à la pudeur ! s'esclaffa le gendarme qui l'avait arrêté.

Jean-Luc tira un paquet de Gitanes de sa poche de pantalon et le lui présenta en souriant :

— C'est vrai, avec un peu de chance, vous auriez pu me coincer pour ça. Mais quoi, on est en France ! Il est de notre devoir d'honorer nos femmes !

L'atmosphère changea du tout au tout. Le gendarme prit une cigarette et Jean-Luc en proposa également une à son collègue. Il alla jusqu'à la leur allumer avec le briquet en argent qu'il tenait de son père. Enfin, il s'en alluma une, comme pour sceller ce pacte tacite de fraternité.

— Vous n'allez quand même pas arrêter un homme parce qu'il prend un peu de plaisir, si ? Je sors de l'hôpital.

Blessure à la jambe et à la joue, expliqua-t-il en touchant sa cicatrice. C'était mon infirmière.

— Jolie ! répliqua le gendarme en lui soufflant une bouffée au visage. Je parie qu'elle s'est bien occupée de vous.

— En effet, répliqua Jean-Luc en riant.

Après quelques plaisanteries plus ou moins drôles sur les femmes, les gendarmes le laissèrent repartir. Jean-Luc regarda sa montre : plus qu'une demi-heure avant le début du couvre-feu. Juste le temps pour rentrer chez lui. Il n'avait pas envie de prendre le métro, ce soir, il lui fallait réfléchir. Ou plutôt penser à Charlotte. *Chaaarl-otte, Chaaarl-otte.* Il caressait mentalement son prénom, se demandant ce qui la différenciait tant des autres. Peut-être les contradictions qu'il devinait en elle : une assurance mêlée de vulnérabilité, une naïveté teintée de bravade. Jean-Luc sentait chez cette jeune fille un courage qui attendait d'éclore, étouffé sans doute par une éducation stricte qui jusque-là ne lui avait pas permis d'exprimer ses propres opinions. Charlotte était comme un papillon dans sa chrysalide, un papillon qui n'avait pas encore déployé ses ailes. Elle regorgeait d'une chose qu'il croyait avoir perdue : l'espérance. Mais aussi l'envie de vivre, il l'entendait vibrer dans sa voix. Oui, Charlotte était prête à lui redonner l'envie de vivre, à la remettre entre ses mains indignes d'elle, avec confiance. Comme si elle s'attendait à ce qu'il la comble.

Mais elle avait autre chose, dans son allure… Quelque chose d'émouvant dans sa façon de lever le menton quand elle lui parlait, dans un effort pour paraître plus affirmée qu'elle ne l'était vraiment. Il adorait la regarder. Elle avait un profil de médaille : un front intelligent, ni trop bas ni trop haut, de longs cils qui frangeaient ses yeux d'un brun chaud, à peine moins foncés que leurs larges pupilles. Son nez était fin, peut-être un petit peu trop long pour être parfait, détail qui ne la rendait que plus parfaite à ses yeux.

Il tourna à gauche le long du quai, englobant du regard les bars et les cafés fermés. À vingt minutes du couvre-feu, les rues étaient désertes – il prenait des risques. Tentait-il le diable ? Cherchait-il à se faire arrêter ? N'importe quoi plutôt que de continuer sa sale besogne à Bobigny. Désormais, ses chances d'y échapper s'étaient encore réduites. Maintenant qu'il avait éveillé les soupçons, il ne pouvait plus se permettre le moindre écart. Il lui faudrait reprendre le travail et s'en accommoder. Mais était-ce possible ? Était-il normal que ce soit possible ? Il ferait peut-être mieux de s'évanouir dans la nature, ce serait toujours mieux que de travailler pour les boches. Il pourrait partir à la campagne, essayer de rejoindre le maquis, se cacher dans les collines. Avec ses connaissances ferroviaires, il pourrait aider les résistants à faire dérailler les trains. Mais alors, qui veillerait sur sa mère ? Qui ramènerait un peu d'argent à la maison ?

Jean-Luc arriva au niveau de Notre-Dame, sur l'île de la Cité. Elle brillait dans l'obscurité, intemporelle, indifférente à la guerre. Il songea à aller mettre un cierge, mais l'heure du couvre-feu était trop proche. Et puis, il n'aimait pas ses gargouilles torturées qui vous regardaient entrer. Vous jugeaient. Il passa son chemin. Ce soir, il avait envie d'être seul dans la nuit, au cœur de cette ville qui avait un jour été la sienne.

19

Charlotte

Paris, 28 avril 1944

Je soupirai en voyant notre bonne, Clothilde, en train de râper un gros morceau de rutabaga à la table de la cuisine.

— Ne souffle pas comme ça, Charlotte, dit maman en se baissant pour attraper sous l'évier un paquet emballé de papier journal. Ce soir, nous avons du pigeon. Pierre en a tué deux, cet après-midi. Je les lui ai échangés contre un reste de sucre. Du pigeon, c'est ça qu'il te faut ! Regarde-toi, tu es encore plus pâle que d'habitude.

Je lui pris le paquet des mains et entrouvris le papier journal. En effet, à l'intérieur se trouvait un pigeon entier, avec la tête et les pattes. Je repliai le papier et posai le paquet sur la table, en face de Clothilde. La vue du pigeon mort m'avait donné la nausée. Je dus pousser un autre soupir, car ma mère fronça les sourcils :

— Qu'est-ce qui ne va pas, Charlotte ?

— Rien.

— Mais si. Toute cette semaine, tu as eu la tête ailleurs.

— C'est cette guerre… J'en ai assez.

— Comme tout le monde, que crois-tu ? Mais il faudra bien qu'elle ait une fin, tu le sais.

— Mais tous ces gens qui ont disparu ? Reviendront-ils un jour ? Tous ces Juifs qui se font fait arrêter ?

Levant les yeux de son rutabaga, Clothilde me regarda avec intensité. Maman se rembrunit.

— Je l'espère.

— Tu l'espères ? À t'entendre, on dirait que tu n'y crois pas.

— On ne peut pas y faire grand-chose, Charlotte.

— Qu'est-ce que tu veux dire par là ?

— Que ça n'est pas de notre ressort. Mieux vaut ne pas trop y penser.

— Mais c'est difficile de ne pas y penser !

— Quand tu auras atteint un certain âge, Charlotte, tu comprendras que dans la vie, il y a certaines choses qu'on ne peut pas changer. Mieux vaut alors les accepter… et faire avec.

— Même si ces choses-là sont injustes ?

— Ça ne change rien à l'affaire puisque tu n'y peux rien.

— Donc, tu sais ? Tu sais ce qu'ils font des Juifs ?

— Non, je n'en sais rien ! Remercie juste le ciel de ne pas être juive.

— Et les Levi, alors ? Tu ne veux pas savoir ce qui leur est arrivé ? Les reverrons-nous un jour ? Tu étais pourtant amie avec Mme Levi.

— Oui, nous étions amies, et je suis triste de savoir qu'ils sont partis, peut-être très loin d'ici.

— Mais où ça, maman ? Où sont-ils allés ?

— Charlotte ! Arrête, veux-tu ? J'ignore où on les a emmenés !

Clothilde gardait les yeux fixés sur moi. J'avais l'impression qu'elle brûlait d'intervenir sans oser le faire, de crainte de sortir de son rôle.

Ce soir-là, nous dégustâmes notre soupe de pigeon sans mot dire. Seuls les bruits de mastication et de déglutition troublaient le silence. Mes parents saucèrent leur bol jusqu'à la dernière goutte, avec les doigts, car il n'y avait plus de pain. Pour ma part, je considérai mon bol de brouet grisâtre, à la surface duquel flottaient des os minuscules, et le repoussai, écœurée.

Papa leva les yeux au ciel, fit glisser mon bol jusqu'à lui et le but bruyamment.

Ce soir-là, avant d'aller au lit, je cherchai le mot collaboration dans mon vieux dictionnaire d'école. « Coopérer avec un envahisseur ennemi ou travailler ensemble à un projet commun ». Cela signifiait que la police française collaborait avec l'occupant, mais ça, je le savais déjà. Alors, où commençait et s'arrêtait la collaboration ? Pour ce que j'en voyais, tout le monde coopérait avec l'ennemi. Peut-être pas de façon volontaire, mais à l'arrivée, le résultat était le même : dans les restaurants, on servait de la viande aux boches alors qu'on crevait de faim, on leur indiquait leur chemin, on descendait du trottoir pour leur laisser le passage !

Parfois, les gens n'étaient que trop heureux de collaborer, tels ceux qui vous saluaient en allant vous dénoncer, même si la plupart des dénonciations étaient l'œuvre de corbeaux. Les lettres, c'était moins risqué. Des rumeurs couraient sur qui avait dénoncé qui, et sur les faveurs que les délateurs avaient reçues en contrepartie.

Un après-midi, j'étais avec une amie lorsque nous avions vu un vague voisin se faire tirer dans le dos en tentant de fuir un contrôle d'identité. Tout le monde avait rentré la tête dans les épaules, relevé son col et s'était empressé de rentrer chez soi. Ce n'était pas de la collaboration, ça ? Faire comme si rien ne s'était passé ?

Et puis, il y avait les femmes qui couchaient avec des Allemands. Pourtant, j'aurais parié que celles-là ne dénonçaient personne et ne divulguaient pas davantage de secrets d'État. Sans doute cherchaient-elles à obtenir des tickets de rationnement supplémentaires pour leur famille. Certaines étaient peut-être même réellement amoureuses… Je n'aurais jamais osé le dire à personne, pas même à mes meilleures amies, mais je trouvais certains soldats allemands plutôt normaux, voire mignons. Un jour, l'un d'eux m'avait souri et j'avais pressé le pas, le cœur battant. Étais-je effrayée ou excitée qu'un bel homme m'ait remarquée ?

De toute façon, c'était le gouvernement français qui nous avait ordonné de collaborer. On nous avait dit de coopérer avec les Allemands afin qu'ensemble, nous puissions bâtir une Europe plus forte, plus unie.

Quand les soldats allemands avaient défilé sur les Champs-Élysées, papa m'avait emmenée les voir. « C'est un moment historique, m'avait-il dit, et nous devons le voir de nos propres yeux. » Certaines personnes agitaient des drapeaux, accueillant avec enthousiasme ces grands soldats qui paradaient dans leurs beaux uniformes foncés. D'autres les regardaient passer en silence, les lèvres pincées. Papa, lui, n'avait pas de drapeau. « Nous allons devoir faire très attention », m'avait-il murmuré à l'oreille, la mine sombre.

En voyant ce défilé de chars, de camions et de militaires, je m'étais demandé ce que j'étais censée éprouver et à quoi exactement je devrais faire si attention.

Mais c'était en 1940, je n'avais que quatorze ans à l'époque. Depuis, de l'eau avait passé sous les ponts.

20

Jean-Luc

Paris, 29 avril 1944

Brûlant de voir Charlotte, Jean-Luc avait travaillé une semaine de plus à Bobigny pour grappiller du temps libre. Elle devait s'inquiéter pour lui, et il était sûr qu'elle l'attendrait devant Stohrer à 6 heures, le samedi soir. Cette fois, il lui confierait son projet de rejoindre le maquis. Peut-être viendrait-elle avec lui ? Il savait qu'elle voulait quitter l'hôpital allemand, qu'elle voulait agir. Elle en avait la motivation et le courage. Simplement, elle n'en avait pas encore pris la pleine mesure. Mais c'était possible. Tout était possible, il suffisait d'y croire. Et grâce à Charlotte, Jean-Luc y croyait à nouveau. Elle lui avait remémoré un temps où il croquait encore la vie à belles dents, un temps où il osait encore espérer en l'avenir.

Dans le train qui le ramenait à Paris, il contemplait la nuit, la tête appuyée contre la vitre froide. Des champs en friche, abandonnés aux oiseaux, défilaient dans le noir. Toutes les vaches avaient disparu – les boches aimaient leur steak à point. *Pourquoi n'avons-nous pas su protéger notre pays ?* se demandait-il. Désormais, la patrie était divisée, les frères s'opposaient entre eux. Quand cette guerre se terminerait enfin, il y aurait des règlements de comptes, des familles déchirées. C'était inévitable.

Charlotte l'attendait devant la pâtisserie, tout comme il l'avait imaginé. Elle lui tournait le dos, perdue dans la contemplation de la devanture vide. Se figeant sur le trottoir, il rabattit son chapeau sur son front pour l'observer à loisir. Ses mains enfoncées dans ses poches tiraient sur les pans de son manteau, accentuant sa taille de guêpe. Jean-Luc eut le cœur serré quand il vit qu'elle avait les jambes nues. Les hommes au moins pouvaient mettre des pantalons, mais les femmes n'avaient même plus de bas à porter. Charlotte replaça une mèche folle derrière son oreille. Comme il aurait aimé faire ce geste à sa place… Puis, elle porta la main à son estomac. La faim la tenaillait sans cesse, songea Jean-Luc, pris de pitié. Si seulement il avait pu l'amener au restaurant et la regarder se régaler d'un vrai repas. Lui aussi avait faim, mais il n'avait pas réussi à apporter quelque chose à manger, cette fois. Il sortit son porte-monnaie et se mit à compter les quelques billets élimés qu'il contenait. S'il ne donnait pas tout l'argent à sa mère dimanche, il aurait de quoi inviter Charlotte dans une brasserie. Juste une fois… Dans une brasserie, les gendarmes ne viendraient pas les embêter, et il pourrait avoir une vraie conversation avec elle.

Rempochant son porte-monnaie, il marcha vers Charlotte qui se retourna et le regarda droit dans les yeux. Jean-Luc l'attira à lui et l'embrassa sur la bouche. Surprise, elle se raidit.

Il desserra son étreinte.

— Ce soir, je t'emmène au restaurant.

— Quoi ?

Lui caressant les cheveux, il lui murmura à l'oreille :

— Oui. Je t'invite.

Et, lui donnant le bras, il l'entraîna dans la rue.

— Comment ça s'est fini, l'autre soir, avec les gendarmes ? lui demanda-t-elle.

— Très bien, je leur ai donné une Gitanes à chacun et ils m'ont laissé partir.

— Ouf ! J'étais si inquiète, murmura-t-elle, l'embrassant sur la joue.

Arpentant les pavés de la rue Montorgueil, ils se mirent en quête d'une brasserie. Jean-Luc ralentit à un coin de rue.

— Ici ? L'établissement convient-il à mademoiselle ?

— Je… Je ne sais pas. D'après mon père, ce serait une cantine de collabos, lui dit-elle au creux de l'oreille.

— De collabos ? Ma foi, ce n'est peut-être pas plus mal.

— Que veux-tu dire ?

— Qu'il vaut parfois mieux se trouver dans l'œil du cyclone…

— Mais… Et si quelqu'un nous voit entrer ?

Jean-Luc regarda autour de lui.

— Il n'y a personne. Vite !

Il lui tint la porte.

À leur entrée, deux hommes âgés, casquette sur la tête, se détournèrent de leur ballon de rouge pour les regarder. Le plus petit leva son verre dans leur direction avec un clin d'œil.

Sentant Charlotte se raidir, Jean-Luc leur adressa un sourire.

— Bonsoir, messieurs.

Une minute s'écoula sans que personne ne vînt leur indiquer de table. Jean-Luc commençait à se demander s'il n'avait pas été téméraire en choisissant cette brasserie. Son regard fut attiré par le reflet que lui renvoyait le grand miroir piqueté derrière le bar. Charlotte lui parut toute menue et effrayée à côté de lui. Il lui passa un bras autour des épaules et lui fit un clin d'œil dans le miroir. Aussitôt, elle lui sourit, son angoisse envolée.

La serveuse passa devant eux sans se presser avec un pichet de vin et des verres.

— Asseyez-vous. J'arrive tout de suite.

Jean-Luc regarda autour de lui. La partie bar occupait presque tout l'espace, avec son zinc et ses deux tables. D'autres petites tables rondes prolongeaient la salle à l'arrière dans une ambiance moins éclairée, plus intime. Jean-Luc conduisit Charlotte vers l'une de ces tables, le plus loin possible des deux hommes accoudés au bar. Il lui présenta une chaise, lui prit son manteau, puis il ôta le sien et ils s'assirent.

— Qu'est-ce que tu veux manger, Charlotte ?

— Je ne sais pas. Ça fait une éternité que je ne suis pas allée au restaurant. Que proposent-ils, ici ?

Jean-Luc sourit.

— Tu sais, ce n'est qu'une brasserie… Qu'est-ce qui te ferait plaisir ? De la viande ?

— Oh, volontiers !

— Mademoiselle, s'il vous plaît ? lança-t-il en direction de la serveuse, avec une assurance qu'il était loin d'éprouver.

— Monsieur ?

— Deux steaks et un pichet du rouge de la maison.

— Désolée, on n'a pas de steak, aujourd'hui.

— Ah, et qu'est-ce que vous avez ?

— Croque-monsieur, quiche, salade d'endives.

— Charlotte, qu'est-ce que tu prendras ?

— Un croque-monsieur, s'il vous plaît.

— Deux croque-monsieur, mademoiselle, et un demi-pichet.

La serveuse s'éloigna avec un air de mépris. Pourvu qu'elle ne leur crache pas dans l'assiette, pensa Jean-Luc. À sa place, c'est ce qu'il aurait fait s'il avait cru servir des collabos.

Quelques minutes plus tard, elle revint avec le pichet et deux verres. Elle ne leur servit pas le vin, mais déposa quand même une soucoupe d'olives sur la table. Jean-Luc en proposa à Charlotte et la regarda prendre délicatement une olive, mordre dans sa peau luisante, puis poser le noyau sur le bord de la soucoupe, près de celui qu'il venait d'ôter de sa propre bouche. C'était un geste intime : ce qui avait été dans sa bouche à elle contre ce qui avait été dans sa bouche à lui. Jean-Luc la dévisagea avec attention : pensait-elle la même chose que lui ?

Elle soupira de plaisir.

— Je n'avais pas mangé d'olives depuis… Je devais avoir douze ans. À l'époque, nous passions toujours le mois d'août en Provence.

— Ça devait être merveilleux. Moi, je n'ai jamais vraiment quitté Paris. C'est comment, là-bas ? lui demanda-t-il en remplissant leurs verres.

— C'est… inondé de soleil. Et l'été, les champs de lavande s'étendent à perte de vue. On cultive de tout, là-bas : des tournesols orientés vers le soleil levant et des champs d'oliviers avec leurs feuilles au dessous argenté.

— Tu m'y emmèneras, un jour ?

Jean-Luc leva son verre de vin dans la lumière avant d'en respirer l'arôme, puis ils trinquèrent en se regardant dans les yeux.

— À nous, en Provence, murmura-t-il.

Charlotte fit tournoyer le vin dans son verre, comme si elle hésitait à le boire.

— Goûte-le. *(Jean-Luc en but une gorgée.)* Il n'est pas mauvais… pour un vin de la maison.

Charlotte porta le verre à sa bouche et en but une gorgée, timidement.

— Délicieux, dit-elle en se passant la langue sur les lèvres.

La serveuse réapparut et, sans un mot, leur servit leurs assiettes. L'estomac de Jean-Luc se mit à gargouiller devant le fromage fondu qui s'échappait du pain grillé.

Les yeux de Charlotte brillèrent de plaisir.

— Ça a l'air bon…

— Bon appétit !

Elle coupa un tout petit carré de son croque-monsieur, mais avant de le porter à la bouche, elle s'interrompit pour regarder Jean-Luc.

— Merci pour ce repas.

— Tout le plaisir est pour moi. Je regrette de ne pas pouvoir te gâter davantage. Quand cette guerre sera finie, je t'emmènerai dans un endroit unique.

— Mais cet endroit est unique ! *(Elle se coupa un autre morceau.)* C'est merveilleux de manger de la vraie nourriture.

Jean-Luc prenait plaisir à la voir se régaler. Elle prit une gorgée de vin en le regardant du coin de l'œil.

— Tu n'as pas faim ?

Jean-Luc n'avait pas touché à son assiette. Il sourit.

— J'ai d'autres choses en tête, pour le moment.

Il se pencha vers elle.

— Tu m'as manqué, Charlotte.

Elle esquissa un sourire et ses yeux se mirent à pétiller.

— Beaucoup ?

— Comme ça !

Il écarta les bras puis lui prit la joue en coupe.

— Comment vas-tu depuis la dernière fois ?

— Eh bien, moi, c'est ton sourire qui m'a manqué, lui avoua-t-elle. Tous les jours.

— Le tien aussi m'a manqué. Plus que tu ne l'imagines. Et maintenant, mangeons !

Ils dégustèrent leur plat en silence, conscients de ce privilège.

— Et comment ça se passe à l'hôpital ? lui demanda-t-il à brûle-pourpoint.

Le sourire de Charlotte s'envola.

— Il faut que je démissionne. Je me sens coupable de travailler là-bas… Il faut simplement que je trouve le courage de l'annoncer à mes parents.

Elle regarda autour d'elle avec anxiété, comme si on risquait de l'entendre.

— Ne t'en fais pas, personne n'écoute. Mais tu ne dois pas te sentir coupable à ce point, Charlotte. Nous sommes tous complices, d'une manière ou d'une autre.

— Que veux-tu dire ? s'étonna-t-elle, perplexe.

— Eh bien, nous les laissons profiter de nos produits, de notre vin, de notre terre, de nos maisons. C'est dur, voire impossible, pour des civils comme nous de se rebeller contre une présence militaire. Seuls, on ne peut pas faire grand-chose.

Il lui remplit son verre qui était encore à moitié plein.

— D'accord, dit-elle, mais on devrait faire quelque chose, tu ne crois pas ?

Jean-Luc acquiesça.

— Tu sais où je travaille, n'est-ce pas ?

— À la SNCF, tu t'occupes des voies ferrées.

— Oui, mais tu sais où ?

— Non, pas exactement. Je… Je ne pense pas que tu me l'aies dit.

Jean-Luc se frotta les yeux, puis regarda autour de lui. Personne d'autre n'était entré dans la brasserie et les deux vieux étaient partis. Il n'y avait plus qu'un couple d'amoureux à quelques tables d'eux et ils étaient bien trop absorbés l'un par l'autre pour s'intéresser à ce qui se passait autour d'eux. Jean-Luc baissa la voix :

— Je travaille à Bobigny, la gare de départ pour Drancy. C'est le camp où ils envoient tous les Juifs.

Il but une rasade de vin, s'essuya la bouche du revers de la main et poursuivit :

— Ils les envoient là-bas par milliers, Charlotte, et ensuite, on ne sait pas ce qu'ils deviennent.

— Ils ne vont pas dans des camps de travail, en Allemagne ?

Jean-Luc fit non de la tête.

— Je pense qu'ils les envoient quelque part, très loin d'ici, et qu'une fois là-bas… Ils s'en débarrassent.

— Quoi ? Qu'est-ce que tu veux dire ?

— Je suis désolée, Charlotte. Je ne voulais pas te parler de ça ce soir.

Charlotte lui effleura la main.

— Dis-moi ce que tu entends par là.

Jean-Luc hésita. Il ferait peut-être mieux de laisser un caractère léger à la conversation. Il pourrait lui parler d'elle, la flatter, comme il le faisait à l'hôpital. Flirter était bien agréable, mais pour l'instant, il avait d'autres priorités à l'esprit. Il plongea dans ses yeux bruns et poursuivit à regret :

— Les boches les entassent dans des wagons à bétail, ils les écrasent les uns contre les autres. Et ensuite, ils les expédient très loin. Sans eau. Sans nourriture. Un des boches s'est, paraît-il, vanté d'avoir réussi à en embarquer plus de mille à bord du dernier convoi.

Charlotte pâlit.

— Je ne peux plus supporter de travailler là-bas.

Elle secoua la tête comme si elle refusait d'assimiler ce qu'il venait de lui dire.

— Mais ce n'est pas possible… Pourquoi feraient-ils une chose pareille ?

— Chut…

La serveuse passait devant leur table.

— Tout va bien ?

— Oui, merci. On pourrait avoir une carafe d'eau, s'il vous plaît ?

— Bien sûr, dit-elle en tournant les talons.

— Ne t'inquiète pas, dit Jean-Luc, elle n'a rien entendu.

Il baissa encore la voix.

— Pourquoi ? répéta-t-il avec un petit rire cynique. Parce que c'est la guerre, et que les immigrants juifs sont leurs ennemis.

— Mais ils arrêtent aussi les Juifs de France, maintenant, non ?

Le menton dans la main, elle le considéra avec intensité.

— Si seulement je pouvais faire quelque chose…

La serveuse revint avec la carafe d'eau et considéra leurs assiettes encore à moitié pleines.

— Merci, mademoiselle. Pourriez-vous aussi nous apporter un peu plus de vin, s'il vous plaît ? demanda Jean-Luc en lui tendant le pichet vide.

La femme le lui arracha des mains.

— Bien sûr.

Jean-Luc attendit qu'elle ait disparu derrière le bar pour se retourner vers Charlotte.

— On devrait terminer notre assiette.

— Toute cette conversation m'a coupé l'appétit…

— Peut-être, mais on ne doit pas se faire remarquer.

La serveuse déposa bruyamment le pichet sur la table. Jean-Luc se servit. Le verre de Charlotte était encore plein. Elle le vida d'un trait, comme si c'était de l'eau, puis se mit à découper son croque-monsieur froid en tout petits carrés, serrant le couteau et la fourchette à s'en faire blanchir les articulations.

— Charlotte…

Elle continuait de découper le pain en carrés de plus en plus petits. Jean-Luc prit sa main douce et blanche. Elle la lui reprit vivement, comme si elle s'était brûlée à son contact. Puis elle émit un petit son étouffé, se courba au-dessus de l'assiette et enfouit le visage dans sa serviette.

Jean-Luc se leva, passa de son côté de la table et la prit dans ses bras.

— Viens, partons.

21

Charlotte

Paris, 29 avril 1944

Une fois dehors, je me sentis mieux. C'était sans doute le vin qui m'avait rendue aussi émotive. Il fallait que je me calme, mais j'avais le vertige. Dans mon esprit, c'était le chaos. Jean-Luc marchait à l'aide de sa canne, mais il me tenait fermement par la taille. Son étreinte me rassurait. Pourtant, personne n'était en sécurité. Personne. Nous marchâmes un moment en silence, et l'abord de la rue Saint-Denis, mes larmes avaient cessé.

— Viens, dit-il en m'entraînant dans un bar.

Je n'avais pas envie d'un autre verre : mes sens ne m'appartenaient plus. Un mélange de chagrin, de culpabilité et de désir tourbillonnait dans ma tête. Qu'allais-je devenir ? Qu'allais-je faire ?

Jean-Luc commanda néanmoins du vin pour nous deux. Et je le bus.

Nous nous étions installés au bar, les consommations y étaient moins chères et de toute façon, il y avait des boches accompagnés de leurs femmes aux trois tables situées derrière nous. Je les regardais, ces hommes en uniformes sombres et ces femmes aux jambes nues : elles s'étaient peint une fine ligne le long du mollet pour faire croire qu'elles portaient des bas coutures. Franchement, qui croyaient-elles tromper ainsi ? Et pourquoi se donnaientelles cette peine ? Sans doute trouvaient-elles cela chic. Chic ! Les boches aussi devaient se trouver chics dans leur bel uniforme. Le ridicule achevé des apparences ! J'avais pitié de ces femmes qui jouaient la comédie aux boches. J'espérais que leur sourire factice et leur rire faux leur vaudraient au moins quelques faveurs en retour…

Je me retournai vers Jean-Luc, en proie à une légère ivresse. Je me noyai dans ses yeux d'un brun chaud et quelque chose remua en moi, comme si une force magnétique m'attirait vers lui. Il n'y avait rien de factice chez Jean-Luc. C'était un homme vrai, un homme bien. Je me sentis chanceler vers lui et me rattrapai à ses genoux. Je me redressai très vite, gênée, et plongeai à nouveau dans son regard, accentuant mon vertige.

— Charlotte…

Je fermai les yeux, savourant la musique de mon prénom dans sa bouche.

— Je crois que tu as trop bu. C'est ma faute, excuse-moi. Je ferais mieux de te raccompagner chez toi.

— Non !

Je me mis à glousser, surprise par ma propre détermination.

— Je suis bien ici. Commandons plutôt un autre verre…

Cette fois, je dégringolai carrément de mon tabouret et me retrouvai dans les bras de Jean-Luc. En relevant la tête, je vis son sourire oblique. Son sourire eut raison de ma volonté. Je nouai mes bras autour de son cou. Et je l'embrassai. Ce n'était pas un baiser plein de douceur, comme le sien un peu plus tôt. C'était un baiser rageur. Un baiser désespéré. Je voulais que Jean-Luc m'emporte loin. Très loin de là. Des rires et des sifflets nous interrompirent. Jean-Luc s'écarta de moi sous les applaudissements des boches. L'un d'eux cria :

— C'est ce que j'appelle un vrai *french kiss* !

Jean-Luc jeta quelques pièces sur le bar et me prit par la main.

— Allons-y.

Il était furieux. Je lui avais fait honte.

Une fois dehors, il m'attira au coin de la rue et j'entendis sa canne tomber par terre. Jean-Luc m'enlaça très fort, me plaquant contre lui. Ses lèvres trouvèrent les miennes et son souffle s'accéléra. Sa bouche avait un goût de sel, comme l'océan. Un goût de liberté. Le temps n'existait plus pour moi. Nous nous respirions l'un l'autre, comme si nous avions peur de nous noyer, le cœur battant à grands coups. Quand sa bouche s'écarta de la mienne, je n'avais plus qu'une envie : me perdre en lui et oublier tout le reste.

— Charlotte, murmura-t-il à mon oreille. Enfuyons-nous, tous les deux.

À cet instant précis, c'était mon vœu le plus cher.

22
Charlotte

Paris, 30 avril 1944

— J'aimerais vous le présenter.

C'était de la folie, mais si je devais m'enfuir avec Jean-Luc, autant que mes parents aient la consolation de savoir que c'était un homme bien.

Maman me regarda bien en face.

— Le moment est mal choisi, Charlotte.

— Qu'est-ce que j'y peux ? Ce n'est pas moi qui ai commencé cette guerre !

— Charlotte, ça suffit. Nous ne pouvons pas inviter ce jeune homme à déjeuner. Tu sais bien que nous avons à peine de quoi manger pour nous trois, alors pour quatre, il ne faut même pas y penser.

— Mais ce n'est pas grave, maman, il peut venir boire un faux café dans l'après-midi : ce serait une sorte de goûter.

Papa se retourna dans son fauteuil.

— Il apportera peut-être quelque chose à manger. Un jeune qui travaille à Drancy, ça doit avoir des contacts. Je te parie qu'il sait comment se procurer des choses…

Le mot collabo ne fut pas prononcé, mais il flottait entre nous, implicite.

Sachant que mes parents refuseraient de l'inviter à déjeuner, j'avais dit à Jean-Luc de venir à 4 heures.

On ne faisait jamais rien le dimanche, à cette heure-là ; de plus, c'était le jour de congé de Clothilde. Jean-Luc avait accueilli mon invitation avec surprise – moi-même, je n'en revenais pas de mon audace. Ça s'était fait sur un coup de tête et je commençais à m'interroger sur mes véritables motivations. Voulais-je prouver quelque chose à mes parents ? Leur montrer que je n'étais plus une petite fille ? Ou simplement les agacer en leur ramenant un cheminot, sachant l'importance qu'ils accordaient à la bonne éducation et aux classes sociales ?

— Oui, il pourrait amener quelque chose, ce serait la moindre des politesses, poursuivit papa, interrompant mes pensées. Je suppose que ce garçon voudra faire bonne impression.

Mes parents ne pensaient qu'à manger. Manger. Manger. Manger. Que pouvait bien cacher leur obsession pour la nourriture ? J'allai regarder la cour de l'immeuble par la fenêtre au-dessus de l'évier.

— Comment se fait-il qu'il ait été admis dans un hôpital allemand ? s'enquit maman.

— Je l'ignore, dis-je en me retournant vers elle. Sans doute parce qu'il travaille à Drancy.

Papa pinça les lèvres avec désapprobation.

— Et alors ? Je travaille bien dans un hôpital allemand, moi ! Où est la différence ?

— Charlotte, baisse le ton ! me lança maman d'un air contrarié.

Jean-Luc arriva à 4 heures pile. Son coup de sonnette me fit bondir le cœur. Papa alla lui ouvrir et ils échangèrent une poignée de main cérémonieuse. Maman attendait sur le seuil de la cuisine, les bras croisés sur la poitrine.

Jean-Luc lui tendit la main et je retins ma respiration.

Lentement, ma mère décroisa les bras et le salua. Jean-Luc se tourna alors vers moi et je me hâtai de lui tendre la main à mon tour avant qu'il n'ait pu me faire la bise. C'était d'un ridicule achevé, mais je ne voulais pas qu'il m'embrasse devant mes parents. Son petit sourire me fit piquer un fard.

Un moment de gêne s'ensuivit, que Jean-Luc balaya en quelques paroles.

— Je vous ai apporté quelque chose.

Fouillant dans son sac, il en tira un paquet enveloppé de papier journal.

— Du saucisson.

La tension s'envola aussitôt. À première vue, ce saucisson grisâtre et fripé ne me semblait pas très appétissant, mais maman le lui prit des mains, les yeux brillants de convoitise, et le rangea dans un placard.

— Vous prendrez bien une tasse de café ? proposa-t-elle à Jean-Luc.

Papa éclata de rire.

— Du café, c'est un bien grand mot ! Des glands moulus, comme chez tout le monde ! Venez, jeune homme, allons-nous asseoir au salon. Tu nous apporteras le café, Béatrice.

Je les suivis, laissant maman préparer le plateau dans la cuisine. Papa s'installa dans son fauteuil, tandis que Jean-Luc et moi prenions place sur le canapé. Je me retins de lui prendre la main, préférant m'intéresser à mon père. De quelle manière allait-il entamer la conversation ? Mais au lieu de mettre son hôte à l'aise, il se carra dans son fauteuil, comme s'il voulait se mettre à distance, et ce fut Jean-Luc qui prit la parole.

— Charlotte s'est très bien occupée de moi à l'hôpital.

Papa laissa passer quelques secondes avant de répondre.

— Oui. Elle m'a dit que vous aviez eu un accident. À Drancy…

— Voilà le café.

Maman entra dans le salon avec un plateau chargé de quatre tasses et de biscuits dont j'ignorais la présence dans nos placards.

Pour quelle raison tenait-elle à faire bonne impression à Jean-Luc ? En tout cas, c'était de bon augure.

— Merci, madame.

Jean-Luc prit sa tasse et sa soucoupe ainsi qu'un petit biscuit.

— Oui, je travaille à Drancy depuis… depuis deux mois, maintenant.

Il regarda la pointe de ses chaussures, la tasse en équilibre sur sa cuisse. Lentement, il la porta à sa bouche, en me regardant en douce.

— Vous êtes cheminot, dit mon père.

C'était presque une accusation.

— Oui, il est cheminot et moi, je suis infirmière, lâchai-je sans réfléchir.

Je ne supportais pas que mes parents dévalorisent Jean-Luc.

— Ça, nous le savons, Charlotte, dit ma mère d'une voix douce et calme, comme si elle reprenait un enfant. En temps de guerre, on doit s'occuper selon ses capacités. *(Elle se tourna vers Jean-Luc.)* Que vous est-il arrivé exactement ?

— Je travaillais sur l'une des voies quand j'ai pris un retour de pied-de-biche dans le visage. Et en tombant, je me suis cassé la jambe. Un accident stupide.

Mon père haussa un sourcil comme pour acquiescer.

— En effet, constata maman. Vous avez une belle cicatrice.

Jean-Luc porta la main à sa joue, effleurant les bords froncés de sa peau martyrisée. J'imaginais la rugosité de la cicatrice sous mes doigts.

— Et depuis quand travaillez-vous à la SNCF ? demanda papa en portant la tasse à ses lèvres.

J'espérais qu'il allait être aimable envers Jean-Luc.

— J'y suis entré à quinze ans.

— Vous avez quitté l'école au même âge, donc ?

— Oui, monsieur.

— Avant le baccalauréat ?

— Oui, dit Jean-Luc en détournant les yeux.

J'étais gênée par l'insinuation de mon père. À ses yeux, arrêter l'école avant le baccalauréat signifiait être condamné à perpétuité aux travaux manuels ou aux basses besognes. Un silence gêné emplit la pièce.

Papa porta la tasse à ses lèvres.

— Et… Que faites-vous à Drancy ?

Je me crispai intérieurement et coulai un regard en direction de Jean-Luc. Il rougit.

— Je m'occupe de l'entretien des voies.

Papa toussota et maman baissa les yeux sur son café. Un ange passa. Je me creusai les méninges pour relancer la conversation.

— Jean-Luc dit qu'il y a beaucoup de trains qui partent de Drancy. C'est de là qu'ils déportent les prisonniers.

Papa me fixa d'un regard de pierre. Maman se figea, la tasse en l'air, et Jean-Luc se rapprocha de moi sur le canapé. L'ambiance était de plus en plus pesante.

Cette fois, ce fut Jean-Luc qui rompit le silence.

— Charlotte a raison. Il y a beaucoup de départs en ce moment. Il y a parfois un millier de prisonniers à bord.

— Un millier ? répéta papa. Dans un seul train ?

— Oui, monsieur. *(Jean-Luc haussa les épaules.)* Ils doivent les entasser à l'intérieur.

Maman restait abîmée dans la contemplation de son ersatz de café. Elle détestait ce genre de conversation, je ne le savais que trop.

— Et où les envoient-ils ?

— Quelque part à l'est, je pense.

Mon père réfléchit.

— Ma foi, ils en arrêtent par milliers, ils doivent bien les expédier quelque part. À l'est, ça serait logique… En Pologne, j'imagine.

— Oui, c'est très probable, acquiesça Jean-Luc en me jetant un coup d'œil. Mais ensuite, que deviennent-ils ?

Papa fronça les sourcils.

— Que deviennent-ils ?

— Je sais qu'on les entasse dans des wagons à bétail. Ils n'ont même pas la place de s'asseoir, ils doivent voyager debout.

Jean-Luc avait pris un ton plus assuré ; je m'inquiétais du tour que prenait la conversation.

— Et j'ai vu…, poursuivit-il. J'ai vu l'état du quai après le départ des trains. C'est… le chaos.

— Qu'entendez-vous par là ?

— Eh bien, il reste des choses… des affaires qui appartenaient aux prisonniers : des livres, des chapeaux, des valises, des jouets… À mon avis, ils les forcent à monter à bord de ces trains.

— Des jouets ? l'interrompit papa.

Maman lui fit les gros yeux.

— Tu sais bien qu'ils emmènent aussi les enfants. Tu te souviens, Charlotte ? Le jour où ils ont emmené toutes ces familles au Vélodrome d'Hiver… il y aura bientôt deux ans.

Papa reposa sa tasse sur le plateau et se renfonça dans son fauteuil. Je tentais de croiser le regard de Jean-Luc, mais il gardait les yeux baissés.

— Enfin…, dit maman. J'espère que cet hiver va bientôt se terminer.

Jean-Luc porta sa tasse à ses lèvres.

— C'est un travail ignoble, vous savez. Je ne sais pas si je vais pouvoir continuer à le faire.

Mon cœur battait à tout rompre. Je ne voulais pas qu'il soit aussi franc, aussi direct avec mes parents.

— Que voulez-vous dire ? s'enquit papa, sourcil froncé.

— Eh bien, mais… j'assiste les boches dans leur sale boulot, non ? Je les aide à expédier des gens Dieu sait où, pour la seule raison qu'ils sont juifs.

— Mais pourquoi ? m'écriai-je, désireuse de rompre la tension ambiante. Pourquoi est-ce un crime pour eux d'être juif ?

Papa me regarda comme si je tombais de la lune.

— Pourquoi ? Parce qu'ils prennent le travail des Français. Et qu'ils veulent prendre le contrôle de notre économie, comme ils l'ont fait en Allemagne.

— Ce n'est même pas vrai ! s'emporta Jean-Luc en reposant brutalement sa tasse sur la table, faisant déborder le liquide brunâtre. Tout ça, c'est de la propagande !

— Ça, qui sommes-nous pour le savoir ? Êtes-vous homme politique ? Que comprenez-vous à l'économie ?

Papa se ménagea une pause, en considérant Jean-Luc d'un œil froid.

— Vous, un simple ouvrier.

— Je sais reconnaître l'injustice quand je la vois, répliqua Jean-Luc en soutenant son regard.

— Ah oui ? Et que comptez-vous faire, jeune homme ?

— J'ai mon idée là-dessus.

Papa se redressa dans son fauteuil.

— Écoutez-moi bien ! Vous devez prendre sur vous et faire votre boulot. Vous n'avez pas le choix. Nul d'entre nous n'a le choix.

Maman effleura le coude de papa pour lui signifier de se calmer.

— Vous croyez ? rétorqua Jean-Luc en me regardant. Moi, je pense qu'on a toujours le choix, au contraire. Simplement, c'est parfois un choix difficile.

— Pas de ça avec moi ! Pour le moment, nous n'avons pas le choix, nous sommes coincés. Mais cette guerre aura bien une fin. Ça ne va pas fort pour l'Allemagne.

Alors, continuez à faire ce qu'on vous dit de faire, et puis c'est tout !

Jean-Luc se leva, indigné.

— Ah oui ? D'après vous, je dois prendre sur moi pendant qu'on exile et sans doute qu'on assassine des milliers de nos compatriotes ? C'est ça que je dois faire ?

Papa se leva à son tour, rouge de colère.

— En voilà assez ! Je n'aime pas beaucoup ce ton-là, jeune homme !

Mon cœur cessa de battre : Jean-Luc s'était mis mes parents à dos.

— Eh bien, moi, je n'aime pas du tout ce qui se passe ! riposta-t-il. Et je ne vais pas rester les bras croisés en remerciant le ciel de ne pas être juif ! *(Jean-Luc reprit d'un ton plus calme.)* Je suis navré que vous ne soyez pas d'accord avec moi.

Mon père bomba le torse.

— Je pense que vous devriez partir, maintenant.

J'avais l'impression que mon cœur était le seul organe qui fonctionnait encore dans mon corps. Terrifiée à l'idée que ce ne soit le mot de trop, que je ne revoie plus jamais Jean-Luc, je me levai moi aussi, les genoux tremblants, et me jetai au cou de Jean-Luc. S'il s'en allait maintenant, j'allais m'écrouler.

— Charlotte ! s'écria maman.

Je murmurai à l'oreille de Jean-Luc :

— Ne va nulle part sans moi.

La main de papa s'abattit sur mon épaule, m'écartant sans ménagement, et je vis Jean-Luc sortir de chez nous sans un mot.

Il ne m'avait pas répondu.

23

Charlotte

Paris, 30 avril 1944

— Il est hors de question que tu revoies ce garçon ! Tu m'entends ? Hors de question !

Les yeux rivés au parquet, je laissais la colère de papa déferler sur moi, sous le regard appuyé de maman qui m'enjoignait de lui faire des excuses, d'être une bonne fille. Mais ma langue était comme paralysée.

— Regarde-moi quand je te parle !

Papa se rapprocha de moi : son haleine imprégnée de glands moisis me répugnait. Je dus reculer d'un pas.

— Tu n'es qu'une petite idiote ! Comment ce type ose-t-il claironner ce genre de choses ? Mais pour qui se prend-il, nom d'un chien ? Et sous notre toit, encore ! s'indigna-t-il en levant les bras au ciel.

Il se tourna vers maman.

— Je te l'avais bien dit que nous étions trop coulants avec elle ! Elle n'imagine même pas les conséquences que peut avoir ce genre de discours irresponsable !

— Mais c'est la vérité, répliquai-je, le cœur battant à grands coups. Jean-Luc n'invente rien. Tout ce qu'il dit est vrai !

La voix de mon père éclata dans le salon :

— Je me fiche que ce soit vrai ou pas !

Je luttai pour ne pas me boucher les oreilles, tandis qu'il me secouait par l'épaule.

— La question n'est pas de savoir si c'est vrai ou pas ! On ne peut pas proférer ce genre de choses impunément ! Tu le comprends, ça ? Hein ?

Me libérant de sa poigne, je courus me réfugier dans ma chambre en claquant la porte derrière moi.

Je reverrais Jean-Luc. Oui, je le reverrais ! Personne ne pourrait m'en empêcher.

J'entendis claquer la porte d'entrée. Dieu merci, mon père était sorti ! Mais il était trop tard pour que je puisse rattraper Jean-Luc. Une onde de panique se forma dans mon ventre. Et s'il rejoignait le maquis sans moi ? Comment ferais-je pour le retrouver ?

Oh, comme je détestais mon père ! Pourquoi n'avait-il pas écouté Jean-Luc ? Pourquoi ne lui avait-il pas parlé d'égal à égal ? Pourquoi gratifiait-il toujours tout le monde de sa soi-disant supériorité ? Traiter Jean-Luc de simple ouvrier ! Alors qu'il en savait plus long que lui sur cette guerre ! Après tout, c'était Jean-Luc qui était à Drancy, dans l'œil du cyclone, selon son expression préférée. C'était lui le mieux placé pour savoir ce qui se passait vraiment ! Mais personne n'avait voulu l'écouter. Et ma mère se mettait toujours du côté de papa, quoi qu'il dise. En fait, je ne savais rien de ses véritables opinions.

Je me laissai tomber sur mon lit en serrant contre moi mon vieux nounours tout aplati. C'était ma grand-mère qui me l'avait confectionné quand j'étais toute petite et chaque fois que je me sentais seule ou incomprise, je puisais du réconfort dans sa forme familière. Il en avait absorbé des larmes, depuis tout ce temps, et le garnissage commençait à s'échapper au niveau de son cou. J'aimais bien tirer dessus en me demandant d'où venaient tous ces petits bouts de tissu bariolés. Il s'était passé tant de choses au cours des mois précédents ! Mon environnement changeait… Moi-même, je me transformais. Il était temps que je fasse mes propres choix, que je quitte l'enfance une bonne fois pour toutes. D'un geste décidé, je fourrai mon nounours sous le lit.

La porte s'ouvrit sur ma mère, pâle et bouleversée. Elle me fit presque pitié. Un réseau de sillons entourait sa bouche inquiète.

— Charlotte, tu t'es un peu calmée ?

Je me tournai vers elle comme si une mouche m'avait piquée.

— Hein ? Mais ce n'est pas à moi de me calmer !

— Charlotte ! Comment oses-tu parler ainsi !

— Mais c'est la vérité, non ? C'est papa qui s'est énervé, pas moi.

Je détournai la tête. Franchement, à quoi bon discuter ? Maman s'approcha timidement de moi et je compris qu'elle cherchait ses mots pour excuser le comportement de papa, tout en sachant que je n'étais pas disposée à l'écouter. Elle s'assit à côté de moi sur le lit.

— Pourquoi ne peut-on dire les choses franchement dans cette famille ? dis-je.

— Qu'est-ce que tu racontes ?

— Personne ne veut parler de ce qui se passe. Tu préfères ne rien savoir, n'est-ce pas ? dis-je à mi-voix.

— Charlotte, c'est faux !

— Si ! Tu préfères faire l'autruche !

Elle déglutit avec peine et se mordit la lèvre, visiblement au bord des larmes. Ce qui ne m'empêcha pas de poursuivre :

— On devrait agir, lutter contre ce qui est en train de se passer sous notre nez !

Elle me dévisagea. Ses pupilles étaient deux lacs d'un noir sans fond. C'était la première fois que j'osais lui tenir tête.

— Charlotte, tu ne comprends pas… *(Elle esquissa un geste de tendresse que j'esquivai vivement.)* Tu es si jeune… Tu n'es pas à même de juger la situation dans sa globalité.

Je poussai un bruyant soupir. C'était reparti ! On recommençait à tourner autour du pot.

— Je t'en prie, Charlotte. Tu dois mettre de l'eau dans ton vin, être plus conciliante avec ton père, et envers moi aussi. Papa a souffert plus que tu ne l'imagines. Nous aurions peut-être dû en parler davantage avec toi, mais… il ne voulait pas…

Elle soupira et reprit :

— Il n'avait que dix-huit ans quand on l'a envoyé au front durant la dernière guerre, à Verdun. Il a vu des choses que personne ne devrait jamais voir. Si je le sais, c'est parce qu'il continue d'en faire des cauchemars. *(Elle me prit la main.)* Sais-tu pourquoi il ne peut pas entrer dans une boucherie ? T'es-tu jamais posé la question ?

Je fis non de la tête, devinant la réponse.

— L'odeur du sang.

Elle se passa la main sur le front d'un geste las.

— Comme pour beaucoup d'entre nous, Pétain était pour lui un héros de la guerre. Il l'a cru sage de négocier une sorte d'accord de paix avec Hitler… Après tout, Pétain savait ce que c'était, la guerre. Voilà pourquoi il a estimé de son devoir de nous en épargner une autre.

— Mais maman, ce n'est pas le cas, si ? Pétain ne nous a pas épargné une autre guerre ! Nous sommes en plein dedans !

La perplexité se peignit sur le visage de ma mère et je compris que pour elle, nous n'étions pas en guerre. Nous nous tenions à l'écart de celle qui faisait rage dans le reste du monde.

— Ça a été très dur pour ton père, poursuivit-elle. Nous n'avions pas imaginé que la décision de Pétain aboutirait à cette situation. Nous pensions plus sage de joindre nos forces à celles de l'Allemagne plutôt que de les combattre.

— Joindre nos forces ?

— Nous n'avions plus d'armée pour nous défendre…

— Mais… mais ça fait de nous des collabos ?

— Non, Charlotte ! Non ! s'écria maman en m'agrippant la main de toutes ses forces. Nous ne sommes que des civils ! Et nous faisons de notre mieux pour survivre : pour élever les enfants, continuer au jour le jour… parce que… parce que c'est ce que nous devons faire. C'est notre rôle de civils. Nous ne sommes pas des soldats.

Était-ce le moment de la serrer dans mes bras ? Mais la colère de papa résonnait encore trop violemment dans ma tête. Je ne savais plus quelle attitude adopter ni quoi penser de mes parents. J'avais l'impression de m'éloigner d'eux, emportée par un courant contraire.

Tout ce que je voulais, c'était Jean-Luc.

Deuxième partie

24

Jean-Luc

Santa Cruz, 24 juin 1953

— Drancy. Donc, dites-nous un peu ce que vous faisiez là-bas.

Jackson tire une chaise à lui et s'y laisse tomber, ses longues jambes étendues devant lui. Jean-Luc étudie son visage. Son front bombé et son nez fin lui donnent un air de prédateur. Et maintenant, il s'apprête à fondre sur sa proie.

— J'étais cheminot. Je suis entré à la SNCF à l'âge de quinze ans.

— La SNCF ? La compagnie des chemins de fer français ?

— C'est ça.

— Qui avait été saisie par les Allemands.

— Oui.

— Autrement dit, vous travailliez à Drancy pour le compte des nazis.

— Pas tout à fait, non.

Jean-Luc se gratte la tête. Est-ce là ce qu'ils veulent lui faire avouer ? Qu'il n'avait été qu'une pute à boches parmi tant d'autres ?

— Je n'avais pas le choix. On m'a envoyé là-bas. Personne ne voulait y aller.

— Ça, je vous crois ! répliqua Jackson en se penchant pour le regarder droit dans les yeux. Surtout les Juifs, hein ? Ils n'avaient aucune envie de se retrouver là-bas. Vous saviez qu'on les déportait vers un camp de la mort ?

— Non.

Bradley soupire.

— Vous aviez déjà entendu les mots « camp de la mort » ?

— Non ! Jamais !

Jean-Luc prend une profonde inspiration, le temps de préparer sa réponse.

— Même si, pour moi, il était évident qu'un grand nombre de prisonniers étaient conduits à la mort, d'une façon ou d'une autre.

— Mais vous me dites que vous ne *saviez* pas que les prisonniers étaient envoyés dans un camp de la mort ?

Jean-Luc ne bouge pas d'un cil, pas d'un muscle. Dans sa tête, il cherche à toute vitesse à définir la différence entre savoir et comprendre. Il se pince la base du nez pour lutter contre le marteau-piqueur qui cogne sous son crâne.

— Vous saviez qu'Auschwitz était un camp de la mort ? insiste Jackson d'une voix de plus en plus forte.

— Non ! Je l'ignorais.

Les deux hommes le toisent froidement. Ils ne le croient pas, c'est clair. Ils le haïssent sans même le connaître.

Jackson se lève brusquement.

— Monsieur Bow-Champs, avez-vous autre chose à nous dire ?

Le rythme cardiaque de Jean-Luc s'accélère. Que savent-ils au juste ? Jackson le fixe de son œil perçant, mais il s'applique à lui présenter un visage impassible.

— Rien d'autre à dire, donc. *(Jackson fait un signe de tête à l'adresse de Bradley.)* Notre enquête reste ouverte, monsieur Bow-Champs. Aussi, nous vous demandons de ne pas sortir de l'État de Californie au cas où nous aurions besoin de vous convoquer pour un autre interrogatoire. Vous êtes libre… pour le moment.

Ils l'accompagnent tout le long du couloir, puis de l'escalier, jusqu'à la double porte d'entrée. Jean-Luc a le cœur qui cogne. Une fois dehors, il prend une profonde inspiration, savourant le parfum retrouvé de la liberté. Tout va s'arranger.

S'il avait su, il aurait demandé la permission d'appeler Charlotte, elle serait venue le chercher… Mais sur le moment, il n'y a pas pensé, il n'avait pas la tête à ça. Un bus va peut-être bientôt passer ? Mais Jean-Luc bout d'impatience. Ça suffit, il a déjà bien assez attendu comme ça ! Tant pis pour l'argent : il prend un taxi qui le dépose directement à son bureau. Il a déjà perdu une demi-journée de travail.

Jean-Luc appelle Charlotte en début d'après-midi. Elle décroche tout de suite, la voix inquiète et le débit précipité.

— Dieu merci, c'est toi ! Que s'est-il passé ? Que te voulaient-ils ?

— Ne t'en fais pas, je suis au bureau, mais je rentrerai tard pour rattraper mon absence. On en reparlera ce soir.

— Tu rentreras quand ?

— Pas avant 8 heures.

— Très bien. Je te garderai une assiette au chaud.

Lorsque le taxi le dépose devant chez lui, à 8 heures et demie, Jean-Luc réprime l'envie de courir jusqu'à la porte – on pourrait le voir. Une fois la porte refermée derrière lui, il pousse un soupir de soulagement et reste une minute dans l'entrée, savourant l'odeur de citron et de romarin. L'odeur de la maison.

Charlotte émerge du salon.

— Qu'est-ce qui s'est passé ? Que te voulaient-ils ? s'écrie-t-elle sans même lui dire bonjour.

— Je ne sais pas.

— Tu ne sais pas !

Il la regarde, les yeux brûlants de fatigue.

— Mais que t'ont-ils dit ? insiste-t-elle.

— Pas grand-chose, en fait. Ils m'ont simplement posé des questions sur ce que je faisais à Bobigny.

— Rien à propos de…

— Non. Rien.

— Mais qu'est-ce qui va se passer s'ils découvrent la vérité ?

— Ça n'arrivera pas. C'est pratiquement impossible.

— Pratiquement !

Charlotte s'agrippe les cheveux à pleines mains, les yeux fermés. Soudain, elle les rouvre, les pupilles dilatées.

— Pratiquement, ça veut dire possible. Possible !

Jean-Luc s'avance vers elle, les bras ouverts.

— Chut, Charlotte. Sam dort ?

Le regard tourné vers l'escalier, elle fait oui de la tête.

— Allons dans le salon, suggère-t-il.

Charlotte refuse la main qu'il lui tend, mais le suit dans la pièce.

Avisant un verre à whisky sur le buffet, Jean-Luc s'étonne :

— Tu as bu ?

Formulé ainsi, cela sonne comme une accusation. Il aurait mieux fait de se taire.

— Je crois que je vais en prendre un, moi aussi, dit-il dans une volonté d'apaisement. Tu en veux un autre ?

— Non !

Il sort la bouteille de Southern Comfort. Dans son dos, Charlotte continue de raisonner :

— Nous aurions dû le leur dire. Nous aurions dû le leur dire dès notre arrivée ici. Tout ça, c'est ma faute.

— Charlotte, je t'en prie…

— Mais c'est la vérité, non ? Nous n'avons cessé de vivre dans le mensonge. Et maintenant, la police va tout découvrir. Je le sais, c'est tout !

— Mais non, voyons. Qui est-ce que ça peut intéresser, aujourd'hui ? Au bout de neuf ans…

Jean-Luc n'a vraiment pas envie de se disputer avec sa femme après la journée qu'il vient de vivre – ses nerfs sont encore à vif. Il pousse un soupir, boit une lampée de whisky. Et aperçoit Sam dans l'encadrement de la porte. Il a l'air si petit, si vulnérable dans son pyjama.

Il tend la main vers son fils.

— Sam.

— Qu'est-ce qui se passe ? Où tu étais ? demande l'enfant en se frottant les yeux.

— Tout va bien. La police voulait simplement que je l'aide dans une enquête. Viens me faire un câlin…

Mais Sam reste immobile.

Jean-Luc va s'accroupir devant lui et prend une voix douce et calme :

— Tout va bien, Sam. Les hommes qui sont venus ce matin voulaient me poser quelques questions. C'est tout.

— Mais des questions à propos de quoi ?

— À propos de choses qui se sont passées il y a longtemps.

— Quelles choses ?

De toute évidence, Sam ne va pas lâcher prise si aisément.

— Des choses qui se sont passées avant ta naissance, pendant la guerre.

Sam fronce les sourcils.

— Qu'est-ce qui s'est passé ?

Et voilà, on y était : c'était *la* question qu'il redoutait. De la bouche de son propre fils.

— Ça ne te concerne pas, Sam… *On ne voit bien qu'avec le cœur*, ajoute-t-il en français.

— Quoi ?

— On ne voit bien qu'avec le cœur. C'est tiré du *Petit Prince. Le Petit Prince,* tu te souviens ? Le livre qu'on t'a offert l'année dernière, pour tes huit ans.

— Tu peux me le lire ? Tu ne m'as pas lu d'histoire, ce soir.

Jean-Luc acquiesce en refoulant ses larmes.

25

Jean-Luc

Santa Cruz, 3 juillet 1953

Jean-Luc regarde Sam courir en cercles sur le sable, sa peau olivâtre se dorant doucement sous le soleil californien.

— Et si tu t'entraînais au 100 mètres ?

— C'est en yards, papa !

Sam trépigne d'excitation pendant que son père trace une ligne sur le sable.

Jean-Luc lève la main pour lui donner le signal du départ.

— Attention, prêt… partez !

Sam s'élance, le front plissé de détermination, ses membres grêles en action. Son nouveau short de bain jaune bat ses genoux osseux et en une dernière enjambée, il franchit la ligne d'arrivée. Haletant, il se plie en deux, la tête entre les genoux, le temps de retrouver son souffle : un véritable athlète miniature.

— Vingt-cinq secondes. Bien joué, fiston !

— Ouais ! Je cours vite, hein, papa ?

— Et comment ! Tu as peut-être même battu un record !

Incapable de contenir un élan de tendresse, Jean-Luc l'étreint de toutes ses forces, s'imprégnant de sa chaleur de petit garçon. Mais déjà, Sam se dégage d'un bond et se met à courir vers l'océan, s'arrêtant à mi-chemin pour faire volte-face, tête inclinée sur le côté, mains sur les hanches, mettant son père au défi de le rattraper.

Jean-Luc court aussi vite que le lui permet sa jambe valide. Les pieds dans le ressac, il emplit ses poumons de l'odeur mêlée de sel et de barbe à papa qui s'élève des planches de la promenade. Il contemple l'immensité turquoise qui s'étend jusqu'à l'horizon. Des millions de diamants clignotent à son adresse. Tout est si lumineux, si beau, les lignes sont si nettes ! C'est l'Amérique avec ses couleurs si pures et si claires, son ciel bleu et or. Quand il repense à Paris, il voit des teintes ternes qui se fondent les unes dans les autres, des traînées de noir et de gris qui se mêlent sans jamais se mélanger, des lignes floues et trompeuses. Il aime passionnément son pays d'adoption.

Et son fils. Chaque minute passée avec Sam efface une minute de sa vie d'avant. Jean-Luc ouvre la bouche et savoure le goût du bonheur. Puis, il retient sa respiration et plonge dans l'océan, dans les vagues.

Sam barbote à sa suite, mais la marée le repousse sans cesse vers le rivage. Jean-Luc s'arrête pour lui tendre la main. Leurs doigts se joignent et il l'entraîne vers l'eau plus profonde. La main sous l'estomac de son fils, il le fait flotter pour qu'il puisse s'entraîner à la brasse.

— On joue aux requins, papa.

— Qu'est-ce que c'est que ça ?

— Tu fermes les yeux et tu comptes jusqu'à cinquante. Moi, pendant ce temps, je m'en vais et tu essaies de m'attraper !

Selon les consignes de son fils, Jean-Luc ferme les yeux et se met à compter tandis que Sam lui glisse des mains comme une anguille. Arrivé à cinquante, il rouvre les yeux. Merde ! Sam a nagé trop loin, il n'a plus pied et s'épuise en moulinets désordonnés et inutiles. Aussitôt, Jean-Luc fend les vagues vers lui. Une fois à sa hauteur, il l'attire contre son torse et le serre très fort contre lui en faisant du surplace.

— Papa, j'ai eu peur ! C'est super profond !

— Tu es allé trop loin. Allez, revenons sur le bord !

— Mais maintenant que tu m'as attrapé, tu dois me manger !

— Ah, mais je ne mange pas les petits garçons, moi ! Allons plutôt manger un vrai repas.

— J'ai pas faim. On peut rester, papa… s'il te plaît ?

— Non. Il est l'heure de manger.

— S'il te plaît…

— Sam, arrête.

Sur la plage, Charlotte a déjà sorti une serviette qu'elle drape autour des épaules de Sam. Puis elle le prend sur ses genoux et dépose un baiser sur son crâne.

— Elle était froide ?

— Non, elle est super chaude ! Tu vas y aller ? lui demande Sam en relevant la tête.

— Après manger.

Charlotte leur sert des tasses de citronnade maison, des nuages de pulpe flottent à la surface. Elle distribue ensuite les sandwiches : jambon tomate pour Jean-Luc, gelée et beurre de cacahuète pour Sam.

— Et si on allait camper, le week-end prochain ? demande Sam, le visage illuminé d'impatience.

— Oui, c'est une idée. Où voudrais-tu aller ?

— En France.

Jean-Luc avale sa citronnade de travers.

— En France ? Mais c'est à l'autre bout du monde.

— Qu'est-ce qui t'a fait penser à ça, tout d'un coup ? s'enquiert Charlotte.

— Mme Armstrong a dit qu'on devait demander à nos grands-parents comment c'était à leur époque, quand ils étaient petits, et puis il faudra qu'on écrive dessus. Mes grands-parents à moi, ils sont en France, pas vrai ?

Jean-Luc mord dans son sandwich, le regard tourné vers l'océan.

— Oui, répond Charlotte. Mais c'est très loin d'ici, tu sais. En revanche, je peux te raconter l'enfance de tes grands-parents français, si tu veux.

Elle pose une main apaisante sur le genou de son fils.

— Je peux pas leur écrire pour leur demander ?

— Non, Sam. Ils sont trop âgés.

Elle ôte sa main du genou de l'enfant pour se gratter l'épaule droite.

Jean-Luc connaît ce geste : chez Charlotte, c'est signe qu'elle est mal à l'aise ou qu'elle cherche à gagner du temps.

— Trop âgés pour écrire ? insiste Sam.

— Oui.

Charlotte se tourne pour fouiller dans la glacière.

— Mais pourquoi ils viennent jamais nous voir ? Tous mes copains ont des grands-parents. Moi, c'est comme si j'en avais pas.

— Sam, dit Jean-Luc, souviens-toi de ce que nous t'avons raconté sur la guerre. En France, la vie était très dure pour tout le monde. Maman et moi, nous avons réussi à nous enfuir avec toi, mais les gens qui sont restés là-bas, comme tes grands-parents, n'ont pas envie de regarder en arrière. Ils veulent oublier.

— Oublier quoi ? Nous ?

Jean-Luc échange un regard avec Charlotte.

— Non, pas nous, mais tu sais, ils ont été très tristes quand nous sommes partis… On les reverra peut-être un jour. Et puis prendre l'avion, ça coûte très cher, tu sais.

— D'accord…

Sam grignote la croûte de son sandwich.

Jean-Luc se tourne vers Charlotte. Elle est courbée au-dessus de la glacière, ses doux cheveux bruns retenus par un foulard en soie violette. Il craint que cette conversation ne l'ait bouleversée.

— Qu'est-ce que tu as d'autre là-dedans, chérie ?

Elle sort de la glacière un sac en papier brun qu'elle lui passe sans croiser son regard. L'ambiance est pesante. Plombée par les non-dits.

Sam rompt le silence.

— Il y a des cookies ?

Jean-Luc ouvre le sac en papier.

— Oui, tes préférés. Aux pépites de chocolat.

— Chic ! s'écrie Sam en tendant la main.

Vive les cookies aux pépites de chocolat, songe Jean-Luc non sans une vague amertume.

Après le pique-nique, Sam part creuser dans le sable pendant que Charlotte et Jean-Luc s'étendent sur la couverture. Il se tourne vers elle, la tête en appui sur sa main, et la contemple en silence.

Va-t-elle aborder le sujet la première ? Sa chevelure retombe sur le côté. Il aime sa façon d'avoir toujours des foulards sur elle, des foulards qu'elle enroule autour de son cou ou autour de ses cheveux, parfois qu'elle noue à sa taille. Elle a du style. De l'originalité. C'est la première chose qui l'a attiré chez elle. Pas le genre de fille à passer inaperçue, malgré tous ses efforts.

— Jean…

— Oui ?

Il sent approcher la discussion.

— Sam recommence à poser des questions. Tous ses amis ont de la famille… des grands-parents, des oncles, des tantes, tout ça. Mais lui, il n'a personne.

— Il nous a, nous, réplique Jean-Luc en lui dessinant la joue de l'index. Il faudra veiller à lui suffire.

Si seulement ils avaient pu donner des frères et sœurs à Sam, songe-t-il pour la énième fois avec regret. Une grande famille heureuse aurait permis à Charlotte de vaincre le mal du pays, de mieux s'intégrer, mais les enfants n'étaient jamais venus. Ils avaient même consulté un médecin. D'après lui, c'était sans doute les privations de l'Occupation qui avaient provoqué l'arrêt des règles chez Charlotte. Mais le médecin n'avait pas su leur expliquer pourquoi elles n'avaient jamais repris. Jean-Luc voulait faire des analyses, mais Charlotte avait refusé. Ils devaient s'estimer heureux d'avoir Sam, avait-elle déclaré. Le sujet était sensible, Jean-Luc n'avait pas voulu insister. Il avait renoncé.

Le corps recru de chaleur et de fatigue, ils ramassent leurs affaires et remontent de la plage. Ils passent devant un balayeur municipal en bleu de travail, appuyé sur un grand balai dont les poils abritent tout un échantillon des distractions de la journée : emballages de glaces, mégots de cigarettes et cartons déchirés. L'homme ne semble pas pressé de reprendre sa tâche.

— Le temps change, leur annonce-t-il en désignant les nuages floconneux qui se rapprochent. Va peut-être y avoir de l'orage…

Jean-Luc et Charlotte considèrent les nuages qui s'amoncellent et se hâtent de revenir à leur voiture. Le capot bombé et les douces lignes de la Nash 600 bleu marine emplissent chaque fois Jean-Luc de fierté. Jamais il n'aurait cru posséder un jour une aussi belle voiture, mais ici, en Amérique, tout est possible. Il met le contact et la radio s'allume :

— *Combien pour ce chien dans la vitrine*[1] ?

Charlotte et Jean-Luc entonnent le refrain.

Ce soir-là, l'air chaud leur colle à la peau. Une chape de plomb est descendue sur les arbres qui ont cessé de

1 Paroles issues de la chanson de Line Renaud, *Le Chien dans la vitrine* (1952). (N.D.E.)

frémir et de bruire ; le chat est étendu par terre, sur le dos, à l'ombre du saule pleureur. Jean-Luc et Sam se balancent avec langueur sous la véranda, tentant de profiter d'une faible brise. Charlotte leur apporte de la citronnade dans de grands verres. Les glaçons cliquettent. Jean-Luc s'en passe un sur la nuque. Très vite, celui-ci se met à fondre et l'eau lui dégouline le long du dos, lui procurant un bref répit dans la chaleur de l'été californien.

Des bribes de l'*Ed Sullivan Show*[1] s'échappent des fenêtres ouvertes des voisins.

Jean-Luc lève les yeux vers le ciel.

Si seulement cet orage se décidait à éclater...

1 Émission télévisée de variétés. (N.D.E.)

26

Charlotte

Santa Cruz, 4 juillet 1953

Je me réveille trop tôt, le subconscient titillé par l'anxiété, l'esprit accaparé par les obligations de la journée. Les Caley organisent un barbecue pour fêter l'indépendance de l'Amérique. Je n'ai jamais aimé le 4 Juillet. Ça me rappelle que je ne suis pas vraiment chez moi, ici, que l'histoire américaine n'est pas mon histoire. Je dois avoir le mal du pays. Certains jours, ça m'arrive. Parfois, je me dis que j'ai été arrachée à ma patrie avant d'avoir eu l'âge de comprendre tout le sens de ce mot. Ça ne veut pas dire que je ne suis pas heureuse, ici. De quoi me plaindrais-je ? Les gens sont accueillants, on peut tout acheter et on jouit d'une bonne qualité de vie. Simplement, un manque me taraude le cœur en permanence : je me languis de ma maison, de ma famille, de mon pays.

Et puis, c'est cette façon institutionnelle de faire la fête qui me dérange. Cette obligation d'être heureux à tout prix. Leur foutu bonheur. Cette débauche de sourires béats, de hamburgers, de glaces, de Coca-Cola et de bière – de midi jusqu'à la nuit tombée. C'est épuisant, mais personne n'a le droit de rentrer chez soi avant le clou du spectacle, le feu d'artifice. Ça ne serait pas patriotique.

Ça me fait penser à ma fête nationale à moi, accentuant mon sentiment d'exil. Que feront maman et papa pour le

14 Juillet ? Peut-être iront-ils au Champ-de-Mars voir le feu d'artifice illuminer la tour Eiffel… Peut-être iront-ils se promener sur les berges de la Seine. J'adorerais aller les voir, mais c'est compter sans les réticences de Jean-Luc. « Chez nous, c'est ici, maintenant, Charlotte. Notre vie est ici, me dit-il. Nous avons *tout*, ici. Oublie le passé. »

J'ai parfois envie de répliquer que mon *tout* à moi n'est peut-être pas son *tout* à lui, mais à quoi bon ? Cela ne mènerait qu'à une dispute inutile ; or j'ai horreur des conflits. Mais le passé ne se laisse pas oublier si facilement. Il ne suffit pas de le loger dans un coin de sa mémoire et de faire comme s'il n'existait pas. Le passé est toujours là, il me suit comme une ombre, me rappelant sans cesse ce que j'ai fait.

À côté de moi, la place est vide dans le lit. Jean-Luc s'est réveillé encore plus tôt. Je le trouve à la table de la cuisine, en train de lire le journal, un mug à la main. À tous les coups, il y a plus de lait que de café dans sa tasse, comme une version pour enfants : en plus gros et plus insipide. Je ne sais pas pourquoi, mais cela m'irrite. Il ne peut pas boire son café noir, comme une personne adulte ?

— Jean, je ne veux pas aller chez les Caley.

Il me regarde avec de grands yeux.

— Mais pourquoi ? Qu'est-ce qui se passe ?

— Rien, je n'en ai pas envie, c'est tout.

— Mais on y va chaque année. Sam adore ça.

— Eh bien, vous n'aurez qu'à y aller tous les deux. Moi, je reste ici. Je ne suis même pas sûre d'aimer ces gens.

— Comment ça ? dit Jean-Luc d'un ton sec. Les Caley ont toujours été plus qu'amicaux envers nous !

— Josh me file la chair de poule.

— Hein ?

— Rien…

— Enfin, Charlotte… Nous devons y aller.

Je jette un coup d'œil par la fenêtre.

— Je suis trop fatiguée.

Il soupire bruyamment.

— Très bien, j'irai avec Sam. Et qu'est-ce que je vais leur dire ?

— Que je déteste le 4 Juillet et toute cette débauche de bouffe et de sodas. Pourquoi nous ne fêtons jamais le 14 Juillet ?

— Pourquoi le ferions-nous ? Nous ne sommes pas en France.

— Justement !

— Quoi, justement ?

Un café me ferait peut-être du bien. Je prends la cafetière, me ravise. Non, le café ne fera qu'aggraver mon humeur. En fait, je ne sais pas ce que je veux. Un verre d'eau peut-être, ça me calmera. J'ouvre le robinet, mais une fois le verre rempli, je laisse l'eau déborder. Je fixe ma main mouillée, comme hypnotisée, tout en m'imprégnant de sa fraîcheur.

Je sens la présence de Jean-Luc derrière moi. Il ferme le robinet, me prend le verre.

— Charlotte, je t'en prie, dis-moi ce que tu as ?

— Le mal du pays, je pense.

Je l'entends expulser l'air de ses poumons. Je n'aurais pas dû lui parler. Il ne comprendra jamais. Je vais m'affaler dans la balancelle, sous la véranda. Je ferais mieux d'adopter une attitude plus constructive, c'est certain… Mon regard tombe sur des prospectus que je dois parcourir depuis un moment : des publicités pour divers cours de traduction. Si j'entreprenais une formation, je pourrais trouver un emploi et je me sentirais peut-être plus intégrée, comme Jean-Luc qui est comme un poisson dans l'eau depuis qu'il travaille à la gare. Il s'est adapté sans aucun mal au mode de vie américain : il boit de la bière avec ses copains, joue au base-ball avec les enfants, mange des hamburgers au ketchup, et tout cela avec une délectation qui m'horripile. J'aurais bien aimé faire des études supérieures, comme j'en avais le projet avant de quitter Paris. Je sais qu'il y a des cours de littérature française, ici, mais les études sont chères, et puis, je peux lire à la maison.

Jean-Luc m'a rejointe sous la véranda. Si seulement il pouvait me laisser seule.

— Charlotte…

Mon cœur se serre encore plus. Je n'ai pas besoin d'un sermon et son avis ne m'intéresse pas. Je le connais déjà.

— Tu sais bien que j'aimerais retourner en France, moi aussi. Un jour, quand nous aurons mis assez d'argent de côté et que la guerre sera très loin derrière nous, nous pourrons y aller. Aller voir tes parents. Et les miens.

Mes doigts tripotent nerveusement le bord du coussin. Je n'ai aucune envie de retomber dans cette conversation : chaque fois, on tourne en rond. Soudain, une immense pitié m'envahit. Jean-Luc ne peut pas faire autrement. Il fait preuve d'esprit pratique, de bon sens, comme toujours – c'est dans sa nature.

— Ça ne te dérange pas, toi ? dis-je.

Je laisse passer quelques secondes. Pourquoi est-ce que je le cherche depuis ce matin ? C'est plus fort que moi. Je dois avoir mal dormi…

— Ça ne te dérange pas que Sam n'ait pas la même culture que nous ?

— Qu'est-ce que tu veux dire ?

— Eh bien, nous sommes français, mais il n'a jamais vu la France. Il ne parle même pas notre langue. Ça ne t'inquiète pas qu'il considère que chez lui, ce soit ici ?

— Non, pas du tout. Chez lui, c'est partout où il est avec nous et c'est la seule chose qui compte.

J'essaie de m'en convaincre, mais je ne puis m'empêcher de penser qu'il nous manque quelque chose, quelque chose d'essentiel.

— Je regrette qu'on ait arrêté de lui parler en français depuis que nous sommes ici. Au moins, nous aurions pu le ramener en France un jour et il aurait pu se sentir davantage chez lui. J'aurais voulu lui lire les classiques de la littérature française en *français* !

— Charlotte, nous en avons déjà parlé. Il nous fallait nous intégrer et nous devions nous aussi apprendre l'anglais. Si nous avions continué à parler français, nous nous serions mis à l'écart, nous serions devenus la petite famille de Français qui a fui la guerre. Il fallait laisser tout ça derrière nous, recommencer de zéro. Tu sais bien comment sont les gens. Nous serions passés pour des snobs, des étrangers prétentieux et guindés.

— Je sais, je sais, mais je trouve quand même que c'est cher payé ! Perdre sa culture. Parfois, ça me rend si… je ne sais pas… si nostalgique.

Jean-Luc se tire sur le lobe de l'oreille.

— C'était peut-être plus facile pour moi. Je n'étais pas très attaché à la France, finalement. En fait, j'étais même plutôt content de me débarrasser de ma culture, de ma nationalité. Je trouvais ça libérateur.

— Mais… et ta famille ? Tes parents ?

— Ils sont heureux pour moi. *(Il réfléchit.)* Et puis, ma famille, c'est toi, maintenant, dit-il en me passant le bras autour du cou. Je n'ai besoin de rien d'autre. Toi et Sam.

27

Jean-Luc

Santa Cruz, 10 juillet 1953

Les mouettes poussent leurs cris stridents et le puissant soleil de Californie transperce les rideaux. À l'appel du monde réel, Jean-Luc émerge tant bien que mal des brumes du sommeil. Hésitant à la frontière entre le rêve et l'éveil, il aimerait replonger dans l'univers onirique. Depuis quelque temps, il fait toujours le même rêve, un rêve qui le laisse avec une sensation de vide intérieur, comme s'il n'était pas au bon endroit, comme s'il vivait la vie de quelqu'un d'autre sans savoir comment tout cela va se terminer. Dans son rêve, il y a un bébé qui pleure et une femme qui tend les mains vers lui d'un air d'expectative. Alors, il comprend que c'est sa mère, avec son sourire chaleureux et ses cheveux bruns qui lui recouvrent les épaules. Elle est belle. Elle se tourne pour lui dire quelque chose et c'est à ce moment-là qu'il se réveille. Si seulement il pouvait rester dans ce rêve ! Il entendrait ce qu'elle s'apprête à lui dire.

Le soleil du petit matin strie la chambre de ses rayons obliques. Jean-Luc préférerait avoir des volets aux fenêtres ; le soleil californien ne fait rien pour arranger son sommeil. Il se réveille toujours trop tôt et toujours fatigué. Mais il ne sert à rien de ruminer au lit. Autant se lever.

Il n'est que 6 heures. Il met la machine à café en marche et s'attaque à la vaisselle de la veille. Il est en train de remplir l'évier lorsqu'il entend une voiture remonter leur rue.

Il colle le front à la vitre pour la suivre du regard. La voiture s'approche de la maison, ralentit. Jean-Luc la voit nettement à présent. Elle est bleu et blanc. Prenant une profonde inspiration pour se calmer, il s'écarte de la fenêtre. La police ? À 6 heures du matin ? Un frisson parti de sa nuque lui envahit la tête. La voiture s'arrête et, pour une raison inexplicable, il sait qu'elle s'est garée derrière le chêne. Dos au mur, il guette par la fenêtre pour voir qui sont les occupants du véhicule.

Deux policiers en descendent à l'avant. Puis la large carrure de Bradley s'extrait de l'arrière.

Charlotte et Sam dorment encore. Jean-Luc, qui ne veut surtout pas qu'ils soient réveillés de cette façon, va vite ouvrir la porte d'entrée, l'entrebâillant à peine. Et il attend.

Les policiers regardent leur montre. L'un des deux hausse les épaules, puis ils s'écartent pour laisser passer Bradley et tous trois s'engagent dans l'allée.

Jean-Luc, les oreilles bourdonnantes, entrouvre un peu plus la porte avant qu'ils n'aient pu appuyer sur la sonnette.

Les trois hommes paraissent surpris de se retrouver nez à nez avec lui.

— Bonjour, monsieur Bow-Champs, dit Bradley en le regardant sous ses sourcils en broussaille.

— Bonjour.

Jean-Luc retient sa respiration.

— Nous aimerions que vous nous suiviez au poste pour répondre à d'autres questions.

Jean-Luc s'agrippe à la porte. La respiration qu'il retenait remonte de ses poumons, tambourine à ses oreilles.

— Pourquoi ?

Et soudain, les trois hommes sont à l'intérieur. Le plus petit referme la porte. Jean-Luc recule d'un pas. Ils sont chez lui, dans sa maison. Comment a-t-il pu laisser une telle chose se produire ?

— Monsieur Bow-Champs, ce n'est pas le meilleur endroit pour en discuter. Vous allez nous suivre au poste.

Jean-Luc part vers l'escalier en songeant à Charlotte et à Sam endormis. Il se retourne vers les trois hommes.

— Vous voulez bien m'attendre dehors ? Je ne veux pas qu'on perturbe ma famille.

Le plus grand rouvre la porte et ils ressortent.

— Dix minutes ! lance Bradley.

Paniqué, Jean-Luc s'accroche à la rampe de l'escalier, gravissant une marche après l'autre. Que savent-ils ? Que peuvent-ils avoir découvert ?

Dans la chambre, Charlotte dort profondément, un léger sifflement s'échappe de ses lèvres. Il ne veut pas la réveiller. Il y a encore une chance que ce soit possible. Il pourrait lui laisser un petit mot, mais pour lui dire quoi ? Il passe son pantalon et sa chemise de la veille, mais fait l'impasse sur la cravate.

Sans un mot, il suit les policiers jusqu'à leur voiture. Le rideau bouge à la fenêtre de Marge. A-t-elle épié toute la scène de sa cuisine ?

Un quart d'heure après, la voiture se gare devant le commissariat. Après qu'ils ont emprunté l'escalier, puis un long couloir et dépassé des cellules vides, les trois hommes le font entrer dans une petite pièce meublée d'une table grise et de quatre chaises en plastique.

— Asseyez-vous.

Le petit policier sort un paquet de cigarettes de sa poche de poitrine, en sort une et lance le paquet à son coéquipier. Ils allument chacun leur cigarette. Le grand s'assied, faisant tomber la cendre dans un cendrier en aluminium tandis que le petit fait tomber la sienne par terre.

— Enfin, Jack ! Pense un peu à la dame qui fait le ménage…

— Justement, je fais en sorte qu'elle ne se retrouve pas au chômage.

Jean-Luc les regarde exhaler des nuages de fumée. Ils prennent leur temps, comme s'ils prenaient plaisir à la situation.

— Pourquoi suis-je ici ?

Il a fait de son mieux pour obéir, pour rester calme, mais à présent, il a besoin de savoir.

Bradley finit par s'asseoir face à lui, les mains sur les genoux.

— Savez-vous qu'une personne vous cherche sans relâche depuis neuf ans ?

Jean-Luc fait non de la tête. Il a la gorge nouée. Aucun mot ne peut en sortir. Il n'arrive même plus à déglutir.

— Cette personne s'appelle Sarah Laffitte. C'est la mère de Sam.

TROISIÈME PARTIE

28

Sarah

Paris, 2 mai 1944

Accroupie, le dos contre le lit, Sarah articule « Respire ». Mais c'est un gémissement de panique qui monte de son ventre. Elle veut vomir mais n'en a pas la force. Des rigoles de sueur lui dégoulinent dans les yeux, lui brûlent le bord des paupières. Elle les essuie d'un geste vif avant de reposer la main sur son ventre durci, dans l'espoir fou de calmer les contractions.

David caresse ses cheveux humides de transpiration.

— Tu devrais t'allonger, Sarah. Je t'en prie !

— Je… je ne peux pas bouger.

— Il faut que tu t'allonges sur le lit, dit-il en la prenant sous les épaules.

Sarah se mord la lèvre de toutes ses forces, pour bloquer le hurlement qui monte dans sa gorge. Se laissant choir lourdement sur le lit, elle se met sur le côté, remonte les genoux à la poitrine et gémit.

— La sage-femme arrive bientôt ? hoquette-t-elle.

— Personne ne va venir.

— Ce n'est pas possible, David ! Je t'en supplie, fais venir quelqu'un !

— Sarah… Tout va bien se passer. On peut y arriver seuls. Je sais comment faire. J'ai tout préparé.

Sarah va protester quand on frappe à la porte : trois coups brefs, une pause, un coup bref. Un éclair de peur passe dans les yeux de David. Mais il n'y a qu'une seule personne qui frappe de cette manière, c'est Jacques, leur fidèle ami. Sans un mot, David sort de la chambre.

Sarah se force à se remettre sur le dos et fixe le plafond en essayant de caler sa respiration sur les contractions. *Pas maintenant*, implore-t-elle en son for intérieur. *Je vous en supplie, pas maintenant.*

Elle entend le grincement de la porte d'entrée, puis la voix de Jacques, son ton assourdi, mais urgent.

— Vous devez partir ce soir.

— Ce soir ? Mais c'est impossible ! Sarah est en train d'accoucher !

La panique qu'elle perçoit dans la voix de David lui déclenche une contraction dont la violence la soulève du lit, comme si une formidable énergie voulait à tout prix se libérer.

— Vos noms sont sur la liste. Ils vont venir vous chercher. Ce soir.

Sarah entend le gémissement désespéré de David. La douleur est toujours là, mais elle est presque devenue secondaire par rapport à ce qui est en train de se passer dans la pièce d'à côté.

David revient dans la chambre, referme la porte derrière lui et s'y adosse.

— Tu as entendu ?

Sarah fait oui de la tête, incapable de parler : la contraction lui déchire le ventre, la réduit au silence. Les larmes se mêlent à la sueur qui coule sur son visage. David s'agenouille sur le lit et elle sent la fraîcheur d'une serviette mouillée sur son front. Elle cherche sa main, prête à s'y agripper le temps de la contraction suivante.

— Sarah, tout va bien se passer, je te le promets. Je vais m'occuper de toi.

Elle lui enfonce les ongles dans la main, de toutes ses forces, lui arrachant une grimace de douleur.

Les contractions sont vraiment très rapprochées, maintenant. Les yeux rivés au plafond, elle prie : *Je vous en supplie, mon Dieu, faites que ça aille vite.* Elle lâche la main de David pour qu'il puisse vérifier l'avancement du travail. Elle s'entend haleter de plus en plus vite.

— Je vois la tête ! s'écrie David. Pousse !

Serrant les dents, elle pousse de toutes ses forces. Encore et encore. Elle n'en peut plus, mais elle sent le bébé arriver. Elle pousse une dernière fois, avec l'énergie du désespoir.

— Tout va bien ? David ? demande-t-elle, craignant que les cauchemars où elle donne naissance à un bébé difforme ne se soient réalisés.

— Il est magnifique, répond David d'une voix brisée par l'émotion.

— Merci, mon Dieu, murmure-t-elle, submergée par le soulagement.

Au claquement des ciseaux, elle comprend que David a coupé le cordon et le voit tenir un petit être tout neuf entre ses larges mains. Toute sa douleur s'envole.

— Tiens, prends-le. Je dois m'occuper du placenta.

David lui dépose le nouveau-né encore mouillé sur la poitrine. Sarah effleure son petit crâne, caresse son rare duvet, puis baisse les yeux sur son petit minois tout fripé. Des yeux sombres dardent des regards encore flous sur toute la chambre. Ils croisent les siens l'espace d'une seconde et Sarah sent son utérus se serrer, un lien invisible se nouer entre son bébé et elle. Du bout des doigts, elle caresse son petit corps, émerveillée par cette peau douce et sans défaut. Cet enfant doit vivre ! C'est ce qu'elle souhaite plus que tout au monde. Elle presse son bébé contre sa poitrine et se met à prier.

29

Sarah

Paris, 2 mai 1944

Assis sur le lit, David lui tend un verre d'eau. Tous deux contemplent leur bébé qui émet des petits bruits de succion en cherchant le sein de sa mère. Sarah le sent s'y agripper une seconde avant de le perdre de nouveau. Elle sait bien que la montée de lait n'interviendra pas avant un ou deux jours et tente de ne pas trop s'en inquiéter.

David se rapproche d'elle.

— Ce moment n'a pas de prix. Nous trois, ensemble, chez nous. Quoi qu'il arrive, nous devrons toujours nous en souvenir.

Il ferme les yeux, la tête appuyée contre le mur, et inspire profondément. Sarah se rend compte que la naissance l'a épuisé, lui aussi. Il a porté seul cette énorme responsabilité sur ses épaules, en ayant appris les gestes de l'accouchement dans un manuel de médecine… Se lovant contre lui, Sarah s'imprègne en silence de son odeur, musquée et légèrement empreinte de sueur.

David lui dépose un baiser sur le front.

— Il faut qu'on parte à la tombée de la nuit.

— Quelle heure est-il ?

Elle a perdu toute notion du temps. Est-ce encore le matin ou déjà l'après-midi ?

— Presque midi. Jacques a dit qu'il reviendrait vers 4 heures.

— Quatre heures… Il faut que je dorme avant qu'on parte. Je suis épuisée.

— Bien sûr. Repose-toi, je vais faire à manger et emballer quelques affaires.

Le bébé a fermé les yeux, la bouche légèrement entrouverte. David le détache d'elle et le prend tout contre lui, sa grande main soutenant sa tête minuscule. Sarah comprend son besoin instinctif de le sentir tout contre lui. Avant de sombrer dans le sommeil, elle englobe leur chambre du regard, sachant que c'est peut-être la dernière fois qu'elle la voit. En dépit du danger, elle éprouve une certaine paix en regardant la grosse commode en chêne qui lui vient de ses parents et, au-dessus, le tableau représentant la falaise d'Étretat et l'aiguille qui domine la mer. C'est là qu'ils étaient allés en voyage de noces ; David avait acheté la toile à un artiste du coin. C'était une journée idyllique. Ils avaient nagé, puis grimpé jusqu'à l'église devant laquelle ils s'étaient bécotés sur l'herbe. « Je veux t'offrir quelque chose pour que tu n'oublies jamais ce jour », lui avait-il murmuré à l'oreille. Et, quand ils étaient redescendus au petit village, ils étaient tombés sur l'atelier d'un peintre. Le tableau n'était pas dans leurs prix, mais ils avaient réussi à marchander. Après tout, c'était leur lune de miel…

Sarah referme les yeux et se laisse glisser dans le sommeil, comblée par ses souvenirs. Tout va bien se passer. Dieu veillera sur eux.

Tout à coup, David lui caresse tendrement la joue.

— Tiens, je t'ai préparé quelque chose à manger.

Le bébé vêtu d'une barboteuse blanche dans sa large main, il lui passe une assiette bien remplie : petites pommes de terre au four, purée de carottes et une cuisse entière de confit de canard !

Sarah ouvre de grands yeux, incrédule.

— Mais comment as-tu réussi à te procurer tout ça ?

David sourit d'un air malicieux.

— Ça ne te regarde pas. Je le gardais pour le grand jour. Tu dois reprendre des forces.

Sarah lui fait un bref baiser sur la joue et porte l'assiette à ses narines. Les riches arômes du plat chaud lui font prendre conscience qu'elle meurt de faim. Elle attaque le canard avec avidité quand soudain, elle repose couteau et fourchette.

— Et toi ?

Comment n'a-t-elle pas remarqué que David n'avait pas d'assiette ?

— J'ai mangé tout à l'heure, dans la cuisine.

Il ment, elle le sait, et après quelques bouchées, elle repose sa fourchette.

— Je n'en peux plus. Je n'ai plus l'habitude de manger autant. Tu veux bien m'aider à finir ?

Elle lui présente un morceau de canard et tous deux se régalent de ce festin, leur bébé profondément endormi. Le repas terminé, David pose l'assiette par terre et Sarah l'embrasse de nouveau.

— Merci, c'était délicieux.

— Maintenant, ton lait aura un bon goût de canard.

— Ce sera toujours meilleur que les rutabagas, la poussière et les glands !

Le bébé s'agite dans son sommeil, ouvrant ses mains en forme de petites étoiles de mer. Sarah en pose une sur la sienne et contemple les doigts minuscules et les ongles parfaitement dessinés de son fils.

— On va l'appeler comme mon père ?

— Samuel, bien sûr, dit David en embrassant le crâne du nouveau-né. Regarde comme il a de longs doigts. Il sera peut-être violoniste, comme sa maman…

Il se gratte la barbe, songeur.

— Je me souviens de la première fois que je t'ai vue. Tu étais violoniste dans cet orchestre. Tu avais l'air si absorbée par ton jeu… J'avais envie que tu me regardes comme ça, avec cette même intensité. *(Il sourit.)* Et un jour, c'est ce que tu as fait. Mais ça a pris du temps…

Sarah acquiesce avec un sourire.

— Tous ces concerts du dimanche auxquels tu as dû assister !

— J'adorais ça.

— Et moi, j'adorais te savoir dans le public, parce que tu n'étais pas là que pour la musique…

David se met à rire.

— Tu te souviens du jour où tu m'as enfin invité chez tes parents ? Ton père m'a fait passer un oral sur les concertos pour violon !

— Oui. Et toi, tu n'y connaissais rien.

— Tu te souviens de ce qu'il m'a dit ?

— « Vous semblez plus intéressé par la violoniste que par le violon, jeune homme. »

— C'était son sens de l'humour, murmure-t-elle, les larmes aux yeux.

— Sarah… Je sais à quel point il te manque.

Baissant les yeux sur son fils, elle refoule ses larmes.

— Tu trouves que Samuel lui ressemble ?

— À ton père ?

David caresse la tête du bébé.

— Oui, il a son front haut, mais je pense qu'il a tes yeux et ceux de ta mère. C'est la même forme… Mais il a le menton de mon père, regarde comme il pointe. Il va être obstiné, une vraie tête de mule.

— Tes parents, ils aimeraient tellement le voir… Ils seraient si fiers… Tu crois qu'ils le verront un jour ? Retrouverons-nous tous ceux que nous avons perdus ? Où les a-t-on emmenés ? demande-t-elle en caressant du doigt le front de Samuel.

— Je n'en sais rien, Sarah. Mais nous devons garder espoir. Continuer à prier.

— Et si nous nous faisions arrêter maintenant ? Ils nous prendraient Samuel. Je le sais. Ils nous enverraient dans un camp de travail et le mettraient à l'orphelinat.

Ses yeux se mouillent à cette pensée.

— Sarah, nous n'allons pas nous faire prendre. Nous sommes des survivants.

Elle le dévisage, sceptique. Pourquoi seraient-ils plus forts que les autres Juifs ?

Des pas lourds résonnent dans l'escalier. Elle sursaute et saisit la main de David.

— Et s'ils venaient nous chercher maintenant ?

Il la rassure d'une pression de doigts.

— Ne t'inquiète pas, Jacques fait le guet. Personne ne va nous arrêter maintenant. Tu sais bien qu'ils viennent toujours la nuit ou au petit matin.

— Pas toujours…

Ils ne sont jamais en sécurité. C'est une chose à laquelle Sarah ne s'habituera jamais, cette peur constante. La boule au ventre ne la quitte plus, mais au moins, cela lui coupe l'appétit.

— Tu te souviens de notre premier repas ensemble ? lui demande David.

Elle sait qu'il essaie de lui changer les idées… et il a raison. Ce n'est pas en se faisant du souci qu'elle supprimera les problèmes.

Elle ferme les yeux, replongeant dans le passé pour tenter de dissiper les craintes du présent.

— J'avais passé toute la journée à me faire belle.

— C'est vrai ?

— Oui.

Elle rouvre les yeux, se noie dans ceux de David.

— Mais juste au moment de sortir, j'ai ôté les talons hauts que m'avait prêtés ma mère, j'ai frotté tout mon rouge à joues et essuyé mon rouge à lèvres.

— Pourquoi ? s'étonne David, l'air sincèrement troublé.

— Ça ne me ressemblait pas.

Il lui prend la main, la porte à ses lèvres.

— J'adore ta façon de t'habiller. Tu as toujours l'air confortable. Je veux dire…

Un léger rire s'échappe de la gorge de Sarah.

— Confortable ? Ça ne fait pas très…

— Sexy ?

Elle pique un fard. Ce n'est pas le genre de terme qu'il emploie, d'habitude.

— Il n'y a rien de plus séduisant qu'une personne qui est bien dans sa peau, dit-il. Tu m'as toujours fait cet effet-là.

Elle lui embrasse les doigts.

— Peut-être parce que je n'ai jamais eu l'impression de devoir te prouver quoi que ce soit. Tu ne m'as jamais jugée, tu ne m'as jamais demandé pourquoi j'avais fait ceci ou cela et pas autre chose. Comme si tu m'acceptais telle que j'étais.

— Je ne voulais pas que tu sois différente.

Samuel remue dans les bras de David, plissant son tout petit nez. Sarah lui caresse la joue et ses traits retrouvent leur sérénité de nouveau-né.

David sourit.

— Il vérifie que tu es toujours là…

— Je serai toujours là pour lui, déclare Sarah. Je ne le laisserai jamais.

Les larmes lui montent aux yeux. Elle ne pourra peut-être pas tenir sa promesse. Pas par les temps qui courent.

Comme s'il lisait dans ses pensées, David lui caresse l'arrière de la tête et lui murmure au creux de l'oreille :

— Nous veillerons à ce qu'il ne lui arrive rien.

Sarah opine en silence, les larmes roulant sur ses joues.

Jacques arrive à 4 heures pile. Sarah entend sa voix dès que la porte d'entrée se referme.

— On a un endroit où vous pourrez passer une nuit ou deux, le temps de trouver quelque chose de mieux. C'est dans le Marais, rue du Temple.

— Merci, Jacques. Je ne sais pas comment nous pourrons un jour te revaloir ça. Tu as le temps de venir voir notre fils ?

Sarah sourit en entendant la fierté dans la voix de David. Il sera un père merveilleux.

— Bien sûr ! Et comment se porte la maman ?

David fait entrer Jacques dans la chambre. Celui-ci se penche sur Sarah pour l'embrasser sur la joue, puis il écarte la petite couverture en laine et ses yeux s'embuent d'émotion. Il regarde Sarah droit dans les yeux.

— Ne t'inquiète pas. Je ne laisserai pas ces salauds lui mettre la main dessus.

Sarah esquisse un pâle sourire.

— Je le sais, Jacques.

— Je suis désolé de ne pas pouvoir rester plus longtemps.

— Bien sûr. Tu dois partir, maintenant.

David le raccompagne jusqu'à la porte de l'appartement.

Le Marais est trop loin pour que Sarah y aille à pied, du coup ils décident de prendre le métro à Passy – ils changeront à Étoile. David a insisté pour qu'elle emporte son violon Amati. « Certaines choses sont trop précieuses pour être abandonnées. C'était le violon de ton père et du père de ton père. Ce n'est pas un simple violon. C'est ton histoire. » Alors Sarah porte Samuel pendant que David trimballe une valise et l'instrument, comme s'ils allaient faire de la musique chez un ami. Pas comme s'ils fuyaient les nazis.

Ils mettent rarement le nez dehors, depuis quelque temps, et cela leur fait tout drôle de se retrouver à l'extérieur. Les rues sont désertes ; seuls quelques soldats patrouillent, le torse bombé, le fusil pointé vers le ciel. David et Sarah rasent les murs, restent dans l'ombre, changent de chemin dès qu'ils aperçoivent un Allemand. Mais Sarah est à bout de forces. Chaque respiration lui arrache les poumons, elle n'arrive pas à prendre assez d'air et son ventre se contracte douloureusement à chaque pas.

Enfin, ils arrivent à la station de métro et là, c'est le soulagement : il n'y a pas de soldats à l'entrée. Ils montent dans la dernière voiture, celle réservée aux Juifs. Il n'y a personne dedans, à part un vieil homme qui lève péniblement la tête lorsqu'ils prennent place, telle une tortue jetant un coup d'œil hors de sa carapace.

— Bonsoir madame, bonsoir monsieur.

Il leur adresse un sourire édenté et se penche vers eux.

— Soyez prudents. Ils sont à Étoile, ce soir, une vraie colonie de sauterelles.

David hoche la tête.

— Merci.

Le vieil homme tend le cou en direction de Sarah.

— C'est un bébé que vous avez là ?

— Oui, c'est le nôtre, dit David en souriant.

L'homme opine du chef, solennel.

— Il est tout petit. Quel âge a-t-il ?

— Environ six heures.

L'homme toussote, les yeux mouillés.

— Six heures ! Vous avez dû fuir…

Il se lève, tout flageolant, et pose une main ridée sur la tête du bébé en se couvrant les yeux de l'autre.

Il murmure une prière en hébreu, puis se rassied en fermant les yeux. Lorsqu'il les rouvre, ils brillent sous les replis de peau fripée.

— Dieu veillera sur votre enfant. Soyez sans crainte. Mais ne descendez pas à Étoile. C'est infesté.

David et Sarah suivent son conseil. Ils changent à l'arrêt suivant, Trocadéro, puis à Marbeuf[1] et sortent à Hôtel de Ville. Sarah a la tête qui tourne, terrifiée à l'idée qu'ils se fassent arrêter. Sa respiration s'accélère et elle sent quelque chose d'humide entre ses cuisses. Les saignements n'ont pas cessé, comprend-elle avec inquiétude, mais elle ne dit rien.

Enfin, ils parviennent à l'adresse que leur a donnée Jacques : un grand immeuble contre une ancienne boulangerie. David pousse la lourde porte en bois et s'efface pour laisser passer Sarah. À peine entrés dans la cour, ils comprennent que les boches sont passés. Des volets battent au vent et des plantes en pot gisent au sol, racines à l'air. Des vêtements volettent dans la douce brise du soir : un bas de couleur beige, un maillot de corps de bébé et une chemise déchirée. Une brusque rafale emporte le bas solitaire, le rabat sur une plante à l'horizontale. Sarah le ramasse et remet la plante dans son pot. C'est comme si l'endroit avait été violé.

— David, on ne peut pas rester ici !

— On n'a pas le choix. Les boches ont déjà mis les lieux à sac. Il n'y a plus rien qui les intéresse, ici. Nous y serons en sécurité.

Il regarde tout autour de lui, imité par Sarah. Les observe-t-on ? Il règne dans la cour un silence inquiétant.

— Viens.

David s'avance vers la porte située à gauche.

— C'est au troisième étage.

1 Ancien nom de la station Franklin D. Roosevelt. (N.D.E.)

Sarah ne rêve que de s'allonger. En montant l'escalier, elle sent quelque chose dégouliner à l'intérieur de sa cuisse. La tête lui tourne à chacun de ses pas. Cramponnée à la solide rampe en bois, elle se redresse, mais une douleur aiguë lui transperce le ventre, la plie en deux.

David pose le violon pour la soutenir, mais elle n'a plus la force de se redresser.

— Attends, Sarah. Je vais déposer Samuel dans l'appartement et je reviens te chercher.

— Non ! Il ne faut pas le laisser seul !

Elle jette un regard autour d'elle, persuadée qu'on les épie. Pour quelle raison tous les appartements auraient-ils été évacués ? Cet immeuble ne pouvait pas abriter que des Juifs… Mais les murs tristes la fixent en silence. C'est alors qu'elle remarque les impacts de balles. Il y a eu du grabuge, ici. C'est peut-être pour ça que les boches ont évacué tout l'immeuble… Il y avait peut-être des résistants dans le coup. Sarah frémit en songeant à ce que ces malheureux doivent subir au même moment.

David lui prend Samuel des bras et l'aide à se relever, laissant le violon et la valise dans l'escalier. Lentement, il la guide vers l'appartement, deux étages au-dessus.

— Je peux avoir de l'eau ?

Sarah cherche la cuisine du regard, mais les placards ont été réduits en miettes et la porte du four ne tient plus que par un gond ; les tiroirs gisent par terre, retournés, leur contenu éparpillé tout autour ; les murs sont éclaboussés de sang. Elle détourne les yeux, ravalant une montée de bile.

— Tant pis, ça ne fait rien…, dit-elle.

David la conduit dans une petite chambre. Puis, tirant une clé de sa poche, il l'insère dans une minuscule serrure que Sarah n'avait pas remarquée, dans le mur. David ouvre la porte camouflée et braque une petite lampe torche à l'intérieur. Sarah retient sa respiration, s'attendant presque à découvrir des fugitifs accroupis derrière la porte, mais la pièce est vide. Ils s'y faufilent à la lueur de la lampe. Ce n'est qu'un réduit, en réalité. On peut à peine s'y allonger. Mais au moins, il est vide et ne sent rien, à part la poussière.

— Je vais chercher un matelas, dit David en lui rendant Samuel. Attends-moi ici.

Sarah s'effondre par terre avec le bébé, trop exténuée pour répondre.

30

Sarah

Paris, 3 mai 1944

Samuel geint dans son sommeil. Sarah aimerait se retourner et se rendormir profondément. Le pouvoir réparateur du sommeil semble avoir apaisé ses crampes d'estomac. Mais le bébé doit commencer à avoir faim et elle veut le nourrir avant que ses petits bruits de protestation ne se muent en vagissements. Ils doivent faire le moins de bruit possible, bien sûr, mais surtout elle ne supporte pas l'idée qu'il pleure. Qu'il souffre. C'est ce qui l'effraie le plus. Elle tente de ne pas y penser, mais elle a vu des scènes d'horreur. Des bébés, des enfants arrachés à leur mère.

Dans les ténèbres absolues du réduit, elle s'installe tant bien que mal en position assise avec Samuel. Il fait si chaud qu'elle a dormi toute nue. Du doigt, elle lui entrouvre les lèvres, l'aide à trouver le sein. Il s'y reprend à plusieurs fois, en gigotant de frustration. Sarah s'inquiète. Et si elle n'avait pas assez de lait ?

Quelle chance que la naissance se soit bien passée ! Sa seule surprise a été l'intensité de la douleur. Mais combien de temps leur chance va-t-elle encore durer ? En ce moment, ils devraient être en sécurité dans leur appartement du XVIe arrondissement, un quartier résidentiel et aisé. Bon sang ! Personne ne savait qu'ils étaient juifs avant qu'on ne les force à porter cette maudite étoile jaune, comme une plaie ouverte, ou une cible. Rétrospectivement, elle regrette de s'être conformée aux ordres, d'avoir porté cette étoile. En même temps, elle se serait sentie lâche si elle avait *refusé* de la porter. Après tout, elle n'a pas honte d'être juive : c'est son patrimoine, ses racines. Jamais elle n'en rougira. Alors, elle avait cousu l'étoile selon la consigne et elle était sortie en l'arborant, la tête haute. Comme elle avait été naïve… Cette étoile avait immédiatement modifié la façon dont les gens la percevaient. Ils voyaient d'abord l'étoile et ensuite, ils la regardaient, elle.

La première fois qu'elle avait pris le métro, lorsque le port de l'étoile était devenu obligatoire, le contrôleur s'était adressé à elle d'un ton dur : « Dernière voiture, mademoiselle ! » Alors, à l'arrêt suivant, elle était montée dans la voiture de queue, ravalant une boule d'apitoiement sur elle-même.

Une semaine après, son père avait été arrêté pour avoir agrafé son étoile au lieu de la coudre. Il pensait qu'elle serait plus facile à transférer sur d'autres vêtements… Repéré par un soldat, il avait été envoyé directement à Drancy – sans enquête, sans procès, sans possibilité de faire appel. Ils avaient reçu des lettres pendant six mois et ils lui avaient envoyé avec amour des colis de nourriture et des messages de soutien. Et puis plus rien, il s'était évanoui dans la nature, comme s'il n'avait jamais existé. Sarah refoule les larmes qui lui montent aux yeux chaque fois qu'elle pense à son père.

À côté d'elle, David ne bouge pas. Il doit être épuisé. Mais elle, elle meurt de soif, et de faim. C'est peut-être ce qui freine sa montée de lait ?

— David, chuchote-t-elle. David, tu es réveillé ?

— Non. Pourquoi ?

— Tu peux aller me chercher de l'eau, s'il te plaît ?

— Comment va Samuel ? marmonne-t-il.

— Il a faim, mais je ne pense pas avoir suffisamment de lait.

— Ne t'en fais pas. Ça viendra.

Elle le sent se redresser sur le matelas.

— Attends, je vais te chercher de l'eau.

— Merci. Je meurs de soif.

Muni de la torche, il sort du réduit.

Sarah a envie de pleurer : le bébé se tortille et gémit, prenant le sein pour le lâcher au bout d'à peine une minute. Que va-t-il devenir si elle n'arrive pas à le nourrir correctement ?

David revient quelques minutes plus tard et lui tend un grand verre d'eau à la lumière de la lampe torche.

— Il est 3 heures du matin, tu sais. Notre petit garçon a dormi cinq heures. Ce n'est pas mal pour un nouveau-né. L'autre bonne nouvelle, c'est que les boches n'ont pas cassé tous les verres. Tiens, bois ça pendant que je vais essayer de récupérer quelques bricoles.

Sarah boit l'eau avec reconnaissance. Elle était déshydratée. C'était sûrement ça, le problème. Elle va forcément avoir du lait, maintenant.

En l'absence de David, elle fait de son mieux pour se détendre, se répétant qu'ils ne risquent rien dans cette cachette, que cette folie prendra bientôt fin, qu'un jour, la vie retrouvera son cours normal. Il faut juste qu'ils tiennent encore le coup.

David revient, tout excité.

— Devine ce que j'ai trouvé !

— Quoi ?

— Les habitants avaient planqué des provisions dans le réservoir des toilettes.

— Tu crois qu'on peut les manger sans crainte ?

— Mais, oui… Ce sont des conserves. Confiture de cassis, thon, olives, poivrons marinés…

Et, tel un prestidigitateur, il lui présente une assiette pleine.

Ils se partagent ce curieux assortiment de nourriture.

— J'adore le thon à la confiture de cassis, plaisante Sarah en lui pressant tendrement les doigts. Merci. Je me demande pourquoi nous n'avions jamais pensé à tester cette association.

Elle continue de piocher dans l'assiette, le bébé au sein, et au bout d'un moment, Samuel cesse de gigoter. Elle le sent déglutir. Il tète. Rassurée, elle se laisse aller contre le mur, savourant cette nouvelle sensation : elle a du lait. Tout va bien se passer.

Un peu plus tard, elle s'endort, comblée – et l'estomac plein, pour une fois.

Elle doit dormir profondément, car elle rêve que quelqu'un tape à la fenêtre, les suppliant de le laisser entrer. Elle s'apprête à aller ouvrir quand elle se réveille.

Il y a bien quelqu'un qui tape. Mais pas à la fenêtre. Son cœur bondit. On tape à la cloison.

— David ! chuchote-t-elle d'un ton urgent en le secouant.

— Qu'est-ce qu'il y a ?

— Chut. Écoute. Il y a quelqu'un dans la pièce.

David se tait. Sarah croit voir ses oreilles se dresser.

Elle lui serre le bras de toutes ses forces. Ça recommence. Des coups frappés très doucement. Trois brefs, suivis par un plus long.

— C'est Jacques.

David tend la main vers la porte du placard tandis que Sarah relâche sa respiration.

— Tout va bien, murmure Jacques. La voie est libre. Vous pouvez sortir.

Il leur a apporté des provisions : principalement de la nourriture, quelques vêtements pour le bébé et des langes.

— Ma femme voulait vous faire porter plus d'affaires, mais je ne pouvais pas trop me charger au cas où je me serais fait arrêter…

Il s'interrompt.

— Vous allez devoir partir d'ici demain.

David fronce les sourcils.

— Mais pourquoi ? Ce serait mieux si Sarah pouvait se reposer ici quelques jours.

— Je sais bien, mais c'est trop risqué. Je crains qu'il n'y ait un traître au sein de notre groupe. Les boches trouvent nos abris trop vite, trop facilement. Je ne peux m'empêcher de penser que quelqu'un leur fournit des tuyaux. Il n'y a que moi et deux personnes de confiance qui savent que vous êtes ici, donc il ne devrait pas y avoir de problème. Mais il vaut mieux que vous déménagiez d'ici, c'est plus sûr. *(Il sourit.)* Et cette fois, j'ai une maison pour vous, à la campagne. C'est à Saint-Germain-en-Laye. Pas trop loin d'ici, mais il vous faudra y aller en voiture. Je suis en train d'organiser le trajet. Je vous demande juste d'être prêts à partir demain après-midi.

David lui pose la main sur l'épaule.

— Merci, Jacques. Nous n'oublierons jamais ce que tu as fait pour nous.

Jacques ne répond rien, il se contente de poser sa main sur celle de son ami.

31

Sarah

Paris, 4 mai 1944

Quelque chose tire Sarah de son sommeil. Il fait noir dans le réduit, c'est le petit matin. Sa première pensée est pour son bébé. Elle a l'impression d'avoir reçu un cadeau – le plus beau, le plus exaltant cadeau qui soit – et dès qu'elle s'éveille, elle a envie de le voir, de le toucher, de s'assurer qu'il est bien réel, que tout cela n'est pas un rêve.

Elle ne le voit pas dans l'obscurité, mais elle le sent contre elle, entend sa légère respiration régulière. D'instinct, elle sait qu'il dort profondément. Un craquement la fait sursauter. On dirait que quelqu'un monte l'escalier.

— David, murmure-t-elle. Tu as entendu ?

— Non.

Il se tourne dans son sommeil et lui tend la main. Sarah entremêle ses doigts aux siens. Son imagination doit lui jouer des tours, elle ferait mieux de se reposer pendant que Samuel dort. Elle doit garder ses forces pour ce qui les attend. Ils vont partir de là d'un jour à l'autre. Mais elle ne se sent pas en sécurité en sachant que dehors, *ils* les cherchent.

Un grand coup sourd ébranle le mur. Sarah lâche la main de David, se redresse en position assise, la sueur perlant au front. Elle prend le bébé dans ses bras et le serre contre sa poitrine.

David s'est assis, lui aussi. Elle ne le voit pas, mais elle sent son corps rigide. Tous deux se sont changés en statues de sel.

Des claquements de portes, des bruits de bottes dans les escaliers, des ordres hurlés en allemand.

— *Schnell ! Bewege dich schneller*[1] !

Sarah veut murmurer quelque chose à David, à propos de la porte secrète, de la clé qui lui a permis de l'ouvrir. L'a-t-il fermée de l'intérieur ? Sont-ils enfermés à clé ? Les Allemands vont-ils les trouver ? Mais elle ose à peine respirer. Elle voudrait voir David. Si seulement elle pouvait le voir, elle se sentirait plus en sécurité.

Une porte claque, encore plus fort que les autres. On dirait la porte d'entrée de l'appartement. Sarah entend David inspirer brusquement. Elle prie en silence : *Mon Dieu, je vous en supplie, protégez notre fils. Je ne vous demanderai jamais rien d'autre.*

Des voix fortes résonnent juste devant la porte du réduit. David passe un bras autour des épaules de Sarah et la serre très fort tandis qu'elle serre leur bébé encore plus fort contre elle. Tremblante de peur.

— *Hier drin*[2] ! crie un Allemand.

Sarah ne comprend pas ce que cela veut dire, mais elle sait que la voix est juste devant la porte, maintenant. Elle agrippe Samuel en priant en silence : *Je vous en supplie, mon Dieu, faites qu'il ne lui arrive rien.*

Le bébé dort toujours profondément. Comment se fait-il que toute cette agitation ne l'ait pas réveillé ? Il pousse un faible gémissement. Sarah se fige, tous les muscles contractés. Posant les doigts sur les lèvres du bébé, elle tente désespérément de lui communiquer l'urgence de se

1 « Vite ! Bouge-toi plus vite ! »
2 « Ici, à l'intérieur ! »

taire. Folle de peur, elle le met au sein, mais il détourne la tête et se rendort.

Elle écoute la conversation qui résonne en allemand de l'autre côté de la fine cloison. Comme elle regrette de ne pas comprendre cette langue, à cet instant ! Les ongles de David s'enfoncent dans son épaule, mais elle ne bronche pas, accueillant la douleur presque avec reconnaissance, cela la détourne un peu de la terreur qui monte en elle.

Samuel gigote, geint doucement. Elle le serre peut-être trop fort, tout comme David la serre contre lui. Elle détend ses muscles, relâchant l'air de ses poumons. Le bébé ne doit pas sentir sa tension. Ça risquerait de le faire pleurer.

Mais ses geignements augmentent. Le cœur de Sarah cesse de battre. Elle plaque sa petite tête contre son sein, s'efforçant de le faire téter, de le faire taire. Mais Samuel se rejette en arrière en poussant un cri. Sonore. Aigu.

Un énorme craquement ébranle la porte. Puis un autre, et un autre. De grosses bottes noires défoncent le réduit.

32

Sarah

Paris, 29 mai 1944

Les souris détalent en tous sens, nuit et jour. Dieu sait pourtant qu'il n'y a rien à manger. C'est peut-être la puanteur de la crasse humaine qui les attire, qui les fait demeurer là. L'odeur, Sarah l'a sentie dès son entrée dans le bloc des femmes. Elle lui a tout de suite rappelé les écuries où elle montait, enfant : une odeur stagnante de sueur et de moisi.

Elle ne laisse pas Samuel, pas une seule minute : il serait une proie facile pour les rongeurs et cette pensée la terrifie. Le petit corps chaud de son fils la réconforte et elle se remémore les paroles du rabbin dans le métro : « Dieu veillera sur votre enfant. » Elle se raccroche à ce fil d'espoir, voulant croire à une sorte de prophétie. Cela l'aide à contenir sa peur.

Quarante femmes sont entassées dans cette petite pièce rectangulaire, sur de dures banquettes recouvertes de paille. Grâce à Samuel, Sarah bénéficie d'un traitement de faveur. Ses codétenues veillent à ce qu'elle ait toujours assez d'eau à boire et certaines vont même jusqu'à partager leurs colis de nourriture avec elle. De son côté, Sarah n'a rien à leur donner en échange, sinon un pauvre sourire. Elle n'arrive même pas à leur parler. Parler la fatigue ; or elle a besoin de toute son énergie pour allaiter Samuel. C'est la seule chose qui compte, désormais. Le maintenir en vie.

À Drancy, il n'y a que deux toilettes pour des milliers de prisonniers : une pour les femmes et une pour les hommes – et on ne peut y aller qu'à certaines heures. Chaque fois, Sarah essaie d'apercevoir le visage de David dans la longue file d'attente, sans succès. Et chaque jour, elle scrute la liste des noms pour le prochain convoi, tremblant à l'idée d'y lire leurs noms. Si seulement ils pouvaient tenir le coup jusque-là… Cette guerre aura bien une fin !

Mais ce 29 mai, leurs noms figurent sur la liste du lendemain matin : David Laffitte, Sarah Laffitte, Bébé Laffitte. Ils ne lui ont même pas demandé son prénom. Comme s'ils n'imaginaient pas qu'il puisse en avoir besoin un jour.

33

Jean-Luc

Paris, 30 mai 1944

Jean-Luc dort à poings fermés quand des cris lui parviennent.

— *Raus ! Raus*[1] ! Debout, c'est l'heure !

Il croit tout d'abord qu'il rêve, puis en remontant des profondeurs du sommeil, il comprend que les voix résonnent devant sa chambre.

— Philippe ! dit-il. Philippe, réveille-toi !

Il tâtonne à la recherche de l'interrupteur quand soudain, on enfonce leur porte et la lumière du couloir inonde la chambre.

— *Achtung*[2] ! Debout !

Jean-Luc ôte son pyjama et enfile son bleu de travail à la hâte, conscient que Philippe fait de même. Le garde attend qu'ils aient fini, puis les pousse vers l'ascenseur. Les quatre autres cheminots s'y entassent déjà.

— Problème dans train, déclare le boche en se serrant avec eux dans la cabine. Coincé.

Dehors, il fait nuit noire, l'air est glacé, il n'y a pas la moindre lueur. Les six cheminots montent dans le camion qui les emporte par les rues sombres. Personne ne parle. Ils vont enfin voir un train. Jean-Luc saura si

1 « Dehors ! Dehors ! »
2 « Attention ! »

ce sont vraiment des wagons à bestiaux. Les boches doivent avoir rempli le train avant de s'apercevoir de l'avarie. Du coup, il pourra peut-être voir les prisonniers de ses propres yeux.

Son estomac émet de bruyants borborygmes.

— Tu crois qu'on aura droit à un petit déjeuner ? lui demande Frédéric.

— Ça m'étonnerait, dit Xavier en secouant la tête. Ils vont vouloir faire partir ce train le plus vite possible.

— Oui, avant le lever du jour, acquiesce Frédéric en consultant sa montre. Il n'est que 5 heures.

Marcel relève la tête.

— Cinq heures ! Putain, pas étonnant que je sois crevé.

Le camion stoppe brutalement.

— *Achtung !*

Le garde saute du camion et les ouvriers se précipitent à sa suite.

Arrivés sur le quai, ils pilent net, Frédéric heurtant le dos de Jean-Luc.

— Bon sang !

— Mais c'est quoi, ça ?

Marcel pose la main sur l'épaule de Jean-Luc, comme pour ne pas tomber.

Des cris, des pleurs, des hurlements s'échappent des wagons à bétail à l'arrêt sur la voie, toutes portières fermées.

— Avancez ! Avancez ! crie le boche.

Jean-Luc, sentant la matraque s'enfoncer dans son dos, se retient de la lui arracher pour lui en foutre un coup dans la gueule. Il avance sur le quai, marchant sur des affaires disséminées : manteaux, chapeaux, sacs à main. Alors qu'il regarde les wagons, il voit une main fine et longue se glisser par une étroite fente du toit, puis une autre, et encore une autre, toutes serrant des bouts de papier. Les mains s'ouvrent, lâchent les messages que le vent emporte. Jean-Luc en ramasse un, mais il ne parvient pas à le déchiffrer dans cette pénombre. La seule source de lumière est un énorme projecteur braqué sur le convoi. Il fourre le petit papier dans sa poche. Ce doit être une lettre… à l'intention d'un être cher. Car il n'y a plus aucun doute dans son esprit. Tous ces malheureux vont à la mort.

Une main le pousse en avant.

— *Seht* ! Regardez !

Le boche se poste derrière lui, une torche braquée sur les rails. Jean-Luc suit le rayon lumineux et voit tout de suite le problème : une roue s'est coincée entre des portions de rails. L'éclisse qui les relie normalement s'est ouverte. La remettre sur le rail ne va pas être une mince affaire… Il va falloir soulever le wagon. Il se retourne et distingue le visage de Frédéric, une ébauche de sourire sur les lèvres. Est-ce Frédéric qui a saboté l'éclisse ? Il espère que oui. Mais que faire, maintenant ? Jean-Luc regarde autour de lui. Le quai grouille de soldats et de gardes ; il y en a peut-être quarante. Tous armés. Ils ont aussi des chiens qui tirent sur leur laisse en grognant. C'est sans espoir.

De nouveau, la main le pousse dans le dos.

— Voyez problème ?

Mais Jean-Luc reste figé sur place. La main le bouscule de nouveau.

— Regardez !

Jean-Luc se retourne vers le garde furieux.

— Qu'est-ce que vous voulez que je fasse ?

— Réparer ça. Remettre train en ordre.

— Impossible. L'éclisse est cassée. Il va falloir évacuer le train et soulever les wagons pour relier les rails avec une autre éclisse.

— Quoi ? fait le garde, dérouté.

Un autre s'approche et s'adresse à lui en allemand : on dirait la traduction exacte de ce que Jean-Luc vient de dire. Le premier secoue la tête.

— Pas descendre train. Pas décharger.

— Impossible ! Trop lourd ! répète Jean-Luc en écartant les bras d'un geste d'impuissance, pour insister sur le côté irréalisable de la manœuvre.

— D'accord… D'accord…

Le premier garde disparaît et revient au bout d'une minute avec un groupe d'hommes à l'aspect maladif. Ils ont la peau sur les os, les joues hâves et la peau blafarde.

— Non ! s'écrie Jean-Luc devant la petite troupe d'hommes diminués.

Comment leur faire comprendre que ça ne marchera jamais ? Le premier imbécile venu pourrait s'en rendre compte ! Un autre groupe d'hommes s'approche et les six cheminots s'écartent, les laissant discuter bruyamment entre eux en allemand.

— *Ja,* vider train ! ordonne l'un deux.

Aussitôt, les verrous sont ouverts, les portières coulissent et les prisonniers se déversent sur le quai, en pleurs, s'interpellant en se tendant les bras.

Un coup de feu éclate.

— Silence !

Les pleurs et les cris se muent en plaintes et gémissements étouffés. Mais les bébés se moquent des ordres allemands et leurs mères n'essaient même pas de les faire taire. Le brouhaha continue.

Une seconde détonation résonne. Les aboiements des chiens déchirent la nuit.

— J'ai dit silence !

Un corps s'écroule. Les hurlements reprennent. Un autre coup de feu. Le silence se fait, à peine troublé par les geignements des chiens. Les soldats arpentent le quai de long en large, brandissant leurs armes, lançant des ordres en allemand, tandis que les prisonniers continuent de se déverser des wagons.

Frédéric donne un petit coup de coude à Jean-Luc.

— Bon sang, mais ils sont combien là-dedans ?

— Il doit y en avoir une centaine rien que dans ce wagon !

Les soldats dirigent les prisonniers à coups de crosses et de matraques vers l'extrémité du quai.

Sonné, Jean-Luc est toujours cloué sur place, bousculé par la foule des prisonniers qui cherchent à esquiver les coups de matraque. Quelqu'un lui fourre un petit papier dans la main. D'autres lui atterrissent dessus. Mais il reste pétrifié. Il ne s'est jamais senti aussi impuissant de toute sa vie. Il voudrait hurler « Stop ! » Il voudrait retourner les armes des Allemands contre eux. Mais il regarde la scène, immobile, incrédule. Il voit les boches ouvrir un autre wagon. Des centaines de prisonniers dégringolent sur le quai. Le volume sonore repart à la hausse : les malheureux s'agrippent les uns aux autres dans les cris et les pleurs.

Tout à coup, on tire sur le col de son bleu de travail. C'est une jeune femme aux yeux verts très brillants. Elle se pend à son cou d'un geste frénétique pour lui parler.

— Qui êtes-vous ? Vous n'êtes pas un prisonnier, balbutie-t-elle.

Jean-Luc la retient par la taille pour qu'elle ne soit pas emportée par la foule.

— Je suis cheminot, lui murmure-t-il à l'oreille. Vous voulez que je fasse passer un message à quelqu'un ?

— Non !

La jeune femme est en pleurs, son visage ruisselle de larmes. Jean-Luc ne veut pas la lâcher, il ne veut pas qu'on l'emmène. Il se détourne pour la protéger de la cohue. Le vacarme s'amplifie au fur et à mesure que les wagons dégorgent de nouveaux prisonniers sur le quai. Jean-Luc s'attend à entendre éclater un coup de feu d'une seconde à l'autre.

La jeune femme le regarde dans les yeux, en pressant ses lèvres contre son oreille. Il voudrait lui essuyer ses larmes, mais il comprend qu'elle cherche à lui dire quelque chose.

— Je vous en supplie…, souffle-t-elle.

Jean-Luc sent alors quelque chose contre lui. Quelque chose de doux et de chaud. Il baisse les yeux.

Un tout petit nez dépasse des replis de couvertures, et des prunelles noires plongent dans son regard. Jean-Luc n'entend plus le vacarme autour de lui, il n'y a plus que ce nouveau-né qui le contemple avec gravité.

— Je vous en supplie, prenez mon bébé !

34

Jean-Luc

Paris, 30 mai 1944

— Il s'appelle Samuel.

Les larmes continuent de ruisseler sur le visage de la jeune femme.

— Prenez-le !

Jean-Luc tente de s'écarter, mais la foule se presse derrière lui.

— Non ! Je ne peux pas !

Mais la jeune femme insiste, pressant avec détermination le petit paquet contre lui. À cet instant, un prisonnier est projeté contre eux et entraîne la jeune femme dans la cohue. Jean-Luc tente de la retenir, en vain. S'il lâche le bébé, celui-ci va se faire piétiner. De sa main libre, il tente de rattraper la mère, mais la foule l'a déjà engloutie. Il cherche désespérément des yeux verts très brillants dans cette marée humaine. Sans succès.

Tétanisé, Jean-Luc se laisse contourner par les prisonniers. La foule se disperse et les soldats postés à l'écart se rapprochent. Le bébé ! Ils ne doivent pas voir le bébé. Le petit paquet calé sur son bras gauche, il parvient à déboutonner son bleu de travail de la main droite, fourre le bébé à l'intérieur et se reboutonne. L'enfant n'a pas émis un son, mais Jean-Luc sent sa chaleur se répandre contre son torse. L'indécision le submerge, la panique enfle à la base de sa nuque. Que diable est-il censé faire, maintenant ?

Il regarde autour de lui. Le train ne déverse presque plus de prisonniers. Bientôt, il sera seul sur ce quai, au vu et au su de tous. Il s'immisce dans le flot humain, tâchant de se fondre dans la foule.

La maison du chef de gare ! C'est là qu'il faut qu'il aille. Il joue des coudes, bouscule malgré lui un vieil homme pour passer. Deux femmes agrippées l'une à l'autre lui barrent le chemin. Il les évite et poursuit aussi vite que possible vers l'extrémité du quai.

Un coup de feu éclate. La foule semble s'immobiliser. Avant de se remettre à déferler. La tête rentrée dans les épaules, Jean-Luc continue de progresser. Enfin, il pousse la porte de la maison du chef de gare. À l'intérieur, personne. Et maintenant ? *Réfléchis, bon sang ! Il n'y a pas une minute à perdre.* Il monte l'escalier aussi vite que le lui permet sa jambe abîmée. Il ne sait pas quoi faire ni où aller.

Les toilettes sont au premier étage. Il y entre, referme la porte derrière lui. Et s'il se planquait là, le temps de trouver un moyen de foutre le camp ? Il y a une porte de service, à l'arrière de la maison.

En temps normal, elle est gardée, mais dans tout ce chaos, la sentinelle a peut-être quitté son poste. Jean-Luc regarde par la fenêtre qui donne sur l'arrière : dehors, tout est noir.

Il va sortir quand des pas résonnent dans l'escalier. Il jette un coup d'œil aux cabinets. Et s'il se planquait dans l'un d'eux ? Trop tard ! La porte s'ouvre à toute volée sur un soldat.

— *Verdammt noch mal* ! *Was machst du da*[1] ? s'exclame le boche avec contrariété. Qu'est-ce que tu fais là ? Ces toilettes sont réservées aux Allemands. *Raus*[2] !

Le bébé pousse un petit cri.

— C'est quoi ? demande le boche, perplexe.

Jean-Luc réagit au quart de tour. Il se jette sur l'Allemand et lui arrache son pistolet qui dépasse du baudrier ouvert. L'arme est plus légère qu'il n'aurait cru. Il la secoue pour s'assurer une meilleure prise dessus. C'est la première fois qu'il tient un pistolet et il lui faut une seconde pour trouver la détente. Il met le doigt dessus en veillant à ne pas appuyer. Pas encore. Il braque le pistolet sur le boche, serrant de l'autre main le bébé contre sa poitrine.

Le soldat blêmit.

— *Dafür könntest du erschossen werden !* Tu pourrais être fusillé pour ça !

Jean-Luc ne bronche pas.

— Déshabille-toi.

— Quoi ?

Jean-Luc lui appuie le canon du pistolet sur le front.

— Déshabille-toi ! *Schnell !*

Tandis que le soldat déboutonne nerveusement son uniforme, les pleurs du bébé augmentent, mais Jean-Luc ne doit pas se laisser distraire. Les prochaines minutes vont être décisives. Le pistolet braqué sur son prisonnier, il va vers le plan de toilette, extirpe le bébé de son bleu de travail et le dépose dans un lavabo. Les vagissements redoublent, le bébé s'affolant d'avoir perdu tout contact humain.

Jean-Luc empoigne l'arme à deux mains. Rester concentré coûte que coûte. Il lui faut prendre une décision, et vite. D'autres coups de feu éclatent au-dehors. Un doigt

1 « Bon sang de bon sang ! Qu'est-ce que tu fais là ? »
2 « Dehors ! »

tremblant sur la détente, il sent son rythme cardiaque s'accélérer à la pensée de ce qu'il s'apprête à faire. Mieux vaut ne pas laisser de témoin derrière lui. Mais avant, il a besoin de cet uniforme et il ne faut pas qu'il soit taché de sang.

Enfin, l'uniforme gît en tas aux pieds du soldat qui grelotte en sous-vêtements.

— Ne tuez pas ! Je laisse le temps de vous enfuir.

Jean-Luc considère son torse blanc et chétif, ses bras maigres. Il doit avoir son âge, peut-être même moins. Ce n'est qu'un gamin, en fait. De nouvelles détonations retentissent. Jean-Luc a les nerfs tendus à craquer, les pleurs du bébé lui percent les tympans. Il n'arrive pas à prendre une décision dans tout ce boucan.

— Bébé a faim, murmure le soldat. Je peux trouver du lait.

— La ferme ! Comment je peux sortir d'ici ? aboie Jean-Luc en lui remettant le pistolet sur le front.

— La porte, derrière de la gare. Pas de garde maintenant. Montre mes papiers.

Pistolet braqué sur son prisonnier, Jean-Luc s'extrait de son bleu de travail. Mais ça va être nettement plus compliqué de continuer à le garder en joue le temps d'enfiler l'uniforme. S'il l'abattait tout de suite, il aurait les mains libres. Ce serait plus facile. Cela dit, on risquerait d'entendre la détonation.

Ignorant les pleurs du bébé, Jean-Luc enfile le pantalon de la main gauche, la veste, et se coiffe de la casquette. Puis il chausse les bottes. Il y est presque, les boutons de la veste attendront. En premier lieu, il doit se débarrasser du boche. Il lui pointe l'arme sur la tête.

L'homme tombe à genoux.

— Ne tirez pas ! Pitié ! J'ai famille.

— J'en ai rien à foutre ! Tu crois peut-être que ces gens-là n'ont pas de famille, eux non plus ?

— Je suis désolé ! Je suis désolé ! Je ne…

— Ferme ta gueule ! Ou je te bute tout de suite.

Le soldat se tait. Mais le bébé continue de hurler. Quelque chose dans ses pleurs empêche Jean-Luc de tirer.

Reprenant l'enfant de sa main gauche, il vise.

— Non ! Pitié ! sanglote le soldat. Je bouge pas ! Je pas partir !

Jean-Luc compte jusqu'à trois et appuie sur la détente.

35

Charlotte

Paris, 30 mai 1944

— Qui peut bien sonner comme ça ? me demande maman.

— J'y vais.

Me détournant de l'évier, je m'essuie les mains au torchon. La sonnette retentit de nouveau ; je me hâte vers l'entrée. Des pleurs de bébé me parviennent à travers la porte. J'ai une seconde d'hésitation avant d'ouvrir.

C'est Jean-Luc. En uniforme de boche. Un bébé dans les bras. Ma main glisse de la poignée et je sens tout le sang se retirer de mon visage. Un bébé ! Ce doit être le sien. Quelle déception !

Jean-Luc me bouscule, referme la porte derrière lui.

— Charlotte, il faut que tu m'aides !

Je reste bouche bée. Comment lui exprimer toutes les questions qui se pressent dans mon esprit ? À qui est ce bébé ?

— Il a faim ! s'écrie Jean-Luc en regardant autour de lui d'un air affolé.

Ma langue est devenue une masse énorme et inerte qui m'encombre. Je veux parler, mais aucun mot ne se forme dans ma bouche. À cet instant, je sens maman qui se précipite derrière moi.

— Que se passe-t-il ? demande-t-elle en découvrant Jean-Luc. Que faites-vous ici ?

Il avance d'un pas dans l'appartement, le bébé vagit à pleins poumons.

— À Drancy. Une femme m'a confié son enfant. Je ne sais pas quoi en faire.

Maman hausse le ton.

— Vous n'auriez jamais dû venir chez nous !

— Je vous en prie ! Il a faim. Je n'avais nulle part où aller.

Maman se tourne vers moi et me lance d'un ton brusque, presque professionnel :

— Charlotte, cours chercher Mme Deschamps au cinquième ! Elle vient d'avoir un bébé. Demande-lui si elle peut aussi nourrir celui-ci.

Mais avant que j'aie pu faire un geste, elle m'agrippe le bras.

— Pas un mot sur Drancy ! Dis-lui simplement que nous l'avons trouvé sur les marches de l'ancienne boulangerie.

En partant, je la vois prendre le bébé des bras de Jean-Luc.

— Vous, allez vous cacher dans la chambre. Elle ne doit pas vous voir ici.

Je me rue dans l'escalier, l'esprit en révolution. Jean-Luc a enlevé un bébé !

Hors d'haleine, je sonne chez Mme Deschamps. C'est son petit garçon qui m'ouvre.

— Ta mère est là ?

Il se tourne en criant :

— Maman !

— Oui ? fait quelqu'un dans le salon. Qui est-ce ?

Le petit garçon me regarde d'un air perplexe.

— Dis-lui que c'est Charlotte, du troisième.

Mais me ravisant, je me précipite dans le salon.

— Madame…

— Tiens… Bonjour, Charlotte.

Assise dans un grand fauteuil, Mme Deschamps me sourit, un bébé endormi à son sein.

— Ça faisait longtemps que je ne t'avais pas vue, pas depuis que tu travailles à l'hôpital. Comment vas-tu ?

— Je… Je… Il faut que vous nous aidiez, madame Deschamps. Il y a un bébé qui… Il meurt de faim. Vous pouvez le nourrir ? S'il vous plaît ?

— Hein ? Quel bébé ?

— Il a été abandonné. Devant l'ancienne boulangerie.

— Mais… je ne sais pas… J'ai déjà bien assez de mal à allaiter le mien…

— Nous vous donnerons nos tickets de rationnement ! dis-je sans réfléchir. Je vous en supplie !

— Très bien, très bien… Donne-moi cinq minutes.

Elle détache avec douceur l'enfant de son sein, le pose sur le canapé et se tourne vers son garçon :

— Laurent, surveille ta sœur, veux-tu ?

Le petit opine du chef avec gravité et prend place à côté du nourrisson.

J'attends avec impatience que Mme Deschamps reboutonne son chemisier et nous nous précipitons toutes les deux. Les vagissements du bébé nous parviennent dans l'escalier.

— Il a l'air affamé, me dit Mme Deschamps. J'espère que j'aurai assez de lait…

Elle soupèse ses seins comme pour en évaluer le contenu. Ils ne me semblent pas très gros… Je me demande comment elle va y arriver.

Maman émerge du salon, tenant dans ses bras le bébé qui s'époumone.

— Ah, Micheline ! Merci d'être venue. Pouvez-vous nous aider ?

— Ce n'est pas sûr. Je ne sais pas si j'ai assez de lait. Je viens de nourrir la mienne et je n'ai pas encore mangé.

— Charlotte, va chercher du pain et du saucisson ! Et de l'eau !

À mon retour, la voisine est en train de déboutonner son chemisier dans le fauteuil de papa. Maman lui passe le bébé. Mme Deschamps enfonce sa petite tête dans l'échancrure de son corsage, mais les pleurs continuent et l'enfant se tortille en tous sens. Elle l'éloigne du sein, considère son petit visage rouge de colère et lui introduit de force son téton entre les lèvres. Mais le bébé se détourne en s'époumonant de plus belle. Mme Deschamps pousse un soupir en regardant maman d'un air interrogateur.

— Une vraie tête de mule que vous avez là…

— Je vous en prie, essayez encore, dit maman d'une voix tremblante d'anxiété.

Moi aussi, j'ai peur. Que va-t-on faire si on n'arrive pas à le nourrir ? Est-ce qu'il va mourir ?

Mme Deschamps berce le bébé, mais je la sens sur le point de renoncer. Elle le remet au sein en fredonnant doucement et peu à peu, les vagissements cèdent la place à de faibles bruits de succion. Submergée de soulagement, je me tourne pour sourire à maman, mais elle a les yeux fixés sur le bébé, les lèvres pincées. De toute évidence, elle se demande ce qu'elle va faire.

Je murmure :

— Maman… Je lui ai dit que nous lui donnerions nos tickets de rationnement.

Avec un soupir, ma mère va vers le bureau, en sort l'enveloppe que nous gardons dans le tiroir du haut et tend les tickets à Mme Deschamps.

— Pauvre petit, dit cette dernière. Je suppose que ses parents ont été arrêtés… ?

— Je n'en sais rien. Nous l'avons trouvé dans la rue, sur le perron de l'ancienne boulangerie.

Mme Deschamps émet un claquement de langue réprobateur.

— Ce à quoi les gens en sont réduits, de nos jours… C'est terrible.

Maman acquiesce, plongeant le regard dans celui de sa voisine.

— Pourriez-vous le… la… le prendre chez vous ? Je ne sais même pas si c'est une fille ou un garçon. Pouvez-vous vous en occuper ?

La réponse fuse, catégorique.

— Non ! Je ne peux pas prendre ce risque, pas avec mes quatre enfants, dit-elle avant de se radoucir. Et s'il est recherché par les Allemands ?

— Un bébé ? s'étonne maman. Pourquoi s'encombreraient-ils d'un bébé ?

Mme Deschamps baisse la voix :

— Et s'il est juif ? *(Elle tapote les fesses de l'enfant.)* Ça doit faire un moment qu'il n'a pas été changé, il est complètement trempé. Et le pauvre petit ne tète déjà plus. Il s'est endormi, mais je crains qu'il n'ait pas pris beaucoup de lait.

Maman se tourne vers moi.

— Charlotte, va chercher une petite serviette. Je vais le changer.

— Une petite serviette ?

— Oui, ça devrait faire l'affaire.

À mon retour, je découvre maman assise sur le canapé en train de parler à mi-voix à Mme Deschamps. Elle lui prend le bébé avec précaution, le dépose par terre et écarte les couches de laine dans lesquelles il est emmitouflé. Il porte un petit maillot de corps gris. Maman défait les boutons, retire le petit vêtement. La peau du bébé apparaît, presque translucide ; les côtes se dessinent en lignes plus brillantes.

— Mon Dieu, il est dégoûtant. Il faut lui donner un bain.

À l'aide de la serviette, elle éponge la substance gluante et jaunâtre qui lui macule les parties génitales.

— Il n'est pas circoncis. *(Elle se retourne vers Mme Deschamps.)* Vous ne voulez vraiment pas le prendre ? Je vous en prie. Nous pourrions vous aider…

— Non. Je vous ai déjà dit que c'était impossible… Et vous, pourquoi ne le gardez-vous pas ? Charlotte pourra vous aider…

— Impossible ! réplique maman d'un ton sans appel.

— Mais si, maman !

— Non, Charlotte. Il n'en est pas question.

— Je pourrais tirer un peu de mon lait pour le nourrir…, propose Mme Deschamps d'un ton contrit.

— Et un orphelinat ? dis-je.

Maman et la voisine échangent un regard accablé.

— On ne pourrait pas le déposer devant la porte d'un orphelinat ?

— Je ne lui donne pas une semaine à vivre, lâche Mme Deschamps d'une voix monocorde.

Maman opine.

— Les orphelinats sont des endroits dangereux en ce moment. D'autant qu'il est déjà dénutri, et très faible… Charlotte, va remplir d'eau chaude la bassine à lessive.

J'obéis. Je n'ai pas encore fini que maman entre dans la cuisine, le bébé dans les bras.

— J'ai renvoyé Micheline chez elle. Elle va se tirer un peu de lait. Ce sera plus facile que de se procurer du lait de vache, et sans doute plus sain pour lui.

— S'il te plaît, maman… On ne pourrait pas le garder ? Je t'aiderai à t'en occuper. Tu n'auras qu'à me montrer ce qu'il faut faire.

— Charlotte, c'est impossible.

Mais ses yeux brillent de larmes et une note de regret perce dans sa voix.

— Te rends-tu compte qu'une fois qu'ils auront fait le lien entre Jean-Luc et toi, les boches débarqueront droit chez nous ? Ils risquent même de nous envoyer la Gestapo.

— La Gestapo ? Non !

— Si. Ils interrogeront nos voisins. J'espère que Micheline saura tenir sa langue, mais qui sait ce que les gens peuvent faire sous la menace ? Nous ne sommes plus en sécurité, soupire-t-elle. Tout ça à cause de Jean-Luc !

Un frisson me parcourt la nuque. Jean-Luc a mis notre famille en danger. Et si on nous envoie la Gestapo, maintenant ? Et si on nous arrête ?

— Je suis désolée, maman.

— Dis-lui de sortir de la chambre. Il doit apprendre à s'occuper du bébé. Il n'a qu'à commencer par lui donner le bain.

J'entrouvre la porte de la chambre en murmurant :

— Jean… c'est bon, tu peux sortir.

Il s'avance d'un pas hésitant, les yeux baissés.

— Bon sang, je m'en veux tellement, Charlotte ! Je ne savais pas où aller.

Je tente de sourire, mais j'ai l'estomac noué. Des images de soldats de la Gestapo gravissant notre escalier au pas de charge m'emplissent l'esprit.

— Il s'appelle Samuel, me dit Jean-Luc.

Je hoche la tête.

— Oui, nous venons de voir que c'est un garçon.

À notre entrée dans la cuisine, maman se tourne vers Jean-Luc.

— Il faut le laver, déclare-t-elle d'un ton froid. Je vais vous montrer comment faire.

Elle l'aide à donner le bain à Samuel, puis elle lui apprend à enduire de *cold cream* la peau irritée de ses petites cuisses. Jean-Luc tapote la crème du bout du doigt, comme s'il avait peur de toucher le bébé. Je comprends ce que cherche à faire maman : elle veut responsabiliser Jean-Luc. Mais je vois dans son regard qu'elle est furieuse contre lui, sous son calme apparent. Les hommes ne savent pas s'occuper d'un bébé. Que va-t-il faire avec cet enfant ?

Une fois le bébé propre et calé dans le fauteuil, ma mère se tourne vers Jean-Luc.

— Pourquoi êtes-vous en uniforme allemand ?

— C'était la seule façon de sortir de la gare sans me faire remarquer.

— Et comment vous l'êtes-vous procuré ? s'enquiert maman, glaciale.

— J'ai pris l'arme d'un boche et je l'ai obligé à se déshabiller. C'était la seule solution.

— Vous lui avez tiré dessus ?

— Oui, mais dans la jambe.

— Vous auriez dû l'abattre. Maintenant, il y a un témoin. Ils vont vouloir vous retrouver.

Maman arpente la pièce en long et en large.

— Mon mari va rentrer cet après-midi. Il ne doit rien savoir.

Jean-Luc acquiesce.

— Si les Allemands sont à mes trousses, ils iront d'abord chez moi. Ils ne sauront jamais que je suis venu ici.

— Et qui vous dit qu'on ne vous a pas suivi ?

— J'ai vérifié. J'étais seul, personne ne m'a approché.

— Peut-être, mais ils apprendront que vous avez rencontré Charlotte à l'hôpital et il ne leur faudra pas longtemps pour faire le rapprochement. Ils risquent de débarquer d'une minute à l'autre. Vous devez partir, décide ma mère en fronçant les sourcils. Et emmener le bébé. Ils doivent savoir que vous l'avez pris et ils vont se mettre à votre recherche. Nous ne pouvons pas prendre un tel risque. Nous avons déjà impliqué Micheline, c'est trop.

Elle continue à faire les cent pas dans le salon.

— Micheline, c'est le maillon faible qui pourrait nous faire prendre. Je vais devoir inventer une histoire, mais tu sais comment sont les gens. Micheline parlera. Je n'aurais jamais dû m'adresser à elle, soupire-t-elle. Je ne devais pas avoir toute ma tête, sur le moment.

— Mais maman, il fallait bien le nourrir ! Il hurlait de faim. Ce n'est pas ta faute.

— Charlotte, tu ne vois donc pas dans quelle situation compromettante nous nous sommes mises ?

Jean-Luc se passe la main dans les cheveux.

— Je suis navré. Je n'aurais jamais dû venir ici.

Ma mère hausse les épaules.

— Comment faire pour brouiller les pistes, maintenant ? Je n'en sais rien. *(Elle se penche sur le fauteuil et contemple le bébé.)* Que comptez-vous faire, Jean-Luc ? Vous avez forcément un plan.

Je connais ma mère. C'est sa façon à elle de lui dire qu'elle sait qu'il n'en a pas.

— Maman, je t'en prie, nous devons l'aider. Réfléchis à un moyen…

Elle fronce les sourcils. Le bébé dort calmement, comme si le monde était un endroit paisible.

— Bon, lance maman d'un ton décidé en regardant Jean-Luc. J'ai peut-être une solution… Mais à une condition : vous ne devrez jamais répéter ce que je vais vous dire.

36

Charlotte

Paris, 30 mai 1944

Maman fixe d'un regard dur Jean-Luc qui s'est assis près de moi sur le canapé.

— Je ne devrais pas vous confier ces choses-là. Si jamais cela sortait d'ici, beaucoup de vies pourraient être en danger.

Jean-Luc déglutit.

— Je comprends.

Maman continue de le regarder d'un air soupçonneux.

— Oui, mais aurez-vous la force de garder le silence si jamais vous vous faites prendre ?

Jean-Luc se penche en avant, les mains sur les genoux.

— Je préférerais mourir que de mettre quelqu'un en danger.

— Belles paroles… Mais c'est au pied du mur qu'on découvre son degré de courage. *(Maman se tourne vers moi.)* De toute manière, c'est un risque à prendre. Je ne vois pas comment faire autrement.

Jean-Luc opine, attendant la suite.

— J'ai un grand-oncle, Albert. Il vit à Ciboure, un village près de Saint-Jean-de-Luz.

Elle s'interrompt, se masse la nuque.

— Il est très actif, dans la région. Il a déjà aidé certaines personnes à passer les Pyrénées : des pilotes anglais, des Juifs…

Je la dévisage, abasourdie. Maman aurait-elle aidé des gens à s'enfuir ? Mais qui est-elle vraiment ? Mes yeux s'emplissent de larmes de honte que je refoule d'un battement de cils. Le fait est qu'elle m'apparaît sous un jour nouveau.

— Albert pourra peut-être nous venir en aide, poursuit-elle. Je vais vous donner son adresse et vous allez la retenir par cœur. Surtout, ne la notez nulle part. *(Elle plonge les yeux dans ceux de Jean-Luc.)* Vous êtes prêt ?

Il acquiesce.

Maman prend le bébé dans ses bras, le considère avec une seconde d'hésitation, comme si elle ne savait trop qu'en faire, puis avec un gros soupir, elle s'assied en le calant sur ses genoux.

— 24 avenue de l'Océan…

— Maman ! Tu as déjà aidé des gens ? En leur donnant cette adresse ?

Elle me dévisage un instant.

— Oui.

— Mais… mais… Pourquoi tu ne m'as jamais rien dit ?

Sa réponse claque.

— Voyons, Charlotte ! On ne parle pas de ce genre de choses, tu devrais le savoir.

Me revoilà la gamine ignorante, laissée dans le noir. Je lui en veux et, en même temps, je l'admire éperdument. Je regrette seulement de ne pas l'avoir su. Ça aurait tout changé pour moi.

— Et papa… est-ce que… est-ce qu'il sait ?

— Ce n'est pas le moment de parler de cela, Charlotte. Nous devons faire vite.

À présent, je suis la gamine égoïste, tellement absorbée par elle-même qu'elle ne voit rien d'autre.

Maman s'adresse à Jean-Luc.

— Ce sera dangereux. Très dangereux. Vous ne parlez pas allemand, bien sûr ?

— Non.

— Dans ce cas, vous allez devoir vous débarrasser de cet uniforme. Je peux vous donner de faux papiers d'identité. On vous coupera les cheveux et on vous épilera les sourcils, afin que vous ressembliez à la photo. Je l'ai déjà fait. Et je peux aussi vous donner de l'argent… Vous devrez emmener le bébé. Personne d'autre ne s'en occupera, et se cacher avec un enfant, ce serait trop risqué. Je ne sais même pas s'il va survivre, dit-elle en contemplant le nouveau-né paisiblement endormi sur ses genoux.

Je sais à quoi elle pense, mais je me tais.

— Vous prendrez le train jusqu'à Bayonne, continue maman. Et de là, vous rejoindrez Ciboure à pied. C'est à une quarantaine de kilomètres. La partie la plus compliquée du trajet, ce sera dans le train, mais tant que vous ne parlez à personne…

Je la coupe de nouveau :

— Mais les gens ne vont pas trouver étrange qu'un homme voyage seul avec un bébé ? On va lui poser des questions… et puis comment fera-t-il pour se procurer du lait ?

Une pensée affreuse me traverse l'esprit : et si ma mère cherchait seulement à se débarrasser de Jean-Luc ? Ce n'est pas la femme que je croyais connaître ; je ne sais pas de quoi elle est capable.

— Micheline peut lui donner assez de lait maternel pour tenir deux jours… D'ici là, vous devriez avoir atteint Ciboure. Vous veillerez à n'avoir que le minimum de contacts durant le voyage.

— Mais maman… C'est de la folie ! Il va forcément se faire arrêter. J'en suis sûre.

Jean-Luc m'effleure la main.

— Charlotte… Tout va bien se passer. J'aurai de faux papiers.

— Non !

Traversée par une idée, je me lève d'un bond.

Je reprends l'enfant à ma mère et je le serre contre moi. Il est si petit, si léger. Les lèvres au niveau de son crâne fragile, je m'adresse à maman d'un ton calme, à voix basse, de crainte de le réveiller.

— Un couple voyageant avec un bébé éveillera moins les soupçons qu'un homme seul avec un enfant.

Une lueur passe dans le regard de ma mère : elle sait que j'ai raison.

Mais aussitôt, la colère prend le dessus, ardente.

— Non, Charlotte ! Non !

Jean-Luc se lève à son tour.

— Tu es si courageuse, me murmure-t-il au creux de l'oreille en m'enlaçant. Madame, je ferai tout pour garantir la sécurité de votre fille.

— Sa sécurité ? siffle maman. Vous êtes fou ? Vous n'êtes même pas capable de garantir la vôtre !

Jean-Luc me prend le bébé avec douceur, et s'adresse à ma mère d'un ton calme, comme pour amadouer une lionne :

— Je sais que vous ne voulez pas perdre votre fille, madame. Et que le voyage comportera des dangers. Mais je vous jure de les protéger, elle et cet enfant, dussé-je y laisser la vie.

— Charlotte n'ira nulle part ! déclare maman en nous regardant tour à tour.

Je m'avance.

— Maman, je t'en prie. Réfléchis. Nous pouvons nous faire passer pour un couple d'amoureux qui fuient pour se marier, à cause d'un enfant naturel…

— Non ! se récrie-t-elle en m'agrippant l'épaule. Tout peut arriver ! Nous pourrions même ne jamais te revoir ! *(Elle déglutit.)* Tu ne peux pas partir !

Je dévisage ma mère. Elle m'aime vraiment. Bien sûr, qu'elle m'aime ! Mon cœur s'emplit de honte et de regrets. Pourquoi ne l'avais-je jamais vu auparavant ?

Mais je ne peux pas rester là. Je suis consumée par le besoin impérieux d'agir, maintenant, de faire quelque chose pour mon pays.

— Tu dois me laisser partir. S'il te plaît, maman.

— Mais tu ne comprends pas les dangers que ce voyage implique ! Tu n'imagines même pas…

Sa voix chevrote, se brise, laissant sa phrase inachevée, comme si elle savait qu'elle m'avait déjà perdue.

J'ai conscience du danger de l'entreprise. Néanmoins, je continue de vouloir m'y engager. J'ai *besoin* de le faire.

37

Charlotte

Paris, 30 mai 1944

À la gare Montparnasse, c'est le chaos. L'endroit grouille de soldats allemands et de gendarmes qui interpellent les gens, contrôlent leur identité et lancent des ordres à la cantonade. Les adultes guettent avec anxiété les quais d'où partent les trains ; leurs enfants pâles se collent à eux, hébétés de fatigue et de larmes. Et pendant tout ce temps, les gens sont refoulés des wagons.

— La police est partout, Charlotte !

Je n'en suis que trop consciente. Je serre le bébé encore plus fort contre ma poitrine en dardant des coups d'œil tout autour de moi.

— Ne les regarde pas ! m'ordonne Jean-Luc. N'aie l'air de rien !

Sa nervosité m'effraie. S'il ne se calme pas, il va finir par attirer l'attention sur nous. Je m'arrête pour plonger mon regard dans ses yeux affolés. Le cœur cognant à grands coups, les mains moites, je me remémore le rôle que nous devons jouer : deux amoureux en fuite avec leur enfant naturel. Que feraient deux amoureux dans cette situation ?

Je me dresse sur la pointe des pieds, je passe un bras autour du cou de Jean-Luc et, le bébé calé entre nous, je l'attire vers moi en lui présentant mon visage.

— Embrasse-moi…

Au début, ses lèvres sont dures et froides, mais plus j'insiste, plus elles se font douces et accueillantes. Autour de moi, le vacarme s'estompe. Des coups de sifflet, des pleurs d'enfant, des cris de soldats me parviennent assourdis, dans le lointain. Jean-Luc et moi nous respirons l'un l'autre et mon cœur s'emplit d'optimisme. Tout va bien se passer. Je le sais.

Jean-Luc s'écarte de moi.

— Allons-y. Quai n° 15, dit-il en m'entraînant par le bras.

Nous nous dirigeons vers le soldat qui contrôle les billets de train et les papiers. Jetant un bref regard aux faux papiers de Jean-Luc, l'homme s'arrête sur sa jambe.

— Qu'est-ce qui est arrivé à vous ? lui demande-t-il avec un fort accent allemand.

— Accident de travail, répond Jean-Luc, ton laconique et expression neutre.

Derrière nous, la file s'allonge, mais le soldat ne semble pas pressé. Il examine la carte d'identité de Jean-Luc, son regard passant de son visage à la photo. A-t-il remarqué quelque chose ? C'est vrai que maman a dû faire vite, la coupe de cheveux est à peu près du style de la photo, mais…

— Michel Cevanne ?

— Oui, confirme Jean-Luc d'une voix calme.

— Date de naissance ?

— Cinq juillet 1922.

Le soldat s'adresse à moi.

— Quel est votre lien de parenté avec cet homme ?

— Je suis… Nous sommes… nous sommes amis.

— Amis ? Vos papiers, mademoiselle.

Je les lui tends.

— C'est un bébé, ça ?

Il ne regarde pas mes papiers, mais ce que je tiens dans mes bras.

— Oui.

Le soldat soulève la couverture de ses doigts minces.

— Vous avez son acte de naissance ?

— Je… Nous… nous n'avons pas encore eu le temps de le faire faire.

— Toutes les naissances doivent être déclarées dans les trois jours.

Mes nerfs sont tendus à craquer. Je ne sais pas quoi répondre.

C'est alors qu'un gendarme vient murmurer quelque chose à l'oreille du boche. Jean-Luc me regarde. Je sais à quoi il pense. C'est le moment ou jamais.

Il me prend la main, nous nous élançons sur le quai sans un regard en arrière et nous sautons dans le premier wagon : c'est un compartiment à huit places, vide. Jean-Luc ferme la porte de communication.

— Assieds-toi. Sois naturelle.

Je prends place côté fenêtre, le bébé sur les genoux, tandis que Jean-Luc s'assied à côté de moi. Malgré ma respiration rapide, j'ai l'impression que mes poumons ne se remplissent pas. La tête commence à me tourner.

Soudain, la porte du compartiment s'ouvre sur un garde qui passe la tête.

— Ici ! crie-t-il à quelqu'un derrière lui.

Je saisis la main de Jean-Luc. Le souffle coupé. Terrorisée.

Le garde tient la porte à un homme chargé d'une grosse valise qui s'immisce dans notre compartiment, suivi par sa femme et trois petits garçons. Jean-Luc retire sa main de la mienne. Je recommence à respirer. Touchant son chapeau du doigt, l'homme nous salue en s'asseyant en face de nous avec son épouse. Leurs enfants se battent pour les deux places restantes près de leurs parents, laissant le plus petit tout embarrassé.

— Ne sois pas bête, Henri. Assieds-toi, le réprimande son père.

L'enfant s'installe sans piper mot, en face de sa famille, à côté de Jean-Luc. La lèvre boudeuse, il commence à gratter une vieille croûte sur son genou.

Personne ne parle. Tout le monde a des secrets. Le train s'ébranle et les deux aînés commencent à se chamailler. Leur mère leur fait les gros yeux :

— Chut, ne faites pas de bruit. Essayez plutôt de dormir.

Mais les garçons continuent de se pincer les genoux.

— Georges, dis-leur, toi…, soupire la mère.

Le père lève les yeux d'un air absent.

— Du calme, les enfants. Essayez de vous reposer.

— Papa, j'ai faim… On n'a pas pris de petit déjeuner.

— Silence !

Le garçon se tourne vers la fenêtre, le regard perdu par-delà les immeubles gris qui se découpent sur le ciel bleu. Je murmure en mon for intérieur : *Mon Dieu, je vous en supplie... Mon Dieu, faites que nous arrivions sains et saufs* à Bayonne.

Soudain, la porte du compartiment s'ouvre sur un gendarme à l'air las.

— Papiers ! ordonne-t-il en posant son regard sur la famille, puis sur nous.

Mon cœur s'emballe de nouveau.

Jean-Luc tire ses papiers de sa poche intérieure et les présente au gendarme d'une main qui ne tremble pas, l'air calme et affable. Je tends les miens avec plus de fébrilité, me trémoussant sur mon siège, mais affichant mon plus doux sourire pour contrebalancer ma nervosité.

— M. Cevanne et Mlle de la Ville, lit le gendarme avant de nous lancer un regard interrogateur. Et vous voyagez avec un bébé…

— Nous allons à Biarritz pour nous marier, lâche Jean-Luc.

Mon sourire factice s'élargit.

Le gendarme nous considère tour à tour, de plus en plus perplexe.

— Vous ne savez donc pas que c'est la guerre ?

— C'est pour le bien de notre enfant, dis-je. Mon père m'aurait tuée si j'étais restée. Et le bébé aussi.

Je laisse libre cours à mes larmes, consciente de la stupéfaction de la famille qui partage notre compartiment. Voilà qui aura donné une dimension supplémentaire à leur voyage…

Après un bref silence, le gendarme s'exclame avec un gros rire :

— Vous vous êtes enfuis ! Vous feriez mieux de descendre de ce train, monsieur. Il faut qu'on parle.

Jean-Luc me tapote la main en attrapant sa sacoche.

— Mais bien sûr, monsieur.

Et il sort du compartiment.

Je lance un regard de détresse au père de famille qui se détourne ostensiblement vers la vitre.

Je vous en prie, mon Dieu, je vous en prie. Je vous en prie. Je me mords la lèvre inférieure. Les secondes deviennent des minutes.

Après ce qui me paraît une éternité, Jean-Luc revient s'asseoir à côté de moi. Le soulagement déferle en moi telle une vague vivifiante. Je recommence à respirer. Jean-Luc se penche à mon oreille :

— Je lui ai graissé la patte. Il s'imagine connaître notre secret et il voulait de l'argent en échange de son silence. Un secret en dissimule un autre…

Et posant la main sur mon genou, il me regarde droit dans les yeux.

— Les meilleurs mensonges sont toujours ceux qui contiennent une part de vérité.

38

Charlotte

Pays basque, 30 mai 1944

Le train s'arrête enfin à Bayonne. Dans la gare règnent le silence et l'obscurité. De l'autre côté de la rue se dressent de grands immeubles, mais aux volets fermés, comme si leurs habitants étaient partis, même s'ils sont sans doute terrés chez eux.

Jean-Luc prend ma main.

— Allons vers la rivière, le centre-ville doit être derrière ce pont.

À l'angle de la rue, nous apercevons deux gendarmes qui marchent droit sur nous. Je pile net.

Jean-Luc me donne un petit coup de coude.

— Continue comme si de rien n'était.

Au fur et à mesure que nous remontons la rue tortueuse qui mène à l'église, la petite ville s'anime un peu. À la terrasse d'un café, quelques personnes se tournent pour nous dévisager, l'expression indéchiffrable. Après avoir dépassé l'église, nous arrivons devant un petit hôtel au coin de la rue suivante.

— Essayons ici.

Le grincement sonore de la porte tire la réceptionniste de sa sieste, une vieille dame qui lève sur nous des yeux larmoyants.

— Nous voudrions une chambre pour la nuit, s'il vous plaît, dit Jean-Luc d'une voix trop aiguë d'une octave.

Il tousse, gêné.

— Papiers, réplique la vieille femme en tendant des doigts osseux.

Je sors mes papiers. Elle me les arrache, sort une paire de lorgnons de sa poche de poitrine, examine mon état civil avec minutie, me rend mes papiers sans faire de commentaire, puis s'empare de ceux de Jean-Luc. Elle les parcourt en plissant le nez, puis lève brusquement la tête, un sourire rusé étirant ses fines lèvres pincées.

— Vous n'êtes pas mariés ! jubile-t-elle d'une voix de crécelle.

Jean-Luc la gratifie de son sourire le plus charmeur.

— Justement, nous sommes en chemin pour nous marier…

— Vous prendrez donc des chambres séparées, n'est-ce pas ?

— Comme vous voulez, soupire-t-il pendant que je détourne la tête, gênée.

— Oui, je préfère. Combien de temps comptez-vous rester ?

— Une nuit, c'est tout.

— Nous disons donc deux chambres, une nuit… ça vous fera cinq francs cinquante, petit déjeuner et dîner compris.

Jean-Luc tire quelques pièces de sa poche et se met à les compter sous le regard avide de la vieille femme.

— Serait-il possible d'acheter du lait ? dis-je.

— Du lait ?

— Oui, pour le bébé.

— Quel bébé ?

Je tapote le petit paquet dans mes bras. La vieille taupe ne l'avait même pas vu !

— Un bébé ! Et sans être mariés ! Un bébé, en plus !

Je soupire intérieurement. À tous les coups, la vieille sorcière va faire monter les prix…

Au lieu de quoi, elle s'enquiert :

— Pourquoi vous ne l'allaitez pas ? Vous savez bien que le lait, ça ne se trouve pas facilement…

— J'ai été malade, je ne peux pas l'allaiter.

— Malade ?

Mes joues s'embrasent.

— Oui. Très malade. J'ai eu une méchante infection.

La vieille femme a un mouvement de recul.

— Ce n'est pas la tuberculose, au moins ?

— Non, non, non… rien à voir.

S'ensuit un silence embarrassé que la vieille femme rompt de sa voix éraillée :

— Le lait, c'est très cher.

Jean-Luc sourit.

— Nous le savons bien, mais c'est pour le bébé… et nous avons de quoi payer.

— Je vais voir si je peux vous en trouver. Donnez-moi un franc de plus et je demanderai à mon neveu. Il a une ferme.

— Merci. C'est très gentil à vous, dit Jean-Luc en extrayant une pièce de sa poche.

— Il s'appelle comment, ce bébé ? me demande-t-elle en rempochant ses lorgnons.

— S…

— Serge, me coupe Jean-Luc.

Je pince les lèvres, mortifiée. Je dois apprendre à réfléchir plus vite. Son prénom juif l'aurait trahi tout de suite.

— Serge, répète lentement la vieille femme, comme pour l'assimiler. C'est joli.

D'un pas traînant, elle contourne la réception et nous la suivons au premier étage. Au bout d'un sombre corridor, elle s'arrête en brandissant une clé au bout de la chaînette qu'elle porte à la taille.

— Pour monsieur, déclare-t-elle en ouvrant une porte sur un petit lit poussé contre la fenêtre.

— Merci, madame, dit Jean-Luc en entrant dans la chambre.

La vieille referme aussitôt la porte, puis me jette un regard avant de poursuivre le long du corridor.

— Et pour *madame*...

Sa voix est lourde de sarcasme, mais c'est la tête haute que je balaie la chambre du regard. Un lit à une place occupe tout l'espace.

— Pour vous et le bébé.

J'entre, parcourue d'un frisson, et sans un mot, elle referme la porte derrière moi. Clac. Soudain, je me sens très seule. Je contemple le lit recouvert d'une triste couverture marron, usée jusqu'à la trame, avant de m'y asseoir, Samuel dans les bras. Le grincement des vieux ressorts me fait bondir sur mes pieds. Et un petit coup frappé à la porte me fait sursauter de nouveau.

C'est Jean-Luc.

— Il s'est réveillé ?

— Non.

Je détache le petit paquet de ma poitrine, scrutant le duvet sombre qui recouvre le haut de son crâne.

— Combien de temps ça dort, un bébé ? dis-je.

— Je n'en sais trop rien, mais ça fait douze heures, maintenant.

Jean-Luc tend les bras pour que je lui donne Samuel. Qu'est-ce que ma mère a bien pu lui administrer pour qu'il dorme aussi longtemps ? J'espère qu'elle sait ce qu'elle fait… Jean-Luc dépose le bébé sur le lit, ôtant une à une les couvertures, révélant son petit maillot en laine grise. Il a des jambes courtes et potelées… du marbre, avec tout un réseau de fines veines bleutées qui courent sous sa peau presque translucide. Ses pieds minuscules sont protégés par des chaussons en tricot ; ses petits bras sont mollement rejetés de part et d'autre de sa tête, dans une attitude d'abandon total. Timidement, je pose un doigt sur sa cuisse. Il est tout chaud, mais tellement immobile… Me penchant sur lui, je souffle doucement sur ses paupières closes.

Il ne bouge pas d'un cil.

Je me retourne vers Jean-Luc, inquiète.

— Il va bien, n'est-ce pas ?

— Il respire. J'aimerais juste qu'il se réveille, maintenant. Ça fait longtemps qu'il dort…

Il pose doucement le petit corps sur son épaule, lui tapote le dos et se met à faire le tour de la chambre sans cesser de le caresser avec douceur.

— Samuel, réveille-toi… Réveille-toi, s'il te plaît…

Je retiens mon souffle.

Il le soulève avec précaution et l'écarte de lui, à bout de bras.

— Va chercher une des serviettes que ta mère a mises dans la valise et mouille-la.

Je cours aux toilettes situées dans le couloir. En passant la petite serviette sous l'eau froide, je prie en silence : *Je vous en supplie, mon Dieu, je ne vous redemanderai plus jamais rien, mais faites qu'il se réveille. Je vous en supplie, mon Dieu.*

À mon retour dans la chambre, Jean-Luc est assis sur le lit, pâle comme un mort, le bébé couché sur ses genoux. Il me prend la serviette et se met à tamponner doucement le visage de Samuel, en s'attardant sur ses paupières. Je n'entends plus que la respiration de Jean-Luc, lourde et régulière.

Le bébé remue presque imperceptiblement le bout du nez. Puis il se met à le froncer carrément en plissant son petit front. Soudain, un vagissement strident rompt le silence.

Jean-Luc rayonne, soulagé.

— Il risque d'être un peu grognon après avoir dormi si longtemps. Allez, il faut le nourrir, maintenant !

Je pousse un long soupir. *Merci, mon Dieu. Merci.*

Je prépare un biberon avec ce qu'il nous reste de lait et je le passe à Jean-Luc qui s'assied sur le lit et guide la tétine vers la bouche ouverte du bébé.

— Chut… petit bonhomme. Le dîner arrive, là…

Les pleurs se muent en petits bruits de succion réguliers. Apaisée par ce son si doux, je m'assieds à mon tour sur le lit. Pourquoi ai-je passé le biberon à Jean-Luc alors que j'aurais très bien pu le donner à Samuel moi-même ? Sans doute parce que je ne m'en sentais pas encore capable.

Le biberon terminé, Jean-Luc s'adosse contre la tête de lit, la joue du bébé contre sa poitrine. Samuel essaie de mettre les poings dans sa bouche. Ses petites mains aux gestes encore mal coordonnés s'agitent…

Un coup frappé à la porte me fait sauter au plafond.

— Je vous ai trouvé un berceau, roucoule une voix perçante de l'autre côté de la porte.

Je m'arrache à la contemplation du bébé pour aller ouvrir à la vieille femme, mais elle me prend de vitesse, poussant un petit berceau en bois.

— Et le dîner est servi en bas…

— Merci. C'est très gentil à vous, madame.

Et je referme la porte avant qu'elle n'ait pu me demander ce que Jean-Luc faisait dans ma chambre.

— Elle est venue nous espionner, me dit-il en se levant du lit. On va laisser le petit ici pendant qu'on mange. Il ne risque rien, on reviendra vite.

— Le laisser ? On ne peut pas le prendre en bas ? Je me fais du souci pour lui, tu sais…

— On ne doit surtout pas attirer l'attention sur nous, Charlotte.

— Je peux le prendre ?

— Plus tard. D'abord, il faut qu'on aille manger.

Jean-Luc couche le bébé dans le berceau, mais il n'a pas l'air du tout de vouloir dormir ; il continue à vouloir se mettre tous les doigts dans la bouche.

— Il a encore faim, regarde. Ça ne me plaît pas de le laisser seul. S'il te plaît, prenons-le en bas.

— Je ne pense pas que ce soit une bonne idée, Charlotte. Les gens se souviendront plus facilement de nous s'ils nous voient avec un bébé.

— Samuel… Serge…

Penchée au-dessus du berceau, j'essaie des prénoms. Le bébé se calme un instant, croise mon regard. Je lui masse doucement le ventre. Il essaie d'agripper ma main, les yeux rivés à mon visage.

— Laisse-moi le prendre…

— Tout à l'heure, Charlotte. On devrait descendre maintenant. Sinon, il n'y aura plus rien à manger. La vieille chouette serait trop contente de nous priver de repas, tu ne veux quand même pas lui faire ce plaisir ? Allez, viens. Ça ne prendra pas longtemps.

Le dîner se compose d'une tranche de pâté grisâtre, indéfinissable. Du chien ? Du chat ? Avec un peu de chance, c'est du lapin. Il est suivi par un ragoût de légumes merveilleusement chaud et copieux. Les légumes sont visiblement plus faciles à cultiver ici qu'à Paris. Dans un coin, trois vieilles dames dînent à une table ronde, tandis qu'au milieu de la salle, deux couples d'un certain âge sont penchés au-dessus de leur assiette. Je mange à toute vitesse, avalant de grosses bouchées, impatiente de retourner auprès de Samuel. Il arrive qu'un bébé meure dans son sommeil et cette pensée m'épouvante.

— Charlotte, cesse de t'inquiéter… Je vais aller voir s'il va bien.

Mais avant que Jean-Luc n'ait pu se lever de sa chaise, un boche entre à grands pas dans la salle.

— Bonsoir, mesdames et messieurs.

Quelques murmures s'élèvent en réponse. Je le vois du coin de l'œil glisser une serviette dans son col tout en prenant place à une table. Les autres convives poursuivent leur repas, en parlant encore plus bas.

La vieille dame de la réception, qui semble aussi faire office de serveuse, entre à son tour de sa démarche traînante. En voyant le boche, elle a un mouvement de recul et blêmit.

Très vite, elle se ressaisit et s'approche de lui, la main tendue, avec un sourire factice qui déforme son visage sillonné de rides.

— Bonsoir, Herr Schmidt…

— Bonsoir, madame. Et où est votre charmante fille, ce soir ?

— Elle est souffrante. Une petite gastro, je le crains.

Glacée de l'intérieur, je me concentre de toutes mes forces sur mon assiette.

— Quel dommage…

Je devine que le boche se laisse aller contre le dossier de sa chaise en posant ses grosses pattes sur la table.

— Transmettez-lui tous mes vœux de prompt rétablissement et dites-lui que j'espère bien la revoir avant mon départ, dit-il d'un ton ferme.

De toute évidence, c'est plus un ordre qu'une requête.

— Oh, elle est dans un triste état, vous savez… Il ne faudrait pas que vous attrapiez son mal.

— Je prends le risque. Il y a plus de chances que j'attrape une saleté avec l'infâme pâté que vous servez à vos clients.

Je murmure à l'oreille de Jean-Luc :

— Allons-nous-en.

— Et le lait ? Il va lui en falloir bientôt. Remonte dans la chambre. Je vais aller en demander en cuisine.

Le boche se racle la gorge bruyamment, puis attaque son pain grillé avec la même absence de discrétion. Je sors de la salle à manger en regardant droit devant moi et je monte l'escalier à la hâte, soulagée de retrouver la tranquillité de notre petite chambre.

Le bébé gazouille dans son berceau. Je le prends dans mes bras et me mets à le bercer en fredonnant la chanson que me chantait maman quand j'étais petite.

Dodo, l'enfant do
L'enfant dormira bien vite
Dodo, l'enfant do
L'enfant dormira bientôt.

Un brusque accès de nostalgie me serre le cœur. Maman me manque déjà. Son inquiétude pour la prochaine ration de viande, sa mine toujours soucieuse, son amour profond, mais que je sous-estimais, pour sa famille.

Au bout de quelques minutes, Jean-Luc entre dans la chambre.

— J'ai le lait. Tout va bien.

— Et le boche ? Il t'a parlé ?

— Non. Il ne s'intéresse pas à nous. C'est après la fille de la vieille qu'il en a.

— La pauvre…

Je préfère ne pas imaginer ce que cela doit être de devoir se coucher auprès de quelqu'un qu'on hait, de devoir le toucher, l'embrasser… Un frisson me parcourt l'échine, mais ma véritable inquiétude est ailleurs.

— Je crois qu'il a encore faim.

— Ce n'est pas possible. Il a pris son biberon il y a une heure. Mets-lui le doigt dans la bouche, pour voir.

Timidement, je glisse mon petit doigt entre ses lèvres et Samuel se met à le téter avec une force surprenante.

Je vais m'asseoir sur le lit avec lui. Mon cœur se serre, tandis qu'un violent instinct protecteur surgit en moi.

— Jean-Luc, tout va bien se passer, n'est-ce pas ?

— Mais oui. C'est la meilleure chose que j'aie jamais faite.

Il se penche pour embrasser le crâne du bébé, puis relève la tête.

— Merci pour tout, Charlotte, dit-il avant de déposer un doux baiser sur mes lèvres.

— Et ses parents ? Qu'est-ce qui va leur arriver, d'après toi ? Je me sens coupable d'être aussi heureuse alors que les vrais parents de Samuel ont été emmenés Dieu sait où.

— Je sais, Charlotte. Pour eux, ce sera terrible, mais au moins, ils ne verront pas leur enfant subir les horreurs auxquelles ils sont confrontés. Maintenant, c'est à nous de nous occuper de lui. C'est notre devoir.

Il me prend le bébé avec douceur, le remet dans le berceau, puis revient se glisser contre moi, adossé à la tête de lit et me fait ce sourire en coin qui me bouleverse. Une douce chaleur m'inonde et je lui souris à mon tour, en paix. J'ai l'impression que nous formons une famille. Bien sûr, je sais que c'est faux, que Samuel n'est pas notre enfant. Néanmoins, je m'autorise à faire comme si, pour le réconfort que cela m'apporte. J'ai envie de m'occuper de Jean-Luc et de Samuel, de les protéger, de les choyer et de les aimer. Je tourne la tête vers le berceau, dans le coin, d'où monte un léger gazouillis.

— Je le pense vraiment, Charlotte, insiste Jean-Luc en entortillant une mèche de mes cheveux autour de son doigt. Sauver ce bébé, c'est la meilleure action que j'aie jamais faite. *(Il hésite.)* Et je n'aurais jamais pu le faire sans toi. Enfin, si, peut-être… mais ça n'aurait pas été pareil. *(Il m'embrasse sur la joue.)* Je savais que tu en avais l'étoffe. Je l'ai vu dans tes yeux.

Je pose la main sur sa cuisse. Cela me paraît un geste si naturel… ma main sur la cuisse d'un homme. Je n'aurais pourtant jamais imaginé faire une telle chose il y a encore quelques semaines.

— Que j'avais quoi ?

— Ça. Cette audace. Ce côté indomptable.

Un côté indomptable… moi ? Je crains que Jean-Luc ne m'idéalise : ne se fait-il pas des idées sur mon compte, sur ma prétendue audace ? Et maintenant, que va-t-il se passer ? Mon sang bout d'excitation et d'impatience, mon cœur cogne à mes oreilles. Je voudrais dire quelque chose, mais les mots restent coincés dans ma gorge.

Jean-Luc m'embrasse sur le front.

— On ferait mieux de dormir, maintenant. Demain, une dure journée nous attend. Je vais prendre le bébé dans ma chambre, il risque d'avoir faim, dans la nuit.

Il glisse le biberon dans sa poche et sort avec Samuel dans une main et le berceau dans l'autre.

39

Charlotte

Le Sud, 31 mai 1944

Le lendemain matin, on nous sert le petit déjeuner dans la salle à manger : une corbeille de pain rassis accompagné d'un bol de liquide brunâtre. Apparemment, il n'y a pas plus de café et de confiture ici qu'à Paris. Notre petit déjeuner avalé, nous nous mettons en route pour Saint-Jean-de-Luz. Première étape : Biarritz, à seulement huit kilomètres. De là, nous aurions pu prendre la route de la côte, mais les Allemands ont fermé cet itinéraire en établissant le mur de l'Atlantique. Nous devons donc passer par l'arrière-pays, en coupant à travers champs.

En progressant dans la campagne, nous guettons avec inquiétude l'apparition de camions allemands, mais la seule personne que nous croisons est une vieille femme en train de ramasser du bois. Les herbes folles des champs laissés à l'abandon sont emperlées d'une rosée qui imprègne nos chaussures. Nous avançons sans parler : seuls résonnent nos pas, notre respiration et le pépiement des oiseaux. Jean-Luc porte Samuel en écharpe, grâce à une taie à traversin passée en bandoulière.

Au bout de deux heures à peine, nous atteignons la côte de Biarritz. L'océan s'étend à perte de vue, interrompu à ma gauche par les montagnes.

Jean-Luc me désigne la plus imposante.

— Regarde. Là-bas, c'est l'Espagne.

— L'Espagne, déjà ! Elle a l'air toute proche !

Des nuages bas sont accrochés à certains sommets, empêchant de bien évaluer leur altitude réelle, mais le soleil perce la couverture de ses rayons blancs, illuminant des parcelles vertes, leur donnant la couleur d'un citron vert fraîchement cueilli.

Tout à coup, j'entends une voiture qui accélère.

— Couche-toi ! me crie Jean-Luc en s'accroupissant dans les herbes hautes.

À plat ventre dans le champ, je sens mon cœur cogner contre la terre. Le bruit de moteur s'éloigne.

— C'est bon, elle est passée. Il y a des arbres, là-bas. Viens, il vaut mieux qu'on marche à couvert, ce sera moins risqué.

Je me relève, le cœur toujours battant. Nous devons encore parcourir une quinzaine de kilomètres avant la tombée de la nuit, mais j'ai les talons en feu à cause du frottement. Qu'est-ce qui m'a pris d'emporter des chaussures que j'avais à peine portées ! En plus, elles sont laides et plates. Mais sur le moment, les semelles m'avaient semblé robustes et toutes mes autres paires étaient élimées, peu adaptées à de longues marches. J'aimerais bien m'arrêter pour les ôter, mais j'ai peur de ce que je vais découvrir. Je sens mes talons tout humides.

Jean-Luc marche devant moi, le temps qu'on ne nous voie plus de la route, puis il me prend par la main. Ma tentative de sourire se solde par une grimace. Je serre les dents, mais au bout d'une demi-heure, la douleur devient intolérable. Je n'en peux plus.

— On peut s'arrêter une minute ?

Jean-Luc se tourne vers moi, l'air ennuyé.

— On a encore beaucoup de chemin à parcourir. Tu peux tenir encore une heure ?

Je résiste à la vague d'apitoiement sur moi-même qui menace de m'engloutir.

— Non, dis-je faiblement. Je crois que j'ai une ampoule.

— D'accord, faisons une petite pause, alors. Je vais donner un biberon à Samuel tant qu'il est réveillé.

Jean-Luc ôte son sac à dos, défait le nœud de la taie et s'assied contre un tronc d'arbre, le bébé en équilibre sur ses cuisses.

Je plisse le nez.

— C'est lui, ou l'odeur de la campagne ?

Jean-Luc renifle le bébé qui en profite pour lui attraper des mèches à l'arrière de la tête. Jean-Luc le démaillote. Puis, il défait le lange de fortune, s'en servant pour essuyer les petites fesses souillées avant de le jeter, et sort une serviette propre de son sac à dos. Pendant ce temps, je défais mes lacets en retenant ma respiration. La première chaussure enlevée, je remarque tout de suite la tache de sang qui macule le cuir de noir au niveau du talon.

Jean-Luc s'exclame :

— Charlotte, tes pieds ! Tu as d'autres chaussures ?

Je fais non de la tête, les larmes aux yeux. Quelle idiote !

Il me passe un mouchoir.

— Tiens, mets ça autour de ta cheville. Donne-moi tes chaussures.

J'ôte la première chaussette avec précaution, avant d'examiner mon talon. Il est à vif, le frottement a laissé une grosse plaie sanguinolente. Cela dit, débarrassée de mes instruments de torture, je n'ai plus mal. Et si je continuais pieds nus ?

Le bébé en équilibre sur ses genoux, Jean-Luc malaxe le cuir durci entre le pouce et l'index.

— On va faire tampon avec le mouchoir. Tu aurais dû me le dire, on se serait arrêtés plus tôt.

Il me rend mes chaussures, mais je préfère les remettre au dernier moment : je sais que je vais recommencer à souffrir, même avec le mouchoir pour amortir.

— Bon, dit Jean-Luc, je vais nourrir Samuel.

Il sort la bouteille de lait du sac à dos et remplit le biberon.

— Je peux le lui donner ? dis-je.

— Bien sûr. Désolé, je ne voulais pas t'exclure, c'est juste que je me sens responsable de lui.

Il dépose le précieux paquet dans mes bras et me tend le biberon.

Je l'incline et quelques gouttes tombent sur la joue veloutée du bébé. Il commence à se tortiller de droite à gauche et j'ai du mal à lui faire prendre la tétine. Quelques gouttes se répandent encore sur son petit visage.

— C'est du lait de vache, ça, non ?

— Oui, on a fini l'autre.

— Ma mère m'a dit que ce serait plus difficile de le lui faire prendre. On devrait peut-être attendre le prochain arrêt ?

— Je ne sais pas… Il vaut peut-être mieux ne pas attendre qu'il ait trop faim. Et puis, ça fait trois heures, maintenant. Essaie de le redresser contre toi, ça l'aidera peut-être à mieux déglutir.

Suivant son conseil, je change de position et je titille la bouche de Samuel avec la tétine. Il tète un peu, puis détourne la tête, comme s'il n'aimait pas ce lait.

— À mon avis, il le prendra mieux s'il a très faim, dis-je en lui caressant la joue.

Je lui donne mon petit doigt à sucer et sa petite bouche se referme dessus avec avidité.

— On pourrait faire une pause dans pas trop longtemps.

— D'accord. Au prochain arrêt, on pourra tous manger un morceau.

Jean-Luc remet le bébé dans son écharpe. Cette fois, Samuel se montre beaucoup moins docile, il gigote et gémit pendant que Jean-Luc renoue la taie de traversin.

— Allons, allons, petit bonhomme, le cajole-t-il, nous avons une longue route à faire.

Avec réticence, je renfile mes chaussures au cuir rigide, tandis que Jean-Luc jette le lange souillé derrière un rocher.

Au fur et à mesure que nous avançons parmi les arbres, les gémissements de Samuel se muent en pleurs. Moi aussi, j'ai envie de pleurer, chaque pas me fait grimacer de douleur. Une vague de panique monte de mon ventre quand je songe à l'énormité de ce que j'ai entrepris de faire. « Impulsive », c'est le mot qu'employait souvent papa pour me décrire, et il a raison. Je suis impulsive. Mais je suis aussi courageuse. Au fond de mon cœur, je sais que j'ai pris la bonne décision. Jean-Luc et moi, nous allons sauver ce bébé, ensemble, et c'est cela l'essentiel.

Si seulement je n'avais pas choisi de mettre ces maudites chaussures !

— Jean-Luc, arrêtons-nous, s'il te plaît…

Il me regarde, les yeux agrandis de surprise.

— Mais on n'a repris que depuis quelques minutes… Attends un peu, Samuel va se calmer, le mouvement de la marche le berce.

Je fais oui de la tête en ravalant mes larmes et je m'arrête pour ôter mes chaussures.

Jean-Luc pile net, ce qui fait redoubler les pleurs du bébé.

— Charlotte, mais qu'est-ce que tu fais ?

— Je vais marcher en chaussettes. Continue.

La terre est souple et spongieuse sous mes pieds. Quel soulagement de ne plus sentir le cuir me cisailler les talons ! De temps en temps, une brindille ou un caillou s'enfonce dans mes pieds, mais c'est tout. Les pleurs de

Samuel diminuent et il sombre enfin dans le sommeil. Nous marchons un moment dans un silence agréable et mon moral commence à remonter. Tout va bien se passer, même si certains détails continuent de me tracasser.

— Jean, comment doit-on l'appeler ? Samuel ou Serge ?

— Hein ?

— Samuel, ça fait vraiment juif.

Le seul fait de prononcer à voix haute ce mot – juif – me fait l'effet d'un crime. Je regarde Jean-Luc d'un air coupable.

— Mais c'est le nom que lui a donné sa mère. Nous ne pouvons pas l'appeler ainsi pour le moment, mais dès que nous aurons passé la frontière, il n'y aura plus de problème.

— Je trouve ça joli, en fait.

— Moi aussi. C'est un beau prénom, solide. Comment vont tes pieds ?

— Mieux, sans les chaussures.

— On t'en achètera d'autres en traversant les Pyrénées.

Il porte ma main à ses lèvres et y dépose un baiser léger.

— Je suis si heureux que tu sois venue avec moi, Charlotte. Je n'oublierai jamais ces quelques jours passés avec toi. Tu es si courageuse, et tu ne le sais même pas.

— Ma foi, ce n'est pas vraiment du courage de ma part, si ? Juste une très mauvaise estimation du danger.

Je souris, mais au fond de moi, je me demande si ce n'est pas la vérité.

— Tu es un peu nerveuse, n'est-ce pas ? Je le vois bien. Chaque fois qu'un arbre gémit, tu fais un bond.

— C'est faux !

Jean-Luc éclate de rire.

— Si, un bond ! Preuve de ton courage. Tu as peur, mais tu continues quand même.

Je souris, heureuse de le laisser avoir le dernier mot.

Au bout de deux heures de marche, nous trouvons un coin isolé, sous un grand chêne. Samuel pousse de petits grognements, il a faim. Je le prends dans mes bras et oriente le biberon vers sa petite bouche. Il prend la tétine, mais se détourne en pleurant, la bouche pleine de lait.

— Il ne l'aime pas, dis-je, découragée.

— Attends, laisse-moi essayer.

À contrecœur, je lui passe le bébé. Ses pleurs augmentent de volume, mais avant de lui présenter le biberon, Jean-Luc se met à le bercer en déposant des petits baisers sur son visage. Et Samuel semble se calmer. Je regarde, fascinée, Jean-Luc faire gicler quelques gouttes de lait sur son doigt avant de le donner à sucer à Samuel. Et ce n'est qu'à cet instant qu'il lui donne le biberon, en guidant doucement la tétine dans sa petite bouche impatiente. Comment sait-il quoi faire ?

— Tu as des frères et sœurs ? On dirait que tu sais comment t'y prendre avec les bébés.

Jean-Luc sourit.

— Non. Ça doit être l'instinct.

Un pincement de jalousie me rattrape. Je n'avais jamais tenu de bébé avant Samuel. Ce n'est pas que ça ne m'intéressait pas, mais personne dans mon entourage n'en avait. Sauf Micheline Deschamps, la voisine, mais je ne la connaissais que de vue.

Samuel ayant fini tout son biberon, Jean-Luc le cale sur son épaule en lui massant le dos. Soudain, le bébé lâche un énorme rot. Nous éclatons de rire et une fois encore, je m'étonne :

— Mais comment sais-tu tout ça ? Je ne saurais pas m'y prendre, moi.

— Ma mère a longtemps gardé la petite fille de notre voisine et je me souviens qu'elle attendait patiemment le rot après le biberon. Mais en général, ça n'arrive pas si vite.

Jean-Luc pose Samuel sur l'herbe pour qu'il puisse un peu gigoter. Puis il sort le pain que nous avons acheté le matin et le saucisson sec que nous a donné ma mère. Il en coupe quelques tranches avec son canif. Le saucisson est dur et caoutchouteux, mais je le mange avec appétit. En plus, nous avons un gros morceau de brie bien crémeux pour le faire passer.

Un peu somnolente, je m'allonge sur l'herbe en fermant les yeux, tandis que Jean-Luc pose la tête sur mon ventre.

— C'est le bonheur, murmure-t-il. Un moment hors du temps. Nous sommes en cavale, mais ici, nous sommes étendus dans l'herbe comme si nous faisions un pique-nique.

Je comprends ce qu'il veut dire. Je me sens en sécurité, là, avec Samuel et lui, comme si le monde et tous ses malheurs avaient accepté de nous laisser tranquilles. C'est une illusion, bien sûr, et nous ne devrions pas nous attarder. Encore quelques minutes, c'est tout. Passant mes doigts dans ses cheveux, je me demande comment un tel bonheur est devenu possible. Je suis à la fois surprise et enthousiasmée par la façon dont on peut accéder à son rêve : il suffit de le vouloir plus que tout – d'être prêt à tout sacrifier. Et c'est ce que j'ai fait, j'en prends conscience. J'ai quitté ma famille et mes amis. Mon père ne m'adressera sans doute plus jamais la parole, quant à ma mère… c'est plus difficile à dire. Sachant qu'elle ne pourrait pas m'empêcher de partir, elle m'a aidée, mais elle m'en a voulu de l'avoir mise dans une position périlleuse. Il n'y a pas eu d'effusions pour mon départ, juste un échange de détails pratiques, même si avec elle, c'est toujours le cas.

Jean-Luc interrompt le fil de mes pensées en tournant la tête vers moi.

— Charlotte, dit-il doucement. Il n'y a pas de règles, n'est-ce pas ?

Mon doigt suit lentement l'arête de son nez.

— Qu'est-ce que tu veux dire ?

— Je veux dire que nous créons nos propres règles. Nous ne suivons pas un chemin tout tracé. Nous avons décidé de notre avenir.

— Nos propres règles ? Peut-être, mais je pense que nous avons encore besoin des principes que nous ont inculqués nos parents.

— Des principes ? Lesquels ? Mon seul principe, c'est de ne pas laisser des principes m'empêcher de vivre.

Mon doigt marque une pause sur son front. Je ne suis pas tout à fait sûre de voir où il veut en venir.

— Mais nous avons quand même besoin de quelque chose, de quelque chose qui nous dépasse. Ces valeurs qui nous sont transmises de génération en génération. Non ?

Jean-Luc porte mon doigt à sa bouche et l'embrasse.

— Tu penses à la religion ? *(Il laisse passer quelques secondes.)* Tu crois vraiment en Dieu ? Après… après tout ça ?

Un petit rire m'échappe.

— Ici et avec toi, tout à fait ! En fait, oui, dis-je en écartant mon doigt de sa bouche. J'ai demandé quelque chose à Dieu et il m'a entendue.

— Il a répondu à ta prière ?

— Oui.

— Et qu'est-ce que tu lui avais demandé ?

— Ça, je ne peux pas te le dire. C'est entre Dieu et moi.

— Tu vas finir par me rendre jaloux.

— Ne dis pas ça… On dirait un blasphème.

— Désolé. N'empêche que je me demande bien quel était ton souhait. Qu'un bel inconnu t'enlève à ta famille ?

Je lui pince gentiment la joue.

— Eh bien, dans ce cas, je l'attendrais encore, non ?

Il éclate de rire, d'un rire joyeux qui gagne mon cœur.

Je l'embrasse sur la joue.

— J'aimerais que ce moment ne finisse jamais…

40
Jean-Luc

Le Sud, 31 mai 1944

À leur arrivée à Saint-Jean-de-Luz, le soleil commence à sombrer à l'horizon entre les traînées de nuages bas ; dans ce halo teinté de rose, les vagues s'écrasent sur la jetée à un rythme intemporel. En face de la plage se dressent de hautes maisons aux façades ornementées, leurs portes d'entrée reliées à la promenade par de petites passerelles en bois. Devant ce décor si pittoresque, l'esprit de Jean-Luc s'évade : des vacances à la mer… jouer sur le sable, lézarder au soleil dans la paix et la sécurité… Il secoue la tête, ferme les yeux très fort. Ce genre de rêve fera-t-il un jour partie de la normalité ?

Ils doivent maintenant aller jusqu'à ce village, de l'autre côté de la rivière : Ciboure. Le pont est facile à trouver, mais Ciboure, en revanche, est un labyrinthe de ruelles étroites et tortueuses. Jean-Luc et Charlotte ont l'impression de tourner en rond. Cependant, il n'y a pas d'Allemands en vue et il y règne un calme étrange. Jean-Luc ne peut s'empêcher de s'interroger avec inquiétude : les épierait-on par les anfractuosités des murs ?

— L'heure du couvre-feu approche, murmure Charlotte d'une voix aiguisée par l'angoisse.

Elle remet ses chaussures. Jean-Luc se rend compte aussitôt que chacun de ses pas la fait atrocement souffrir, mais il se tait.

En tournant dans une rue, il reconnaît tout de suite le nom sur la plaque : avenue de l'Océan ! Samuel geint et se tortille contre sa poitrine. Jean-Luc tape un coup à la porte. Silence. Aucun bruit ne lui parvient de l'intérieur. Il recommence, plus fort cette fois, et colle l'oreille à la porte.

— Oui ?

La porte s'est entrebâillée, mais sur une chaînette de sécurité.

Jean-Luc s'écarte pour laisser Charlotte s'avancer.

— Nous venons pour les poules, chuchote-t-elle. Il y en a une qui est malade.

C'est le code que lui a donné sa mère.

Jean-Luc retient sa respiration : un cliquetis de chaînette, et la porte s'ouvre enfin. Ils se précipitent à l'intérieur tandis que la femme jette un regard à droite et à gauche de la rue avant de refermer la porte sur eux.

Une odeur de chou bouilli imprègne le couloir. Samuel gigote contre Jean-Luc en geignant doucement.

Un grand gaillard s'encadre dans une porte de côté.

— Qui est-ce, femme ? crie-t-il en avançant à pas traînants vers eux.

La femme les examine de pied en cap, puis s'écarte en haussant les épaules et les fait entrer dans la pièce.

— Alors, qu'avons-nous là ? demande l'homme en braquant sans aménité ses yeux bleu foncé sur Charlotte et Jean-Luc.

Il a un visage carré, sillonné de rides profondes.

— Je suis Charlotte de la Ville. Et vous devez être mon grand-oncle Albert.

Charlotte se penche pour l'embrasser, mais l'homme a un mouvement de recul.

— Quoi ?

Une quinte de toux l'empêche de poursuivre. La femme lui donne quelques tapes dans le dos.

— Ça va ! Ça va ! bougonne-t-il en repoussant sa main.

Une fois calmé, il recommence à dévisager Charlotte et Jean-Luc dans un silence de plus en plus pesant.

— Eh bien ? finit-il par dire.

— Ma grand-mère est votre sœur. C'est ma mère qui m'a dit de venir ici.

Soudain, le vieil homme lui saisit le menton pour détailler son visage de plus près. Jean-Luc la sent se raidir à son côté et son rythme cardiaque s'accélère. Et si ce n'était pas le bon contact ? Et s'ils s'étaient trompés d'adresse ?

L'homme lâche brusquement le menton de Charlotte.

— Oui, je reconnaîtrais ces yeux-là entre mille. Tu lui ressembles beaucoup. Tu as quelque chose de sa part à me donner ? Quelque chose de personnel ?

— De la part de qui ?

— De ta grand-mère. Ma sœur.

Charlotte fronce les sourcils.

— Non…

Ils se dévisagent sans rien dire pendant quelques secondes, dans une odeur de chou de plus en plus forte. Charlotte toussote.

— Elle m'a donné une broche… pour mon dix-huitième anniversaire.

— Montre-la-moi.

Il continue de la scruter avec méfiance, en se grattant la barbe.

Les doigts tremblants, Charlotte déboutonne son manteau et ôte la broche qui orne son chemisier.

Le vieil homme prend le bijou dans sa main calleuse, caressant la surface lisse de la pierre verte.

— Je me souviens de cette broche. Qui la lui avait offerte ?

— C'était son père. Pour ses vingt et un ans.

Le vieil homme continue de tourner et de retourner la broche entre ses doigts. Puis, il la lui dépose brusquement dans la paume, en lui refermant les doigts dessus.

— Fais bien attention à ne pas la perdre.

Il marque un temps d'arrêt, une ébauche de sourire aux lèvres, puis il saisit Charlotte par les épaules, l'attire à lui et la gratifie de quatre bises sonores, deux sur chaque joue. Il se tourne ensuite vers Jean-Luc.

— Et lui, alors, qui est-ce ?

Jean-Luc lui tend la main.

— Jean-Luc Beauchamps, très heureux de faire votre connaissance, monsieur.

Albert le détaille avec méfiance.

— J'aime bien savoir à qui j'ai affaire avant de serrer la main à quelqu'un, réplique-t-il d'un ton bourru.

Jean-Luc n'insiste pas. Les geignements de Samuel se muent en pleurs, comme si le bébé ressentait l'ambiance lourde de soupçons. Jean-Luc le sort de son cocon de couvertures et le présente à Albert.

— Et voici Samuel.

— Votre fils ?

— Non, s'empresse de rectifier Charlotte.

Le regard d'Albert s'adoucit.

— Bon, on ferait mieux d'aller s'asseoir.

Ils reprennent à pas lents le sombre couloir jusqu'à la cuisine. Albert prend place au bout de la longue table de ferme, tel un roi trônant face à ses sujets. Le regard de Jean-Luc se pose sur les traces noirâtres qui maculent le bois par endroits : plats trop chauds et cigarettes oubliées… Passant le bébé à Charlotte, il sort la gourde du sac à dos et la secoue de manière ostensible. Il ne reste plus qu'un fond de lait dont le bruit résonne dans toute la cuisine.

— Auriez-vous du lait ?

— On peut en trouver, répond Albert en se tournant. Marie, va demander à Pierre.

La femme s'éloigne sans un mot.

Jean-Luc remplit le biberon avec ce qu'il reste de lait et le tend à Charlotte qui a un peu de mal à faire prendre la tétine à Samuel. Jean-Luc se surprend à retenir sa respiration dans l'attente que le bébé se mette à téter.

Albert fronce les sourcils.

— Il a quel âge ? Il a l'air tout petit.

Jean-Luc hausse les épaules.

— On ne sait pas trop. Quelques semaines, sans doute. Guère plus.

— Et vous êtes venus de Paris avec un petit bébé qui n'est même pas à vous ?

Le silence retombe. Charlotte lève enfin les yeux.

— Il est très sage. Et nous avons eu la chance de ne pas nous faire arrêter, ajoute-t-elle avec une intonation de fierté qui n'échappe pas à Jean-Luc.

Albert hausse un sourcil broussailleux.

— Et donc ? Pourquoi être venus jusqu'ici ? Qu'attendez-vous de moi ?

— Nous espérons que vous pourrez nous aider, répond Charlotte. Maman m'a dit que vous aviez fait passer des gens en Espagne.

Albert se gratte de nouveau la barbe. Son regard va de Charlotte à Jean-Luc.

— Mais pourquoi devez-vous fuir ? Qu'est-ce que vous avez fait ? C'est Jean-Luc ? Il est juif ?

— Non, répond Charlotte.

Jean-Luc prend le relais.

— Je suis cheminot. Je travaillais à la gare de Bobigny – à Drancy.

— Je vois, dit Albert, le front plissé.

— Je savais qu'il fallait que je parte de là-bas, mais j'attendais le bon moment. J'ai d'abord essayé de saboter les rails, mais tout ce que j'ai réussi à faire, c'est me retrouver à l'hôpital. Et puis, un matin, alors qu'un train était en partance, une femme m'a supplié de prendre son enfant… de le sauver.

— C'est ce bébé ?

— Oui.

— C'est donc vrai… Ils déportent les Juifs au départ de Drancy.

— Oui, monsieur, par centaines.

— C'est que j'avais entendu dire. Mais où les envoient-ils ?

— Je n'en sais rien, mais je dirais à l'est. Loin. Les conducteurs de loco sont remplacés à la frontière. Seuls les boches savent où vont ces malheureux.

Albert se rembrunit.

— Les boches. Les salauds !

Charlotte se lève pour aller calmer Samuel qui s'époumone, à présent. Enfin, Marie revient, l'air très affairée, avec un pichet en étain.

— Deux paquets de Gitanes, ça m'a coûté.

— Nous pouvons vous les rendre, dit Jean-Luc en posant sur la table deux paquets de cigarettes écrasés, tirés de sa poche de poitrine.

— Donc, s'anime Albert. Cette femme vous a demandé de prendre son enfant ?

Il présente le paquet de cigarettes à Jean-Luc qui décline d'un signe de tête.

— Oui. Elle m'a supplié. Elle savait ce qui arriverait à son bébé si elle le prenait dans ce train.

— Et pourquoi vous ne l'avez pas confié à quelqu'un ?

— Nous ne connaissions personne. Et… et puis… il nous tardait de quitter Paris. J'ai dû mettre un uniforme boche, vous savez, pour sortir de la gare.

Albert hoche la tête, une ombre de sourire flottant sur ses lèvres.

— J'ai dû tirer dans la jambe d'un boche pour le lui voler. Après ça, je savais qu'ils se lanceraient à mes trousses et je n'avais nulle part où mettre l'enfant à l'abri… Alors, je suis allé chez Charlotte. J'étais désemparé et sa mère nous a aidés. Elle nous a parlé de vous et nous a donné de l'argent pour le voyage.

— Vraiment ?

Albert est repris d'une violente quinte de toux, une toux grasse et bien installée.

Marie se lève pour lui donner une claque dans le dos.

— Il faut que tu arrêtes de fumer, je t'ai déjà dit !

— Tu aimerais bien me priver de tous les plaisirs de la vie, hein, femme ?

Marie émet un claquement de langue désapprobateur, mais continue à lui masser le dos.

— Ça m'étonne que ta mère ait laissé sa fille unique partir comme ça, reprend Albert. Elle n'ignore pourtant pas les dangers d'une telle entreprise.

— C'est qu'elle n'a pas pu m'en empêcher, réplique Charlotte, la tête haute.

— Heureusement que je n'ai pas de filles…, ironise Albert avec un rire rocailleux. J'ai toujours dit que les femmes étaient des nids à embrouilles. Et la suite, vous y avez pensé ? Où irez-vous une fois en Espagne ?

— En Amérique, dit Jean-Luc en jetant un regard à Charlotte. Le pays de la liberté.

— Ce n'est pas une mauvaise idée. Parce qu'en France, l'enfer va continuer pendant quelques années. Une fois cette foutue guerre finie, ce sera l'heure des règlements de comptes… Et ça ne sera pas joli joli, croyez-moi.

Albert regarde le jeune couple d'un air pensif, comme s'il calculait mentalement leurs chances.

— Un bébé, ça complique tout, lâche-t-il enfin. Les passeurs n'aiment pas ça.

Charlotte se tourne vers Jean-Luc, inquiète.

— Un bébé, c'est imprévisible, poursuit le vieil homme. Ça pleure. Et ça peut coûter des vies.

Il fait tomber sa cendre de cigarette dans un gros cendrier en métal.

— C'est un risque. S'il pleure, il peut vous faire repérer. Et les passeurs n'ont pas envie de devoir tuer un bébé… Il arrive que ce soit la seule solution : sacrifier la vie d'un seul pour sauver celles des autres. Personne n'a envie de tuer un bébé, dit-il en considérant Charlotte de ses yeux larmoyants.

— Sauf les boches ! l'interrompt Marie d'une voix chargée de dégoût.

— Mais… mais on ne peut pas le laisser…, murmure Charlotte, la gorge nouée, en regardant alternativement Marie et Albert.

— Il doit bien y avoir une solution, affirme Jean-Luc. Nous pourrions lui donner quelque chose pour le faire dormir. Ça a marché dans le train.

Albert se gratte la barbe.

— Peut-être… Peut-être. Mais vous auriez plus de chance de passer les Pyrénées sans lui. De notre côté, on pourrait essayer de trouver une famille qui accepterait de le prendre…

— Il est circoncis ? s'enquiert Marie.

— Non, répond Jean-Luc très vite.

— Ça facilitera les choses, dit Albert.

— Il est hors de question qu'on le laisse ! décrète Charlotte d'une voix forte et claire.

Jean-Luc, bien que surpris par sa véhémence, continue d'évaluer les différentes options.

Albert tire longuement sur sa Gitanes et exhale lentement la fumée en la savourant.

— Ma foi… je vous aurai prévenus. Et vous allez avoir du mal à trouver un passeur. Florentino, peut-être. Je ne vois guère que lui qui accepterait…

— C'est un petit bébé très sage. Il ne pleure presque pas. La plupart du temps, il dort, s'empresse de dire Charlotte.

Jean-Luc s'adresse à Albert.

— Vous connaîtriez des gens à qui nous pourrions le confier ?

— Pour le moment, non. Il faudra y réfléchir. Mais laissez-moi vous dire une chose : ces salauds de boches sont sacrément tenaces. Je les ai vus emmener des enfants, sans leurs parents, des gosses qui hurlaient et pleuraient. Ils traquent les Juifs de France jusqu'aux derniers, quel que soit leur âge.

— Non !

Tous se tournent d'un bloc vers Charlotte.

— J'ai dit non ! Il est hors de question que nous le laissions ici.

Le front ridé d'Albert se plisse davantage.

— C'est la croix et la bannière pour franchir les Pyrénées, jeune fille. Ça n'a rien d'une grimpette facile. Encore moins avec un bébé.

— Il vient avec nous ! s'écrie Charlotte, les larmes aux yeux.

Jean-Luc comprend son émotion, il sait ce qu'elle ressent. Il a remarqué qu'au fil des jours, elle s'était attachée au bébé, mais c'est plus fort que lui, il est d'un tempérament pragmatique. Il pèse toujours le pour et le contre avant de prendre une décision.

Enfin, presque toujours… Car ce bébé qu'on lui tendait, il l'a pris sans réfléchir, spontanément. Et si les meilleures décisions étaient celles qu'on prend avec le cœur ? Et à cet instant, son cœur à lui est plein d'amour pour Samuel, gonflé du besoin de le protéger, de veiller sur lui… et ce, coûte que coûte !

Frémissant, il plonge son regard dans celui de Charlotte.

— On le prend avec nous. On va y arriver. Je le sais.

41

Charlotte

Le Sud, 31 mai 1944

— Je vous ai mis ici, déclare Marie.

Nous l'avons suivie dans l'escalier, Samuel toujours endormi dans mes bras. J'embrasse la chambre du regard : un lit à deux places, au matelas plein de bosses. Pour Samuel et moi, pour Jean-Luc et moi, ou pour nous trois ?

— Nous n'avons que cette chambre, dit Marie, comme si elle lisait dans mes pensées. Vous devrez vous en accommoder tous les trois.

Jean-Luc lui sourit.

— C'est parfait, merci. Samuel pourra dormir entre nous.

— Comme vous voulez, bougonne-t-elle.

Je ne sais pas ce qu'elle attend d'autre de nous.

— Bon, eh bien… je vous laisse vous installer… Bonne nuit.

— Bonne nuit, Marie. Et merci pour votre gentillesse.

Sans répondre, elle nous laisse seuls.

Samuel commence à me peser. Je le pose sur le lit où il s'endort sans un murmure.

Jean-Luc pose un oreiller par terre.

— Il vaudrait peut-être mieux le coucher là. Je ne voudrais pas l'écraser dans la nuit en me retournant.

Il dépose avec douceur Samuel sur l'oreiller et le borde de son manteau dont il glisse les manches par en dessous. Enfin, il l'embrasse tendrement sur le front et me murmure :

— On devrait essayer de dormir. Il ne se réveillera sûrement pas avant quelques heures.

J'acquiesce en m'asseyant sur le lit. Et maintenant, que va-t-il se passer ? Mon cœur bat la chamade. Excitation ou angoisse ? Je ne saurais le dire.

Dos à moi, Jean-Luc défait sa ceinture, laisse glisser son pantalon et le retire en même temps que ses chaussettes. Puis il ôte sa chemise. Il a de larges épaules carrées, un dos qui forme un triangle parfait jusqu'aux reins, à la lisière de son caleçon. Je meurs d'envie de faire courir mes doigts le long de sa colonne vertébrale.

Il se retourne.

— J'éteins ?

— Si tu veux.

Une pression sur l'interrupteur plonge la chambre dans le noir. Jean-Luc se glisse dans le lit et je me déshabille à mon tour, en gardant mes sous-vêtements tout comme lui. Je m'aperçois que pendant tout ce temps, j'ai retenu mon souffle… J'essaie de respirer discrètement, mais j'ai l'impression de faire un boucan d'enfer dans le silence de la pièce.

— Tu es bien ? me demande Jean-Luc.

— Oui, oui, ça va.

J'espère qu'il n'a pas entendu le tremblement dans ma voix.

Se tournant vers moi, il m'embrasse sur le front. Tout d'abord, je crois que c'est parce qu'il me distingue mal dans le noir et qu'en fait, il cherchait ma bouche, mais…

— Bonne nuit, Charlotte. Demain, une longue journée nous attend.

Demain ! Combien de lendemains nous reste-t-il à passer ensemble ? Et si nous nous faisons prendre ? On nous enverra dans l'un de ces camps d'où l'on ne revient jamais. Je ferme les yeux dans l'espoir de chasser cette pensée, de calmer mes pensées en ébullition, mais elles continuent de tourner dans ma tête. L'attitude de Jean-Luc me laisse un peu décontenancée. Pourquoi ne m'a-t-il pas embrassée sur la bouche ?

— Jean…

Mais seuls le silence et l'obscurité répondent à mon murmure. S'est-il endormi ? Déjà ? J'avance une main hésitante, sentant la courbe de son épaule à tâtons. Il est couché sur le côté, la tête vers le mur. Mes doigts l'effleurent, cherchent son dos, se posent sur chacune de ses vertèbres. Ma main s'attarde au creux de ses reins. Je sens le rythme de sa respiration, mes doigts absorbent la chaleur de sa peau. Et je continue toujours plus bas… Curieuse de la sensation… Curieuse de l'effet que ça va me faire… Doucement, je passe la main sous l'élastique du caleçon. Un pensée me traverse : je ne veux pas mourir sans l'avoir connu, complètement.

Il murmure. Ma main se fige.

— Charlotte…, chuchote-t-il en se tournant pour me caresser le visage. Je veux que ce soit parfait. Je veux qu'on se marie à l'église avec Dieu comme témoin. Ensuite, je t'allongerai sur un lit de pétales de rose et je t'apporterai du champagne…

Je souris dans le noir.

— Ça n'est pas un passage obligé, tu sais. Je veux dire par là que… ça m'est égal de ne pas me marier à l'église. On peut même ne pas se marier du tout, ce n'est pas grave.

— Mais je pensais que tu…

— Je ne crois pas que Dieu n'habite que dans les églises et je pense qu'Il nous donnerait Sa bénédiction quand même.

Jean-Luc me caresse le visage.

— Tu as l'air bien sûre de toi.

— Parce que je le suis. J'y ai pas mal réfléchi, tu sais…

— Tu m'en vois ravi…

Il m'embrasse doucement sur la bouche, puis fait courir ses lèvres jusqu'à mon oreille.

— Et le champagne ? Les pétales de rose ? murmure-t-il dans un souffle chaud qui me fait frémir.

— Mmm… Une autre fois… Pour le moment, c'est de toi que j'ai envie.

42

Charlotte

Le Sud, 1er juin 1944

Le soir suivant, alors que nous nous mettons à table, on frappe à la porte : trois coups brefs qui font l'effet d'une bombe dans la cuisine. Jean-Luc fait un bond sur sa chaise, tandis que je serre Samuel contre moi.

— Pas d'affolement, dit Albert en allant ouvrir. C'est notre signal.

Il revient tout de suite accompagné d'une espèce d'ours.

— Notre passeur, Florentino.

Le solide gaillard ôte son béret. Je vais le saluer, incapable de détacher mon regard des rides profondes qui creusent son visage buriné. Ses yeux, en revanche, brillent de vitalité comme ceux d'un jeune homme. Sans lâcher Samuel, je lui tends la main. Il l'engloutit dans son énorme patte et je me sens tout à coup menue et fragile à côté de lui, presque insignifiante.

Marie lui offre un verre de vin rouge. Il la remercie d'un signe de tête avant de le vider d'un trait, comme si c'était de l'eau, et se tourne vers Albert.

— Pas de bébé.

Je serre Samuel encore plus fort.

— Je sais, je sais…, fait Albert d'un air ennuyé. Mais on ne peut pas faire autrement. Ils peuvent payer plus cher s'il le faut.

— Pas de bébé, répète Florentino en tendant son verre pour qu'on le resserve.

Je jette un regard inquiet à Jean-Luc. Qu'allons-nous faire ? Il sort la liasse qu'il avait préparée de la poche arrière de son pantalon et compte les billets en regardant le passeur.

— Vous voulez combien de plus ?

— Non ! Pas de bébé !

Florentino pose bruyamment son verre vide sur la table.

Albert lui donne une claque sur l'épaule et se penche pour lui glisser quelques mots à l'oreille.

La figure de l'homme se plisse de rides encore plus profondes. Puis, il se tourne brusquement vers moi en tendant les bras.

— Bébé.

— Quoi ?

Par réflexe, je m'écarte de lui.

Jean-Luc m'effleure le coude.

— Charlotte, il veut le voir.

Le sang battant à mes tempes, je dépose Samuel endormi dans les battoirs du passeur. Il le contemple, le soulève d'une main et le pose à plat ventre sur son épaule.

Je vous en prie, ne le réveillez pas maintenant...

D'un geste vif, il le change d'épaule. Samuel se tortille dans son sommeil, mais ne se réveille pas. Je ne peux réprimer une bouffée de fierté. Puis Florentino plante ses yeux bleu vif dans ceux d'Albert.

— Tu sais ce qui se passe si bébé pleure, grogne-t-il.

Albert hoche la tête en me regardant, la mine grave. Je me détourne, bouleversée. Ça n'arrivera pas. Ça ne peut pas arriver.

Jean-Luc toussote.

— Nous veillerons à ce qu'il ne pleure pas, dit-il en me passant un bras autour des épaules. Nous savons comment faire.

Florentino dévisage avec étonnement ce jeune homme qui prétend connaître la recette pour s'assurer du silence d'un bébé. Soudain, il lui rend Samuel et sa patte d'ours se referme sur son second verre de vin.

Après en avoir bu deux gorgées, il énumère ses conditions d'un ton sans appel :

— Demain, 10 heures du soir, la ferme, Urrugne. Boulot difficile. Mille cinq cents pesetas maintenant, mille cinq cents après.

Jean-Luc compte les billets que nous a donnés ma mère.

— Merci.

Florentino répond d'un grognement et se retourne vers Albert.

— Donne cognac au bébé.

Albert acquiesce. Mon cœur se serre, mais je ne proteste pas. Nous devons faire sortir Samuel de France, par tous les moyens.

Florentino prend place à table et Marie lui apporte une assiette de pâté et de légumes en conserve. Je le regarde, fascinée, enfourner des poivrons rouges brillants dans son énorme bouche. Nous allons mettre nos vies entre les mains de cet homme qui n'a pas l'air de nous tenir en grande affection. La périlleuse traversée des Pyrénées se rapproche… Je ferme les yeux, refusant de me laisser aller à la peur. *Confiance*, me dis-je. *Tout va bien se passer.*

43

Charlotte

Le Sud, 2 juin 1944

Le lendemain, nous nous mettons en route à la faveur de la nuit. Marie nous a donné deux paires d'espadrilles : apparemment, il n'y a rien de mieux pour grimper dans les Pyrénées. Pour ma part, je suis bien soulagée de ne pas avoir écopé de gros godillots en cuir rigide ! Mes talons commencent à peine à cicatriser et ces espadrilles, je peux aussi les enfiler comme des mules, ce qui est bien pratique. Jean-Luc se charge d'un petit sac contenant des vêtements de rechange, du lait, du cognac et de l'eau. Moi, je porte Samuel en écharpe, niché contre ma poitrine, la taie de traversin nouée autour de moi.

En silence, nous suivons la piste qui nous a été décrite, mais l'allure rapide me donne très vite chaud. Moite de transpiration, j'écarte Samuel pour laisser un peu d'air circuler sur ma peau. Hélas, il se réveille aussitôt et ses petits doigts cherchent à agripper mon léger manteau.

— Chut…

Je le blottis à nouveau contre moi, une main posée sur sa tête. Après tout, je peux bien supporter la chaleur que dégage son petit corps. Dans quelques jours, si tout va bien, nous serons hors de danger, prêts à refaire notre vie ailleurs. Cherchant la main de Jean-Luc, je marque un temps d'arrêt.

— Ça va aller, Charlotte. On va y arriver.

— Je sais, dis-je en lui pressant tendrement les doigts.

Mais le silence retombe entre nous, à peine troublé par l'ululement des chouettes et le bruissement de nos pas sur le sol accidenté.

Peu de temps après, Florentino émerge sans bruit de l'obscurité. Sans échanger un mot, nous lui emboîtons le pas dans une petite pinède ; les arbres et le sol recouvert d'aiguilles et de branchettes amortissent les sons. Je me sens plus en sécurité avec Florentino que sur la piste, un peu plus tôt, mais il marche très vite, fouillant l'obscurité parmi les pins élancés. Les poumons me brûlent et la transpiration me fait comme un chapelet à la racine des cheveux. J'essuie mon front d'un geste vif en soufflant sur mon visage brûlant. Je m'inquiète pour Jean-Luc qui doit s'aider de sa canne, mais à aucun moment, il ne ralentit le pas.

Au bout de quelques heures, nous arrivons à une ferme. Florentino appuie de tout son poids contre la lourde porte et s'efface pour nous laisser entrer. À l'intérieur, seules deux bougies éclairent chichement l'obscurité. Je pousse un soupir de soulagement, impatiente de m'asseoir et de poser Samuel. J'ai la nuque en compote et une rigole de sueur entre les seins. Une vieille femme vient nous accueillir, elle m'aide à ôter mon petit manteau et à dénouer la taie. Samuel plisse les yeux, percevant sans doute un changement d'environnement. Il est tout rouge : il devait avoir aussi chaud que moi. Il porte un minuscule poing à sa bouche et pousse un cri.

Jean-Luc se précipite, le biberon déjà tout prêt. Il prend Samuel dans ses bras et se met à le bercer en lui murmurant des paroles apaisantes, tandis que je me laisse tomber sur le canapé élimé avec gratitude. Florentino, lui, est en plein conciliabule avec la vieille femme qui fait réchauffer quelque chose sur la cuisinière. Une bonne odeur d'ail et de noix de muscade me fait gargouiller l'estomac.

La femme se tourne pour me passer un bol de ce bouillon. Délicieux ! Je l'avale avec avidité, tout en regardant du coin de l'œil Jean-Luc qui continue de murmurer des mots doux au bébé en lui donnant le biberon. Je sais que Samuel le fixe de ses grands yeux bruns remplis d'innocence. Jean-Luc est tombé en amour avec ce petit bébé, tout comme je suis tombée amoureuse de lui. Je n'ai jamais vu autant de tendresse chez un homme, mais ce qui me surprend le plus, c'est son aisance avec les bébés et sa totale absence d'embarras. Il semble se moquer de ce que les autres pensent. C'est si rafraîchissant…

Je ferme les yeux, heureuse, mais fourbue.

J'ai l'impression de ne m'être assoupie qu'une minute quand déjà Florentino me secoue en me tendant un bol de lait chaud et un morceau de baguette. Quelqu'un doit m'avoir ôté mes espadrilles hier soir et posé une couverture sur le dos. Je me redresse, bois mon lait à petites gorgées pendant que Jean-Luc prépare avec le sien un biberon pour Samuel. Florentino, adossé au poêle, ne peut cacher son exaspération. Il prend de profondes inspirations, à intervalles réguliers, comme s'il les comptait. Il attend que le bébé ait fini son biberon. Enfin, il nous fait passer de vieux bleus de travail semblables à celui qu'il porte. Nous les enfilons à la hâte, puis Jean-Luc m'aide à nouer la taie en écharpe.

Une fois dehors, Florentino me tend une grosse branche qui va me servir de bâton de marche et considère avec contrariété la canne de Jean-Luc.

— Bon, tu as une canne, mais si tu es trop lent…

Jean-Luc lâche un petit rire nerveux.

— Avec cette canne, je peux même courir !

Florentino se contente de pointer le doigt devant lui et il se met en route à grandes enjambées.

Je soutiens Samuel d'une main sous les fesses pour soulager ma nuque et mon dos. La large et sombre silhouette de Florentino me masque le chemin. La terre sent bon le bois vert… ramenant à mon esprit le souvenir de Noëls passés. À quoi ressembleront-ils, mes futurs Noëls ? Formerons-nous une famille heureuse, Jean-Luc, Samuel et moi ? Aurons-nous un jour des enfants à nous ? Mais ces pensées d'avenir me semblent surréalistes, tel un rêve éveillé. Tout ce qui compte pour le moment, c'est de mettre Samuel à l'abri. Pour le reste, on verra plus tard.

J'ai l'impression que l'univers entier dort encore, hormis les oiseaux qui s'interpellent gaiement. Un soudain craquement me fait sursauter. Je me fige dans mon élan, un genou en l'air. Devant moi, je ne distingue que Florentino qui commence à nous distancer.

— Allez, viens ! me murmure Jean-Luc.

Nous courons pour rattraper Florentino qui se retourne en grognant :

— Branche cassée. Je vous dirai quand avoir peur.

D'un ton sec.

Nous n'avons pas le temps d'admirer la beauté du jour qui se lève : les yeux rivés au sol, nous anticipons les racines tordues, les pierres qui dépassent et les endroits boueux. Le terrain devient de plus en plus escarpé. J'essaie de ne pas me laisser distancer, mais je manque de souffle. Puis la terre meuble commence à céder la place à un tapis d'ardoise. Je dérape. Ma main vole instinctivement vers le bébé, tandis que l'autre part en avant pour amortir ma chute. Samuel pousse un petit cri. Je murmure contre sa tête :

— Ce n'est rien, tout va bien. On va y arriver.

C'est plus à moi qu'à lui que je m'adresse, néanmoins ces quelques mots suffisent à le calmer.

Florentino me jette un regard que je n'ai aucun mal à déchiffrer, malgré la pénombre. Il ne nous croit pas capables de franchir les Pyrénées, et je suis sûre qu'il trouverait normal de nous abandonner dans la montagne s'il l'estimait nécessaire. *Je vais lui faire voir, moi !* me dis-je en mon for intérieur.

Soudain, il s'arrête en désignant un épais bouquet d'arbres. Mais le temps que nous réagissions, il a déjà disparu ! Le cœur battant, je pénètre avec Jean-Luc dans le bosquet, tentant de deviner le chemin qu'a pris notre passeur. Par bonheur, nous apercevons sa silhouette massive se frayer un passage entre les pins filiformes, jusqu'à une clairière. Et là, devant nous, un mur de roche. Dans la paroi, une cheminée de la largeur et de la profondeur d'un homme. Florentino l'a déjà escaladée : les jambes écartées, un pied sur chaque paroi rocheuse, il nous attend. Pas le temps de réfléchir. Pas le temps d'avoir peur. Jean-Luc me pousse en avant.

— Vas-y.

Je renfile correctement mes espadrilles, en glissant le talon à l'intérieur. Sinon, je vais les perdre, c'est sûr. Bien calée sur mes jambes, je commence à monter, cherchant une prise sur le premier rocher plat, serrant Samuel contre moi.

— Tu vas devoir t'aider de tes deux mains ! me crie Jean-Luc.

Il me pousse aux fesses, pour m'encourager. Mais j'ai trop peur de lâcher Samuel. Et si la taie n'était pas assez solide ? Et s'il basculait dans le vide ? Avec mille craintes, je le délaisse pour m'accrocher au rocher. Mais ma main retourne aussitôt vers lui. C'est plus fort que moi, je ne peux pas le lâcher. Je vais devoir me cramponner d'une seule main… Sauf que la prise suivante est hors de portée. Je suis coincée. Paralysée par l'indécision, je commets l'erreur fatale de lever les yeux. Je n'y arriverai jamais.

La face cramoisie de Florentino danse dans mon champ de vision. Je sens sa colère contenue. Sa colère m'incruste dans le rocher. Ses grands pieds commencent à glisser le long de la roche. Bientôt, il sera juste au-dessus de moi.

— Donne-moi le bébé, siffle-t-il, la main tendue.

Mais je ne peux pas bouger, je suis tétanisée. Il se laisse tomber à côté de moi et, glissant la main dans la taie, il en extrait Samuel.

Ne regarde ni en haut ni en bas, me dis-je tout doucement.

Me concentrant sur la prise suivante, je m'élève lentement, prenant confiance à chaque appui. Derrière moi, j'entends la respiration laborieuse de Jean-Luc. Va-t-il tenir le coup avec sa jambe ? Mais je repousse aussitôt cette crainte. L'essentiel, c'est qu'il soit en train de me suivre.

— Allez ! s'impatiente Florentino.

Penché au-dessus de moi, il me tend la main et soudain, je prends conscience de la hauteur à laquelle nous sommes parvenus. De la hauteur de laquelle je pourrais chuter.

— Allez ! insiste Florentino.

Fermant les yeux, je tends la main, il l'empoigne en me tirant à lui d'un coup sec. Je pousse sur mes jambes, me propulsant vers le haut… Ça y est ! J'atterris à côté de lui en roulant sur le côté. *Merci, mon Dieu.* Je n'ose pas regarder en bas pendant qu'il aide Jean-Luc.

Sans cérémonie, il me rend Samuel. J'ai l'impression d'être une mauvaise mère. Mais je ne suis pas sa vraie mère ! Alors comment se fait-il que la peur de le perdre m'ait paralysée ?

Après toutes ces émotions, je comptais qu'on fasse une pause, mais Florentino repart déjà. Samuel s'agite contre moi en gémissant. Peut-être ressent-il ma peur et ma fatigue. Enfin, au moment où je pensais ne plus pouvoir mettre un pied devant l'autre, Florentino nous fait signe de nous arrêter. Mes genoux cèdent et nous nous écroulons tous les trois autour d'un gros arbre.

Je caresse la tête de Samuel qui s'est mis à geindre.

— Chut, là, là…

— Je vais lui donner son biberon, me murmure Jean-Luc.

Va-t-il y ajouter du cognac, comme on nous l'a ordonné ? Non, Jean-Luc n'en fait rien et Florentino ne semble pas s'en apercevoir. Il ferme les yeux et s'adosse au tronc d'arbre. Je l'imite, les muscles lourds, tout le corps courbatu. Les paupières lourdes, je suis vaguement consciente de Jean-Luc qui sort une serviette propre du sac et la plie pour en faire un lange. Mais alors que je m'abandonne au sommeil, Florentino me donne une poussée de sa grosse patte.

— Allez…

— Non ! S'il vous plaît, on peut se reposer ?

— Tu te reposeras quand tu seras morte, réplique-t-il en me tendant la main.

Je vais y arriver. Je peux le faire, me dis-je en me forçant à me relever, les jambes comme du plomb.

— Tu peux reprendre Samuel ? me demande Jean-Luc avec inquiétude.

J'acquiesce.

Nous repartons tant bien que mal. Nous ne sommes plus protégés par les arbres ; puis le terrain recommence à monter, monter, monter, des plaques d'ardoise se dérobent sous nos pieds. Je m'agrippe à des touffes d'herbe rude et piquante pour ne pas tomber.

Nous continuons à grimper durant ce qui me semble des heures quand, enfin, Florentino s'arrête, disparaît derrière des rochers et en émerge une seconde après, muni d'une bouteille remplie d'un liquide clair. Il la considère avec un grognement appréciateur, en prend une bonne lampée, puis la passe à Jean-Luc qui renifle le goulot.

— C'est de l'eau-de-vie.

Il en prend une rasade qui lui fait monter les larmes aux yeux. Il tousse, boit encore un coup, puis me passe la bouteille.

L'alcool me brûle la gorge, mais apaise mes nerfs à vif. Je réprime une quinte de toux sous le regard de Florentino, hilare. Il me regarde, bras tendus, en feignant d'avoir les mains qui tremblent de terreur.

— Hé, hé…, me fait-il.

— Oui, dis-je.

Je l'avoue, je suis pétrifiée. Mais nous sommes en vie et l'alcool a quelque peu émoussé ma peur.

Florentino sort de sa poche un sachet en papier. Des abricots secs. J'en enfourne deux dans ma bouche avec reconnaissance avant de passer le sachet à Jean-Luc.

Florentino se tapote le poignet en levant cinq doigts. Cinq minutes.

— Allez, allez !

Il doit être midi. J'ai encore faim et je meurs de soif. Voilà des heures que nous marchons, j'ai besoin de quelque chose pour tenir le coup. Mes ressources d'énergie sont épuisées. Je repense à maman, à ses efforts désespérés pour m'empêcher de partir. À présent, je comprends que j'ai failli mourir là-haut, dans la montagne, pourtant cette pensée ne m'avait même pas effleurée. Bravoure ou sottise ?

Mon précieux petit paquet me tient chaud et me colle à la peau. Samuel n'est pas bien lourd, mais à force, la taie me scie la nuque. Je la rajuste sous le regard aigu de Florentino. Il me tend sa patte d'ours que je refuse d'un signe de la tête. Par amour-propre, mais aussi parce que j'aime sentir ce petit corps de bébé tout contre mon cœur.

La nuit tombe. Après toute une journée de marche, entrecoupée de courtes pauses, Florentino déniche un coin abrité derrière un gros rocher et nous nous écroulons par terre. Jean-Luc et moi nous blottissons l'un contre l'autre pour nous tenir chaud : pas question d'allumer un feu pour réchauffer nos articulations raides d'épuisement.

Florentino nous fait passer du jambon cru et une poignée de raisins secs. Puis, tel un prestidigitateur, il fait apparaître un camembert entier qu'il découpe en trois, tranchant dans sa texture crémeuse. Je mords à belles dents dans ma part bien coulante, savourant l'onctuosité d'un plaisir presque oublié. Florentino lèche bruyamment le fromage qui lui colle aux doigts, beaucoup trop bruyamment pour un homme si soucieux de discrétion. De nouveau, il nous tend la bouteille d'eau-de-vie que nous lampons au goulot, tels des buveurs aguerris.

Recrus de fatigue et contraints au silence, nous ne tardons pas à nous endormir. À mon réveil, je ne distingue presque rien dans la pénombre, pourtant je sens qu'il se passe quelque chose de terrible. Je me penche sur Jean-Luc : il respire fort, la bouche entrouverte. Je me tourne alors vers Florentino et mon cœur me remonte dans la gorge. Florentino n'est plus là.

Un claquement fait voler le silence en éclats. Je réprime un hurlement. C'est un coup de feu. Des cris. D'autres coups de feu.

Réveillé en sursaut, Jean-Luc empoigne Samuel et nous nous blottissons tous les trois derrière le rocher. Le petit proteste faiblement. Jean-Luc se courbe sur lui pour étouffer ses pleurs.

Florentino accourt vers nous, soufflant comme une forge.

— Allez, allez ! Vite !

Serrant nos sacs, nous nous mettons à courir, trébuchant sur les pierres, dérapant sur l'ardoise. Heureusement que Florentino nous avait ordonné de garder nos chaussures pour dormir ! Jean-Luc ahane à mon côté. J'ai la tête qui tourne, le sol se dérobe sous mes pieds. Je puise dans mes dernières réserves pour continuer, mue par la force du désespoir.

— Stop ! chuchote Florentino en nous désignant un gros arbre au feuillage dense.

Plié en deux, il nous montre son dos : il veut qu'on lui grimpe dessus pour monter dans l'arbre.

Je déleste Jean-Luc de son précieux paquet.

— Vas-y en premier. Je te ferai passer Samuel après.

Ne pense à rien, me dis-je. *Fais-le et c'est tout.*

Jean-Luc monte sur le large dos de Florentino et se hisse jusqu'à la première branche. À mon tour. Je grimpe sur le dos de Florentino qui se baisse un peu pour que je puisse faire passer le bébé à Jean-Luc. Enfin, je m'agrippe à la même branche que lui et je me propulse dans l'arbre. Quelques secondes après, Florentino nous rejoint. Comment a-t-il fait pour hisser son énorme carcasse jusque-là ? C'est pour moi un mystère.

Samuel laisse échapper une plainte. Jean-Luc lui donne aussitôt son doigt à sucer. Par bonheur, le bébé se calme. Sinon, je sais ce que ferait Florentino s'il l'estimait nécessaire. Il n'hésiterait pas une seule seconde.

Des crissements de pas me parviennent de loin. Retenant ma respiration, je me fige sur la branche, priant pour me fondre dans l'arbre.

Les bruits de pas s'estompent. Pouvons-nous espérer qu'ils s'éloignent ?

Nous attendons encore une demi-heure. Je suis complètement ankylosée, mais je ne bougerai pas un cil avant que Florentino ne m'en intime l'ordre.

— Allez ! On redescend ! murmure-t-il parmi les branches. Ils sont après un autre groupe.

Je dégringole de l'arbre tant bien que mal quand soudain, ma cheville accroche un bout de bois qui dépasse du tronc et je pars en arrière. Je tombe sur le dos avec une violence qui expulse tout l'air de mes poumons. J'ai à peine le temps de me retourner pour vomir. Le sol tourne devant mes yeux. La face dans la poussière, je voudrais tout oublier.

Je sens les bras de Jean-Luc qui m'entourent, me redressent, mais j'ai les jambes en coton. Je glisse au sol contre lui.

— Charlotte.

Je l'entends murmurer mon nom, à des kilomètres de moi.

— Charlotte, relève-toi.

— Continue sans moi, m'entends-je lui répondre tandis que mes genoux se dérobent une fois de plus. Prends Samuel. Laisse-moi ici.

— Jamais je ne te laisserai, dit-il en s'enfouissant le visage dans mes cheveux. Je ne partirai pas sans toi.

J'ai envie de pleurer. Mon corps exténué est sur le point de déclarer forfait, pourtant je dois continuer. Il le faut ! Je ne peux pas renoncer maintenant ! Les jambes flageolantes, je me force à me relever et, soutenue par Jean-Luc, je me remets en marche d'un pas mal assuré. Très vite, je me rends compte que Jean-Luc ne porte pas Samuel. C'est Florentino, qui a cinq enjambées d'avance sur nous, qui l'a récupéré. Le passeur est chez lui dans ces montagnes. Elles sont rudes, implacables et endurantes, à son image. Mais les montagnes ne nous connaissent pas, Jean-Luc et moi. Nous sommes des intrus, ici.

Finalement, nous arrivons à un petit torrent où nous prenons quelques minutes pour nous abreuver. Le soleil se lève derrière les arbres. Samuel, sentant peut-être qu'un nouveau jour s'annonce, laisse échapper un petit cri. Oui, c'est l'heure du petit déjeuner.

— On peut lui donner un biberon ? dis-je à Florentino.

Il opine du chef.

— Oublie pas le cognac.

Jean-Luc en mélange quelques gouttes au lait avant de reprendre Samuel à notre passeur. Je boirais bien un coup de cognac, moi aussi. Mes nerfs sont tendus à se rompre.

Nous nous remettons en route. Florentino continue de porter Samuel, et après quelques minutes de marche, nous arrivons à une rivière. Je l'entends avant de la voir. Puis, à travers les arbres, j'aperçois des tourbillons d'eau bleue. Son débit est rapide. Je ravale la boule qui enfle dans ma gorge. Pourrons-nous passer par le pont ? Peut-être, mais on nous a dit que la plupart du temps, il était gardé par les Allemands. On ne doit l'emprunter qu'en dernier recours, en cas de crue trop importante.

Nous longeons la rive, donc, cherchant le meilleur endroit pour traverser. Je glisse et dérape sur ce terrain gorgé d'eau en essayant de ne pas me laisser distancer par les autres.

Au bout de vingt minutes, Florentino s'arrête.

— Non, chuchote-t-il.

Nous le dévisageons, déconcertés.

— C'est trop dangereux. Pas traverser aujourd'hui.

— Quoi ?

Le mot a jailli de ma bouche telle une accusation.

— Trop dangereux, répète-t-il.

Et donc ? Que sommes-nous censés faire, maintenant ? Rebrousser chemin ? Mais si nous avons fait appel à lui, c'est qu'il se prétendait capable de gérer le danger ! Et voilà maintenant qu'il a peur ? Nous devons continuer ! L'idée de faire demi-tour m'effraie encore plus que la rivière.

Le bras posé sur son bras, je l'implore du regard.

— Je vous en prie.

— Pas aujourd'hui. *(Il réfléchit.)* Dans le noir. Cette nuit. On attendra la nuit.

44

Charlotte

Le Sud, 3 juin 1944

Florentino a peut-être raison, après tout. Mieux vaut attendre avant de traverser la rivière. C'est la partie la plus dangereuse de notre périple, et au moins, nous aurons le temps de récupérer un minimum.

Nous marchons encore une grosse heure, puis Florentino nous désigne un gros bloc de roche, un peu à l'écart de la rive, et nous nous installons derrière. Je pousse un soupir de soulagement, heureuse de pouvoir enfin me reposer, bien que nous ayons convenu de procéder par quarts : l'un de nous devra rester aux aguets pendant que les deux autres dorment. J'ai une peur bleue de m'endormir… Je suis si fatiguée que j'ai plusieurs fois manqué tomber durant notre journée de marche. Aussi, quand vient mon tour, je veille à ce que ce soit l'heure de nourrir Samuel. J'ai pris le coup, maintenant, et j'aime le regarder boire au biberon. Ses yeux se ferment peu à peu tandis que ses petits doigts s'ouvrent et se referment comme s'ils cherchaient quelque chose à agripper. Je lui donne mon pouce et il s'en saisit aussitôt, s'y accrochant comme s'il craignait que je ne disparaisse. Sa totale dépendance me bouleverse, m'incite à le rassurer par tous les moyens.

Je murmure :

— N'aie pas peur, je ne vais pas te laisser.

Il tète en remuant les jambes. Je saisis un de ses petits petons pour l'embrasser.

Dans l'après-midi, nous continuons à longer la rivière, toujours sur le qui-vive, redoutant à chaque instant l'apparition d'une patrouille de soldats allemands. Je n'ose pas regarder les flots bouillonnants. Chaque fois, cette vue m'envoie des décharges de terreur dans tout le corps et m'emballe le cœur – lorsque je ne le sens pas carrément cesser de battre. Nous ne pouvons même plus échanger quelques paroles, le fracas de l'eau couvre nos murmures.

Après un en-cas frugal composé de noix et de fromage, nous attendons la tombée du soir. Enfin, nous ôtons nos espadrilles que nous fourrons dans le sac à dos de Jean-Luc. Je reprends Samuel qui s'est réveillé et regarde autour de lui d'un regard flou, comme s'il percevait le danger.

— Prends un bon appui. Le courant est fort, me prévient Florentino.

Me retenant de lever les yeux au ciel, je me tourne vers Jean-Luc.

— Tu peux vérifier que la taie est bien nouée dans mon dos ?

Pour la troisième fois, Jean-Luc vérifie que mon écharpe de fortune plaque correctement Samuel contre ma poitrine et que le nœud n'est pas susceptible de se défaire.

— Ne t'inquiète pas, il ne peut pas tomber.

Florentino retrousse le bas de son pantalon et entre dans la rivière. Une fois qu'il a trouvé un appui sûr, il me tend la main, mais c'est à peine si je la distingue dans la lumière déclinante. Prenant une profonde inspiration, je fais un pas dans l'eau, serrant d'une main Samuel contre moi, l'autre tendue vers Florentino. L'eau glacée me coupe le souffle tandis que le courant tire méchamment sur mes jambes. L'estomac noué, je plaque Samuel contre ma poitrine, terrifiée à l'idée que la taie ne se dénoue.

Mais je n'ai pas le bras assez long pour attraper la main de Florentino.

— Allez ! s'impatiente-t-il.

Calant mon pied contre un petit rocher, je plonge l'autre dans l'eau, les jambes tremblant sous l'effort. Je tends le bras. Toujours trop loin !

Jean-Luc me pose une main sur l'épaule.

— Passe-moi Samuel.

Mais nous étions d'accord pour que je le porte… à cause de sa jambe. De toute façon, je refuse de lui passer le bébé au milieu de ces flots bouillonnants.

— Non, je vais y arriver !

Je tends le bras de toutes mes forces, mais Florentino est trop loin. C'est sans espoir ! Je suis bloquée. Si j'avance le pied gauche, le courant va m'aspirer vers le fond. Pourtant, je n'ai pas le choix. Je fais un pas… Emportée en avant, je trébuche, perds l'équilibre… et me rattrape *in extremis* au rocher le plus proche. Samuel pousse un cri aigu. Puis un autre.

J'entends Florentino hurler :

— Relève-toi !

Ignorant les pleurs du bébé, je me redresse, enfonçant mes pieds dans le lit de la rivière, mes jambes tremblant de façon incontrôlable. À nouveau, je tends le bras vers Florentino et cette fois, victoire ! Je lui effleure les doigts ! Il referme sa grosse patte sur mon poignet en me tirant vers lui d'un coup sec.

— Fais taire le bébé ! Attrape la main de Jean-Luc !

Samuel hurle de plus en plus fort, mais la rivière emporte ses pleurs. Soudain, je prends conscience de ce que Florentino m'ordonne de faire et c'est comme un coup de poing dans l'estomac : je dois lâcher Samuel pour pouvoir tirer Jean-Luc à moi. Le nœud de la taie est bien serré, je le sais, mais si jamais il se défaisait sous l'effet de la manœuvre ? Comment pourrais-je sauver

Samuel ? Pourquoi, oh, pourquoi Florentino a-t-il choisi de me faire passer en second avec le bébé ? C'est lui qui aurait dû le prendre ! Je vibre de haine envers notre passeur. Je ferme les yeux pour tenter de retrouver un peu de calme.

— Maintenant ! Vas-y ! m'ordonne Florentino par-dessus le bouillonnement de la rivière.

— Charlotte ! crie Jean-Luc. Samuel ne risque rien ! Donne-moi la main !

Mais ma main refuse de lâcher le bébé.

Jean-Luc enfonce sa canne dans le lit de la rivière, se propulsant dans l'eau. Impuissante, je le vois lutter, ses membres tremblant sous l'effort. Il fait une grande enjambée, la main tendue vers moi. L'espace d'une fraction de seconde, ma main délaisse Samuel pour saisir celle de Jean-Luc et la serrer de toutes mes forces.

Sans prévenir, Florentino me tire violemment sur l'autre bras. Glissant sur les cailloux, je plonge à nouveau en avant. Samuel est projeté en l'air. Je hurle.

— Donne-moi le bébé ! s'emporte Florentino. Vite !

Je ne peux pas. Sa colère m'épouvante, me tétanise. J'ai l'impression qu'il va jeter Samuel dans la rivière. Mais sa patte d'ours s'est déjà posée sur lui.

— Vite !

Alors que je me débats encore avec la taie, Florentino m'arrache Samuel en tirant sur son petit bras, comme s'il tenait un lapin par les oreilles. Je hurle.

Puis, ravalant mes larmes, je continue à progresser en biais dans le courant, Florentino me tirant d'un côté tandis que je tire Jean-Luc de l'autre. Lorsque nous atteignons enfin l'autre rive, je m'écroule par terre en claquant des dents, secouée de frissons incontrôlables.

Florentino me fourre le bébé en pleurs dans les bras.

— On a eu beaucoup de chance. J'avais dit pas de bébé. Donne-lui cognac, tout de suite !

Je me recroqueville sur Samuel pour tenter d'étouffer ses vagissements. Il est trempé et hurle de terreur. Je le serre très fort contre moi, en me balançant d'avant en arrière sur mes genoux. Paniquée, je ne sais plus comment le calmer. Nous allons tous crever au bord de cette rivière ! Une main se pose alors sur mon épaule.

— Nous sommes en Espagne, Charlotte ! me dit Jean-Luc, la voix brisée par l'émotion. Nous sommes en Espagne !

Il s'écroule à côté de moi et nous enlace, Samuel et moi. Serrés tous les trois dans ce nœud d'amour, nous sanglotons. Avant d'éclater de rire – d'un rire nerveux.

Florentino me tire sur le bras pour que je me lève. Il me reprend Samuel, moins brusquement cette fois, avec douceur même, et le niche contre son large poitrail. Ivre de fatigue, je devine que Jean-Luc cherche des vêtements secs dans son sac à dos. Florentino, qui a déjà commencé à débarrasser Samuel de ses langes et couvertures trempés, ouvre son blouson. Son large torse velu brille au clair de lune. Il love le bébé contre lui et remonte la fermeture Éclair, étouffant ses pleurs. Mais Samuel se calme déjà au contact de sa chaleur.

— Fais-lui son biberon, dis-je à Jean-Luc qui est déjà en train de verser une dose de cognac dans le lait.

Florentino lui arrache le biberon des mains et le fourre sous son blouson, dans la bouche de Samuel. Nous nous remettons à courir à travers bois. Florentino, qui a gardé Samuel, m'entraîne dans l'obscurité tandis que je guide Jean-Luc à ma suite.

À force d'avancer à l'aveuglette, je perds la notion du temps. La moindre branche qui craque, le moindre animal qui détale me fait bondir le cœur. Puis, le terrain se met à descendre et la progression devient plus facile. Enfin, Florentino s'arrête.

— Presque arrivés. La lumière, là-bas ?

Je scrute l'obscurité sans rien voir, quand tout à coup, j'aperçois une lueur. Et plus je la regarde, plus elle semble briller.

Un rire s'échappe de mes lèvres. Incontrôlable.

— Charlotte… chut, fait Jean-Luc en me serrant les doigts pour me faire taire.

Mais c'est plus fort que moi ! Je continue de rire tandis que nous nous dirigeons vers la ferme, mi-courant, mi-boitillant.

Je tombe dans les bras de la femme qui nous ouvre la porte. Puis tout se brouille devant mes yeux. Je suis vaguement consciente qu'on me pose une couverture dessus. Et puis plus rien. Le divin néant.

QUATRIÈME PARTIE

45

Jean-Luc

Santa Cruz, 10 juillet 1953

— Monsieur Bow-Champs, nous avons de bonnes raisons de croire que Samuel n'est pas votre fils.

Jean-Luc ne peut plus bouger ni respirer.

— Elle est vivante ? murmure-t-il, plus pour lui-même que pour les autres.

Non. C'est impossible. Personne n'a survécu.

Mais Bradley opine du chef. Jean-Luc bredouille :

— Comment a-t-elle… Comment est-ce possible ? Vous êtes sûrs que c'est bien elle ?

— Donc vous l'admettez : Samuel n'est pas vraiment votre fils ?

— Hein ? Oui. Non.

— Jean-Luc Bow-Champs, je vous arrête pour enlèvement d'enfant. Tout ce que vous pourrez dire…

Il doit avoir mal entendu… La tête lui tourne.

— Enlèvement ?

— Oui, réplique le grand policier en le toisant de son regard froid. Vous avez le droit de garder le silence, mais tout ce que vous direz pourra être retenu contre vous.

— Enlèvement ? répète Jean-Luc en se cramponnant aux accoudoirs.

Les deux agents continuent de le fixer en silence.

— Mais je ne l'ai pas enlevé ! Vous n'avez rien compris ! Il serait mort si je ne l'avais pas pris avec moi.

Enlèvement ? Le mot tourbillonne dans sa tête. Il doit absolument leur faire comprendre que ça n'a rien à voir !

— Je veux un avocat !

Le policier se fend d'un sourire narquois.

— Tiens donc… Qu'est-ce que vous nous cachez d'autre, monsieur Bow-Champs ?

— Rien.

Et pour la première fois, Jean-Luc se rend compte que c'est la vérité. Il n'a plus rien à cacher, désormais, et l'espace d'un instant, c'est presque rafraîchissant. Il se redresse sur son siège.

— Je n'ai rien à cacher. Je n'ai fait que protéger Sam.

— Ah oui ?

Le policier le considère d'un air goguenard. La fumée de cigarette s'élève en volutes dans le local.

— Vous vouliez le protéger… de sa propre mère ? Les seuls indices qu'elle avait, c'était votre cicatrice au visage et votre main difforme. Pourtant, elle n'a jamais renoncé. Elle a passé ces neuf dernières années à chercher son fils.

Comment est-ce possible ? Lorsqu'il avait découvert les images atroces des camps, Jean-Luc avait tout de suite exclu l'idée que cette femme ait pu en réchapper. Sur les dizaines de milliers de personnes qui avaient été envoyées là-bas, seules deux mille cinq cents en étaient revenues. *Non, c'est impossible.* Auschwitz était un camp d'extermination, personne n'y avait survécu plus de quelques mois. Quand les prisonniers n'étaient pas tués dès leur arrivée, on les faisait trimer et on les affamait jusqu'à ce qu'ils s'écroulent. Cette jeune femme si frêle qui lui avait mis son bébé dans les bras, comment pourrait-elle avoir survécu ?

— Avez-vous cherché la mère de Samuel après la guerre ? souffle Bradley dans un nuage de fumée.

Jean-Luc fait non de la tête, d'un mouvement presque imperceptible. Il fixe les murs gris, le néon qui grésille.

— Ça ne vous est pas venu à l'idée. Et comment vous l'expliquez ?

— Pas un instant je n'ai imaginé qu'elle était encore en vie, répond-il d'une voix blanche.

Il a l'impression de ne plus avoir d'air dans les poumons.

— Pourtant, vous auriez pu faire des recherches. Après tout ce qu'elle avait enduré, vous auriez dû y penser.

Jean-Luc détourne le regard, toujours incapable de concevoir que la jeune femme ait pu réchapper des camps.

Comme s'il lisait dans ses pensées, Bradley poursuit :

— Les Laffitte faisaient partie d'un des derniers convois pour Auschwitz, en mai, une semaine avant le débarquement.

Le silence se fait. Jean-Luc sait que quoi qu'il dise à présent, tout passera pour de la désinvolture coupable.

— Ils ont survécu, ses deux parents, à sept longs mois d'enfer à Auschwitz. Ensuite, ils ont dû marcher dans la neige et le froid pendant dix-huit jours avant d'être à peu près en sécurité. Dix-huit jours avec de la neige comme seule nourriture. Bien sûr, nombre de ces prisonniers sont morts en route, mais pas M. et Mme Laffitte. Vous savez ce qui les a fait tenir ?

Jean-Luc le regarde avec de grands yeux. Oui, il le sait.

— La pensée de retrouver leur fils.

Bradley écrase longuement son mégot dans le cendrier en aluminium.

— Vous leur avez parlé ? s'enquiert Jean-Luc, la gorge serrée.

— Oui. Je leur ai parlé.

Dans quelle langue, voudrait savoir Jean-Luc. Comment être sûr que ces gens sont bien les parents de Samuel ?

— J'ai parlé avec Mme Laffitte au téléphone, en français, précise Bradley.

Le front de Jean-Luc se plisse de perplexité.

— Eh oui, monsieur Bow-Champs, vous n'êtes pas le seul à savoir parler français. Je suis juif, français par ma mère. Nous nous sommes réfugiés ici en 1939 et nous avons tout recommencé de zéro.

Les policiers postés derrière Bradley échangent un regard.

— Comment vont-ils ? demande Jean-Luc.

La question semble futile, mais elle ne l'est pas. Il veut savoir.

— Qui ? Les parents de Samuel ? Beaucoup mieux, maintenant.

Bradley tapote la table du bout de son stylo. Puis, sortant une autre cigarette de sa poche de poitrine, il l'allume et en tire une longue bouffée avant de présenter le paquet ouvert à Jean-Luc.

Celui-ci décline d'un signe de tête. Pourquoi l'agent lui offre-t-il une cigarette maintenant ? Ce revirement d'attitude le rend nerveux.

— Oui, poursuit Bradley. Mme Laffitte a pleuré de joie quand je lui ai appris la bonne nouvelle. Elle m'a dit qu'elle avait toujours su que son fils était vivant, qu'elle le sentait dans sa chair.

Jean-Luc regrette à présent de ne pas avoir accepté la cigarette. Il ne fume pas, mais ça lui aurait occupé les mains. Sa respiration s'accélère et il sent la sueur perler à la racine de ses cheveux. Il sait ce qui va suivre. Il le devine.

— Mme Laffitte m'a dit qu'elle savait qu'un jour, son fils et elle seraient réunis. Elle n'imaginait sans doute pas que ça serait si long à venir.

Bradley exhale une bouffée de sa cigarette en regardant la fumée dessiner un cercle dans l'air.

— Mais ce jour est enfin arrivé.

Non, je vous en supplie ! La peur enfle dans le ventre de Jean-Luc.

— Ils veulent récupérer leur fils.

Jean-Luc ravale une montée de bile. Il doit garder son sang-froid. Il ne peut pas les laisser faire cela.

— Mais…, proteste-t-il faiblement. Sam vit ici, maintenant. C'est chez lui.

— Vous êtes entré aux États-Unis de manière illégale avec un bébé que vous aviez enlevé à ses parents en France.

— Mais non, ça ne s'est pas passé comme ça ! Je n'ai pas volé son enfant à cette femme. C'est elle qui me l'a donné !

— Donné ? répète Bradley d'un air faussement surpris. Ou confié, avec l'assurance de le récupérer sain et sauf à la fin de la guerre ?

Sam. Que va-t-il arriver à Sam ? Pour Jean-Luc, c'est tout ce qui compte.

— Les Français demandent votre extradition. Ce sont eux qui décideront de la suite à donner à l'affaire. Contrairement à ce que nous lui avons conseillé, Mme Laffitte a tenu à ce que Samuel demeure ici avec votre femme, jusqu'à ce qu'une décision soit prise. Elle ne veut pas le traumatiser plus que nécessaire. Elle consulte d'ailleurs actuellement un psychologue ou un psychiatre à ce sujet. Elle ne pense qu'à l'intérêt supérieur de l'enfant, c'est tout ce qui lui importe.

46

Charlotte

Santa Cruz, 10 juillet 1953

La sonnette de l'entrée interrompt brutalement mon rêve. L'image de mes parents s'évanouit et je me souviens que je suis en Amérique. C'est drôle comme mes rêves me ramènent tous à mon enfance, en ce moment. J'en émerge désorientée et il me faut un moment avant de reprendre pied dans la réalité. Je tends la main vers la place de Jean-Luc. Mais il n'est pas là. Il doit encore s'être levé de bonne heure.

— Maman ! crie Samuel. On sonne !

— Tu peux y aller ? Je ne suis pas encore habillée.

Il est peut-être plus tard que je ne pensais. Je me tourne vers le réveil : 7 h 30. Ce doit être le facteur.

La voix de Marge résonne dans la maison.

— Coucou, Sam ! Ta maman est là ?

Que peut-elle me vouloir de si bon matin ? Je repousse les couvertures, enfile ma robe de chambre et descends l'escalier.

— Bonjour, Marge, dis-je en arrivant sur la dernière marche.

Elle est tout essoufflée, comme si elle avait couru. Sa robe bain de soleil orange vif jure avec ses joues rouges. Elle attend que Sam remonte pour me demander d'un ton plein d'inquiétude :

— Charlotte… Tout va bien ? On a vu une voiture de police devant chez vous.

Mon cœur cesse de battre.

— Quoi ?

— Une voiture de la police, ce matin.

Je me cramponne à la rampe. J'ai l'impression vertigineuse de chuter d'une très grande hauteur. Je resserre les pans de ma robe de chambre, me forçant à me tenir bien droite.

— Charlotte, tout va bien ?

— Oui, oui… ça va, je me suis levée un peu trop vite, c'est tout.

Je lève une main, comme une mise en garde. *Ne t'approche pas de moi.* Mes jambes menacent de se liquéfier. Je m'effondre au pied de l'escalier.

Le visage de Marge emplit mon champ de vision. Elle est assise à côté de moi, mais la marche est étroite et je sens son corps à travers ma robe de chambre. Son parfum sucré me parvient aux narines. Me donne envie de vomir.

— Qu'est-ce qui se passe, Charlotte ?

Je ne peux pas articuler un mot. Dans ma tête, une digue est sur le point de se rompre.

— Je… Je ne sais pas ce que faisait cette voiture devant chez nous, Marge. Je n'en sais rien. Il faut que j'aille m'habiller.

Mais Marge ne bouge pas d'un pouce.

— Tu sais que tu peux tout me dire, Charlotte. Nous sommes amies.

— Ça va, dis-je entre mes mâchoires crispées. Je t'appelle dans la journée.

Marge me pose une main sur l'épaule.

— Charlotte, ça fait quelques semaines que tu es distante. Je vois bien que quelque chose te tracasse.

Je secoue la tête en répliquant d'un ton faussement léger :

— Tout va bien.

— Arrête, ce n'est pas vrai. Et tu sais qu'un problème partagé est à moitié réglé.

Qu'elle s'en aille ! Je veux juste qu'elle s'en aille ! J'ai besoin de réfléchir. Me relevant tant bien que mal, je vais lui ouvrir la porte d'entrée, sous son regard incrédule.

— Bon… Enfin, quoi qu'il en soit, tu sais que tu peux compter sur moi en cas de besoin.

Sur ces mots, elle s'en va, non sans m'avoir dévisagée avec insistance.

Sa silhouette déformée par le verre dépoli s'éloigne dans l'allée. Je remonte l'escalier en me tenant à la rampe. Les policiers l'ont emmené. Ils savent.

La sonnerie du téléphone explose dans mes oreilles. *Oh, mon Dieu ! Faites que ce soit Jean ! Faites qu'il me dise qu'il va rentrer, qu'il y a eu erreur sur la personne !* Je décroche.

— Allô ?

— Charlotte ?

— Jean ! Où es-tu ?

J'entends un bredouillis, comme s'il n'arrivait plus à énoncer des mots intelligibles.

— Jean ?

— Les parents de Sam… ils sont vivants.

— Hein ? Qu'est-ce que tu dis ?

Je colle le combiné à mon oreille, incapable de donner un sens à ce que je viens d'entendre.

— Charlotte… ils en sont réchappés, tous les deux.

— Quoi ? Mais… mais comment ? Ce n'est pas possible…

Le combiné m'échappe, tombe au sol. Un tremblement incontrôlable a envahi tout mon corps. J'entends la voix de Jean-Luc à l'autre bout du fil, mais je suis incapable de ramasser le combiné.

47

Sarah

Paris, 30 mai 1944

— Mon Dieu, non ! Je vous en supplie, non ! sanglotait Sarah.

Elle se boucha les oreilles et ferma les yeux, sans cesser de secouer la tête de gauche à droite.

Qu'avait-elle fait ? Ce n'était pas possible ! Mais quelle mère fallait-il être pour faire une telle chose ? Avait-elle perdu la tête ? Elle n'avait pas réfléchi. En voyant cet homme qui regardait la scène, horrifié, elle avait tout de suite compris que ce n'était pas un Allemand ni un prisonnier. C'était un cheminot. Un homme bien, il le portait sur lui. Sinon, jamais elle ne lui aurait confié son bébé. Non, jamais elle ne l'aurait donné au premier venu. Elle l'avait regardé droit dans les yeux et avait su que c'était quelqu'un de bien. David comprendrait. Elle n'avait pas eu le choix. Maintenant, il fallait qu'elle le retrouve. David. Ils avaient été séparés à Drancy et depuis, elle n'avait pas réussi à le revoir quand on les avait entassés dans des bus, puis dans ce train. Il fallait à tout prix qu'elle lui parle. Il serait tellement soulagé de savoir que leur fils ne se trouvait pas dans ce wagon à bétail.

Le train changea de voie. Elle prit un coup de coude dans les côtes. Les hurlements augmentèrent d'un cran.

— Vos gueules ! cria quelqu'un. C'est trop tard, maintenant !

Trop tard. Elle l'avait fait. Son bébé était parti. Loin de ses bras devenus inutiles. Elle n'était plus qu'une coquille vide. Un corps anesthésié. Elle allait devenir insensible à tout. Cet engourdissement, cette torpeur, serait son armure. Son enveloppe charnelle était dans ce wagon à bétail, mais son cœur et son âme demeureraient à jamais auprès de Samuel. Et un jour, elle le retrouverait, elle s'en fit la promesse.

Quelqu'un la tira par la manche.

— Sarah, c'est toi ?

Tournant la tête à contrecœur, elle découvrit un visage qui lui était connu, mais qu'elle n'arrivait pourtant pas à remettre.

— C'est moi, Madeleine ! On était à l'école ensemble.

— Madeleine Goldman.

Prononcer ce nom la tira de son hébétude, la ramena au présent.

Madeleine lui prit la main, les yeux pleins de larmes.

— Où nous emmènent-ils ?

— Je n'en sais rien.

Madeleine lui saisit l'autre main.

— Ils ont déjà arrêté mon mari. J'espère qu'ils nous emmènent au même endroit. *(Elle plongea son regard dans celui de Sarah.)* Heureusement, nous n'avons pas d'enfant.

Le cœur de Sarah cessa de battre. Pourquoi Madeleine lui disait-elle cela ? Comment pouvait-elle savoir ?

Incapable de répondre, Sarah retira ses mains des siennes, le cœur serré à en mourir. Elle ne pouvait plus respirer. Sa gorge se noua. Puis l'air remonta d'un coup et elle émit un sanglot, puis un autre, douloureux, comme s'ils s'arrachaient à son ventre. Madeleine la serra dans ses bras.

Elles restèrent enlacées des heures, tandis que le convoi filait le long des rails. Madeleine n'arrêtait pas de parler : de la guerre, d'amis et de parents disparus, de l'endroit où on les emmenait… Mais Sarah, elle, restait obnubilée par Samuel. Où était-il à présent ? L'avait-on nourri ? Se languissait-il de sa mère ? Sarah pouvait tout supporter et elle supporterait tout. La peur, la faim, la soif atroce, tout cela n'était rien pour elle. Mais Samuel… il était si petit, si innocent ! L'idée qu'il puisse souffrir lui déchirait le cœur.

Près d'elle, une femme gémissait tout bas, son petit garçon agrippé à sa jupe. Un homme priait, d'autres pleuraient, d'autres encore se taisaient. Les gens avaient commencé à se soulager dans le seau, au coin du wagon. Il débordait déjà, les excréments à peine absorbés par la paille. L'odeur d'urine, de merde et de sueur rance prenait à la gorge. Sarah se nicha contre l'épaule de Madeleine, taraudée par un besoin naturel, mais incapable de se soulager devant tout le monde.

— Est-ce qu'ils vont nous laisser sortir ? murmura Madeleine à son oreille.

Seules quelques personnes avaient la place de s'asseoir, tant ils étaient tous serrés les uns contre les autres. Après des heures à voyager debout, Sarah avait la tête qui tournait et ses genoux menaçaient de céder sous elle. Quelqu'un lui donna un petit coup de coude.

— À votre tour de vous asseoir.

Comprenant qu'il y avait une rotation – dix personnes pouvaient s'asseoir en même temps– , elle se laissa lentement glisser par terre, pliant avec précaution ses membres ankylosés. Elle en profita pour masser ses seins durs et gonflés qui la faisaient souffrir et sentit le lait couler. Le lait destiné à Samuel. Elle serra les paupières de toutes ses forces, refoulant ses larmes, et se mit à prier en silence pour qu'à cet instant précis, quelqu'un soit en train de nourrir son fils.

Lorsqu'elle rouvrit les yeux, Madeleine regardait fixement les taches humides qui maculaient son chemisier en lin. Dans la pénombre du wagon à bétail, ça se voyait à peine, mais Madeleine ne s'y trompa pas.

— Je suis tellement désolée, murmura-t-elle d'une voix tremblante. Tu as un bébé ?

Sarah lui sut gré d'employer le présent. Cela lui donnait de l'espoir. Elle prit soin de lui répondre calmement, posément, chacune de ses paroles lui brisant le cœur.

— Samuel. Il a un mois.

Madeleine lui pressa la main très fort.

— Je l'ai confié à quelqu'un. Pour le protéger.

— Tu as bien fait. Tu te vois essayant d'allaiter un bébé dans ce train ? Nous sommes complètement déshydratées.

— Mais mon mari, David, il n'est pas au courant. Je dois absolument le lui faire savoir. Il est quelque part dans ce convoi…

— On lui fera passer le message par un des hommes… Ils ne laisseront pas les hommes et les femmes ensemble, n'est-ce pas ?

Sarah secoua la tête. Ils seraient séparés.

Madeleine hasarda :

— Les hommes se verront attribuer des travaux différents des nôtres. Ils écoperont des corvées les plus pénibles… Nous, nous serons sans doute employées aux cuisines. À mon avis, ce sera un immense camp de travail… une mine, peut-être.

Sarah acquiesça.

Madeleine tira un carnet et un stylo de sa poche de poitrine.

— Tiens, écris en tout petit, surtout. Ce sera plus facile à cacher. On ne sait jamais.

Mais au fond d'elles-mêmes, elles savaient. Elles savaient qu'elles allaient vers quelque chose de terrible, qu'elles seraient traitées avec cruauté, qu'elles risquaient même de mourir, là-bas. Elles le savaient et cependant elles se raccrochaient malgré tout à la moindre lueur d'espoir.

Sarah s'appliqua à écrire en tout petit :

Notre fils est en sécurité. Je l'ai confié à un cheminot français. Je sais qu'il va bien s'occuper de lui. Reste en vie pour que nous puissions le retrouver.
Ta femme qui t'aime.

Pas de nom, c'était plus sûr. Pliant le papier en seize, elle le glissa dans sa poche de pantalon, le temps de trouver quelqu'un à qui le confier.

Le silence s'était abattu sur le wagon. Les pleurs, les gémissements et les questions sans réponses s'étaient tus. La bouche desséchée et l'estomac vide, les prisonniers avaient accepté leur sort. Madeleine et Sarah étaient blotties l'une contre l'autre. Une jeune fille se rapprocha d'elles en claquant des dents, et Madeleine l'attira contre elle, sans un mot.

— Comment tu t'appelles ?

— Cécile, murmura la petite.

— Où est ta mère ?

— Elle a été emmenée l'année dernière.

Sarah sentit son cœur se serrer face à cette enfant privée de sa mère. Elle lui prit la main.

— Ne t'inquiète pas. On va s'occuper de toi.

Chaque fois que le train s'arrêtait, les prisonniers se mettaient à crier, suppliant qu'on leur donne de l'eau, en vain. Enfin, le deuxième jour, on leur distribua de l'eau tiède et ils entendirent parler polonais. Alors que le train repartait, ils aperçurent par les interstices du wagon une plaine blafarde.

La troisième nuit, le train s'arrêta pour de bon. Les prisonniers attendaient en silence, terrifiés, épuisés, affamés, lorsque les portières s'ouvrirent.

— *Schnell ! Schnell !* Sortez de là, sales bêtes ! Descendez !

Les prisonniers se bousculèrent, s'agrippant les uns aux autres pour ne pas tomber sur la voie. À peine descendus, ils furent aveuglés par des projecteurs. Des chiens grognaient en tirant sur leur laisse, montrant des crocs acérés comme des dagues. Les SS étaient armés de matraques et de fouets. Parmi eux se trouvaient des femmes en longue cape noire à capuche et bottes de cuir noir.

— Les hommes à gauche ! Les femmes à droite !

Sarah serrait son message de toutes ses forces dans son poing, cherchant du regard quelqu'un à qui le confier. Son choix se porta sur le prisonnier le plus proche d'elle ; elle lui glissa le petit carré de papier dans la main.

— S'il vous plaît, donnez ça à David Laffitte.

— En rang de cinq ! Vite !

Une matraque s'abattit sur la tête de sa voisine. Par réflexe, Sarah tenta de la rattraper avant qu'elle ne s'écroule au sol.

Exténuées, les membres raidis de peur et d'ankylose après avoir passé trois jours dans un wagon à bétail bondé, elles se mirent en rang par cinq, l'une derrière l'autre. Sarah balayait désespérément du regard le groupe des hommes. Mais David restait invisible.

— *Schnell ! Schnell !*

Un coup de feu éclata et le bruit mou d'un corps qui s'effondre parvint aux oreilles de Sarah. Elle ne pouvait pas regarder. Elle se raccrocha à Madeleine et à Cécile, toutes les trois désormais unies par cette folie humaine.

L'homme chargé du tri pointa une baguette sur Cécile. C'était un prisonnier, comme l'indiquaient sa veste et son pantalon rayés.

— Hé, toi ! Quel âge tu as ?

— Treize ans.

— Non ! Tu as dix-huit ans !

— Mais, si… j'ai treize ans !

— Si tu as treize ans, tu es morte, répliqua l'homme à voix basse. Tu n'as qu'à dire que tu as dix-huit ans.

Il continua à passer la colonne en revue.

Un autre prisonnier prit sa place et se mit à leur hurler :

— Vous ne saviez pas ? En 1944 ? En 1944, vous ne saviez pas ? Qu'est-ce que vous faites ici ? Vous auriez mieux fait de vous suicider !

Il leur désigna les nuages de fumée noire qui s'élevaient dans un ciel à peine moins sombre.

— C'est là que vous allez finir. Au four crématoire.

Madeleine se détourna pour vomir et Sarah comprit soudain d'où venait cette horrible odeur. À présent, il n'y avait plus place au doute dans son esprit : elle avait fait ce qu'il fallait en confiant son fils à un inconnu.

Ils étaient arrivés en enfer.

48

Sarah

Auschwitz, juin 1944

Auschwitz… Seul l'espoir de retrouver son fils la maintenait en vie, et bien sûr ses compagnes d'infortune, ce groupe soudé sans lequel elle n'aurait jamais pu tenir le coup jusque-là.

Au cours de la troisième semaine, alors qu'elle faisait la queue pour obtenir sa ration de brouet de la mi-journée, une femme qu'elle ne connaissait pas la bouscula à dessein.

— Tiens, murmura-t-elle en lui fourrant dans la main un morceau de pain dur. Il y a quelque chose dedans.

Terrifiée à l'idée de se faire prendre, Sarah s'écarta discrètement de la file tout en vérifiant que personne ne la regardait. Seule Madeleine, qui se trouvait un peu plus loin dans la file, avait remarqué sa manœuvre et la suivit du regard. Dans le camp, les secrets les mieux gardés étaient ceux qu'on gardait pour soi. Les nazis savaient vous faire parler. Des hurlements à vous glacer le sang déchiraient parfois le néant des nuits noires.

L'échine parcourue d'un frisson, Sarah se voûta sur le morceau de pain. Un bout de papier en dépassait à peine. Soucieuse de ne pas gaspiller une denrée précieuse, elle se mit à suçoter le pain rassis jusqu'à ce qu'elle puisse en retirer le papier sans peine. Elle eut un choc en reconnaissant l'écriture :

Amour de ma vie, tu as fait ce qu'il fallait. Tu es courageuse et loyale. Reste en vie. Nous retrouverons notre fils.

Ses larmes tombèrent sur le message, brouillèrent les mots. David… Que lui avait-il fallu faire pour se voir accorder un service aussi risqué ? Remettant le papier humide dans le pain, elle se remit à le grignoter lentement. Dorénavant, David serait à ses côtés. Elle le porterait sur elle et il la nourrirait davantage que n'importe quel aliment. *Je vais survivre. Je vais m'en sortir*, se promit-elle en son for intérieur.

Madeleine surgit dans son dos.

— Qu'est-ce que tu fais ? s'enquit-elle avec inquiétude. Tu ne veux pas de soupe ?

Madeleine plongea sa cuillère dans le bol et fit couler le liquide clair et aqueux où flottaient quelques feuilles.

— On a encore droit à ce délicieux velouté de chou…, ironisa-t-elle avec un sourire sans joie. Tu n'as pas perdu ta cuillère, au moins ?

— Non.

Sarah se redressa pour lui montrer la cuillère en métal qu'elle portait attachée à un vieux bout de ficelle. La cuillère n'était pas bien solide et elle lui avait coûté plusieurs rations de pain, mais ça en valait la peine. Pas moyen de manger la soupe sans cuillère.

Madeleine lui tâta le front.

— Tu es malade ?

— Non. Je vais aller chercher mon bol de soupe.

Sarah s'éloigna d'un pas vif avant d'être tentée de lui parler du message. Non qu'elle ne fît pas confiance à son amie. Au contraire. Mais les nazis savaient comment vous forcer à trahir vos plus proches amies.

Les journées d'été paraissaient encore plus longues sous le soleil ardent : il brillait implacablement, comme pour se moquer de leur détresse. La sensation de soif était atroce. Sarah avait l'impression d'avoir les mâchoires soudées et les dents collées aux joues. La soif les rendait toutes folles, c'était devenu une obsession pour elle. Elle rêvait de boire de l'eau, nuit et jour, elle aurait donné n'importe quoi pour en avoir. Par une journée particulièrement chaude, elle avait réussi à échanger du pain qu'elle avait mis de côté contre un seau d'eau. Elle y avait plongé la tête, puis l'avait bu tout entier. Après cela, elle s'était sentie mieux et son obsession l'avait quittée.

On ne pouvait pas survivre seule, pas quand un incident aussi anodin que la perte d'une chaussure vous envoyait droit à la chambre à gaz. Le groupe d'amies de Sarah se composait de Madeleine, de Simone, une voisine de Madeleine, et de Cécile, la jeune fille qu'elles avaient rencontrée dans le train. Elles se soutenaient mutuellement et toutes veillaient sur Cécile, en particulier durant les appels, toujours interminables. Souvent, on les réveillait à 3 heures du matin pour les faire mettre en rang dehors, mais on ne les comptait pas avant le lever du jour. Quand l'une d'elles était trop faible pour tenir sur ses jambes, les autres se serraient contre elle pour l'empêcher de s'effondrer. Lorsqu'on leur permettait enfin de rompre les rangs, il restait toujours des corps à terre, çà et là. Ces femmes étaient exécutées sur place quand elles n'étaient pas déjà mortes. Sarah fermait les yeux de toutes ses forces lorsque lui parvenaient les coups de feu et jamais elle ne regardait les femmes qui étaient tombées.

Après l'appel, on leur faisait traverser des champs marécageux pendant deux heures, puis on leur distribuait des pelles, des hottes… et des brouettes sans roue qu'elles devaient remplir et aller vider dans un fossé. Toute la journée, à l'exception de la pause pour le brouet de midi, elles creusaient, soulevaient, portaient. Ces corvées leur cassaient le dos, mais si jamais elles s'interrompaient une minute, les gardiennes leur envoyaient les chiens qui les mordaient aux talons. D'autres fois, elles se déplaçaient en personne pour les rouer de coups. Courbées sur la terre, elles étaient forcées d'entendre les hurlements de douleur de leurs camarades pendant que les gardiennes continuaient de bavarder entre elles, voire de rire. À la fin de la journée, beaucoup avaient de la fièvre et certaines tombaient pour ne plus jamais se relever. Mais Sarah et son petit groupe d'amies essayaient toujours de se retrouver afin de se soutenir durant la longue marche du retour au camp, la plus solide de toutes entonnant *La Marseillaise*, les autres se joignant à elle quand elles en avaient encore la force. Certains jours, aucune ne chantait.

Un soir, en rentrant, elles virent passer des prisonniers. Sarah scruta désespérément leur groupe, mais David n'était pas parmi eux. Une peur atroce lui contracta le ventre. Et s'il était mort ? Comment pourrait-elle lui survivre ?

Alors qu'un des prisonniers passait près d'elle, il fit tomber quelque chose à ses pieds. Une paire de chaussettes en laine. Sarah les ramassa et les cacha vivement sous sa robe rayée. De retour au camp, elle les ressortit et un petit bout de papier en tomba. Deux mots étaient inscrits dessus :

Tiens bon.

On aurait dit l'écriture de David, mais elle n'aurait pu en jurer. *Mon Dieu, protégez-le, gardez-le en vie.*

Dès le début, il était apparu clairement que nombre de prisonnières allaient mourir. Les conditions de vie étaient trop dégradantes, trop choquantes pour être tolérées. Même en allant aux latrines, on risquait sa vie : on devait patauger dans les excréments et s'accroupir au-dessus d'un long égout à ciel ouvert en essayant de ne pas tomber dedans. Certaines n'avaient ni la force ni la volonté de s'adapter à cet enfer, mais Sarah, elle, avait les deux. Son corps s'était ratatiné sur lui-même, puisant dans ses dernières réserves, elle n'avait plus de seins, mais sa détermination à retrouver Samuel restait intacte : c'était cela qui la faisait tenir quand autour d'elle ses camarades s'écroulaient.

Tandis que les prisonnières tentaient de survivre jour après jour à leurs corvées de bagne, l'hiver s'abattit sur le camp. Lorsque certaines s'effondraient durant l'appel, on avait beau les ramasser, la mort les emportait toujours. Les prisonnières ne pouvaient pas se changer quand leurs vêtements mouillés et boueux leur collaient au dos. Le sort de chacune dépendait des autres, l'individualisme avait disparu. C'était cela qui les aidait à tenir. Dans leur volonté de survivre, elles arrivaient à se dépasser, à accomplir des choses dont elles ne se seraient jamais crues capables. La vie n'était plus tellement une question d'amitié. C'était une question de solidarité.

Sarah s'affaiblissait. Sur son dos, des plaies s'étaient infectées. Simone, qui était dentiste pour les SS, avait réussi à récupérer des vêtements et même des médicaments au « Canada », l'endroit où étaient stockés les bagages des arrivants, car le Canada leur apparaissait comme un pays de cocagne. Quand elle parvenait à se procurer du désinfectant, Simone nettoyait les plaies de Sarah, mais les chairs ne cicatrisaient pas. Et puis, un jour, elle leur annonça une bonne nouvelle. Elle avait réussi à faire embaucher Sarah à l'infirmerie. Sa mission : faire fuir les rats qui rôdaient autour des vivants et évacuer les cadavres des prisonnières. Les rats pullulaient à Auschwitz, certains étaient même aussi gros que des chats et osaient lui montrer les dents quand elle les chassait à coups de pelle. Au début, leur vue lui faisait horreur, mais elle s'était vite enhardie et au bout de quinze jours, elle en avait même tué un. Elle lui avait écrasé la tête alors qu'il la défiait, dressé sur ses pattes arrière. Une bouffée de fierté l'avait envahie, elle s'était sentie puissante dans ce monde où sa vie ne valait pas plus que celle d'un rat. Oui, c'était le rat ou elle, et c'était elle qui avait gagné.

Pour évacuer les cadavres, elle retenait sa respiration et fermait les yeux, mais elle ne pouvait se retenir de vomir. Si seulement elle avait pu recouvrir d'un drap ces pauvres corps dénutris… Mais elle devait les transporter dans leur poignante nudité jusqu'à la benne. Comment parvenait-elle à accomplir une telle chose ? N'aurait-elle pas dû refuser de le faire ? Se faire envoyer à la chambre à gaz plutôt que de traiter les morts dans le plus total irrespect ? S'il n'y avait pas eu Samuel, elle aurait peut-être choisi la mort, mais pour lui, elle se devait de vivre.

Ce travail lui épargnait au moins de travailler dehors durant les rudes mois d'hiver. Il lui donnait aussi la possibilité de dérober des médicaments. Si jamais elle se faisait prendre, les SS l'abattraient sur-le-champ, mais Cécile était tombée malade et elle n'avait plus eu le choix. La pauvre petite était consumée par la fièvre. Elle ne tenait plus sur ses jambes pendant l'appel. Toutes devaient se masser autour d'elle pour la soutenir. C'était sûrement la typhoïde et seuls des antibiotiques pourraient la sauver. Sarah savait que les Allemands en gardaient un stock dans l'armoire vitrée de la salle qui leur servait de bloc opératoire. À midi, normalement, l'endroit était vide. Il n'y avait qu'à se faufiler à l'intérieur et à s'emparer de quelques comprimés. Hélas, le jour où elle avait prévu de s'y introduire, la gardienne ne quitta pas la salle un seul instant. Impossible d'entrer sans se faire voir.

Lorsqu'elle regagna le bloc, ce soir-là, Cécile délirait de fièvre, elle se croyait de retour chez elle, auprès de ses parents. Elle s'agrippait à Simone en criant :

— Maman ! J'ai cru que tu m'avais abandonnée !

Simone regarda Sarah :

— Il faut absolument que tu lui rapportes des antibiotiques demain.

Sarah fit oui de la tête, bien décidée à trouver un moyen d'y parvenir.

Mais le lendemain, les allées et venues continuèrent dans la salle d'opération. Impossible de dérober des médicaments. Comment aurait-elle pu faire ?

Accablée, elle rentra au bloc, bredouille. À son arrivée, Simone lui ouvrit les bras.

— C'est trop tard, murmura-t-elle. Elle nous a quittées.

La mort de Cécile les affecta toutes profondément. Elles n'avaient pas réussi à protéger cette enfant. La culpabilité de lui avoir survécu leur rongeait l'âme. Elles cessèrent de chanter et le soir, au lieu de se raconter des histoires, elles se mirent à traîner avec d'autres groupes de prisonnières, mais en restant toujours un peu à l'écart, en spectatrices.

Cela ne pouvait pas durer, comprit Sarah, elles devaient se ressaisir. Céder à l'apathie, se laisser aller, c'était à terme se transformer en zombies, ces pauvres créatures au regard vide, plus mortes que vivantes.

Cela faisait partie de la stratégie nazie : ils cherchaient à les dépouiller de leur humanité. Cela leur facilitait-il la tâche de ne plus voir les prisonniers comme des êtres humains ? Sinon, comment pouvaient-ils les traiter de cette façon ? Et à une telle échelle ? Les tabasser, les torturer, les exécuter. Comment une telle barbarie était-elle devenue possible ? Ces questions ne cessaient de la tourmenter. Aucun esprit normal ne pouvait imaginer jusqu'où l'homme était capable de s'abaisser. Les gens les croiraient-ils un jour si, par miracle, ils parvenaient à sortir de là vivants ? Sarah en doutait parfois.

49

Sarah

Auschwitz, janvier 1945

Sarah était à Auschwitz depuis sept mois et demi et il lui semblait avoir vieilli de soixante-dix ans. Elle n'était plus la même femme. Elle marchait comme une prisonnière de longue date, traînant le poids de son corps diminué, la tête basse, les épaules voûtées, les jambes enflées, difformes, les gencives sanguinolentes, les dents rougies. Bien sûr, il n'y avait pas de miroir dans le camp, mais elle savait à quoi elle ressemblait puisque toutes ses compagnes d'infortune étaient dans le même état.

La neige tombait sans discontinuer depuis des semaines, peut-être des mois. Une éternité. Sarah était terrifiée à l'idée que David attrape une pneumonie et soit envoyé aux fours, mais il semblait avoir de bons contacts. À quelques semaines d'intervalle, il était parvenu à lui faire passer de petits messages auxquels elle avait répondu en payant un intermédiaire avec tout ce qu'elle réussissait à dérober au Canada.

Dans le camp, les rumeurs allaient bon train : les Alliés arrivaient, la Croix-Rouge négociait leur libération, les Russes étaient tout près… mais ces espoirs ne se concrétisaient jamais. Et puis, une nuit de janvier, elles entendirent l'artillerie entrer en action, au loin. Sarah et ses amies se blottirent les unes contre les autres sur leur paillasse. Pouvaient-elles s'autoriser à espérer ? Cette nuit-là, elles ne purent se rendormir, le sang bouillonnait dans leurs veines fatiguées.

Le lendemain, Sarah alla prendre son poste à l'infirmerie, comme d'habitude. Le médecin était en train de s'adresser aux patients.

— Demain soir, le camp sera évacué. Les malades resteront ici.

Le cœur de Sarah se serra : elles seraient emmenées ailleurs avant de pouvoir être libérées ! Certaines malades tentaient désespérément de quitter le lit pour ne pas être laissées sur place et abattues par les nazis. D'autres, trop souffrantes ou trop faibles, ne bougeaient plus, ne parlaient plus. Sarah récupéra le plus de couvertures possible et courut au bloc pour avertir les autres femmes.

— Ils exécuteront toutes celles qui resteront.

Madeleine lui agrippa les épaules.

— Ils ne veulent pas laisser de témoins derrière eux ! Et où vont-ils nous emmener ? Tu le sais ?

— Non. Mais j'ai rapporté des couvertures. On aura besoin de vêtements chauds pour ne pas mourir de froid. Et de chaussures ! Il nous faut des chaussures !

Les gardiennes passèrent la journée à brûler des documents, puis elles obligèrent les prisonnières à récurer les blocs du sol au plafond.

— On ne veut pas qu'ils pensent que vous viviez dans une porcherie !

Le lendemain matin, bien avant le lever du jour, des milliers de prisonnières furent escortées vers les hautes grilles. Des squelettes ambulants, ployant sous les couches de vêtements et de couvertures. On aurait dit de vieux ânes à bout de forces. Les projecteurs s'allumèrent. Des centaines de SS et leurs chiens encerclaient les prisonnières. La neige continuait de tomber.

— *Schnell !* Dépêchez-vous ! Dépêchez-vous ! Mettez-vous en rangs !

Les grilles du camp s'ouvrirent.

Bloc après bloc, les prisonnières sortirent. Le groupe de Sarah dut attendre l'évacuation d'une quarantaine de blocs avant de pouvoir à son tour franchir les grilles. Sarah effleura le morceau de pain dans sa poche. Non. *Plus tard. Il te le faudra pour plus tard.* Elle savait qu'il n'y aurait ni eau ni nourriture pour les prisonnières. Les gardiennes se fichaient pas mal qu'elles crèvent toutes dans la neige. Cela les arrangerait, sans doute… cela leur épargnerait l'effort de les tuer.

— Plus vite ! Plus vite ! Sales chiennes pouilleuses !

Elles se mirent à courir. Le sang pulsait dans les veines de Sarah, réchauffant son corps, galvanisant ses organes épuisés. Elle était vivante ! Auschwitz était évacué et elle faisait partie des rescapées !

Les prisonnières marchaient, marchaient telles des automates. Il fallait suivre si on ne voulait pas être tuée sur place. De nombreux coups de feu avaient déjà éclaté sur ce trajet interminable. Si l'une d'elles tentait de fuir par les bois, elle était abattue sur-le-champ, tout comme celles qui étaient à la traîne ou celles qui s'écroulaient d'épuisement dans la neige. De toute façon, elles se faisaient piétiner par les autres. Un pied devant l'autre : Sarah ne pensait qu'à cela. Continuer à avancer. Mais elle mourait de soif, de faim, de fatigue. Une fille ramassa une poignée de neige sur le manteau de la femme qui la précédait et se la fourra frénétiquement dans la bouche. Sarah l'imita et sentit avec délice la neige fondre sur sa langue. De nouveau, ses doigts effleurèrent le morceau de pain dans sa poche. Non, elle en aurait peut-être besoin ce soir, voire demain. Elle ne savait pas combien de temps elle serait privée de nourriture.

De plus en plus de femmes s'écroulaient dans la neige, cédant à une mort libératrice. Les autres les contournaient ou les enjambaient. Elles n'avaient pas le choix, c'était une question de survie. Sarah s'interrogea. Quelle sorte de personne serait-elle devenue si jamais elle arrivait à réchapper de cet enfer ?

— Ne pense pas. Avance, se murmura-t-elle dans le noir. Tu dois vivre.

Mais l'idée de la mort s'attardait dans son esprit. Ne plus exister. Cesser d'être. Ne plus souffrir. Ne plus sentir le froid. Ni la fatigue. Plus rien. Elle n'était pas loin de renoncer, mais elle savait que David était là, quelque part. Elle croyait l'entendre lui murmurer : « Sarah, Sarah… Amour de ma vie. Viens me chercher. Retrouve-moi. »

Sans réfléchir, elle se mit à courir, tentant de rompre le rang. Elle devait le rejoindre coûte que coûte.

Un coup à la tête lui fit voir trente-six chandelles. Ses yeux se fermèrent et elle s'écroula dans la neige. Le blanc tapis l'accueillit dans sa douceur moelleuse. Au moins, elle allait dormir. Elle enfouit son visage dans la fraîcheur de la neige, sachant qu'elle retrouverait David dans ses rêves.

Des mains l'empoignèrent.

— Sarah ! Relève-toi !

Le visage de Simone dansa devant ses yeux.

— Laisse-moi dormir…

Sa tête était trop lourde pour son corps. Elle voulait juste sombrer dans l'inconscience et l'oubli. Mais David, où était David ? L'avait-elle retrouvé ?

— David… Où est David ?

— Il est ici, quelque part. Allez ! Debout ! Relève-toi si tu veux le retrouver !

D'autres mains la saisirent sous les bras. Un coup de feu éclata, puis un autre. Le son se répercuta dans son corps tremblant d'épuisement. Elle n'était pas morte.

Il lui fallait rester sur cette Terre. Quoi qu'il arrive, elle devait continuer – oublier son corps affaibli et se laisser porter par son esprit. *Mon Dieu, soutiens-moi dans cette épreuve.* Aidée par ses deux amies, elle fit appel à tout son courage et, faisant fi des violents élancements dans son crâne, elle se remit debout. Embrassant ses amies sur leurs lèvres froides, elle les implora dans un souffle :

— Vous vivrez. Promettez-moi que vous vivrez !

Pour toute réponse, elles se mirent à la traîner debout dans la neige. Ensemble, elles trébuchèrent, tentèrent de courir. Enfin, le soleil apparut, mais il ne leur apporta aucune chaleur. Un vent glacial transperçait les couches de vêtements, la peau, les os faibles et fatigués. De plus en plus de femmes s'effondraient en chemin.

Elles arrivèrent à un village abandonné : il n'y avait pas âme qui vive.

— Vous avez fait vingt kilomètres ! cria le Kommandant. Repos !

Elles se massèrent dans un grand bâtiment au toit effondré. À l'intérieur, le tapis de neige était épais, mais au moins, elles étaient protégées des cruels assauts du vent. Elles s'écroulèrent les unes sur les autres, endormies avant même d'avoir touché le sol. Mais Sarah, elle, ne voulait pas se poser. Elle devait retrouver David. Se laisser sombrer dans le sommeil, c'était mourir. Alors, elle s'éloigna de son groupe, escaladant les corps entassés, traversant des pièces aux murs en ruine.

— David ! David !

Si elle ne le trouvait pas maintenant, elle ne pourrait pas continuer. Elle était à bout de forces.

— David !

Sa voix s'affaiblissait au fur et à mesure qu'elle le cherchait dans la mosaïque de visages au sol.

— Sarah !

David ! C'était lui ! Le sang se remit à couler dans ses veines. Elle l'avait retrouvé ! Sa voix venait d'un entassement de corps contre un mur. Elle se précipita.

Ce furent ses yeux qu'elle vit en premier. Ses yeux brun foncé qui brillaient dans un océan de neige. Elle se jeta sur lui, le recouvrit de son corps, ses mains cherchant son visage. Elle lui saisit la tête de ses doigts osseux et plongea son regard dans le sien.

— C'est toi ? C'est bien toi ?

— Sarah, tu m'as retrouvé.

50

Jean-Luc

Santa Cruz, 10 juillet 1953

Après lui avoir autorisé un coup de fil à Charlotte, Bradley et les deux policiers le laissent seul, enfermé à clé dans la salle d'interrogatoire. Jean-Luc a l'impression d'avoir été cuisiné pendant des heures, mais en consultant sa montre, il s'aperçoit que seules cinquante minutes se sont écoulées. Il lui tardait tant de pouvoir parler à Charlotte ! En revanche, jamais il n'aurait dû lui annoncer la nouvelle comme cela, au téléphone. Qu'est-ce qui lui avait pris d'agir ainsi ? Cela devait être le choc. La culpabilité.

Un policier qu'il n'a encore jamais vu entre dans la pièce.

— Vous prendrez l'avion demain matin. En attendant, vous pouvez rentrer chez vous le temps de faire votre valise. Ensuite, on vous ramènera ici.

— Mais je n'ai pas vu d'avocat. Je veux voir un avocat !

— Un avocat ne vous sera d'aucune aide pour le moment. Vous faites l'objet d'une extradition vers la France. Vous pourrez prendre un avocat une fois là-bas.

— Mais… mais… et mes droits ?

Le policier esquisse un petit sourire.

— Monsieur Bow-Champs, je ne pense pas que vous ayez saisi la gravité des faits qui vous sont reprochés.

Parmi les motifs d'extradition, l'enlèvement vient tout de suite après le meurtre. Or, nous n'avons aucune raison et aucune envie de vous soustraire aux exigences des Français. C'est à eux qu'il incombera de décider s'il y a eu enlèvement ou… autre. La question n'est plus de notre ressort. À présent, on va vous ramener chez vous ; vous aurez dix minutes pour faire vos bagages.

— Dix minutes ! Mais je dois parler à Charlotte et à Sam ! Je ne peux pas m'en aller comme ça !

— J'ai dit dix minutes. Et cessez vos jérémiades, sinon ce sera cinq.

— Je vous en supplie…

Croisant les bras sur la poitrine, le policier regarde sa montre. Sans un mot, Jean-Luc se lève et le suit dans la voiture stationnée devant le poste. Par bonheur, on ne lui passe pas les menottes et c'est librement qu'il monte à l'arrière avec le policier.

— On vous attend ici, dit le policier tandis que la voiture se gare au niveau du chêne.

Alors que Jean-Luc descend du véhicule, il voit du coin de l'œil le rideau bouger au carreau de la cuisine de Marge. Il remonte l'allée du jardin et pousse la porte d'entrée. Il prend une profonde inspiration. Où sont Charlotte et Sam ? Un étrange silence suinte des murs.

Des sons étouffés lui parviennent de la cuisine. Il y entre, le sang battant aux tempes.

Charlotte, une petite valise à la main, est plantée au milieu de la pièce. Elle le regarde, interdite, et le sang se retire de son visage.

Jean-Luc sait ce qu'elle est en train de faire et son cœur se serre, lourd du chagrin de sa femme.

Il tend la main vers elle.

— Charlotte…

— Il faut partir ! Tout de suite ! s'écrie-t-elle.

L'attirant tendrement à lui, il la sent se vider d'un coup de son énergie frénétique et elle s'affaisse dans ses bras.

— Chut, chut… *mon ange.*

Le corps de Charlotte cède peu à peu. Elle se laisse glisser au sol, comme si elle se liquéfiait entre ses doigts. L'accompagnant dans son mouvement, il s'accroupit en lui caressant les cheveux.

— Charlotte, Charlotte…

Un toussotement les interrompt. Jean-Luc lève les yeux.

Sam se tient dans l'encadrement de la porte, son petit visage tout pâlot.

Un bras passé autour de Charlotte, Jean-Luc lui ouvre l'autre. Sam vient nouer ses bras frêles autour de son cou en lui murmurant à l'oreille :

— Papa, ne t'en va plus. J'ai peur.

51

Charlotte

Santa Cruz, 13 juillet 1953

— Maman, pourquoi on peut pas aller en France avec papa ?

Sam se précipite dans la chambre et saute sur le lit. Je voudrais le prendre dans mes bras et le garder niché contre moi à jamais. J'ai l'impression que le monde dans toute sa laideur est entré par effraction dans notre vie et que je ne vais pas être capable de l'en protéger. Je caresse les cheveux soyeux de mon fils :

— Sam, ton père doit aider la police dans son enquête. Ce ne sont pas des vacances, tu sais…

Il fait la moue.

— Mais je voulais aller faire du camping en France, moi…

— Je sais. Un jour, peut-être.

Il va ouvrir les rideaux pour regarder dehors.

— Maman, pourquoi il y a un flic devant chez nous ?

— Il veille sur nous.

Sam se tourne vers moi, l'air perplexe.

— Pourquoi il faut qu'on veille sur nous ?

Un frisson parcourt ma nuque. Que répondre à cela ?

— C'est juste au cas où.

— Au cas où quoi ?

— Au cas où le croquemitaine passerait nous voir. Allez, il est l'heure d'aller au lit, maintenant !

— Mais c'est qui le croquemitaine ?

— Rien, ça n'existe pas, c'est une façon de parler.

— Alors pourquoi tu le dis ?

— Arrête, Sam. Il est l'heure d'aller se coucher. Croquemitaine ou pas.

Il me regarde avec des yeux ronds, bien éveillés.

— Je peux pas aller dans ma chambre.

Je l'embrasse sur le front.

— Bien sûr que si.

— Non, je peux pas, j'ai peur. Je peux dormir avec toi ? Puisque papa n'est pas là.

J'ai bien envie de le garder tout près de moi. Il n'est pas le seul à avoir peur…

— D'accord, mais c'est bien pour cette fois.

Après l'avoir bordé, je redescends dans la cuisine et j'écarte les rideaux en filet. La voiture de police est toujours là. Ils craignent que je n'essaie de m'enfuir avec Sam. Ils ne l'ont pas formulé ouvertement, mais je le lis dans leurs yeux. Il y a dans leur regard un soupçon teinté de quelque chose frisant la pitié. Je ne sais pas quoi faire. Le temps file pendant que d'autres personnes décident de notre vie à notre place. La nouvelle ne tardera pas à se répandre, j'imagine. Cela fera un sujet de conversation à ces dames, au moment de leur café.

Je me surprends à me servir un verre de Southern Comfort dans le salon. Je le bois en quelques gorgées, pressée de sentir l'effet de l'alcool sur mes nerfs à vif. Je suis lasse, j'ai l'esprit troublé. Je ferais mieux d'aller me coucher tôt, les choses m'apparaîtront peut-être plus clairement demain matin. Je monte l'escalier à pas de loup, heureuse que Sam soit dans mon lit. J'ai besoin de sa présence. Sans allumer, je me déshabille, enfile ma nuisette et me glisse dans le lit.

La respiration de Sam est légère, mais régulière. Il doit déjà dormir. Je m'applique à respirer avec le ventre dans l'espoir de me décontracter.

Sam se tourne vers moi en laissant échapper un long soupir. Je reste immobile comme un bout de bois, mais il se rapproche de moi, je sens ses cheveux soyeux frôler mon bras. Je me tourne pour lui caresser la tête.

— Maman, chuchote-t-il, il les aide pour quelle enquête, papa ?

— C'est compliqué, Sam.

Et pourtant… ce serait peut-être plus simple à expliquer dans le noir ? J'ai sans cesse repoussé ce moment, sachant qu'après, plus rien ne serait jamais comme avant, mais à présent…

— Sam…

— Oui…

— Il faut que je te dise quelque chose.

— Quoi, maman ?

— À propos de toi. De ton histoire.

— Quelle histoire ?

Je dépose un baiser sur son crâne.

— Tu te souviens… Papa et moi, nous t'avons parlé de la guerre, du fait que tu étais né à Paris et que nous avions fui tous les trois en Amérique en franchissant les montagnes et l'océan ?

— Oui…

— Si nous avons quitté la France, c'était parce que nous ne pouvions pas faire autrement. Il y avait trop de combats, trop de bombardements. Et puis, nous avions peur que les Allemands fassent sauter Paris.

— Oui, je sais.

— À l'époque où tu es né, tout était très différent. Ceux qui ne l'ont pas connue ont du mal à s'imaginer la vie qu'on menait. Tous les jours, il y avait des arrestations et des exécutions, dis-je sans cesser de lui caresser les cheveux. Ce que je vais te dire maintenant n'est pas facile à comprendre, c'est pourquoi je te demande de bien m'écouter et de me laisser aller jusqu'au bout. D'accord ?

— D'accord, maman.

Je cherche sa menotte avant de poursuivre :

— Tu es donc né pendant la guerre. Et alors que tu n'étais encore qu'un tout petit bébé, les Allemands t'ont mis dans une prison horrible.

— Pourquoi ils mettaient les bébés en prison ?

— Tu étais né au mauvais moment au mauvais endroit, Sam. À l'époque, ils arrêtaient tous les Juifs de Paris et les envoyaient dans une prison horrible. Un grand nombre d'entre eux sont morts. Mais heureusement, toi, tu as été sauvé par quelqu'un.

— C'est quoi un Juif ?

Comment lui expliquer ? Moi-même, je ne sais trop s'il s'agit d'un peuple ou d'une religion.

— Un Juif, c'est… c'est une personne dont les parents sont juifs. Ça se transmet de génération en génération.

— Hein ? Comme le daltonisme ? Ça se transmet… comme la couleur des yeux, c'est ça ?

— Oui, c'est ça, sauf que ça n'a rien à voir avec les yeux. C'est plus en rapport avec ton histoire – tes origines, ta religion…

— On est juifs, nous ?

— Non.

Nous n'avons jamais beaucoup parlé de religion à la maison, même si Sam connaît beaucoup de passages de la Bible. À notre arrivée sur le sol américain, Jean-Luc et moi nous sommes mariés à l'église selon le rite catholique, mais nous n'aimons guère l'endoctrinement et les principes religieux. Peut-être parce que nous en avons foulé au pied un certain nombre.

— Pourquoi on nous avait mis en prison, alors ?

Comment poursuivre ? Comment lui dire qu'il n'est pas notre fils biologique ? Je ne suis pas sûre d'en être capable.

Je prends une profonde inspiration et je l'attire tout contre moi en savourant son odeur – shampoing au citron et légère senteur musquée. Une boule dans la gorge, je dépose un énième baiser sur ses cheveux et je caresse sa joue veloutée. Puis, je lui pince gentiment le nez, comme quand il était petit.

Il est là, doux et chaud, et je le sens s'imprégner de tout l'amour que j'ai pour lui. Nous laissons le silence s'installer. En sécurité dans ce lit. Ensemble.

Puis, il se remet à gigoter. Je ne peux plus repousser le moment. Je dois tout lui dire.

— Sam, les Allemands t'avaient mis en prison parce que tu étais juif.

— Mais tu as dit que nous, on n'était pas juifs.

— Nous non, mais toi oui.

Je lui prends le visage en coupe.

— Écoute-moi bien et ne m'interromps pas, d'accord ? La personne qui t'a sauvé de cette prison, c'est ton père.

— Papa ?

— Oui. Il t'a fait sortir en douce, à un moment où personne ne regardait. Tu étais un tout petit bébé d'à peine un mois…

— Et toi, tu étais où ?

— Moi, je n'étais pas là. Écoute-moi, Sam. Ton père travaillait comme cheminot, il était chargé d'entretenir les voies ferrées de la prison.

— Ah ?

— Pour te sortir de là, il a dû te cacher, mais tu étais si petit que ça n'a pas été très compliqué. Il t'a glissé sous son manteau.

Je marque une pause, le temps de mettre de l'ordre dans mes idées. Les mots que je m'apprête à prononcer vont avoir un impact terrible.

— Papa n'a pas pu faire sortir ton père et ta mère avec toi. Il ne pouvait pas les cacher comme il l'avait fait avec toi.

— Quoi ? Je comprends pas. Tu veux dire qu'il n'a pas pu te cacher, toi ?

— Non, Sam. Tes vrais parents étaient juifs. Prisonniers eux aussi, mais papa n'a pas pu les sauver. Il n'a pu que te sauver, toi.

— Mais je comprends rien à ce que tu dis. C'est vous, mes parents !

Sam se redresse d'un bond dans le lit et appuie sur l'interrupteur. La lumière inonde la chambre.

Je cligne des yeux, éblouie. Mais il faut à tout prix que je voie Sam.

— Pourquoi tu dis ça ? me demande-t-il en se bouchant les oreilles, comme pour empêcher la vérité d'y pénétrer.

Je pose mes mains sur les siennes.

— Sam, mon cœur… Je suis tellement désolée. Nous… nous ne sommes pas tes vrais parents. Tes vrais parents ont été déportés pendant la guerre.

Il jaillit du lit.

— Non ! Non, c'est pas vrai !

— Sam, je t'en prie… Écoute…

— Non !

Il s'est déjà rué hors de la chambre.

La porte de sa chambre claque. Je dois aller le trouver. Je ne peux pas le laisser chercher seul un sens à ce cauchemar. J'enfile ma robe de chambre, lui laissant quelques minutes pour se calmer. Ouvrant sa porte, je le trouve allongé sur le ventre, la tête enfouie dans son oreiller.

— Sam…

Il fait la sourde oreille. Je vais m'asseoir au bord de son lit.

— Sam, nous t'aimons de tout notre cœur.

— Alors pourquoi tu me dis toutes ces choses ?

Sa voix me parvient tout assourdie par l'oreiller. Il tourne vers moi un regard plein de colère. Sa fureur me laboure l'âme. Sam veut que nous soyons ses vrais parents, il le veut avec autant de force que nous.

Je sors la main qu'il recroqueville dans la manche de son pyjama et la serre de tout mon cœur.

— Sam, je sais à quel point c'est dur pour toi.

— Vous ne voulez plus de moi, c'est ça ? Vous ne m'aimez plus.

— Non ! Mais non ! C'est faux, voyons !

Comment peut-il penser une telle chose ?

— Tu es tout pour nous, Sam ! Si nous t'avons élevé ici, c'est justement parce que nous voulions te garder… et nous ne cesserons jamais de t'aimer.

Il faut qu'il comprenne que mon amour pour lui est pur et inconditionnel, que personne ne pourra jamais l'aimer plus que moi.

Les larmes s'échappent de ses yeux ; il tire la langue pour les intercepter sur ses joues. Elles doivent avoir un goût salé… réconfortant, comme le goût de l'océan.

Ses grands yeux bruns mouillés de chagrin restent rivés au plafond.

— Il y a une toile d'araignée, là, déclare-t-il soudain.

Surprise, je lève la tête.

— Je déteste les araignées, dit-il en s'essuyant les joues du revers de la manche. Elles te grimpent sur le nez et t'entrent dans la bouche pendant que tu dors. Il n'y a pas beaucoup de gens qui le savent. Moi, je l'ai lu quelque part et maintenant je le sais, et c'est trop tard pour le *désavoir*. J'ai horreur de ça, de tous ces trucs qui se passent sans qu'on le sache.

— Sam, je suis vraiment navrée. Nous ne voulions pas te l'annoncer comme ça. Tu es encore si jeune… Ce n'est pas facile pour un petit garçon de…

Il bondit du lit, cherchant comme un fou quelque chose dans sa chambre. Son regard se pose enfin sur le fort que Jean-Luc lui a fabriqué. Je sais ce qu'il va faire. Je le devine comme si j'étais dans sa tête. Il soulève le fort à bout de bras. Et le fracasse par terre. Sous le choc, le fort s'éventre et Sam se met à le piétiner avec rage. De la belle maquette, il ne reste que des miettes.

J'étouffe un cri, me remémorant avec quelle minutie Jean-Luc a construit ce fort miniature à partir de chutes de bois et de bâtonnets d'esquimau. Tout ce travail, tout cet amour… réduits à néant.

Sam se laisse tomber devant ce qu'il reste de son jouet, les genoux ramenés à la poitrine, le corps secoué de sanglots.

Je m'allonge à côté de lui, sans le toucher. Le moment est trop fragile.

— Sam, nous t'aimons plus que tout. Tout ce que nous avons fait, c'était pour te sauver. Dans notre cœur, nous sommes ton papa et ta maman. Et nous le resterons pour toujours.

52

Charlotte

Santa Cruz, 15 juillet 1953

Ils m'observent sans relâche. Ils appellent cela de la surveillance, mais en réalité, cela ressemble davantage à de l'assignation à résidence. Et ils ne sont pas les seuls à m'observer. Plus d'une fois, j'ai surpris Marge en train de m'épier derrière ses rideaux. Une voiture blanc et bleu de la police stationne nuit et jour devant la maison. Au vu et au su de tout le voisinage. Pas étonnant que plus personne ne passe me voir. À l'intérieur du véhicule, un policier à peine moins âgé que moi me surveille. Jeune marié, il vient d'avoir un bébé, d'où ses cernes marqués et ses poches sous les yeux. Poli, effacé, il maintient une distance respectueuse entre nous, comme gêné de devoir me tenir à l'œil. Pourtant, il ne fait que son travail.

Je vais l'inviter à boire un café. Je veux qu'il sache que je suis une maman comme les autres et pas une anonyme dans la foule. En outre, je pourrai peut-être lui soutirer quelques renseignements au sujet du procès. Je marche jusqu'à sa voiture d'un pas décidé, le dos droit et la tête haute.

Me voyant arriver, il s'extrait de son siège, passe la main sur son pantalon tout fripé et rajuste sa casquette.

— Bonjour, madame.

— Bonjour, euh…

— John, s'empresse-t-il de préciser.

— Bonjour, John. Je me demandais si une tasse de café vous ferait plaisir.

— Je ne sais pas si ça serait bien correct.

— Je vois…

Je le dévisage, remarquant l'infime tremblement de ses mains lorsqu'il rajuste à nouveau sa casquette.

— Que craignez-vous que je fasse ? Que je m'enfuie après vous avoir enfermé chez moi à double tour ?

Il se met à rire. Un rire haut perché, nerveux, qu'il masque par une toux factice, dissimulant sa bouche d'un poing qui se veut viril.

— J'ai aussi fait des cookies, dis-je en faisant demi-tour vers la maison.

Comme prévu, il m'emboîte le pas, de crainte de paraître impoli. À peine entré dans la maison, il ôte sa casquette qu'il se met à faire tourner nerveusement entre ses doigts.

— Venez dans la cuisine, John.

Il me regarde verser des grains de café dans le moulin et me sourit.

— Dites donc… Du vrai café.

— Oui, nous le trouvons meilleur comme ça.

Il se remet à toussoter pour se donner une contenance pendant que je m'affaire.

— Ne vous inquiétez pas, dis-je pour le mettre à l'aise. Je ne vous en veux pas de me surveiller, vous savez. Vous ne faites que votre travail.

— Oui… et ce n'est vraiment pas la partie la plus intéressante du job. Personnellement, je préfère arpenter les rues…

Il se tapote l'estomac comme s'il avait déjà pris de la bedaine au bout de trois jours de confinement dans sa voiture.

— Des nouvelles du procès ? dis-je d'un ton faussement détaché.

— Non, mais ne vous en faites pas. Vu que ça concerne un mineur, ça ira vite.

Je fronce les sourcils, contrariée.

— Un mineur ?

À mes yeux, Sam a un rôle majeur dans cette affaire !

— Oui, vu que le dossier concerne un mineur, son cas sera traité en priorité absolue.

— Mais dès que les enquêteurs auront compris que mon mari ne l'a pas kidnappé, mais sauvé des Allemands, ils annuleront la procédure en justice, n'est-ce pas ? Ils ne peuvent quand même pas inculper Jean-Luc d'enlèvement d'enfant ?

— Ça, je ne peux pas vous le dire, madame Beauchamps. Moi, je ne sais rien.

Je l'ai mis mal à l'aise. Il se hâte de boire son café, bien qu'il soit encore trop chaud. Il doit lui tarder de regagner son véhicule.

— Oui, bien sûr, excusez-moi… vous n'en savez rien. *(Je prends une profonde inspiration.)* Et comment va votre petit bébé ?

— Oh, très bien ! C'est déjà un sacré petit bonhomme. Mais pas un gros dormeur…

— Ah, mince… De ce côté-là, nous avons été gâtés. Sam a toujours eu un bon sommeil.

— Vous avez eu de la chance !

— Oui… Il adorait dormir et manger. Il était ce qu'on appelle un bon vivant, en France. Un bébé très facile, toujours de bonne humeur. Oui, nous avons eu beaucoup de chance.

— Eh bien, merci pour le café, madame Beauchamps, dit John en reposant sa tasse d'un geste décidé.

En le raccompagnant jusqu'à sa voiture, j'aperçois le facteur qui s'éloigne à vélo. *Pourvu qu'il y ait une lettre de Jean-Luc !* Cette attente me mine. Je ne dors plus, je ne mange plus. Je ne sais pas comment je fais pour tenir.

Je regarde la maison de Marge, de l'autre côté de la rue. J'ai bien songé à aller la voir, à lui dire la vérité, mais je ne pense pas qu'elle soit encore prête à l'entendre. C'est drôle : tous les visages amis du voisinage se sont évanouis dans la nature. J'avais pourtant espéré que l'une de mes prétendues amies viendrait me demander ma version de l'histoire. Cela m'aurait soulagée qu'on me donne une chance de m'expliquer, même sans être comprise. Mais ces jours-ci, les rideaux restent fermés à la fenêtre des cuisines et personne ne sort dans son jardin.

En ouvrant la boîte aux lettres, je vois une fine lettre. Je m'en empare en toute hâte, scrutant le cachet de la poste. France ! Je déchire l'enveloppe.

Mon très cher Sam, ma Charlotte chérie,

Vous êtes tout pour moi : mon foyer, mon amour, ma vie. Tous les jours, je remercie le ciel de vous avoir fait entrer dans ma vie. Ces neuf années avec vous ont été plus belles que tout ce que j'aurais pu rêver et elles m'ont apporté plus de bonheur que je n'en ai jamais mérité.

Sam, à travers tes yeux, j'ai vu le monde sous ses couleurs les plus vives et les plus belles. Tu m'as tant appris ! Que l'homme est naturellement bon, que la vie vaut la peine d'être vécue, qu'elle vaut la peine qu'on se batte pour elle. Qu'on a toujours le choix. Le meilleur choix que j'ai fait dans ma vie, c'est toi. Te prendre avec moi aura été mon plus bel accomplissement.

D'ici que tu reçoives cette lettre, ta maman t'aura sans doute raconté ton histoire. C'est une histoire unique, l'histoire d'un petit garçon unique. Tu es vaillant et courageux, Sam, et même si l'avenir nous réserve des moments difficiles, j'ai confiance en toi. Tu es plus fort que tu ne le crois.

Au cours de notre fuite en Amérique, ta mère et moi nous sommes tellement attachés à toi que nous t'avons très vite aimé comme notre propre fils. Ensuite, nous n'avons pas même tenté de retrouver tes véritables parents.
Charlotte, tu m'as donné confiance en moi, tu as fait de moi un homme meilleur. Aujourd'hui, tu dois bien comprendre que tout ce qui arrive est de mon fait, ma faute. Tu n'as rien à voir là-dedans. Souviens-toi que c'est moi qui ne t'ai jamais laissé parler du passé, j'ai toujours refusé que tu abordes le sujet. Je disais que tout cela était derrière nous, que je nous bâtirais une nouvelle vie, ici, en Amérique. Toi, tu as toujours voulu dire la vérité, c'est moi qui t'en ai toujours empêchée. N'oublie jamais que tu es innocente de tout ce qu'on peut nous reprocher.
Prends bien soin de toi, pour Sam.
Avec tout mon amour, à jamais,
Jean-Luc.

Quel idiot ! Il veut endosser toute la responsabilité de nos actes, alors qu'à la base, tout est ma faute. C'est moi qui ai refusé d'aller voir les autorités. J'étais devenue folle de Sam et je craignais que l'une de ces organisations juives ne me le prenne pour le « rapatrier ». J'avais des visions terrifiantes : Sam, adopté en Israël par une famille juive. Je savais que c'était arrivé à des enfants qui avaient été cachés durant la guerre et dont les parents avaient été exterminés. Alors, j'avais convaincu Jean-Luc qu'on ne pouvait pas prendre un tel risque, que Sam était mieux avec nous, qu'il était heureux de se croire de notre sang. Parce que je n'aurais pas pu vivre sans lui.

53

Sam

Santa Cruz, 16 juillet 1953

Mes copains me manquent. Tout est devenu silencieux, ça me file les chocottes. Personne ne vient plus nous voir et Jimmy ne sort plus dans son jardin. Je comprends, maintenant. Mon histoire. Mais moi, je veux juste que papa rentre à la maison et que tout redevienne comme avant. Maman m'a dit de rester à l'intérieur et de ne pas me faire remarquer pendant un moment. Mais qu'est-ce que je m'ennuie… Comme un rat mort. Je pourrais aller chez Jimmy, peut-être… Maman ne s'en apercevra pas si je me dépêche, à moins que le flic la prévienne, mais j'aurai qu'à passer derrière sa voiture en marchant accroupi. Je l'ai déjà vu roupiller plein de fois.

C'est parti ! Je saute du lit, je fonce à la porte d'entrée, je traverse le jardin, je passe derrière la voiture de flics, je traverse la rue et je sonne chez Jimmy.

Personne ne vient ouvrir. Je sonne à nouveau, cette fois en laissant le doigt appuyé plus longtemps. Les rideaux de la cuisine bougent : c'est Marge, elle me regarde derrière la vitre. Je lui fais coucou, puis je me sens tout bête parce qu'elle ne me répond pas. Mon cœur devient tout lourd. Enfin, Marge s'éloigne de la fenêtre et je m'écarte de la sonnette en attendant qu'elle me fasse entrer.

Lentement, la porte s'ouvre à moitié.

— Tiens, bonjour Sam…

Pourquoi elle fait semblant d'être surprise de me voir ?

— Bonjour ! Jimmy peut venir jouer avec moi ?

Avant qu'elle ait pu répondre, j'entends une galopade dans l'escalier et Jimmy apparaît. Ouf ! Je me sens déjà mieux.

Sauf qu'il s'arrête sur la dernière marche.

— Salut, Sam.

— Salut, Jimmy.

— Si tu savais tout ce qu'on raconte sur toi…

— Chut, Jimmy ! l'interrompt Marge.

— Il peut monter dans ma chambre, maman ?

D'habitude, Jimmy ne demande pas la permission.

— Viens, Sam !

Au moins, il n'attend pas la réponse de sa mère, c'est déjà ça ! Il est déjà remonté comme une fusée.

Sans regarder Marge, je m'élance à sa suite.

— Il faudra bientôt que tu mettes la table, Jimmy ! crie-t-elle. Sam ne pourra pas rester très longtemps.

On fait semblant de ne pas avoir entendu et on écarte toutes les pièces de Meccano pour poser nos fesses dans sa chambre.

— Tu construis quoi ?

— Bof, pas grand-chose…

Et il se tait. Je me sens mal à l'aise.

— Tout le monde dit que ton père est un nazi, me dit-il enfin d'un air gêné.

— Quoi ?

— Ouais. Et qu'il t'a enlevé. Parce que tu étais un bébé.

Me remémorant la lettre de papa, j'essaie d'être courageux, mais tout n'est pas très clair dans ma tête.

— C'est quoi déjà, un nazi ?

— Bah, des vrais méchants, dit Jimmy. C'était des Allemands qui torturaient et qui tuaient les gens pendant la guerre. Ils portaient tous des longs manteaux noirs et des grandes bottes noires et ils traversaient les villes en tuant tout le monde sur leur passage… *(Il reprend sa respiration.)* Ton père, c'était vraiment un nazi ?

— Mais non !

Des larmes m'échappent. Je les essuie à toute vitesse du revers de la main, ravalant les suivantes, et je regarde Jimmy droit dans les yeux.

— Mon père a jamais été un nazi. Au contraire, il se battait contre eux, en cachette. Il m'a sauvé des nazis. Ils allaient me tuer, alors il m'a pris avec lui : c'était pas un enlèvement. Et puis il est venu ici, en Amérique, avec ma mère.

— La vache ! C'est super grave !

Mais je vois bien dans son regard qu'il hésite encore à me croire.

— Et ta mère, c'est ta vraie mère ?

Je fais non de la tête. Je repense aux fous rires qu'on se prenait, Jimmy et moi, à en avoir mal au ventre. Même que quand on se calmait, on ne se souvenait même plus pourquoi on s'était mis à rigoler et on repartait d'un autre fou rire. Jimmy a toujours été mon meilleur ami.

— Mais pourquoi ils voulaient te tuer ? me demande-t-il.

— Parce que j'étais né au mauvais endroit. Quand il y a la guerre, les ennemis font des choses horribles aux enfants, même aux bébés.

— Ouais…

Jimmy baisse les yeux, il réfléchit à tout ça. Quand il relève la tête, son regard a changé, il est redevenu plus amical.

— Mais alors, c'est qui tes vrais parents ?

— Chais pas. Ils étaient prisonniers, comme moi, et ils ont failli mourir. Mais en vrai, ils sont pas morts.

— Et tu vas les rencontrer ?

— Peut-être, chais pas.

— Mais pourquoi il y a un flic devant chez toi ? Et il est où, ton père ?

— Il est en France, il aide la police dans son enquête. Et le flic veille sur nous tant que mon père est pas revenu.

— Cool…

Jimmy fronce les sourcils. Je vois bien qu'il ne sait pas trop quoi penser de toute cette histoire. Moi non plus, d'ailleurs. Je ne comprends pas pourquoi on a besoin d'un flic qui reste devant chez nous. Je connais des enfants qui n'ont pas de père, mais ils n'ont pas de flics qui veillent sur eux non plus.

Jimmy m'enfonce un doigt dans les côtes.

— On construit une voiture ?

54

Charlotte

Santa Cruz, 16 juillet 1953

La télévision est éteinte. Dans la maison, le silence règne.

— Sam !

Il doit être en haut, dans sa chambre. Je m'apprête à aller vérifier quand on sonne à la porte. C'est le jeune policier, John. Il ôte sa casquette en s'essuyant les pieds sur le paillasson.

— Madame Beauchamps, j'ai des nouvelles…

Il marque une pause, baisse la tête.

La façon dont il a prononcé cette phrase – en laissant tomber la voix sur la fin, mangeant presque le dernier mot – me plonge dans l'effroi. C'est de mauvais augure. Je le sais. Je m'efface pour le laisser passer.

— Entrez…

— Merci, madame.

Il serre nerveusement sa casquette.

— Je vous offre quelque chose à boire ? dis-je de ma voix la plus aimable, en hôtesse parfaite, repoussant le moment de savoir.

— Oui, volontiers, merci.

« Volontiers » et « merci » prononcés d'une seule traite. Faut-il qu'il soit mal à l'aise…

— Café ? Jus de fruits ?

Il me suit dans la cuisine.

— Un jus de fruits, c'est parfait. Merci.

Je lui sers un verre de jus d'orange.

— Sam est au courant pour ses parents et tout le reste ? me demande-t-il brusquement.

— Oui.

— Et comment le vit-il ?

— C'est une situation très déstabilisante pour lui. Son père lui manque énormément. Il nous manque à tous les deux, d'ailleurs.

John hoche la tête, comme s'il pouvait comprendre, et nous nous asseyons à la table de la cuisine. Je le regarde boire son jus d'orange. Il a les cheveux blond foncé, la raie sur le côté, un petit nez délicat et un menton tout rond. Il fait tellement jeune ! Sans le quitter des yeux, je bois une gorgée de mon verre d'eau mais, distraite, je vise mal ma bouche et quelques gouttes tombent sur la table. Avant que je n'aie pu réagir, John s'est précipité sur le torchon accroché à la porte du four. Je le laisse essuyer la table sans réagir.

— C'est vous qui l'avez fait ? me demande-t-il en admirant le pont Neuf brodé dessus.

— Ma grand-mère.

Pourquoi s'intéresse-t-il à ce fichu torchon ?

— Vous l'aviez emporté dans votre fuite ? Il vous a suivi jusqu'ici ?

— Oui, j'en ai trois de semblables. À l'époque, Sam dormait emmailloté dedans.

Dans mon esprit, les années s'envolent, les aiguilles des horloges repartent en sens inverse. Je me revois, glissant, dérapant, dans les Pyrénées, prête à tout pour échapper aux Allemands.

— Vous êtes restée en relation avec votre famille en France depuis votre arrivée ici ? s'enquiert John.

— Pas vraiment, non. Mes parents ont eu du mal à me pardonner tout ce que je leur ai fait subir.

Je m'interromps, repensant à l'égoïsme de ma décision, à l'époque.

— Je me suis enfuie sans une pensée pour eux.

John hoche la tête comme s'il essayait de comprendre.

— J'étais très jeune, dis-je.

— Oui, on fait tous des erreurs quand on est jeune.

— Des erreurs ? Parce que c'est ça, pour vous ? Une erreur stupide ?

Il rougit. Pauvre garçon… Ce n'est pas sa faute.

— Mais vous disiez avoir des nouvelles ? dis-je, prête à les entendre, maintenant. C'est au sujet du procès ?

— Oui, c'est allé très vite… pour une procédure judiciaire. J'ai entendu des collègues en discuter au poste, juste avant de prendre mon service. On va vous envoyer quelqu'un pour vous l'annoncer de manière officielle.

Je le regarde, emplie d'appréhension. Ça doit être une très mauvaise nouvelle, donc.

John déglutit. Il doit regretter de ne pas être resté dans sa voiture.

— Le jury s'est prononcé à l'unanimité, madame Beauchamps.

— À l'unanimité ?

— Oui. Je suis désolé. Je ne sais pas comment vous dire ça.

Mon cœur cesse de battre. Je lui prends le torchon des mains pour m'essuyer les yeux. *Mon Dieu, je vous en supplie, faites que ça ne soit pas trop grave.*

— Allez-y carrément. Je vous en prie.

— Eh bien, votre mari a été reconnu coupable d'enlèvement d'enfant, mais avec des circonstances atténuantes… Du coup, il n'a pris que deux ans. C'est une condamnation symbolique, en fait…

Je bondis, renversant mon verre.

— Mais Jean-Luc n'est pas un ravisseur d'enfant ! C'est de la folie !

Ma vue se brouille.

— Madame Beauchamps, il fallait bien que le tribunal lui inflige une peine, sinon ça aurait fait un scandale parmi les gens.

— Les gens ? Mais qui ? Jean-Luc n'est pas un ravisseur d'enfant ! Il a sauvé Sam d'une mort certaine !

— Je vous en prie, madame Beauchamps, rasseyez-vous. Ce n'est pas tout…

Un coup de poignard me transperce la poitrine. Je suffoque. Aucun mot ne sort de ma bouche. La pièce se met à tourner, tourner, tourner. Je ne peux plus respirer. Tout devient noir.

Le policier me soutient la tête sur son genou. De l'eau me dégouline du visage, mon chemisier mouillé me colle à la peau.

— Je suis désolé, madame Beauchamps, j'ai dû vous asperger d'eau… vous ne repreniez pas connaissance.

Il tente de me soulever par les aisselles, mais mes muscles n'ont plus aucun tonus. Je m'affaisse sur le sol. John me regarde, désemparé.

— Vous êtes trempée, je suis vraiment désolé. Vous voulez un peu d'eau ?

Je me mets à rire. De l'eau ? Encore ? Un rire hystérique s'échappe de mes lèvres. Je ne peux plus m'arrêter. Je tente d'articuler quelques mots, mais aussitôt ce rire horrible me reprend.

— Je vous en prie, madame Beauchamps, laissez-moi vous aider.

Il essaie de nouveau de me relever. Réprimant tant bien que mal mon fou rire nerveux, je parviens cette fois à me remettre debout et je le laisse me guider vers une chaise.

— Vous devriez peut-être manger quelque chose de sucré. Vous êtes toute pâle…

Il va chercher la boîte à biscuits et me la présente. L'odeur grasse des cookies me soulève le cœur. Je fais non de la tête.

John referme la boîte et plonge son regard bleu dans le mien.

— Mon père est mort en France, vous savez.

Je ne veux pas le savoir. Je veux juste qu'il s'en aille. Deux ans ! Comment est-ce possible ?

— Il était dans la marine. Il a participé au débarquement. Il était officier. Après la guerre, nous sommes allés à une cérémonie d'hommage en Normandie. Là où on les a enterrés, vous savez ? C'est un territoire américain, maintenant.

Pourquoi me raconte-t-il tout ça ? Je m'en fiche, moi !

— Deux ans ? Deux ans, vous êtes sûr ?

— Oui. Mais vous savez, normalement, c'est beaucoup plus pour un enlèvement.

— Mais enfin comment peut-on l'accuser d'enlèvement ? Jean-Luc n'est pas un ravisseur d'enfant, si ?

— Je suis navré, madame Beauchamps. Ce n'est pas à moi de le dire.

— Mais ils se trompent sur toute la ligne, n'est-ce pas ?

— Je ne peux pas me prononcer. Ça ne serait pas professionnel de ma part.

— Pas professionnel ?

— Oui, je… Ce n'est pas à moi d'en juger, vous comprenez ?

— Mais vous, qu'est-ce que vous en pensez ?

— Que vous auriez dû rendre l'enfant après la guerre.

Il soutient mon regard. Dans ses yeux, je lis de la compassion, mais aussi une certitude obstinée.

— Et quoi d'autre ? Vous m'avez dit qu'il y avait autre chose… Où est Sam ? dis-je, paniquée.

— Chez un copain.

— Quoi ? Mais il ne m'a pas demandé la permission !

— Ne vous en faites pas, il est toujours là… *(John me pose une main sur l'épaule.)* Écoutez, madame Beauchamps, ce n'est que mon avis, mais je suis sûr que vous avez été une maman merveilleuse pour Sam. Je vois bien qu'il est heureux et aimé, chez vous. Je comprends que vous vouliez le garder et oublier la guerre, mais il n'en reste pas moins que… Sam n'est pas votre fils. Écoutez, puisque vous avez un peu de temps, vous devriez en parler avec lui, pour lui faire comprendre.

Je le dévisage, terrifiée par ce que je sens venir.

— Ils ont pris une décision. À propos de Sam.

Je ferme les yeux de toutes mes forces comme si je pouvais occulter ce qu'il va me dire. Je ne veux pas savoir.

— Sam doit être restitué à ses parents biologiques, en France.

— Non ! Non !

La pièce se remet à tourner. Je sens les mains du policier sur mes épaules. Je m'écroule dans ses bras, le corps secoué de sanglots muets.

— Madame Beauchamps, je vous en prie… Vous devez vous ressaisir. Dans l'intérêt de Sam.

Du calme… il faut que je me calme. Je dois garder mon sang-froid. Fermant les yeux, j'inspire à fond, retenant ma respiration le temps que l'oxygène parvienne dans tous les muscles de mon corps. John a raison. Tout ce qui compte maintenant, c'est Sam. Je dois être forte si je veux pouvoir le sauver.

Je rouvre les yeux, me dégage de l'étreinte du policier.

— Merci de m'avoir prévenue, John, c'est très gentil de votre part.

Je m'essuie le visage. Il faut que je remette de l'ordre dans mes pensées.

— Je dois aller aux toilettes. Vous voulez bien m'attendre ici ? S'il vous plaît. Je ne veux pas rester seule.

Le front du jeune policier se plisse d'inquiétude.

— Bien sûr. Je ne bouge pas.

Je monte en silence dans la chambre de Sam. M'emparant de son sac d'école abandonné au milieu de la pièce, je le vide sur le lit et je fourre à l'intérieur son pyjama, un pull, un pantalon, des sous-vêtements propres, sa brosse à dents et son pingouin en peluche. J'agis de manière pratique, réfléchie. Puis, laissant couler le robinet de la salle de bains, je vais dans ma chambre jeter quelques affaires dans un sac. Je pense même à aller fermer le robinet avant de redescendre et de cacher les deux sacs près du vestiaire de l'entrée.

— Ah, John…, dis-je en entrant dans la cuisine. Merci d'avoir été là.

— Ce n'est rien, je vous assure. Comment vous sentez-vous à présent ?

— J'essaie de me ressaisir. Pour Sam.

Il hoche la tête, toujours compatissant. Il faut maintenant que je trouve un moyen pour le faire sortir de la cuisine. De sa place, il a vue sur la rue.

— John, ça vous dérange si on s'assied dans le salon, juste quelques minutes, le temps que je trouve les mots pour parler à Sam ? Je ne sais pas comment lui annoncer la chose.

John jette un coup d'œil à sa montre.

— Pas de problème, je termine mon service dans deux heures.

— Ça veut dire que quelqu'un d'autre va prendre la relève ?

— Oui.

— Mais que vont-ils faire ? Oh, mon Dieu ! Ils vont vouloir l'emmener. Ils vont vouloir me le prendre !

— Je n'en sais rien, madame Beauchamps, désolé. J'ignore s'ils vont l'emmener tout de suite ou attendre un peu.

On pourrait me prendre Sam d'ici deux heures ! Je dois l'éloigner. Tout de suite. Il faut que je sois suffisamment loin quand ils viendront le chercher dans deux heures. Une vague de panique monte de mon estomac. J'ai envie de vomir. Mais je me contente d'aller me servir un verre d'eau à l'évier, en m'obligeant à respirer par le ventre. Je ne dois surtout pas craquer. Pour Sam.

Je regarde en face, chez Marge. Aucun signe des garçons. Ils doivent jouer dans la maison. Notre voiture est dans l'allée. Par chance, je ne l'ai pas rentrée au garage au retour des courses, ce matin.

Je reprends mon ton d'hôtesse parfaite.

— John, vous voulez bien passer au salon ?

Il me suit jusqu'au canapé où je me recroqueville, jambes repliées sous moi, tandis qu'il prend le fauteuil. Je fonds en larmes.

— Excusez-moi, John, dis-je en reniflant. Je ne vous facilite pas les choses.

— Ce n'est pas grave, réplique-t-il en toussant à sa façon virile, le poing contre la bouche.

— Je vais me passer un peu d'eau sur le visage, dis-je, comme si je tenais à faire bonne figure. Donnez-moi dix minutes pour reprendre mes esprits. Vous croyez que vous pourrez m'aider à trouver comment présenter la situation à Sam ?

— Oui, bien sûr.

Il est flatté que je fasse appel à lui. Je le vois à sa façon de pincer les lèvres, comme s'il examinait déjà la question.

— Merci, John. Je suis si soulagée que ce soit à vous qu'on ait confié la mission de nous surveiller.

Il n'arrive même plus à réprimer un sourire. Je me fais l'effet d'une horrible manipulatrice. Mais je m'aperçois que je ferais n'importe quoi pour Sam. N'importe quoi pour le protéger.

Je quitte le salon en refermant derrière moi. Je récupère les deux sacs dissimulés près du porte-manteau, j'ouvre la porte d'entrée sans bruit et je sors, sans oublier de donner un tour de clé.

55

Sam

Santa Cruz, 16 juillet 1953

— Sam, Sam !

Tiens, maman m'appelle.

— On dirait que ta mère te cherche, remarque Jimmy.

— Ouais.

Je fais semblant de trouver ça normal, mais en vrai, j'ai un peu peur de me faire gronder. À moins que… Papa ! Il est peut-être rentré à la maison. Ça serait chouette ! Je dévale l'escalier.

Maman est là, à la porte d'entrée. Marge est en train de lui dire :

— Tu n'entres pas chez moi. Sam, je veux bien, mais pas toi.

Maman ne répond pas. Elle m'entraîne dehors, c'est tout.

— J'étais chez Jimmy, maman. Pardon de ne pas te l'avoir dit.

Elle s'arrête et me regarde droit dans les yeux. Elle va me passer un savon, c'est sûr… Mais non ! Au lieu de ça, elle me dit :

— Il faut qu'on parte, Sam. Tout de suite. On n'a pas le temps de faire nos valises. Monte dans la voiture.

— Hein ? On va où ?

— Je te le dirai en route. Pour le moment, monte dans la voiture.

J'obéis à maman. Je vois bien que c'est important.

Nous sortons de l'allée dans un hurlement de pneus. Marge nous suit du regard, la bouche grande ouverte de surprise. Maman conduit comme dans une course-poursuite au cinéma. Elle me fait peur. On dirait une folle.

— Il est où le flic, maman ? Qu'est-ce qui se passe ? Où on va ?

Elle continue de regarder la route.

— Laisse-moi me concentrer sur la conduite, Sam.

J'ai envie de pleurer, mais je m'essuie les yeux du revers de la manche. Je dois être courageux. Je regarde par la vitre.

Une fois sur l'autoroute, maman me pose la main sur le genou.

— Tout va s'arranger, Sam.

— Mais où on va, maman ?

— On doit fuir, loin d'ici.

— Quoi ?

— Écoute, tu te souviens de ce que je t'ai raconté sur tes parents biologiques, M. et Mme Laffitte ?

— Oui…

— Eh bien, il y a du nouveau.

— Papa va revenir, hein ?

— Pour le moment, il ne s'agit pas de papa. Il s'agit de toi, Sam. Les Laffitte veulent te récupérer. Ils veulent que tu ailles vivre avec eux en France.

— Mais c'est pas possible…

— Je sais bien que ce n'est pas possible. Mais ils veulent te reprendre quand même. Ils veulent que tu apprennes à parler français et que tu sois leur fils.

— T'en fais pas, maman. J'irai pas. Je veux pas y aller.

— Je ne veux pas non plus que tu partes, Sam, mais ils ont le pouvoir de t'y obliger.

— Ils ont pas le droit ! J'irai pas, et puis c'est tout.

— Je crains que ça ne soit pas si simple. C'est pour cela que nous devons nous enfuir. Pour qu'ils ne nous retrouvent pas.

— T'as qu'à leur dire que je veux pas partir d'ici.

— Ils ne m'écouteront pas, Sam. Les Laffitte sont toujours très fâchés qu'on n'ait pas tenté de les retrouver après la guerre. Eux n'ont pas cessé de te chercher, tu comprends ?

— Mais moi, je veux rester chez nous. Et je veux que papa rentre à la maison.

Soudain, maman change de file et dépasse trois voitures d'un coup. Un des conducteurs donne un grand coup de Klaxon.

— Ta gueule, toi ! hurle-t-elle.

Je sursaute sur mon siège, le cœur battant. À qui parle-t-elle ? À moi ou à la personne qui a klaxonné ? Je regarde le compteur de vitesse. On roule tellement vite que l'aiguille a dépassé tous les chiffres du cadran.

— Maman… Tu as bloqué l'aiguille du compteur.

— Ah oui, c'est vrai !

Elle éclate de rire, mais c'est un rire aigu, un rire de folle, et j'aime pas ça du tout.

Si seulement papa était là…

— Et papa ?

— Il nous rejoindra plus tard, quand on se sera installés quelque part.

Je me laisse aller contre le dossier de mon siège en essayant de ne pas pleurer. Je ne veux pas m'enfuir de chez moi.

— Mais où on va ? Et où on habitera ?

— Au Mexique, Sam. On va au Mexique.

— Au Mexique ? Mais c'est même pas les États-Unis !

— Ne t'inquiète pas. Ce n'est pas très loin. Et si on mettait de la musique ?

J'allume la radio et je reconnais tout de suite la chanson : *Oh, my pa-pa, to me he was so wonderful*[1]...

— Eddie Fisher, dit maman.

Les paroles de la chanson me donnent envie de pleurer. Papa saurait quoi faire, lui. Il leur dirait que je ne peux pas aller vivre en France. Oh, j'aimerais tellement qu'il soit là…

— Quand est-ce qu'il va revenir, papa ?

— Je ne sais pas encore. On verra. Mais je sais qu'il pense à toi tout le temps.

Cette idée me console un peu. Je ferme les yeux. Ils me font mal tellement ils sont secs et puis, j'ai les paupières lourdes. Ma tête part sur le côté et je me blottis contre la vitre.

À mon réveil, il fait noir et on roule toujours. J'ai une énorme envie de faire pipi.

— Maman, on peut s'arrêter ? Il faut que j'aille aux toilettes.

— D'accord, mais il faudra te dépêcher.

On s'arrête à une station-service. Maman me donne un *quarter*[2] pour acheter quelque chose à grignoter pendant qu'elle fait le plein. D'après la flèche, il faut faire le tour de la boutique pour aller aux toilettes, mais ce n'est pas éclairé et il fait tout noir. Tâchant d'être courageux, je longe le mur à tâtons à la recherche d'une porte. Un oiseau pousse un cri perçant. Je fais un bond.

— Maman !

Pas de réponse.

— Maman ! Maman !!

— Il faut que tu allumes, fait une voix de dame dans l'obscurité.

---

1 « Oh, mon papa, pour moi, il était si merveilleux ». Chanson d'Eddie Fisher. (N.D.E.)

2 Un quart de dollar. (N.D.E).

Soudain, je suis inondé par une lumière si forte qu'elle me fait cligner des yeux.

— Je crois que ta maman fait le plein d'essence.

— Ah, dis-je en ouvrant la porte des toilettes qui était en face de moi, finalement.

Me sentant tout bête, je m'enferme dans le petit cagibi. Le jet de pipi dans l'eau au fond du cabinet résonne dans le silence. Je me demande si la dame l'entend de dehors…

Quand je ressors des toilettes, la dame n'est plus là. Maman entre dans la boutique et je passe derrière elle comme s'il ne s'était rien passé. J'entends la dame lui dire en riant :

— Il avait peur, tout seul, à l'arrière. C'est qu'il fait très noir de l'autre côté, si on n'allume pas.

— Sam, dit maman. Prends-toi quelque chose à manger, dépêche-toi.

Je choisis une barre chocolatée Hershey sur le rayon le plus proche et je tends mon *quarter* à la dame qui me sourit gentiment.

— Il est bien tard pour voyager…

Je lui souris sans répondre.

— Ah, mais c'est que nous avons encore une longue route à faire, dit maman.

— On va au Mexique !

Maman me lance un regard furieux. Zut, j'aurais mieux fait de me taire.

— Au Mexique ? répète la dame. Et qu'est-ce qu'il y a à voir au Mexique ?

— De la famille, réplique maman.

Je sais qu'elle ment, une fois de plus.

La dame encaisse ma barre chocolatée et me rend la monnaie en comptant les pièces dans ma main.

— Cinq *cents*, quinze, vingt et cinq qui font vingt-cinq.

Elle a une grosse ride au milieu du front et des sourcils qui pointent vers son nez.

— Le compte est bon, trésor ?

Je fais oui de la tête et je sors de la boutique pendant que maman me tient la porte.

De retour dans la voiture, on démarre à toute vitesse. Je déballe ma barre chocolatée. Si j'avais su, j'aurais choisi quelque chose de plus gros. Je meurs de faim, tout à coup.

56

Charlotte

Californie, 16 juillet 1953

Il est près de minuit lorsque nous atteignons la frontière. Sam a dormi durant presque tout le trajet, le cou complètement tordu contre la vitre. Alors que je veux le redresser dans une position plus confortable, il se met à murmurer dans son sommeil. Il est si beau… Je m'imprègne du moindre détail de sa physionomie : ses longs cils noirs recourbés, ses cheveux lisses comme de la soie, sa peau olivâtre et veloutée. Il a les yeux en amande, comme moi. Les gens s'extasient souvent sur notre ressemblance. Un peu comme si Sam s'était mis à prendre de moi, comme si au fil de sa croissance, son corps s'était inspiré du mien. Il ne ressemble pas beaucoup à Jean-Luc. En revanche, il a son rire et son sourire asymétrique.

Comment aurions-nous pu ne pas nous attacher à lui ? Lors de notre traversée des Pyrénées, j'avais très vite aimé comme mon propre fils ce petit bébé tout chaud, blotti contre ma poitrine, et qui levait de temps en temps les yeux sur moi pour apprendre à me connaître. De temps en temps, je me penchais en avant, exprès, pour lui donner l'impression qu'il allait tomber, afin qu'il tende ses petits doigts en étoile et s'agrippe encore plus fermement à moi. Il avait besoin d'une mère et j'avais répondu à ce besoin de façon innée, c'était venu tout naturellement.

Pourquoi ne nous laisse-t-on pas tranquilles ? Comment peut-on bâtir un avenir de paix en s'obstinant à remuer le passé ? L'idée que Sam puisse être malheureux me serre la gorge. Pour un parent, il est bien plus pénible de voir son enfant souffrir que de souffrir soi-même. Je ferais n'importe quoi pour protéger Sam. N'importe quoi.

Il y a un embouteillage sur l'une des files. La police contrôle les passeports. Je m'empêche d'enclencher la marche arrière et de repartir pied au plancher. *Mon Dieu, je vous en supplie, faites que tout se passe bien.*

Un violent coup frappé à la vitre me fait sursauter. C'est un policier. Je baisse la vitre d'une main tremblante.

— Madame, passeports, s'il vous plaît.

Son regard se pose sur Sam qui s'éveille à peine.

Je lui tends nos papiers.

— Attendez ici, madame.

Mon cœur cogne à mes oreilles. *Mon Dieu, je vous en supplie, je vous en supplie.*

Le policier revient avec un de ses collègues.

— Veuillez descendre du véhicule, madame.

Non ! Ils n'ont pas le droit ! Mais ils ouvrent ma portière et m'extirpent de mon siège en me tirant par le coude.

— Tournez-vous.

Un policier me pousse dans le dos, me plaque contre la voiture et me fouille de haut en bas. Je me mords la lèvre. Il faut que je reste calme. Dans l'intérêt de Sam.

Je sens le métal froid des menottes sur mes poignets. J'entends le cliquetis lorsqu'elles se referment. Je ravale un hurlement et me retourne vers Sam. Un policier a passé un bras autour de son cou et lui murmure quelque chose à l'oreille. Sam me cherche du regard.

J'articule « Je suis désolée » et, me mordant la lèvre jusqu'au sang, je réprime le hurlement animal qui s'élève de mon ventre.

57

Charlotte

Californie, 17 juillet 1953

Le chagrin enfle en moi comme un ballon de baudruche distendu, à la limite de l'éclatement. Je tente désespérément de le contenir, mais il me broie les entrailles, m'obstrue la gorge et me comprime le cœur. Un chagrin trop énorme pour moi. Quand la voiture de police s'arrête devant le poste, lorsqu'on me dit de descendre, je suis comme paralysée. Pliée en deux, je gravis les marches de l'entrée, toujours menottée. Le long du couloir, la lumière crue des néons m'agresse les yeux. Les policiers stoppent devant une cellule. En dépit de la panique qui me tétanise, je relève la tête : il y a déjà quelqu'un derrière les barreaux, une femme barbouillée de mascara jusqu'à la bouche, dont les longues jambes nues dépassent d'une courte jupe en jean.

Le policier m'ôte les menottes, libérant mes bras ankylosés. Je m'enserre aussitôt la poitrine, pour contenir ma douleur. Le cliquetis métallique de la clé dans la serrure résonne dans ma tête. Trébuchant sur le seuil de la cellule, je vais m'écrouler sur la banquette en béton. Le chagrin est désormais trop volumineux pour mon corps. Le ballon explose. Mon corps est pris de spasmes, déchiré de sanglots qui montent du plus profond de mon âme.

— Tu vas fermer ta gueule, bordel ? me crie la femme.

Mais la douleur qui me laboure est inextinguible et mes sanglots augmentent en volume sonore. J'espère que cette femme va me frapper. La douleur physique serait préférable à cette torture psychologique. Je la sens s'approcher de moi, sa tête est tout près de la mienne. Une haleine de whisky m'assaille les narines. J'attends que son poing entre en contact avec mon visage.

— Ils vont te foutre chez les dingues si tu continues à gueuler comme ça, me murmure-t-elle à l'oreille. Et après, ils t'en laisseront plus jamais sortir.

J'aurais préféré qu'elle me frappe. Ses paroles m'épouvantent. Je prends une profonde inspiration, forçant l'air à se frayer un passage jusque dans mon ventre. Bloquant alors ma respiration, je me force à me calmer.

La femme retourne à sa place, en face de moi. Jambes repliées, je reste couchée en position fœtale, tentant désespérément de faire le vide dans ma tête. Mais mon esprit refuse de me laisser en paix.

— Alors, qu'est-ce qui t'arrive de si terrible ? Qu'est-ce que t'as fait ? T'as tué ton mari ?

Elle se met à glousser comme si elle avait dit quelque chose d'amusant.

Mais je ne trouve pas les mots pour lui dire ce que j'ai fait.

— Tu veux savoir pourquoi je suis là, moi ?

Je me recroqueville encore plus, murée dans mon silence.

— Parce que j'ai vendu un truc qu'est à moi. C'est pas dingue, ça ? Je parie que t'as fait un truc bien plus grave que ça, toi. Tu vois, Dieu m'a pas filé de cervelle, mais il m'a donné des nichons, des jambes et un joli petit cul. Faut faire avec ce qu'on a, pas vrai ? Y a personne pour s'occuper de moi, alors qu'est-ce que je suis censée faire, hein ? Me laisser crever ?

Je l'entends se lever, ses pas revenir vers moi. Puis sa main se pose sur ma tête.

— T'es dans la merde, pas vrai ?

J'ai l'impression qu'une chape de plomb s'est abattue sur moi. Tout m'écrase. Je ferme les yeux et je me laisse sombrer dans l'oubli.

Tout à coup, quelqu'un tourne la clé dans la serrure. Un policier entre dans la cellule, accompagné par une femme en blouse blanche.

— Levez-vous, madame Bow-Champs, me lance le policier avec rudesse.

Je les regarde tour à tour, lui et la femme. Tous deux affichent le même visage sans expression. Une terreur s'empare de moi. Vont-ils m'interner ?

Je dois rester calme, leur montrer que je suis saine d'esprit. Lentement, je déplie les jambes, pose les pieds par terre, mais au moment de me lever, je me sens chanceler. Alors, je me soulève tout doucement, en prenant appui sur la banquette. La pute s'est endormie en position assise, le cou tout tordu. J'aimerais la mettre dans une position plus confortable, mais je n'ose pas la toucher. Je sors de la cellule à la suite du policier et de la femme en blouse blanche.

Nous arrivons au fond du couloir lorsqu'ils s'arrêtent devant un petit bureau sur la gauche.

— Où est Sam ?

Je m'étais promis d'attendre pour leur poser la question, prête à tout pour donner de moi une image calme et posée, mais j'ai besoin de savoir.

— On vous expliquera tout dans la salle d'interrogatoire, madame Bow-Champs.

Ils s'assoient d'un côté de la table et me font signe de prendre place en face. Je me trémousse nerveusement sur la chaise en plastique, soudain en proie à un besoin pressant. Mais je me refuse à demander une faveur, consciente que ma détresse ne fera qu'augmenter leur cruauté.

Le policier prend la parole :

— Madame Bow-Champs…

Je le fixe d'un regard plein d'attente.

— L'acte que vous avez commis était parfaitement irresponsable et stupide de votre part…

— Où est Sam ? Il va bien ?

L'homme hoche la tête.

— Il va très bien. Il va bientôt s'envoler pour Paris.

Un croassement s'échappe de ma gorge nouée.

— Quoi ?

— Oui. Aujourd'hui.

Des coups de poignard me transpercent l'estomac. Je me prends le ventre à deux mains comme pour atténuer la douleur.

— Pitié, je vous en supplie, ne l'envoyez pas là-bas comme ça. Je vous en prie, laissez-moi le voir.

La femme me tend un gobelet en plastique rempli d'eau. Mon premier réflexe est de repousser sa main, pourtant j'accepte de boire une minuscule gorgée.

— Comme je vous le disais, poursuit le policier sans prêter attention à mes suppliques, vos actes d'hier pourraient vous valoir de gros ennuis.

Je le regarde bien en face.

— Je suis désolée… j'étais dans tous mes états. Je n'avais plus toute ma tête.

Les paroles de la prostituée sur les dingues qu'on enferme résonnent encore à mes oreilles.

— En effet…

Il sort un paquet de cigarettes, le présente à la femme en blouse blanche (qui refuse d'un mouvement de tête) et se laisse aller contre le dossier de sa chaise en tirant sur sa cigarette, comme s'il était au spectacle.

— Et maintenant, je vous laisse procéder à l'interrogatoire…

La femme en blouse blanche me regarde d'un air faussement surpris.

— Madame Bow-Champs, commence-t-elle. Pourquoi avez-vous tenté de passer la frontière avec Samuel ? On vous avait pourtant dit de ne pas bouger de chez vous, à moins d'en informer au préalable le policier en faction.

— Je regrette. Mais quand j'ai appris que les parents de Sam voulaient le reprendre, j'ai paniqué. Je ne veux pas le perdre.

Ma gorge se contracte douloureusement. Il ne faut pas que je pense à Sam. Je me concentre sur ma respiration. Inspirer, expirer. Lentement, profondément.

— Nous sommes préoccupés par votre état mental, madame Bow-Champs. En effet, nous savons que votre mari vous a longtemps soumise à une pression excessive, ce qui a pu nuire gravement à votre équilibre psychologique. Nous voulons donc nous assurer que vous êtes assez stable pour rentrer chez vous.

Je me trouble.

— Chez moi ? Vous voulez dire… à Paris ?

À la pensée d'aller à Paris, de me rapprocher de Sam et de Jean-Luc, mon cœur s'emballe.

La femme toussote.

— Non, dit-elle en se tournant vers le policier. Je ne vous parle pas de Paris, madame Bow-Champs. Quand je dis chez vous, je veux dire ici.

Mon cœur se serre.

Le policier fait tomber la cendre de sa cigarette dans un cendrier en métal et me regarde par dessous ses sourcils broussailleux.

— Vous devez demeurer dans l'État de Californie et accepter des séances hebdomadaires avec notre psychiatre.

— Vous voulez dire que je ne peux pas quitter ce pays ?

— Ce pays, me coupe le policier d'un air mauvais, qui vous a accueillie et vous héberge depuis neuf ans. Non, vous n'avez pas le droit d'en partir.

— Mais peut-être qu'un jour, vous pourrez retourner en France, tempère la femme plus gentiment. Il ne s'agit pas d'une interdiction définitive de quitter le territoire national. C'est seulement le temps de nous assurer que vous avez bien accepté le fait que Samuel n'est pas votre fils.

58

Sam

Californie, 17 juillet 1953

La grande dame aux bras poilus a une voix énervante.

— Samuel, il faut que tu manges quelque chose. Si tu viens avec nous à la cantine, tu pourras choisir ce que tu veux.

J'ai envie de gifler ses joues toutes molles qui tremblotent comme de la gelée quand elle parle.

— Quand est-ce que je vais voir ma mère ?

Elle pousse un gros soupir.

— Nous en avons déjà parlé, Samuel. Il vaut mieux que tu ne la voies pas avant ton départ.

Je serre et je desserre les poings sous la table pour m'empêcher de pleurer.

— J'irai nulle part. Je veux voir ma mère !

— Samuel, s'il te plaît. Sois raisonnable.

Là, c'est trop ! Je bondis de ma chaise et mon poing part tout seul s'écraser sur sa bouche molle. Je respire très vite, comme si j'avais fait la course. J'ai frappé une *marshal* ! Et si on me mettait en prison, moi aussi ?

J'attends sans bouger.

L'homme m'attrape par le bras. J'ai trop peur pour me débattre. Il me conduit de force dans le couloir. J'ai le cœur qui bat très fort. Qu'est-ce qu'ils vont faire de moi, maintenant ?

L'homme m'emmène dans une petite pièce. Il y a une table blanche et deux chaises grises.

— Tu vas attendre ici jusqu'à ce que tu sois calmé.

Il me lâche enfin le bras et referme la porte derrière lui. À clé.

Sans un regard pour les chaises, je vais me recroqueviller par terre, dans un coin. Je ne veux pas pleurer. Je ne pleurerai pas. Plus jamais. J'ai pleuré quand ils ont emmené maman. Je me souviens que je leur ai crié : « Mais elle a rien fait ! » Ils m'ont répondu qu'un jour je comprendrais, mais je ne comprendrai jamais !

J'ai l'estomac qui se tord et qui gargouille. La dernière chose que j'ai mangée, c'est la barre chocolatée Hershey, hier soir. Je n'ai pas voulu le bol de pétales de maïs qu'ils m'ont donné ce matin, mais comme j'avais soif, j'ai quand même bu le verre de lait.

Si seulement on avait pu passer au Mexique ! Je suis tellement fatigué que j'en ai la tête qui tourne. Je ferme les yeux et je pose la tête sur mes genoux. Je sens mes cils me caresser la peau. J'aime bien ça, du coup je cligne des yeux sans m'arrêter.

Un bruit me réveille. C'est la clé qui tourne dans la serrure. La *marshal* entre. L'homme a toujours l'air fâché, la dame, elle, a l'air triste.

— Samuel, nous comprenons que tu puisses éprouver une grande colère, dit-elle d'une voix d'une douceur écœurante. Je te pardonne de m'avoir donné un coup de poing. C'était ta manière à toi d'exprimer ta colère et ton incompréhension, je le sais et je ne t'en veux pas.

L'homme intervient.

— N'empêche que si ce genre de chose se reproduit, tu en paieras les conséquences !

— Allons plutôt déjeuner, lance la dame d'une voix faussement enjouée.

Je reste immobile.

— Allez, petit, dit l'homme.

— Quand est-ce que je pourrai voir ma mère ?

Ils échangent un regard et l'homme soupire avant de me saisir par le coude.

Ils m'emmènent dans une cantine où les gens font la queue pour choisir ce qu'ils vont manger.

— Prends ce qui te fait envie, me dit la dame.

Quand j'arrive à la caisse, mon plateau est toujours vide. Je ne mangerai rien, même si j'ai l'estomac tout creux. On va s'asseoir à une table libre. Je sens que tout le monde nous regarde. Je fixe les gens à mon tour et ils regardent ailleurs.

— Je fais du baby-sitting alors que je bosse sur une enquête, murmure l'homme à la dame. J'ai pas le temps pour ce genre de conneries, moi.

— Chut…, fait la dame en le regardant du coin de l'œil.

Mais je parie qu'il a fait exprès de parler fort pour que j'entende. Il me déteste. Je le sens.

La dame pose une assiette de frites devant moi, ouvre une cannette de Coca et plonge une paille dedans.. Je prends une frite. Mais comme la dame me sourit, je la repose dans l'assiette. Je ne touche pas au Coca. La dame attaque son hot dog en faisant gicler le ketchup sur les côtés.

— Samuel, on va repartir de zéro. *(Elle avale une grosse bouchée de hot dog.)* Nous sommes partis du mauvais pied, tous les deux. Je sais à quel point c'est dur pour toi. Si tu veux, on peut rappeler la psychologue qui t'a parlé tout à l'heure et lui demander si elle peut te revoir. Ça te ferait plaisir ?

Elle me sourit comme si elle me faisait un cadeau.

Comment elle fait pour être aussi bête ?

Mais au lieu de fermer sa grosse bouche molle, elle continue.

— Ta maman d'ici, ainsi que ton père, ont sincèrement cru bien faire en te faisant entrer aux États-Unis. Là-dessus, on est d'accord. Cependant, ils auraient dû en informer les autorités à leur arrivée sur le sol américain. De cette façon, on aurait pu tout de suite retrouver tes vrais parents et épargner beaucoup de chagrin à tout le monde.

— Je m'en fiche ! Je suis content, moi, qu'ils l'aient pas fait ! Je veux ma mère !

Je passe la main dans mes cheveux pour empêcher mon poing de repartir. J'ai envie de la cogner.

— Je veux rentrer à la maison.

— Samuel, il faut que tu comprennes que ta maison n'est pas là où tu le croyais.

Je me bouche les oreilles. Je ne veux pas entendre. Mais c'est impossible.

L'homme fait exprès de parler très fort :

— Samuel, tes vrais parents ont le droit de te voir. Tu es leur fils. Et si ta mère t'a abandonné, c'est que sur le moment, elle ne pouvait pas faire autrement. Tu n'as pas envie de la rencontrer ?

Je le fusille du regard.

— Non ! C'est pas ma vraie mère ! Je la déteste !

La dame ouvre de grands yeux.

— Samueeel… Tu ne dois pas dire des choses comme ça. Ta mère a beaucoup souffert, tu sais…

— Tant mieux ! Je la déteste ! Je voudrais qu'elle soit morte !

Je sens que les gens se retournent vers nous.

La dame est rouge comme une tomate.

— Tu ne penses pas ce que tu dis. Tu es bouleversé.

Je ne peux plus retenir mes larmes. Elles débordent de mes yeux, roulent sur mes joues. J'ai mal dans la poitrine, je n'arrive plus à respirer.

— On ferait mieux d'y aller.

L'homme se lève et me passe un bras autour des épaules. Je me sens pris au piège. Incapable de m'enfuir, je respire la bouche ouverte, comme si je me noyais.

59

Sarah

Paris, 17 juillet 1953

Au tréfonds de son âme, elle a toujours su que son enfant était vivant, quelque part. Une mère sent ces choses-là.

Le moment où elle a confié précipitamment son bébé à ce cheminot est resté gravé dans son esprit. Maintes et maintes fois, elle s'est repassé la scène jusqu'à tatouer dans sa mémoire le tracé précis de la cicatrice qui barrait la joue de l'inconnu. Autre détail : quand il a pris Samuel dans ses bras, elle a remarqué qu'il n'avait que le pouce et un doigt à la main gauche. Elle était sûre que ce cheminot prendrait bien soin de son fils, ainsi que le lui avait prédit le vieux rabbin dans le métro : oui, Dieu le garderait sous sa protection, à l'abri de tout danger. Et elle savait qu'elle le retrouverait un jour. Simplement, elle n'imaginait pas que cela prendrait aussi longtemps.

Sarah se retourne dans le lit à la recherche d'une position plus confortable sur l'oreiller, mais en fait, elle est trop excitée pour dormir. C'est demain : ce jour auquel elle n'osait plus croire. Une joie sans mélange irrigue ses veines, une émotion qu'elle reconnaît à peine. Car, elle s'en rend compte à présent : depuis neuf ans, elle était comme engourdie. Depuis neuf ans, elle ne vivait plus que comme un automate. Mais aujourd'hui, pour la première fois depuis le jour où elle a confié son bébé à un inconnu, elle se sent vivante. Reconnaissante d'être en vie.

— Merci, mon Dieu, murmure-t-elle dans son oreiller.

Bien sûr, Samuel n'est plus un bébé. Il a déjà neuf ans et à en croire les photos qu'on lui a montrées, c'est un beau petit garçon. Ces photos, elle les a détaillées avec passion, et elle y a reconnu sa famille. Dans les yeux sombres de Samuel, pétillants de curiosité et d'intelligence, elle a retrouvé le regard de son propre père, mais il a aussi hérité du nez fin de sa mère. Il a aussi des airs de David… dans son port de tête, sa façon de lever fièrement le menton. En fait, il n'y a qu'une seule personne avec laquelle elle ne lui a trouvé aucun trait de ressemblance, et c'est elle-même.

Cela ne va pas être facile, Sarah le sait. Samuel ne parlant pas un mot de français, ils vont devoir trouver un autre moyen de communiquer, mais qu'est-ce qu'une langue comparée aux liens du sang ? Cela l'oblige pourtant à s'interroger, une fois de plus, sur la relation qui unit son fils aux Beauchamps. Sarah préfère ne pas trop s'attarder là-dessus, inquiète d'imaginer l'amour que Samuel doit éprouver pour ces gens qu'il a toujours cru être ses parents. Le plus terrible, c'est l'idée que son fils aime comme une mère une autre femme qu'elle. Comment lutter contre un lien aussi fort ?

Alors, elle se plaît à imaginer que Samuel est plus proche du cheminot que de sa femme. Ce serait assez logique, puisque c'est lui qui a accepté de prendre Samuel. Sa femme ne voulait peut-être pas du bébé de quelqu'un d'autre. Cela expliquerait qu'elle n'ait jamais parlé français à Samuel, qu'elle l'ait privé de sa langue maternelle. Sinon, comment aurait-elle pu ne pas lui chanter les berceuses apprises dans les bras de sa propre mère ?

Stop. Elle doit arrêter de ressasser. Le passé, c'est le passé. À présent, ce qu'il faut, c'est s'organiser en vue de la prochaine étape. La psychologue a été catégorique : en six mois, Samuel parlera couramment français, à condition toutefois qu'ils respectent le principe d'immersion linguistique totale, à savoir le couper complètement de l'anglais, sa première langue – Sarah ne peut se résoudre à l'appeler sa langue maternelle. Autrement dit, ils ne doivent jamais se servir de l'anglais pour communiquer, même au début – de toute façon, ils en seraient bien incapables – et Samuel ne devra plus entretenir aucun contact avec les personnes qui l'ont élevé, même par courrier.

Sarah a passé la journée à se faire du souci, à lui préparer sa chambre, à acheter des choses que goûterait avec plaisir un petit garçon de neuf ans. Tout d'abord, elle a fait sa recette de hallah[1] – aux raisins secs, pour marquer le coup. Ensuite, elle a acheté un gros sac de pommes de terre, car une amie lui a dit que les Américains se nourrissaient de pommes de terre, qu'ils en mangeaient même au petit déjeuner. Imaginez un peu ! Elle pourrait lui faire des latkes[2] en entrée et un gratin dauphinois pour accompagner le kebbé[3] d'agneau. À moins que cela ne fasse un peu trop ? En dessert, elle confectionnera son gâteau aux pommes et au miel. D'habitude, elle le réserve pour le Nouvel An, mais elle a envie d'en faire un aujourd'hui afin de marquer ce nouveau départ, repentir et pardon allant de pair. Il lui tarde que mère, père et fils se retrouvent autour d'un repas, qu'ils rompent le pain ensemble. C'est son souhait le plus cher. À cette pensée, les battements de son cœur s'accélèrent.

David se tourne dans son sommeil. Elle l'enlace, se nichant dans son cou.

— Tu es réveillé ? chuchote-t-elle.

— Non, marmonne-t-il.

---

1 Un pain traditionnel juif. (N.D.E.)
2 Des galettes de pommes de terre. (N.D.E.)
3 Des boulettes de viande. (N.D.E.)

Sarah se remet sur le dos, les yeux ouverts, nerveuse. David se retourne vers elle, cherchant sa main sous les draps.

— Tout va bien se passer, hein, David ?

— Notre fils rentre à la maison, Sarah. Nous allons enfin pouvoir recommencer à vivre.

— Je regrette… je regrette que Beauchamps ait été condamné à deux ans de prison. La sanction me paraît trop sévère. C'est quand même grâce à lui que Samuel est en vie.

— Je sais, je sais. Mais la décision n'était pas de notre ressort. Et puis, on ne doit pas oublier qu'il nous a caché notre fils pendant toutes ces années.

Sarah lui presse les doigts avec émotion.

— Oui, c'est vrai. Tu te souviens du jour où il est né ?

— Comment pourrais-je l'oublier ?

— Quel courage tu as eu de le mettre au monde tout seul !

— C'est plutôt toi qui as été courageuse.

Sarah sourit dans le noir.

— J'avais confiance en toi, j'étais sûre que tu savais ce que tu faisais.

— Oui, être chercheur en biologie, ça a ses avantages, pas vrai ?

— J'étais heureuse d'accoucher à la maison, mais le plus dur, ça a été de partir de chez nous tout de suite après sa naissance.

Elle se blottit contre David, le revoyant serrer le nouveau-né sous son manteau, durant leur fuite dans Paris occupé.

Ils ne remontent pas plus loin dans leurs souvenirs. Ni l'un ni l'autre n'arrivent à parler de la nuit qui a suivi, bien qu'ils y pensent tous les deux. Sarah sait que David se sent responsable de leurs malheurs. Il considère qu'il n'a pas été capable de les protéger, elle et leur fils, comme il le leur avait promis. On les avait fait monter de force dans un camion de l'armée et il s'était raccroché à elle comme elle-même se raccrochait à leur bébé tout au long du trajet dans les rues sombres et désertes de Paris.

— Je suis désolé, Sarah. Je suis désolé.

Il lui avait mis sa veste sur les épaules et elle avait compris qu'il lui aurait donné sa chemise s'il l'avait jugé utile.

À leur arrivée à Drancy, les hommes avaient été séparés des femmes. David avait refusé de la lâcher malgré les coups de matraque des gardes. Elle avait dû le supplier de la laisser partir.

— Vis, lui avait-elle demandé. Reste en vie pour moi. Et pour Samuel.

Elle savait qu'il le ferait.

60

Sam

Californie, 17 juillet 1953

Quand on retourne dans la petite pièce après le repas, je redis à la dame :

— Je ne peux pas aller en France. Je suis américain et je ne parle pas français.

— Un garçon intelligent comme toi apprendra vite. Déjà, c'est le même alphabet.

Je la regarde sans comprendre.

— Le chinois, par exemple, poursuit-elle, ce serait beaucoup plus difficile. Tiens, assieds-toi, je vais t'apporter des bandes dessinées.

J'obéis parce que l'homme me surveille. J'ai peur de rester seul avec lui. Après le départ de la dame, je fais exprès de regarder la table pour ne pas croiser ses yeux glacés. Mais je l'entends avancer vers moi. Alors je me cache la tête dans les mains. Si seulement la dame pouvait revenir !

L'homme me pose la main sur l'épaule.

— Écoute, petit, va falloir t'endurcir. Ça suffit, les pleurnicheries. On a une mission à accomplir et tu ne nous facilites pas la vie, tu sais ?

Il me serre l'épaule très fort. Je retiens ma respiration pour ne pas faire de bruit.

La porte couine. Je relâche ma respiration et je relève la tête. Ouf, c'est la dame ! Elle a un grand sourire et une pile de BD dans les bras. Elle étale sur la table toute une collection de *Captain America* et de *Batman et Robin*. Je voudrais dire merci, mais les mots restent coincés dans ma gorge.

— Je m'en occupe, dit-elle à l'homme. Vous pouvez retourner à votre travail.

Je fais semblant de lire *Captain America* en attendant qu'il s'en aille.

— Souviens-toi de ce que je t'ai dit, petit, me dit-il enfin en refermant la porte.

La dame s'assied à côté de moi et se met à sortir des papiers.

— Pourquoi, qu'est-ce qu'il t'a dit ? me demande-t-elle sans lever les yeux.

— Je sais pas.

Je continue de faire semblant de lire.

— Je ne suis pas psychologue, Samuel, mais tu peux tout de même me parler. Ça pourrait te faire du bien.

Je fais non de la tête. Une grosse larme tombe sur la BD, brouillant le texte imprimé.

— Je veux juste voir ma mère.

Elle pousse un gros soupir.

— Samuel… Tout va s'arranger. Tu vas avoir ta vraie maman et ton vrai papa, maintenant. Ça devrait te faire plaisir de bientôt les rencontrer.

— Je veux pas les voir. Je veux voir ma mère. Est-ce qu'elle revient bientôt ?

— Je t'en prie, Samuel, arrête de dire ça.

— Je m'appelle pas Samuel ! Je m'appelle Sam !

— Tu t'appelles Sam aux États-Unis, mais d'après moi, en France, on va t'appeler Samuel.

Je la regarde sans comprendre. Qu'est-ce qu'elle veut dire par là ?

— Samuel, c'est ton vrai nom, or on ne donne pas de diminutifs en France. C'est la psychologue qui me l'a dit.

Elle s'est renseignée sur le sujet. Apparemment, il y a quelques différences auxquelles tu vas devoir t'habituer.

— Mais puisque j'irai pas ! Je vous ai dit que j'irais pas !

— D'accord, d'accord…

Ça y est, elle a enfin compris ? Mais non, la voilà qui recommence !

— Il y a de très bonnes écoles en France, tu vas très vite te faire de nouveaux amis.

— Je veux pas de nouveaux amis. Je veux mes anciens amis.

Elle me pose la main sur l'épaule.

— Samuel, tu vas passer la nuit ici, et demain, tu partiras pour la France avec M. Jackson.

Je bondis de ma chaise.

— Non ! Je vous en supplie, non ! Je serai sage, promis ! S'il vous plaît, ne m'envoyez pas là-bas ! Je vous en prie !

— Chut, allons… Là, là…, murmure-t-elle en me prenant dans ses bras.

C'est plus fort que moi. Je me laisse aller contre sa grosse poitrine moelleuse, j'y enfouis la tête. Les larmes jaillissent. Cette fois, je n'essaie même pas de les retenir. Ça me fait trop mal dedans. Je sens la morve glisser de mes narines et couler sur son chemisier.

— Chut, mon petit ange, murmure-t-elle, une main posée sur ma tête. Ne te retiens pas de pleurer. Ça ne vaut rien de tout garder à l'intérieur, il faut que ça sorte…

J'entends la porte s'ouvrir de nouveau et des pas qui s'approchent de moi. Quelqu'un me tripote le bras, puis me le serre très fort.

— Ce n'est rien. Ça va juste piquer un peu.

61

Sam

Paris, 18 juillet 1953

Je n'ai pas vu le décollage. Je ne me souviens pas non plus de l'atterrissage. Le docteur m'a fait une piqûre, peut-être deux. Une dans la pièce et une autre avant de monter dans l'avion. Je ne me souviens pas de la nuit, pourtant je sais qu'il y en a eu une, puisque c'est le matin.

J'ai la tête appuyée sur un coussin tout mou. Je me rends compte que je suis assis dans un grand fauteuil blanc. Autour de moi, des murs bleus. Dans ma tête, c'est le brouillard. Je regarde autour de moi : un homme brun en chemise rose. Il me regarde fixement. Je veux replonger dans le monde que je viens de quitter. Je laisse mes yeux se refermer.

J'entends l'homme parler, comme dans un rêve. Il a un drôle d'accent. Un accent qui me rappelle un peu celui de maman : des fois, sur certains mots, elle a la voix qui monte alors qu'elle devrait descendre.

— Nous savons que c'est très dur pour toi, Samuel. Samuel…

Je rouvre les yeux. L'homme me tend un verre de jus d'orange.

— Tiens, bois ça.

Je prends une gorgée. J'ai tellement soif que je finis le verre en entier. L'homme me donne une espèce de pâtisserie. Je goûte… Miam ! Ça a un goût de beurre, délicieux. En fait, je meurs de faim, tout à coup.

— Tu en veux un autre ?

Je fais oui de la tête et il sort une autre de ces pâtisseries d'un sachet en papier.

Je l'avale en trois bouchées. Ça fait du bien d'avoir quelque chose dans l'estomac. Je ne veux pas penser à ce qui va m'arriver. Ça ne servirait qu'à faire revenir l'envie de vomir et les vertiges. Je regarde l'homme. Pourquoi est-ce qu'il porte une chemise rose ? C'est une couleur de fille.

Il se remet à parler :

— Tes vrais parents ont traversé beaucoup d'épreuves, tu sais, et ils sont très heureux à l'idée de te voir.

Non seulement il a une chemise rose, mais il a aussi une cravate violette.

— Je suis à Paris ?

Il me sourit.

— *Mais oui*, dit-il en français. Le voyage a été long, mais nous sommes tous bien contents que tu sois là.

— Quand est-ce que je verrai ma mère ?

— Samuel…

— Je m'appelle Sam.

— Excuse-moi, Sam, dit-il en tirant une chaise pour s'asseoir près de moi.

— Nous allons faire de notre mieux pour t'aider. Tu veux bien que je te raconte une histoire ?

Je hausse les épaules. Ça m'est égal…

Il commence. C'est l'histoire d'un tigre qui s'est perdu dans la jungle. Le tigre est adopté par une famille de gorilles et à un moment, ils essaient de le hisser dans les arbres. Je commence à décrocher… L'homme a une voix douce et gentille, mais je le vois venir. C'est lamentable. Voilà, c'est le mot. Lamentable. Ce type est lamentable.

Les *marshals*, eux, ils étaient bêtes. Mais cet homme, dans sa chemise de fille, il est lamentable.

Il me touche l'épaule.

— Sam…

Je veux me rendormir. Je laisse aller ma tête contre le coussin et je ferme les yeux.

— Sam, tes parents sont là.

— Papa et maman ? Ils sont là ?

— Je veux dire tes parents français, tes vrais parents.

— C'est pas mes vrais parents ! Je vous l'ai déjà dit !

Je bondis de mon siège, mais j'ai les jambes en coton. Je retombe dans le fauteuil. J'ai tellement mal à la tête… Je me la prends à deux mains pour qu'elle arrête de cogner si fort.

L'homme pose les mains sur mes épaules. J'essaie de le repousser, mais je n'y arrive pas. Je me sens si faible…

— Sam, s'il te plaît. Il faut que tu te calmes, maintenant.

— Laissez-moi tranquille…

— Nous devons tous faire un effort pour que tout se passe bien, y compris toi, Sam. Alors maintenant, arrête, s'il te plaît.

— Vous allez me laisser rentrer chez moi ?

— Nous ne…

On frappe à la porte.

Deux personnes entrent dans la pièce.

62

Sarah

Paris, 18 juillet 1953

— Samuel… Samuel…

Ses yeux se mouillent en le découvrant. Il a pleuré, mais il est beau, exactement comme elle se l'était imaginé : des cheveux noirs brillants comme de la soie, une peau olivâtre, des joues veloutées, un nez fin et des yeux chocolat. Sarah voudrait le boire tout entier, comme un voyageur perdu dans le désert qui a crevé de soif durant des jours.

David lui agrippe la main à lui faire mal.

— C'est Samuel, n'est-ce pas ? C'est vraiment lui, murmure-t-il d'une voix brisée par l'émotion.

Sarah détourne à contrecœur le regard de son fils, à peine le temps de voir une larme glisser sur la joue de son mari.

— Oui, David. C'est Samuel.

Mais déjà elle se retourne vers son fils. Elle a encore du mal à croire qu'il est bien réel.

— Samuel, murmure-t-elle. Nous t'avons retrouvé.

Bouleversé, David avance vers lui, les bras grands ouverts. Aussitôt, Samuel se raidit et recule contre le mur.

Sarah retient son mari de la main.

— Attends…

Derrière eux, la psychologue toussote.

— Il va lui falloir un certain temps pour s'adapter… Permettez-moi de vous présenter l'interprète. Mme Demur.

David et Sarah s'arrachent un instant à la contemplation de leur fils pour saluer une svelte jeune femme en tailleur bleu clair et échanger une poignée de main avec elle.

— Je vais traduire vos échanges avec votre fils.

Votre fils. C'est vrai, ils ont un fils, maintenant. Mais celui-ci reste aussi loin d'eux que le lui permet l'exiguïté du local, les mains plaquées contre le mur, les yeux agrandis de terreur, tel un petit animal traqué.

Un homme en chemise rose et costume anthracite leur tend alors la main.

— Bonjour, monsieur et madame Laffitte, je suis ravi de faire votre connaissance.

L'adjoint au maire, devine Sarah.

— Prenez place, je vous en prie, dit-il en tirant des chaises.

Docilement, tous obéissent, formant un petit demi-cercle dans le bureau. L'homme tapote la chaise restée vide à côté de lui.

— Viens t'asseoir, Samuel.

Il s'exprime d'une voix douce et aimable, mais Samuel le regarde avec mépris sans se détacher du mur.

David se tient la barbe, comme si c'était une planche de salut. Sarah, elle, a la gorge sèche et nouée : tant de paroles sont coincées tout au fond !

Samuel dit quelque chose en anglais. L'interprète traduit :

— Il ne se sent pas bien.

David se tire sur la barbe.

— Dites-lui que nous pouvons aller à la maison, maintenant.

Tout ce qu'il veut, c'est partir de là et ramener son fils chez eux, Sarah le sait bien.

L'interprète se retourne vers Samuel et lui traduit les paroles de David en anglais.

L'enfant secoue la tête avec force, ses cheveux noirs suivant le mouvement.

Sarah comprend qu'elle va devoir le distraire d'une manière ou d'une autre. Ouvrant son sac à main, elle cherche d'une main tremblante les photos qu'elle a pris soin d'emporter.

— Tiens, Samuel. Tu veux voir des photos de ta famille ?

L'interprète traduit et Samuel secoue la tête de nouveau.

— Je veux rentrer chez moi. Je me sens pas bien.

Sarah n'a pas besoin de traduction, elle a saisi l'essentiel, mais l'interprète continue de faire son travail.

— Dites-lui que chez lui, c'est ici, maintenant, réplique David en lâchant enfin sa barbe.

Au fur et à mesure que l'interprète traduit, l'enfant pâlit davantage. Sarah s'empresse de lui tendre une photo.

— Regarde, Samuel.

Elle se lève, fait un pas vers lui, et à son grand soulagement, il baisse les yeux sur la photo.

— C'est ton grand-père et ta grand-mère maternels. *(Elle désigne d'un doigt tremblant l'image de son père.)* Ton grand-père était très beau, tout comme toi, tu vois ?

Sa voix se brise au souvenir de la dernière fois où elle a vu ses parents.

Samuel détourne les yeux.

David prend alors le relais, recommençant à se tirailler sur la barbe.

— Dites à Samuel qu'il doit aller à sa nouvelle maison, maintenant.

Il attend que l'interprète en tailleur bleu ait traduit avant de continuer :

— Nous savons que tout cela n'est pas facile pour lui. Ce n'est qu'un petit garçon, mais ce n'est pas une raison pour que nous le prenions en pitié. Au contraire, c'est notre devoir d'adultes et de parents de l'aider à se construire, de l'aider à se trouver et à connaître ses origines. *(Il s'interrompt pour laisser l'interprète traduire ses paroles.)* Nous avons conscience que par ses actes, Jean-Luc Beauchamps a sauvé notre fils d'une mort certaine à Auschwitz. Nous comprenons aussi qu'il ait pu croire que nous avions tous les deux péri là-bas. Mais à présent, nous devons nous concentrer sur Samuel de manière à lui rendre cette transition aussi douce que possible. Nous sommes ses parents et nous l'aimons.

Sarah ne sait pas vraiment à qui ce discours était destiné. Est-ce la façon de David de communiquer le fonds de sa pensée à Samuel ? Bien sûr, elle se doutait que cette première rencontre serait difficile, et que Samuel allait très certainement les rejeter d'emblée. David et elle s'y étaient préparés, ils avaient convenu d'être patients, conscients qu'il allait lui falloir du temps.

Soudain, Samuel émet un drôle de bruit et se plie en deux, se tenant l'estomac à deux mains.

Sarah et David se précipitent vers lui, mais l'adjoint au maire a déjà réagi. Saisissant Samuel par le bras, il l'entraîne hors de la pièce. Hélas, pas assez vite. Samuel est pris de violents vomissements et des jets de matière orange éclaboussent la moquette bleu foncé. Puis il s'effondre contre l'homme en chemise rose.

63

Sarah

Paris, 18 juillet 1953

D'après le médecin, la syncope de Samuel est due au décalage horaire qui a perturbé son rythme biologique. Il devrait être d'aplomb d'ici vingt-quatre heures, le temps que son horloge interne se remette à zéro. Mais Sarah n'en croit pas un mot. C'est la séparation brutale d'avec les Beauchamps qui l'a traumatisé, ce couple dont il a toujours cru être le fils. Sarah a détourné le regard lorsque le médecin a giflé Samuel pour le faire revenir à lui. Elle a gardé les yeux baissés pendant qu'il lui faisait avaler des comprimés avec un verre d'eau. Elle n'a vu que la tête de son fils retomber mollement en avant. Dans son cœur, un sentiment de culpabilité a chassé sa joie première.

David porte Samuel jusqu'à la voiture et le couche sur la banquette arrière, la tête sur les genoux de Sarah. Elle lui caresse les cheveux, émerveillée par leur légèreté et leur douceur. Son cœur meurtri se gonfle d'amour pour son fils : elle a envie, elle a besoin de s'imprégner de chaque petite particularité de son corps, de le serrer tout contre elle pour ne plus jamais le lâcher.

Tandis que le chauffeur manœuvre dans les rues étroites menant à leur appartement du Marais, David, assis à l'avant, se tourne vers elle. Mais Sarah ne sait pas quoi lui dire. Ce n'est pas ainsi qu'ils avaient imaginé ramener leur fils chez eux, drogué et inconscient.

— Il va s'en remettre, n'est-ce pas, David ?

Son mari se contente de la fixer de ses pupilles sombres comme deux lacs de chagrin. Son teint a la pâleur d'une lune blafarde.

— Nous aurions peut-être dû aller le voir en Amérique avant de le ramener ici, poursuit-elle. Tout cela est trop traumatisant pour lui.

David se retourne carrément sur son siège pour pouvoir discuter avec elle.

— Sarah, nous avons toujours su que ça ne serait pas facile. Il va nous falloir être forts. Souviens-toi de ce que nous a dit la psychologue sur les capacités d'adaptation des enfants : elles sont très élevées. Samuel a juste besoin de temps. Nous allons de nouveau être une famille.

Une famille. Mais qu'est-ce que cela signifie dans les faits ? Sarah a manqué les premières années de la vie de son fils, les étapes les plus importantes : son premier sourire, ses premiers pas, son premier jour d'école, son apprentissage de la lecture, ses premiers amis, sa curiosité enfantine. Elle n'a pas été là pour répondre à ses questions à l'âge où il cherchait à donner du sens au monde qui l'entourait. Or, c'est par ce vécu qu'on devient un parent – une mère. À ce jour, elle n'est qu'une inconnue pour son fils, et vice versa. Une inconnue doublée d'une étrangère.

Oui, Sarah demeure accablée par la certitude qu'ils ont commis une terrible erreur en faisant revenir Samuel dans ces conditions. Personne n'a pris le temps de se demander si c'était vraiment la chose à faire. Dans l'esprit de tout le monde, c'était une évidence : l'enfant devait être restitué à ses parents biologiques. On en revient toujours là, à cette notion de parent ». Sarah se sent-elle vraiment mère ? Elle n'en sait rien. Son cœur se serre d'une peur irrationnelle : elle ne connaît même pas ce petit garçon.

David porte Samuel jusqu'au quatrième étage, pénètre dans l'appartement et le dépose dans sa chambre, sur le lit. Il lui retire ses chaussures et son blouson, puis l'enveloppe d'une couverture. De la porte, Sarah le regarde faire. Agenouillé au chevet de leur fils, il lui ramène tendrement les cheveux en arrière pour l'embrasser sur le front. Puis il tire de la poche de sa veste une petite boîte en bois. Sarah s'avance dans son dos. David embrasse la petite boîte avant de la placer sur l'oreiller, contre la tête de Samuel. Sarah sent les larmes monter aux yeux de son mari comme si c'était les siennes. Puis elle les voit glisser sans bruit sur ses joues.

David, qui a toujours été son roc durant ces neuf années. David, le seul à comprendre son chagrin, mais qui a toujours refusé de la laisser s'y noyer. David qui l'a toujours soutenue, qui lui a toujours maintenu la tête hors de l'eau, quand tout ce qu'elle voulait, c'était fermer les yeux et se laisser couler. Sarah ne l'a vu pleurer qu'une seule fois, le jour où elle l'a retrouvé, après l'évacuation du camp d'Auschwitz. Agrippé à elle, il s'était écroulé dans la neige, répétant son prénom en boucle entre ses larmes, comme une litanie.

David est un homme combatif, une âme forte. Mais est-ce de combativité qu'ils ont besoin en ce moment ? La résilience, c'est un concept trop rigide, trop dur. Au lieu de se crisper sur leurs principes, au lieu de se cramponner à leurs droits, peut-être devraient-ils rester ouverts d'esprit. Le problème, c'est que Sarah ignore ce qu'il faut faire. Elle n'a pas la solution et la réalité n'est plus ce qu'elle lui semblait être.

64
Sam

Paris, 25 juillet 1953

La semaine dernière, c'est-à-dire le jour où je suis arrivé à Paris, je me suis réveillé dans un lit bizarre. Sur l'oreiller, il y avait une petite boîte en bois. On aurait dit un mini coffre au trésor, sculpté à des endroits. Elle était fermée par un petit crochet. Je l'ai ouverte. L'intérieur était en velours rouge et contenait bien un mini trésor : des pièces de monnaie, un chocolat enveloppé dans du papier doré, des pierres de toutes les couleurs et un petit rouleau de papier scellé pour de vrai, avec de la cire rouge, comme un parchemin. Je l'ai cassé et j'ai lu le message. C'était écrit en anglais :

Samuel, notre fils, tu es le trésor que nous n'avons jamais cessé de chercher.

J'en ai fait une boule de papier et je l'ai remis dans la boîte.

Il s'est déjà passé toute une horrible semaine. Je passe mon temps à dormir et des fois, quand j'ai de la chance, je fais de beaux rêves. Je rêve de la maison.

Mais ce matin, il y a du bruit dans la cuisine. J'essaie de me rendormir en me bouchant les oreilles. Dans mon rêve, il faisait soleil et j'allais attaquer une boule de glace au chocolat. Mes rêves ne sont pas toujours aussi beaux, c'est pour ça que celui-là, je veux m'y replonger. J'y suis presque quand j'entends qu'on dit mon nom. Je parie qu'ils parlent de moi, qu'ils disent que je suis un enfant épouvantable.

Tout est si différent, ici ! Horriblement différent. D'abord, tout est vieux. Ce n'est pas une maison pour un enfant. C'est vieux et ça sent le vieux : les meubles cirés, la fumée de cigare et le fromage qui pue. Les odeurs de la maison me manquent : le donut chaud, la barbe à papa, la fumée grasse et sucrée de la fête foraine.

Les gens d'ici sont différents, eux aussi. Ils sont plus pointus, moins ronds. Ils vous embrassent sur la joue, mais ce n'est pas un vrai bisou. C'est un baiser dans le vide. Moi, je reste toujours raide comme un piquet et je fais semblant d'être ailleurs. Les embrassades américaines me manquent : tendres et chaleureuses. Les gens d'ici ne vous sourient pas quand ils vous rencontrent. Ils vous disent juste *bonjour* avec les lèvres pincées, pas comme chez nous où les gens sourient tout le temps. Tout est mieux en Amérique, et en plus grand.

La seule chose que j'aime bien ici, c'est le *goûter*, cet en-cas qu'ils font dans l'après-midi : un morceau de baguette encore tiède, fourré d'une barre de chocolat noir. Le reste de ce qu'on mange est un peu bizarre et au repas, tout est servi séparément. D'abord, il y a des légumes, par exemple des carottes râpées, puis de la viande ou du poisson, et après ça, de la salade, mais pas toujours. En général, il y a un dessert, mais souvent, c'est juste un fruit. Et on n'a pas le droit de se servir dans le frigo ou le placard. Il faut toujours attendre le repas et on mange toujours à table dans une assiette. Ils connaissent même pas les hot dogs ! Et ils ont pas de sodas, juste un sirop rouge violet qu'ils mélangent dans beaucoup d'eau. De la grenadine, ça s'appelle. Ça n'a pas de goût.

Mais le truc le plus étrange, c'est les toilettes. Les cabinets en fait, c'est un trou dans le sol. On met les pieds sur les bords, puis on s'accroupit au-dessus du trou pour faire pipi ou caca. Moi, je m'éclabousse presque toujours les pieds. Et ces toilettes sont même pas dans l'appartement, mais dehors, dans le couloir.

Au moins, je ne pleure plus, enfin, pas dans la journée en tout cas. Des fois, la nuit, je me réveille en pleurant quand je fais le cauchemar qui revient tout le temps. Celui où je traverse des forêts dans le noir, je saute par-dessus de larges torrents, je tombe dans des cratères cachés et je cours, je cours jusqu'à ce que mes jambes me lâchent. Alors, je laisse tomber et j'attends, terrifié, que le monstre me mange. Et pile au moment où il va commencer par le pied, mon hurlement me réveille. Dans mon cauchemar, je hurle très fort, mais en vrai, c'est un tout petit cri. Je veux allumer, mais j'ai peur que le monstre se cache quelque part dans la chambre et qu'il m'arrache la main d'un coup de dents. De toute façon, il n'y a personne pour venir à mon secours. Alors, je reste dans le noir et j'essaie de penser à des choses plus gaies. Dans ma tête, j'imagine la plage, l'océan, la cour de l'école pleine de jeux et de cris. Des fois, ça m'aide à me rendormir.

Il y a un grand vide en moi. Tous les matins, je le retrouve à mon réveil. Il ne s'en va jamais. Et quand je revois maman qui se fait arrêter par les flics, le vide s'agrandit encore, c'est pour ça que j'essaie de ne pas y penser. Elle hurlait mon nom et je crois même qu'elle a cogné un policier… à moins que ce soit moi. Les souvenirs commencent à se mélanger dans ma tête.

Tout le monde n'arrête pas de me dire : « Ce n'est pas ta faute. » Je ne comprends pas ce qu'ils veulent dire par là. Pourquoi ça serait ma faute ? Tout ça, c'est parce que je suis né au mauvais endroit, comme a dit maman. Mais je n'ai pas choisi l'endroit où je suis né, moi. Sinon, je n'aurais jamais choisi la France, c'est sûr ! Je déteste ce pays.

J'ai mal au ventre et j'ai les jambes qui me grattent à en devenir fou.

— *Samu-el, le petit déjeuner est prêt !*

La voix du Barbu traverse la porte.

Je me tourne vers le mur. Je murmure dans mon oreiller :

— Va-t'en, va-t'en. Moi, c'est Sam.

Soudain, il entre dans ma chambre et ouvre la fenêtre pour rabattre les persiennes métalliques. La lumière inonde la pièce.

— *Qu'est-ce qu'il fait beau !* dit-il d'un ton faussement joyeux.

Il se penche sur moi et m'ébouriffe les cheveux.

— *Tu as bien dormi ?*

Je sors du lit à contrecœur, j'enfile mes chaussons, ma robe de chambre et je m'assieds au bord du lit. Je ne suis pas pressé. Je regarde autour de moi : l'avion en bois suspendu au plafond par un fil de fer, au-dessus du bureau. La photo encadrée au mur de gens habillés tout en noir – à moins que ce soit juste la photo qui soit en noir et blanc ? Peut-être qu'en vrai, ils portent des vêtements violets ou vert épinard. En tout cas, il n'y en a pas un seul qui sourit pour la photo. Sur le même mur, il y a le buste en terre cuite d'un marin avec des cheveux jaune vif et un tee-shirt rayé bleu et blanc. Il me file les chocottes.

— *Allez, Samuel...*

Le Barbu repart vers la porte.

Je le suis, puisque je n'ai pas le choix.

Le petit déjeuner, c'est une corbeille de tranches de pain et un bol de chocolat chaud. Le tout servi sur une nappe en plastique jaune. Ils ne mettent pas d'assiettes pour les tartines : ils ramassent les miettes et les jettent par la fenêtre. J'étale plein de beurre et de confiture d'abricots sur mes tartines. Eux, ils trempent leur pain dans leur bol de café, mais moi, je ne le trempe pas dans mon chocolat. C'est dégoûtant d'avoir toutes ces miettes qui flottent dans le bol ! Et d'ailleurs, personne ne boit dans des bols ! Ils ont même pas de vraies tasses, dans cette maison, juste des tasses à café minuscules, comme celles des dînettes de fille.

Ils parlent, mais je ne comprends rien à ce qu'ils disent. J'ai seulement appris à dire *oui* et *non*.

Après le petit déjeuner, je vais m'habiller dans ma chambre. Mes vêtements sont tous rangés dans une penderie en bois ciré qui pue comme si elle avait cent ans. Il y a une grosse clé en métal sur la porte. J'ai essayé de la tourner dans la serrure et elle marche : on pourrait vraiment enfermer quelqu'un là-dedans. La plupart de mes vêtements sont ceux de la maison. Ils sont arrivés ici en même temps que moi.

Je prends un jean et mon tee-shirt jaune sur l'étagère. Où est-ce qu'ils vont encore m'emmener, aujourd'hui ? Je suis déjà monté à la tour Eiffel. De là-haut, on voit tout Paris, comme si on était dans un avion.

Le Barbu ouvre la porte et entre dans ma chambre.

— *Allez, Samuel. Nous allons sortir, toi et moi.*

J'ai compris ce qu'il m'a dit. Ne me demandez pas comment j'ai fait, j'en sais rien. Mais j'ai compris, c'est tout. Je me lève et je descends avec lui dans la rue.

Le trottoir est si étroit qu'on ne peut pas marcher côte à côte. Tant mieux, parce que sinon, je suis sûr qu'il me tiendrait par la main… je déteste. Mais là, il est obligé de marcher derrière moi. Il garde la main sur mon épaule, comme si j'étais son prisonnier. À certains moments, il me serre l'épaule pour me faire ralentir et il me montre quelque chose en baragouinant en français.

Il n'y a pas de maisons à Paris, ni de jardins. Rien que des appartements et de drôles de petits magasins. Il y a des pâtisseries, des magasins qui vendent des gâteaux, sauf qu'ici, les gâteaux ne sont pas pareils que chez nous. Il y a aussi de la brioche brillante en forme de tresse et des biscuits en croissant de lune saupoudrés de sucre glace. Moi, je préférerais de loin un donut à la confiture ! En marchant, je regarde les petites fenêtres qui dépassent des toits. J'imagine les nazis courant dans les escaliers étroits, les cris en allemand et les coups de feu.

Le Barbu me fait entrer dans un petit magasin. Une clochette tinte quand on pousse la porte et un autre barbu sort de derrière un rideau, sur le côté. C'est le vendeur. Il serre la main de mon Barbu, puis l'embrasse sur les deux joues. Moi aussi, je vais y avoir droit. Je me prépare à subir ses poils de barbe qui piquent, mais il me serre la main un peu fort en me fixant de ses yeux marron foncé. Des montres et des chaînes en or brillent dans de petites vitrines. L'homme repart derrière le comptoir et sort une espèce de plateau de grosses bagues en or exposées sur du velours rouge.

Le Barbu les examine pendant un moment. Puis il en désigne une au vendeur qui la lui montre en la faisant tourner entre ses longs doigts. Il range le plateau sous le comptoir et sort un grand collier en fil de fer avec plein d'anneaux en métal accrochés.

Le Barbu me fait poser la main sur le comptoir. Je veux la retirer, mais il me la tient fermement.

— *Allez, Samuel. C'est un cadeau pour toi.*

Je crois que ça veut dire qu'il veut m'offrir quelque chose. Je laisse ma main devenir toute molle.

Le vendeur me passe des anneaux en métal au doigt du milieu jusqu'à ce qu'il trouve celui qui me va.

— *Bien, très bien. Je vous fais ça tout de suite.*

— *Merci, vous mettrez « S. L. 1944 » à l'intérieur, s'il vous plaît.*

Ensuite, on va à la maison de la presse. Devant les papiers en rayon, je suis quand même très impressionné par toutes les couleurs qui existent, avec l'enveloppe assortie. Je m'imagine écrire une lettre à maman sur du papier violet, c'est sa couleur préférée. Elle a même un savon violet, mais elle, elle dit lavande.

« Rien que pour moi », m'a-t-elle dit la fois où je le lui avais pris. La lavande, ce n'est pas un parfum pour les garçons.

Ce souvenir me tord le ventre.

Le Barbu est occupé à parler au vendeur qui se tient derrière le comptoir. L'homme sort des tas de stylos sur un présentoir en verre.

— *Et voilà, nos stylo-plume,* dit-il avec fierté.

Le Barbu me tend la main.

— *Approche, Samuel.*

Je fais un tout petit pas en avant en évitant son bras exprès.

— *C'est pour l'école. À partir de six ans, tous les* élèves *doivent* écrire au *stylo-plume. Tu peux en choisir un.*

Le Barbu me regarde fixement. Il doit vouloir que je choisisse un stylo. Je reste planté là comme si je n'avais pas compris.

— *Samuel, s'il te plaît.*

D'un geste, il me montre tous les stylos pour me faire comprendre que je dois en choisir un.

Je les regarde. Mon préféré, c'est le bleu clair. Sortant la main de ma poche, je prends le stylo du présentoir. J'enlève le capuchon : *Tiens, un bout tout pointu.* J'appuie le pouce dessus pour voir si ça pique.

— *Faites attention !* s'écrie l'homme derrière le comptoir.

Surpris, je lâche le stylo.

Le Barbu le ramasse et le rend au vendeur.

— *Oui, nous allons prendre celui-ci. Merci.*

L'homme hoche la tête, mais je vois bien qu'il est en colère à sa manière de pincer les lèvres en mettant le stylo dans une boîte en bois qu'il me tend sans se presser.

— *Merci, monsieur,* me chuchote le Barbu à l'oreille.

Je reste muet. Je ne peux pas parler français. Ma bouche n'arrive pas à prononcer les mots. Mais comme je veux du papier lavande et une enveloppe assortie, j'essaie quand même. À la fin, je montre le papier du doigt, comme un bébé.

— *Mais oui, bien sûr, du papier aussi.* (Le Barbu me sourit.) *De quelle couleur ?*

Cette question-là est facile à comprendre.

— *Lavender,* dis-je en anglais.

— Lavande ?

— Oui, *lavender.*

L'air un peu étonné, le Barbu prend une feuille de papier violet. Maintenant, je lui désigne les enveloppes. Je vois bien qu'il est perdu. Il se demande ce que peut vouloir faire un garçon avec du papier violet. J'espère qu'il n'a pas deviné, sinon il risque de ne pas vouloir m'en acheter. Mais non, il ne se doute de rien et me prend aussi une enveloppe.

Il paie et nous sortons du magasin, sa main toujours sur mon épaule pour me guider. Nous retournons chez le bijoutier qui nous présente un écrin. Je fais exprès de regarder ailleurs, mais du coin de l'œil, je le vois sortir la grosse bague en or. Le Barbu se tourne vers moi pour me montrer l'inscription gravée à l'intérieur : *S. L. 1944.* Il me tend la bague. Je sais ce qu'il veut : que je lui donne ma main pour qu'il me la passe au doigt.

Mais j'en veux pas, moi. Les bagues, c'est pour les filles. Je me gratte la jambe.

Il s'accroupit et me prend la main.

— *S'il te plaît, Samuel.*

Je reste immobile, sans réaction, tandis qu'il me passe la bague. J'ai l'impression d'être un chien à qui on a mis un collier neuf. Puis le Barbu m'embrasse et, me prenant par les épaules, il me regarde droit dans les yeux.

— *Je t'aime, mon fils.*

Il me tarde de rentrer pour pouvoir me gratter les jambes tranquillement. Ça me brûle.

Quand on rentre enfin à l'appartement, la Fausse Mère n'est pas là. Je vais dans ma chambre et, assis au bord du lit, je retrousse mes jambes de pantalon. Les plaques rouges s'étendent de plus en plus. Je les gratte en enfonçant mes ongles dans la chair. Ça fait du bien. Maintenant, j'ai les jambes toutes chaudes et engourdies. La douleur va venir après.

Je m'assieds au bureau et je regarde ma main, mon doigt, la grosse bague. Combien est-ce qu'elle a dû coûter ? Je parie que c'est de l'or.

Le Barbu entre dans ma chambre en souriant comme si tout allait bien. Je détourne la tête, le regard vide. Il pose sa main sur mon épaule et prend un album de bande dessinée sur l'étagère au-dessus du bureau.

— *Est-ce que tu connais Tintin ?*

Il me pose une question sur l'album, mais puisque je ne comprends pas, je continue de fixer le mur comme s'il n'était pas là.

— *Tu vois, Samuel, Tintin est un jeune garçon qui vit de grandes aventures. Je vais te lire une histoire.*

Il a dit quelque chose à propos d'une aventure, je crois. Je continue à regarder le mur.

Il se met à lire et sa voix change. C'est plus fort que moi, je le regarde quand il se met à faire la voix du méchant, puis qu'il grogne comme un chien. Il me montre les images : un petit chien blanc et un méchant à la figure pleine de poils.

— Milou, dit-il en désignant le petit chien.

Je lui montre la barbe du personnage, puis sa barbe à lui.

Il se met à rire.

— *Oui, oui, une barbe. Moi aussi, j'ai la barbe.*

Maintenant, je peux l'appeler la Barbe.

Il me montre le chien.

— *Chien.*

Mais je ne veux pas apprendre d'autres mots en français. Je détourne la tête.

Il continue sa lecture en marchant dans la chambre, en faisant des voix rigolotes, en essayant de me montrer les images. Mais je continue à fixer le mur. Si seulement il pouvait s'en aller ! Je pourrais écrire à maman.

Enfin, il referme l'album et le replace sur l'étagère. La chambre est très silencieuse tout d'un coup. Je sens qu'il me regarde. Je fais semblant d'être une statue, je ne bouge pas d'un cil. Si je me rends invisible, il s'en ira peut-être ?

Mais il se met à baragouiner des tas de trucs en français. Je me cache la tête dans les bras. Sa main se pose sur ma tête et y reste. J'attends qu'il s'en aille.

Enfin, il sort de la chambre ! Maintenant, je vais pouvoir écrire à maman. Comme j'ai pas le droit, je dois le faire en cachette. Ensuite, il faudra que je trouve un moyen pour la poster. J'appuie le stylo-plume sur le papier pour tracer la lettre M, mais rien ne sort. J'appuie plus fort. J'obtiens une griffure d'encre toute sèche. Pourquoi il marche pas, ce truc débile ? Je pince la pointe entre mes doigts et soudain, l'encre se met à gicler. Stylo-plume à la noix ! Je le jette sur le bureau, dégoûté. Je ne veux pas pleurer. Je ne pleurerai pas.

J'entends qu'on rentre dans ma chambre, mais je ne lève pas la tête. Puis, je sens une main qui me caresse le dos, ramasse le stylo-plume et soupire. Un parfum fleuri… c'est la Fausse Mère. Du coin de l'œil, je la vois secouer le stylo et poser la pointe sur un petit papier blanc. Avec elle, la plume glisse sans problème, l'encre s'écoule comme il faut. Je lève la tête d'un centimètre pour voir ce qu'elle écrit.

Dear Sam. – *Cher Sam,*

We love you. – *nous t'aimons.*

Please – *S'il te plaît,*

Give – *donne*

Us – *nous*

A chance. – *une chance.*

Elle repose le stylo.

Je dessine un cercle, pour voir. Il marche aussi avec moi, maintenant.

J'écris :

Je veux rentrer chez moi.

Puis la plume se bloque de nouveau et ça fait des pâtés sur la feuille. La boule grossit dans ma gorge. Mais je ne pleurerai pas. J'appuie la pointe fine sur le papier, de plus en plus fort.

Elle me prend la main et la serre très fort. Je ne peux plus bouger les doigts. Elle s'agenouille à côté de moi, me prend l'autre main et essaie de me faire un câlin.

Tout mon corps se raidit, je suis paralysé. Elle insiste. Je résiste. C'est comme une bagarre. Je respire de plus en plus vite.

Le Barbu apparaît dans l'encadrement de la porte. Il est tout rouge.

— Sarah ! Qu'est-ce que tu fais ?

65

Sarah

Paris, 20 août 1953

Elle ne sait pas être une mère pour lui. Elle n'a pas eu le temps d'apprendre. Accueillir un enfant de manière aussi soudaine, un enfant au caractère déjà formé, c'est trop dur. *N'est-il pas trop tard ?* se demande-t-elle du fond de son désarroi. Son petit bébé ne reviendra plus, elle l'a perdu à jamais, il a été remplacé par ce garçon inconnu. Ils ont beau essayer de garder leur train-train quotidien, de continuer à vivre normalement, leur vie n'a plus rien de normal. Même dans l'état d'épuisement physique et mental où elle se trouve, Sarah n'arrive pas à trouver le sommeil.

— Calme-toi, s'il te plaît…, marmonne David. Tu n'arrêtes pas de me réveiller tellement tu bouges.

— Je ne sais pas comment tu peux dormir !

— Nous devons dormir pour être en forme. C'est nécessaire pour qu'on s'occupe de Samuel.

— Mais tu ne l'entends donc pas pleurer ?

— Ne t'en fais pas, ça n'aura qu'un temps. Il lui faudra un petit moment pour s'adapter à sa nouvelle vie. Je sais que c'est dur pour lui, mais il n'en mourra pas et il ressortira plus fort de cette épreuve.

— Plus fort ? Mais à quel prix ?

— Sarah, qu'est-ce que tu veux que j'y fasse ? s'agace-t-il, malgré sa lassitude.

— Je ne sais pas comment tu peux dormir sur tes deux oreilles pendant qu'il pleure, c'est tout. Moi, en tout cas, je ne peux pas.

— C'est bien pour ça qu'un enfant a besoin d'un père et d'une mère. Par nature, tu es plus douce que moi. Il n'empêche que nous devons rester fermes et ne pas céder à la pitié. Ce n'est pas ainsi que nous aiderons Samuel à grandir et à savoir qui il est.

— Mais qui est-il vraiment ? Un petit garçon de neuf ans, parachuté dans un pays étranger après avoir été arraché à la seule famille qu'il ait jamais connue.

— Sarah, je t'en prie… Nous en reparlerons demain matin. Pour le moment, il faut dormir.

Sarah se tourne de l'autre côté, laissant ses larmes couler sans bruit sur ses joues. David a raison, bien sûr. Ils ont besoin de toute leur énergie pour s'occuper de ce petit garçon furieux et déraciné. Dans leur couple, David a toujours été le plus solide des deux, mais Sarah sait qu'il souffre, lui aussi. Simplement, il refuse d'affronter ses doutes. Il préfère nier leur existence en prétendant que tout s'arrangera lorsque Samuel se sera adapté à sa nouvelle vie et qu'avec de la patience et un cadre cohérent, il s'amadouera et comprendra qui sont ses véritables parents. Avec un petit soupir, Sarah repousse la couverture et s'assied au bord du lit.

— Je vais me chercher un peu d'eau, murmure-t-elle d'une voix brisée.

— Ne va pas le voir, chuchote David. Tu ne feras qu'aggraver les choses.

Aggraver les choses, songe-t-elle avec amertume. Mais comment pourraient-elles être pires que ce qu'elles sont déjà ?

Sarah fait le tour du lit à tâtons et ouvre la porte. Dans le couloir, elle doit passer devant la chambre du petit pour aller à la cuisine. Elle colle l'oreille à sa porte. À l'intérieur, tout est redevenu silencieux. L'a-t-il entendue marcher dans le couloir ? Il n'a sûrement pas envie qu'elle vienne le voir. Il la déteste. Elle sent sa haine comme un champ d'ondes magnétiques autour de lui.

Pourtant, elle éprouve un besoin irrépressible de le voir, de le toucher, de s'assurer qu'il est bien réel. Elle n'arrive toujours pas à croire que son fils lui a été rendu. Doucement, elle actionne la poignée et ouvre la porte sans bruit. Elle s'approche du lit sur la pointe des pieds, tend l'oreille, mais elle ne l'entend pas respirer. Elle s'accroupit pour vérifier qu'il est bien dans son lit, tâtonne jusqu'à ce qu'elle sente sa forme compacte sous la couverture. Elle sait qu'il ne dort pas, qu'il retient sa respiration dans l'espoir qu'elle va sortir de la chambre.

— Sam, murmure-t-elle. Je t'aime de tout mon cœur.

Toujours rien. Enfin, il laisse échapper un long soupir et elle le sent frémir. Elle le caresse à travers la couverture tout en fredonnant doucement. Puis elle se met à chanter.

— Dodo, l'enfant do
L'enfant dormira bien vite
Dodo, l'enfant do,
L'enfant dormira bientôt.

Il tourne la tête vers elle ; elle sent son souffle tiède sur son visage.

— Tu peux t'en aller, maintenant ? dit-il en se retournant vers le mur. Laisse-moi tranquille.

66

Sarah

Paris, 2 septembre 1953

Aujourd'hui, c'est la rentrée ! Le grand jour pour tous les petits Français. La vie revient à la normale après les deux mois de vacances d'été. Ceux qui en ont les moyens – et même les autres – quittent en général Paris au mois d'août, tandis que ceux qui restent profitent des rues désertées. Sarah et David qui adorent Paris au mois d'août ne partent jamais à cette période. Ils profitent de la faible circulation pour se balader à vélo dans la ville. Ils traversent le jardin du Luxembourg, longent la Seine jusqu'au canal Saint-Martin et là, ils laissent leurs vélos pour aller boire un verre dans l'un des cafés.

Sarah se remémore la terreur mêlée d'excitation de la rentrée quand elle était petite. Les listes de noms punaisées au mur dans la cour de récréation, les parents et les enfants agglutinés autour, impatients de savoir quel enseignant ils auraient et avec qui ils seraient en classe. David va les accompagner – il attend ce jour avec autant d'impatience qu'elle. L'école va forcément enclencher une sorte de normalité. C'est de routine qu'ils ont besoin maintenant. Cela n'a pas été facile d'occuper Sam jusque-là : rien ne l'intéresse, pas même la tour Eiffel. Ce jour-là, il s'est contenté de regarder l'horizon, le visage sans expression, refusant de se laisser impressionner par la vue.

Elle prépare la table du petit déjeuner quand David entre dans la cuisine.

— Je vais réveiller Samuel ?

Elle se tourne vers lui.

— Je ne sais pas s'il a bien compris ce qui se passe aujourd'hui.

— Je sais. Je lui en ai parlé hier soir et je lui ai lu l'histoire de cet enfant qui entre à l'école. Je lui ai montré les images, puis j'ai pointé le doigt sur lui. Après, ce qui se passe dans sa tête… Je n'arrive jamais à savoir ce qu'il pense.

— Non, moi non plus. Il ne communique pas avec nous.

— Laisse-lui le temps… Ce que je peux te dire, c'est qu'il a glané quelques mots de français, bien malgré lui, évidemment, ajoute-t-il en se tirant sur la barbe. Ça va lui faire un bien fou d'aller à l'école et pour le coup, il sera bien obligé d'apprendre la langue. Là, ce sera une question de survie.

— J'espère seulement que ça ne va pas être trop dur pour lui. Les enfants peuvent être cruels à cet âge, tu le sais bien, surtout avec ceux qui sont différents d'eux. Or, Samuel n'est pas encore l'un des leurs, tu ne crois pas ?

— Ne t'en fais pas. J'ai parlé au directeur qui m'a promis de veiller sur lui. Et puis, dit-il en lui posant la main sur l'épaule, dès que Samuel aura pris ses petites habitudes, qu'il se sera mêlé aux autres garçons de son âge, tout s'arrangera petit à petit. Tu verras, il finira par comprendre que tout ce que nous faisons, c'est par amour pour lui.

Sarah opine.

— Oui, allons le réveiller, maintenant. Le petit déjeuner est prêt.

David frappe et ouvre la porte.

— Samuel, debout, c'est l'heure ! Il y a école, aujourd'hui.

Dans le lit, la forme reste immobile. Du seuil, Sarah voit David poser la main sur la couverture.

— Allez, Samuel. Il y a école, aujourd'hui. *School.*

— Hein ?

Samuel se tourne vers David et à l'expression d'horreur qui se peint sur son visage, Sarah sait qu'il a compris.

Elle entre à son tour et ouvre la penderie. Elle en sort son pantalon noir bien repassé et une chemise grise qu'elle pose sur le lit.

— Tout va bien se passer, Sam. Ça va te plaire, l'école.

Il s'assied dans le lit et fait non de la tête en s'écriant en anglais :

— Non, pas l'école ! J'veux pas y aller ! Je sais pas parler français !

Sarah a compris, mais que répondre à cela ? Elle lui désigne les vêtements sur le lit et sort de la chambre, suivie par David.

Ils prennent leur café dans la cuisine, en attendant l'arrivée de leur fils. Dix minutes s'écoulent, puis quinze. Samuel ne viendra pas.

— Je vais le chercher, dit Sarah, laissant David beurrer ses tartines.

Elle entre dans la chambre et là, son cœur s'arrête de battre. Elle ferme les yeux, souhaitant de toutes ses forces ne pas avoir vu ce qu'elle a vu. Une odeur d'urine lui agresse les narines. Samuel s'est caché sous le lit. Sans un mot, elle va palper la pile bien repassée de vêtements pour l'école. Ils sont trempés.

Sarah a envie de s'emporter contre lui, de le traiter de gros dégoûtant. Mais elle retient sa respiration, ravale sa colère et, s'accroupissant près du lit, elle le sort de là-dessous en le tirant par le coude.

Il n'a pas son bas de pyjama. Sarah découvre avec horreur l'état de ses jambes. À plusieurs endroits, la chair est à vif. Samuel regarde les plaques rouges comme s'il les voyait pour la première fois avant de lever un regard apeuré sur elle. Visiblement, il a tenté jusque-là de lui cacher son problème.

Sarah lui effleure les jambes. Elles sont à la fois humides et sèches.

— Oh, non… Sam.

Il faut appeler le médecin, il ne peut pas aller à l'école dans cet état.

Dans la cuisine, David attend toujours patiemment que sa petite famille le rejoigne à la table du petit déjeuner.

— David, il y a un problème…

Elle attend qu'il se tourne vers elle pour continuer.

— Samuel a une éruption épouvantable sur les jambes. Je vais devoir appeler le médecin.

— Quoi ? Attends. Laisse-moi voir d'abord.

Sarah le suit jusqu'à la chambre de Sam. Il s'est assis sur le lit, une couverture sur les jambes. David plisse le nez.

— Qu'est-ce que c'est que cette odeur répugnante ?

— Ne t'occupe pas de ça maintenant. Regarde plutôt ses jambes.

David va pour ôter la couverture, mais Sam l'en empêche. David s'écarte du lit, perplexe.

— Il a mouillé son lit ? Qu'est-ce qu'il a aux jambes ?

— À certains endroits, il a la chair à vif. Il faut que tu voies ça.

David s'agenouille devant Sam.

— Laisse-moi regarder, dit-il en ôtant la couverture avec douceur.

Sarah a le cœur brisé devant ce pauvre enfant, exposé, vulnérable.

Soudain, Sam bondit hors de la pièce. La porte d'entrée claque. Il doit s'être enfermé dans les toilettes.

Assis par terre, pâle comme un mort, David regarde droit devant lui, le regard vide.

— Qu'est-ce qu'on va faire, Sarah ? Qu'est-ce qu'on va faire ?

— Je n'en sais rien. Je vais déjà appeler le médecin. On a besoin d'aide.

— Appelle ce docteur polonais. Il parle anglais. Samuel a besoin de parler à quelqu'un. Je vais vérifier qu'il est bien dans les toilettes et attendre qu'il en sorte.

Mais une heure après, Samuel n'est toujours pas sorti quand le médecin arrive. David et Sarah lui expliquent la situation, puis le laissent s'adresser à Samuel à travers la porte fermée à clé des toilettes.

Au bout d'un long quart d'heure, Samuel accepte enfin de sortir. Le médecin l'examine seul, sans David et Sarah dont la présence ne ferait qu'aggraver les choses. Dans la cuisine, le chocolat de Sam a refroidi ; Sarah se sent plus rejetée que jamais par son fils.

De son côté, David semble aussi abattu et désespéré qu'elle.

— Je l'aime tellement, dit-il. Quoi qu'il fasse, je ne cesserai jamais de l'aimer.

Sarah dévisage son mari. Il a des cernes gris et la bouche redessinée par la tristesse.

— Je sais. C'est ça, être parent, murmure-t-elle.

— Ah oui ? Ça fait tellement mal.

— Oui, très mal, acquiesce-t-elle en se laissant tomber sur une chaise.

David soupire :

— J'ignore ce qu'on peut faire de plus pour lui. Franchement.

— Je sais. Tout ce qu'il veut, c'est rentrer chez lui, murmure-t-elle, laissant ses larmes tomber sur la table.

David vient s'asseoir près d'elle et lui passe un bras autour du cou.

— C'est ici, sa maison. C'est nous, ses parents.

— Pas à ses yeux, si ?

— Pas encore. Mais un jour, il finira par accepter la vérité. En attendant, nous devons lui montrer que nous ne renoncerons jamais à lui. *(David fronce les sourcils.)* Nous avons traversé des épreuves bien plus terribles, Sarah, et nous nous en sommes sortis. Quand j'étais faible, tu as su être forte. Eh bien, aujourd'hui, c'est moi qui vais être fort pour toi, conclut-il en lui prenant la main.

Mais Sarah ne voit pas ce qu'il pourrait faire pour elle.

— Eczéma, annonce le médecin en ressortant de la chambre. Sans doute aggravé par le stress.

Son diagnostic posé, il se met à rédiger une ordonnance pour divers cachets et pommades. Alors que David et Sarah le raccompagnent à la porte, il se tourne vers eux.

— C'est une situation très complexe. Vous allez devoir faire preuve de beaucoup de patience et d'amour.

67

Sarah

Paris, 3 septembre 1953

Le lendemain, Sarah prend une décision : elle va lui faire l'école à la maison, du moins pendant quelques jours. La scolarisation peut attendre. Certes, la psychologue a été claire sur le sujet : le fait d'être en immersion totale permettrait à Sam d'acquérir la maîtrise courante du français en six mois. L'acquisition se ferait de manière naturelle, comme un bébé qui apprend à parler. Cependant, Sarah sent la résistance qu'a bâtie son fils, comme un rempart autour de lui. Un bébé ne manifeste pas ce genre d'opposition, il ne refuse pas de faire l'acquisition du langage. Ce n'est pas du tout la même chose.

Alors c'est décidé, elle va prendre les choses en main : amener Sam à participer au lieu de le laisser pleurnicher.

Ce jeu de Memory qu'elle avait acheté avant qu'il arrive. Pourquoi n'y joueraient-ils pas en français ? Il faut faire des paires en associant chaque animal avec son petit. Ce serait un bon moyen de lui enseigner les noms d'animaux.

Elle le prend par la main et l'emmène dans le salon. Samuel se laisse faire. Elle le fait asseoir dans le confortable fauteuil vert qui appartenait à sa grand-mère. Puis, elle va chercher le Memory dans le buffet en bois sombre où ils gardent les photos, les cartes postales et les jeux de société. Disposant les cartes face cachée, sur la table basse en verre, elle les mélange, puis retourne la première. C'est un bébé kangourou.

— *Kangourou,* dit-elle.

Elle retourne la carte d'à côté : c'est un lionceau.

— *Lion.*

Sam la regarde comme si elle avait perdu la tête, mais elle lui sourit.

— À toi.

Il regarde droit devant lui d'un air absent jusqu'à ce qu'enfin, lentement, il retourne une carte. C'est un chaton. Il en retourne une autre. Un chat.

— Bravo, tu as gagné ! s'exclame-t-elle, toute contente.

Samuel retourne une autre carte. Il participe ! Bien sûr, elle ne doit pas se réjouir trop vite, ce n'est qu'un début, mais pour la première fois depuis qu'il est arrivé, elle entrevoit une petite lueur tout au bout de ce tunnel obscur. Hélas, sans un mot, Sam repart dans sa chambre.

À midi, elle lui fait des croque-monsieur. C'est la seule chose qu'il semble prendre plaisir à manger. Après le repas, elle décide de l'emmener au jardin du Luxembourg. Comme ça n'est pas tout près, ils prendront le métro. Samuel adore. Sa petite bouille s'illumine chaque fois qu'il voit une rame déboucher d'un tunnel.

Dans les jardins, elle le laisse assimiler l'environnement tout seul, même si, parfois, elle lui désigne une chose en la lui nommant en français, en articulant bien. Samuel la regarde, mais ne répète pas le mot. Sarah ne force rien. Une chose après l'autre. En passant devant le bassin, ils s'arrêtent pour regarder les petits voiliers qui filent sur l'eau. Sam se détourne. Des enfants repoussent leur embarcation à l'aide d'une longue baguette si jamais elle s'approche trop près du bord.

Sarah lui montre les petits voiliers en bois.

— Tu veux essayer ?

Sam fait non de la tête, mais elle sait qu'il a compris.

Un vendeur de glaces ambulant s'arrête près du bassin. Sans consulter Samuel, Sarah demande d'autorité :

— Une glace à la vanille, s'il vous plaît.

— Et pour le jeune homme ? demande le vendeur. Chocolat ? Fraise ?

Sarah dévisage Samuel : va-t-il refuser de répondre ?

— *Chocolate,* dit-il enfin.

Le vendeur lui fait un grand sourire.

— *English ? American ?*

— *American,* répond Sam d'une voix vibrante de fierté.

— Oh là là, les hot dogs !

— *Do you have hot dogs*[1] ?

Sarah retient son souffle. C'est la première fois que Samuel sort de sa réserve depuis son arrivée.

— Un hot dog ? Ah, non ! *No ! This is France ! Hot dog never*[2] !

Le vendeur éclate de rire et se retourne vers ses bacs à glace. Il leur tend un cône surmonté d'une boule de glace à la rondeur parfaite. Le chocolat brille sous le soleil de fin d'été.

Samuel s'avance pour la prendre.

— *Thanks*[3].

— Merci, répond l'homme avec un clin d'œil.

Samuel l'ignore, au grand embarras de Sarah qui sent ses joues s'embraser.

Dégustant chacun leur glace, ils flânent en direction de l'aire de jeux. Elle grouille de bambins qui se roulent dans le sable et descendent les toboggans. Assises sur des bancs, les mamans bavardent tranquillement entre elles. Sarah éprouve un pincement au cœur en songeant aux premières années de Sam qui ne reviendront jamais. À côté d'elle, il se tient immobile, comme pétrifié par la

---

1 « Vous avez des hot dogs ? »
2 « Non ! C'est la France ! Jamais de hot dogs ! »
3 « Merci. »

tristesse. Sarah ressent avec acuité le mal du pays qui déchire le cœur de son enfant. C'est trop pour un petit garçon. Trop cruel. Oui, elle se sent cruelle d'avoir voulu retrouver son fils.

Ce soir-là, David rentre avec un grand paquet rectangulaire, enveloppé de papier kraft. Sarah comprend tout de suite ce que c'est et dévisage son mari d'un air de défi. Elle lui avait pourtant dit qu'elle n'en jouerait plus jamais ! Et le voilà qui arrive avec un violon sous le bras.

— Non, David.

Elle a envie de pleurer, de hurler, de s'enfuir. Comment a-t-il pu ? Il sait pourtant ce qu'elle éprouve.

— Sarah, s'il te plaît, dit-il en soutenant son regard. Tu ne crois pas que les Allemands nous ont déjà pris suffisamment de choses ?

Et sans attendre sa réponse, il passe au salon.

De la porte, Sarah le regarde ôter le papier, ouvrir l'étui. David pince une corde du violon et elle sent son cœur s'arrêter de battre. Elle ne peut plus respirer. Tout lui revient d'un coup : l'accord avant un concert, l'excitation de jouer devant un public, la beauté absolue de la musique. Pour elle, tout cela appartenait à un monde qui n'existe plus – à une époque révolue. Elle avance timidement dans le salon : David, penché sur le violon, en pince doucement les cordes. Une larme glisse le long de sa joue et tombe sur le bois lustré de l'instrument.

Sarah lui prend le violon des mains. À son tour, elle se met à pincer les cordes, serrant et desserrant les chevilles, les yeux fermés, jusqu'à ce qu'elle obtienne la note juste. Le regard de David la brûle. Il veut retrouver la femme qu'il a connue, elle le sent. Son désir est palpable.

Le violon accordé, elle se lève, se cale l'instrument sous le menton, saisit l'archet et prend son élan, comme un archer qui va décocher sa flèche. Car pour Sarah, il s'agit bien d'un combat. Il est temps pour elle de se réapproprier sa vie d'avant. Rassemblant tout son courage, elle attaque *Une petite musique de nuit* de Mozart, le morceau préféré de David.

Elle joue sans détacher son regard de lui. *C'est pour toi*, lui dit-elle en silence. *Pour toi.*

Seuls au monde, ils ne remarquent pas le petit garçon debout dans l'encadrement de la porte, qui regarde et écoute, une expression émerveillée sur le visage. Lorsque Sarah sent enfin sa présence, elle lui jette un coup d'œil et, pour une fois, il ne détourne pas la tête comme d'habitude. Il la regarde droit dans les yeux et elle retrouve enfin le petit bébé qui la dévisageait lorsqu'elle l'allaitait. Enfin, Sarah entrevoit l'enfant qu'elle a laissé derrière elle il y a neuf ans. Sans lâcher son regard, elle continue à jouer sans une fausse note, le cœur emporté par les envolées de la musique.

68

Sam

Paris, 14 septembre 1953

Ils m'envoient à l'école. Je déteste ça, mais je ne pleurerai pas. Je me souviens de ce que m'a écrit papa, dans sa lettre. Je suis plus courageux que je l'imagine. La Fausse Mère et moi, on marche presque l'un à côté de l'autre, sauf qu'elle a un pied sur le trottoir et l'autre sur la chaussée tellement le trottoir est étroit. Mon cœur bat très fort, comme quand je viens de courir un 100 mètres, sauf que là, je cours pas. Je marche.

On arrive. Il y a des tas d'enfants qui passent le portail. Je m'arrête pour regarder l'inscription à l'entrée : *École des Hospitalières-Saint-Gervais.* On dirait plus un nom d'hôpital qu'un nom d'école… C'est peut-être une école pour enfants malades. Après tout, ça pourrait bien être mon cas.

Les élèves entrent seuls dans l'école, à part moi. La Fausse Mère m'accompagne le long d'un couloir recouvert d'une moquette grise qui amortit tous les sons. C'est drôlement silencieux. La Fausse Mère m'emmène sûrement chez le directeur. Il doit vouloir me voir parce que je suis nouveau et qu'en plus, je suis sûrement un « cas difficile ». C'est ce qu'on dit des enfants qui ne sont pas sages.

On arrive devant une porte où il est écrit *Monsieur Leplane.* La Fausse Mère se tourne vers moi : elle a l'air d'avoir presque aussi peur que moi. Je soutiens son regard comme si tout ça m'était complètement égal, mais en vrai, j'ai la boule au ventre et les jambes qui me grattent terriblement.

Elle frappe à la porte et un petit homme aux cheveux noirs et frisés vient nous ouvrir.

— Entrez, entrez…, dit-il comme s'il était pressé.

Et il va s'asseoir à son bureau où s'entassent des livres de chaque côté, au point qu'on dirait que tout va tomber par terre. Le directeur fait glisser ses lunettes le long de son nez pour me regarder par-dessus ses verres.

— *Bonjour, Samuel.*

Il attend que je lui réponde, pour voir si je sais parler français, mais rien à faire, les mots ne me viennent toujours pas dans cette langue. Même quand je le voudrais. Comme maintenant.

Je marmonne :

— *Hello.*

Le directeur fronce les sourcils, puis se tourne pour dire quelque chose en français à la Fausse Mère.

Elle s'accroupit devant moi et me dit d'une petite voix :

— *Au revoir, Sam.*

Je fais comme si je n'avais pas entendu. Mais dès que je me retrouve seul avec le directeur, la peur me reprend.

M. Leplane va s'asseoir à son bureau tout encombré de livres.

— *Assieds-toi, Samuel,* dit-il en me désignant une chaise.

J'obéis. Je m'assieds, les mains glissées sous les fesses, sinon je vais me gratter les jambes. Sur le mur d'en face, des rangées d'anciens élèves me fixent d'un air sérieux.

— Ton père m'a raconté ton histoire.

Il parle anglais !

M. Leplane ôte ses lunettes pour mieux me regarder.

— Samuel, nous savons que c'est difficile pour toi, mais ta place est en France. Ton véritable foyer, c'est ici. *(Il remet ses lunettes.)* Et nous allons faire tout notre possible pour t'aider à t'adapter à ta nouvelle vie. Ça ne sera pas facile, du moins au début, mais dès que tu auras commencé à te mêler aux autres élèves, les choses se mettront progressivement… en place.

C'est plus fort que moi : je me gratte les jambes à travers le pantalon. M. Leplane a l'air gentil, il parle vraiment bien anglais, mais il est de leur côté à eux, c'est évident. Pas du mien. De toute façon, personne n'est de mon côté. À cette pensée, ma gorge se serre. Je refoule mes larmes. Je ne veux pas pleurer. Je ne pleurerai pas.

— Laisse-moi te raconter quelque chose qui s'est passé dans cette école, me dit le directeur d'un ton calme. C'est en rapport avec ta propre histoire, sauf que la tienne finit mieux.

C'est une histoire à la noix ! ai-je envie de hurler. Mais je me tais. Je continue juste à me gratter les jambes.

— Au matin du 16 juillet 1942, soit deux ans avant ta naissance, la police française est entrée dans cette école et a arrêté presque tous les élèves. À la rentrée suivante, il n'y en avait plus que quatre… Tu te rends compte ? Arrêter des enfants ? Sais-tu quel était leur crime ?

Je crois connaître la réponse, mais je continue de me taire.

Mais comme le directeur me regarde d'un air d'attente, je finis par marmonner :

— Ils étaient nés au mauvais endroit ?

— On peut dire ça, oui. Ils étaient juifs à une époque où être juif était un crime.

Je n'ai toujours pas bien compris ce que ça voulait dire exactement, être juif. C'est quelque chose en rapport avec la religion, je crois. Ce que je sais, c'est qu'Hitler détestait les Juifs. Qu'il voulait tous les tuer, même les bébés.

— Ce sont les nazis qui avaient décrété qu'être juif était un crime.

— Mon père, c'était pas un nazi ! Vous le connaissez même pas, d'abord !

— Je sais que ton père n'était pas un nazi, Samuel. Ce n'est pas ce que j'ai dit.

Il se lève et vient poser sa main sur mon épaule.

— Ton père, Jean-Luc Beauchamps, a fait quelque chose de très courageux. Il t'a sauvé la vie. Je ne parlais pas de lui. Ce sont des gendarmes français qui ont arrêté les enfants et qui les ont donnés aux Allemands. À mon avis, beaucoup de gens ont été obligés de faire des choses qu'ils regrettent aujourd'hui. C'est ça, la guerre.

— Mon père, je l'aime, c'est le meilleur papa du monde entier, dis-je, malgré la boule dans ma gorge.

— Et tu as raison, Samuel. Au reste, personne ne te demande de ne plus l'aimer. Mais tu sais, ta maman, ta maman française, a fait elle aussi quelque chose de très courageux, quelque chose que la plupart des mères n'auraient pas eu la force de faire. Alors que tu n'avais qu'un mois, elle t'a confié à un inconnu, sachant que c'était ta seule chance de survivre. Elle a manqué tes neuf premières années et maintenant, elle veut te retrouver. Tu peux le comprendre, ça ?

Je hausse les épaules. Je ne veux pas penser à elle.

Le directeur me regarde, attendant que je dise quelque chose. Je murmure :

— Je ne suis pas à elle.

— Bien sûr que non. Personne n'appartient à personne. Néanmoins, les enfants doivent grandir auprès de leurs parents.

— Mes parents à moi, ils sont aux États-Unis.

— C'est ce que tu croyais. Mais maintenant, nous savons qu'ils sont ici, en France.

— Non ! Ma vraie mère et mon vrai père sont en Amérique.

— Et un jour, tu auras l'âge d'aller les voir là-bas tout seul… Mais pour le moment, tu dois accepter ta nouvelle vie ici. C'est une chance pour toi : tu vas pouvoir apprendre le français, découvrir l'histoire de ta famille, connaître une autre culture…

— Je veux pas. Je déteste ce pays.

Le directeur se gratte la tête en me regardant comme si quelque chose lui échappait. Peut-être qu'il réfléchit à mon problème. J'ai l'impression qu'il me comprend mieux que les *marshals* et la psychologue. Ceux-là n'ont toujours pas compris que je suis américain, pas français.

— Bon ! Assez parlé du passé pour aujourd'hui, déclare le directeur en regardant sa montre. À présent, il nous faut songer à l'avenir. Pour qu'il soit plus heureux, nous devons éduquer la jeunesse, n'est-ce pas ? Eh bien, nous allons nous y employer.

En fait, il est exactement comme les autres. Il ne veut pas m'aider. Je me passe la main sur la figure. Je veux rentrer chez moi, en Amérique. Un jour, je retournerai là-bas, je le jure.

— Allons faire connaissance avec ta classe !

J'ai très envie d'aller aux toilettes, mais je n'ose pas demander la permission.

À notre entrée dans la classe, les élèves sont tous assis à des pupitres en bois séparés. Ils se lèvent tous ensemble en voyant le directeur.

— *Bonjour, monsieur Leplane,* disent-ils en chœur avant de se rasseoir.

L'institutrice est une dame plutôt bronzée, avec de longs cheveux noirs et ondulés. Elle me sourit. Ses yeux bruns pleins de douceur me rappellent ceux de maman. Une main sur mon épaule, elle me conduit devant la classe pour me présenter aux autres. Je ne sais pas trop ce qu'elle leur raconte sur moi, mais à un moment, j'entends « *les* États-*Unis* » – ça veut dire l'Amérique. Les élèves m'évaluent du regard. Ils ne me sourient pas et moi non plus.

L'institutrice me place à côté d'un garçon qui s'appelle Zack. À mon grand soulagement, lui me fait un grand sourire. Il a l'air marrant avec son espace entre les dents de devant.

— Je suis à moitié américain, me chuchote-t-il. T'as qu'à rester avec moi.

Enfin, quelqu'un à qui parler !

L'institutrice prend le stylo-plume dans mon plumier et me le place entre les doigts. Zack me laisse copier sur lui, mais il y a trop de choses à écrire et je commence à avoir mal à la main. Je sens une ampoule se former sous mon majeur.

Quand la cloche sonne la récré, je suis Zach jusque dans la cour et on se met à marcher sur le côté, un peu à l'écart des autres.

— Mon père est américain, me dit-il. Il a rencontré ma mère quand les Américains ont libéré Paris. Quand il l'a vue dans la foule, il a sauté de son camion pour aller l'embrasser. Tous les soldats américains embrassaient les Françaises, ajoute-t-il en riant. Maman m'a raconté qu'elles étaient tellement contentes d'être libérées des Allemands qu'elles aussi, elles embrassaient les Américains.

Ne sachant que dire, je souris.

— C'était en 1944 et je suis né en 1945, conclut-il avec fierté.

Il a donc un an de moins que moi… On m'a sûrement mis dans sa classe parce que je ne sais pas bien parler français.

Je meurs d'envie de faire pipi et mes jambes recommencent à me gratter.

— Il faut que j'aille aux toilettes.

Zack me regarde d'un air un peu surpris.

— C'est là-bas, dit-il en me désignant une petite construction en béton.

Je fonce. Devant les toilettes, il y a un groupe de garçons qui traînent. Ils vont me tester, c'est sûr. Je passe devant eux, la tête haute, évitant leurs regards glacés. Toutes les portes sont ouvertes et je découvre les toilettes : encore ces affreux trous à ras de terre. Pas grave. J'ai trop envie, je me suis retenu toute la matinée. J'ai aussi envie de me gratter les jambes. J'entre dans un des cabinets, mais la porte ne ferme pas et ça pue le caca. Mon estomac se serre comme quand on va vomir et soudain, je n'ai plus envie du tout. Tout ce que je veux, c'est sortir de là, mais pour ça, je dois repasser devant ces garçons. Je fais l'erreur de croiser leur regard.

Ils se mettent à siffler tout doucement. Je ne sais pas quoi faire.

L'un d'eux me pousse dans un cabinet, fort. Mes pieds glissent, je dérape et me rattrape au mur. Berk, il est tout collant… Une envie de vomir me prend à la gorge.

Des rires éclatent dans mon dos.

À cet instant, la cloche sonne la fin de la récré et je les entends détaler. Je déglutis quelque chose d'amer et j'ai tout juste le temps de baisser mon pantalon : je suis en train de me faire pipi dessus, ça coule le long de mes jambes.

Quand je retrouve la classe, tous les élèves sont en train d'écrire en silence. L'institutrice me sourit et me désigne ma place.

— Tu t'étais perdu ? me demande Zach à voix basse.

Je fais oui de la tête. Je ne veux pas pleurer. Je ne pleurerai pas.

Il faut encore copier des mots… Je m'engloutis dans l'ennui. Enfin, au bout d'un moment, la cloche sonne de nouveau.

— À cet après-midi ! me lance Zach en sortant de la classe.

— Quoi ?

— À cet après-midi. Je vais manger.

On rentre manger à la maison, ici ?

La Fausse Mère m'attend au portail avec les autres mères, des vraies celles-là. Elle me cherche du regard, les veines saillant sur son long cou. Je baisse la tête, espérant me rendre invisible dans le groupe. C'est une idée, ça ! En marchant courbé, je pourrais m'enfuir ! Mais je garde ce précieux enseignement pour plus tard. Pour le moment, je me laisse entraîner par les autres vers la sortie.

En chemin, on s'arrête pour acheter du pain à la boulangerie. La dame me tend une baguette que je commence à manger tout en marchant.

Au lieu de se fâcher comme je l'espérais, la Fausse Mère me passe la main sur la tête.

— *Ça donne faim, l'école, hein* ?

Elle croit que j'ai faim, mais c'est faux. Moi, ce que je veux, c'est la mettre en colère. Arrivé dans le couloir de l'appartement, je fonce aux toilettes et je m'accroupis au-dessus du trou. Ensuite, je me lave les mains en tournant et retournant le savon jusqu'à ce que mes doigts disparaissent sous la mousse. Le morceau de savon devient de plus en plus fin.

— *Sam,* crie la Fausse Mère. *Ça va ?*

En pressant les mains, je fais gicler le savon par terre, puis je l'écrabouille avec le pied et j'en mets partout pour que le sol soit tout glissant. En sortant, j'ai encore du savon sous ma chaussure. Je traîne le pied exprès pour en mettre encore plein dans la cuisine. Je me sens un peu mieux quand je fais des bêtises. Avant, je n'aurais jamais fait des trucs comme ça, je n'y pensais même pas.

La Fausse Mère regarde par terre : elle a vu toutes les saletés que j'ai faites. J'espère qu'elle va me crier dessus, maintenant. Je ne sais pas pourquoi, mais j'ai envie de l'énerver.

— *Enlève tes chaussures, Sam.*

Elle s'accroupit pour me défaire mes lacets. Je regarde sa nuque : elle croit que j'ai quel âge ? Quatre ans ?

Mais je la laisse m'ôter mes chaussures. Elle fait comme si elle n'avait pas vu le savon tout collé sur la semelle. Puis elle lève ses yeux verts sur moi : ils sont tout brillants de larmes. Elle essaie de sourire, mais je vois bien qu'en vrai, elle a envie de pleurer. Ça me met mal à l'aise. Très mal à l'aise. Sans dire un mot, je la suis dans la cuisine. Elle découpe ce qui reste de la baguette et met les tranches dans une corbeille à pain. Puis elle sort un saladier de carottes râpées et le pose sur la table.

— *Assieds-toi.*

J'obéis. Elle s'installe à côté de moi et on mange les carottes râpées avec du pain. Je sauce mon assiette, comme elle. Je n'ai plus envie d'être vilain. Ensuite, elle nous sert de la viande avec des pommes de terre. En dessert, il y a une tarte aux pommes ; les tranches de pommes sont très fines et très régulières, c'est joli.

— *Viens,* me dit-elle à la fin du repas.

Je la suis jusque dans le salon, la pièce la plus horrible de l'appartement avec son canapé doré à deux places et les deux grands fauteuils durs en face. Il n'y a même pas de télé, rien que des livres dans une bibliothèque vitrée.

Justement, elle en sort un et va s'asseoir sur le canapé, en tapotant la place d'à côté.

J'obéis, mais seulement parce qu'elle me fait de la peine. Mais pas trop non plus, faut pas exagérer. Après tout, si elle voulait, elle pourrait me laisser repartir aux États-Unis. Elle commence à lire à voix haute. Comme je ne comprends pas un seul mot de ce qu'elle raconte, je réfléchis au moyen de faire passer à Zack une lettre à poster, une lettre pour maman.

69

Sarah

Paris, 14 septembre 1953

Comment un enfant de neuf ans peut-il s'endormir à 1 heure de l'après-midi ? Sans cesser de lire à haute voix, Sarah voit les paupières de Sam se fermer. Elle doit le secouer pour le ramener à l'école.

C'est parce qu'il ne dort pas bien la nuit. Elle l'entend pleurer et parfois crier en anglais dans son sommeil ; des paroles sèches, rageuses, qu'elle ne comprend pas. Du coup, dans la journée, il est souvent léthargique : elle le trouve endormi, pelotonné sur son lit. À d'autres moments, il est au contraire très agressif et complote des bêtises pour lui faire de la peine. Et puis, il y a ses jambes. Tout ce qu'il ne peut pas dire suinte par ses plaies à vif.

Combien de temps peut-elle laisser la situation s'enliser ? David lui répète d'être forte, de tenir bon… Pour sa part, elle a l'impression d'être plus cruelle que forte.

Sur le chemin de l'école, Sam traîne les pieds à quelques pas derrière elle. Maudite Charlotte Beauchamps ! Elle n'aurait pas pu lui parler français, à ce pauvre petit ? Pourquoi l'avoir privé de sa langue maternelle ? Aux yeux de Sarah, c'est incompréhensible. Cette Charlotte devait être une femme sans scrupules, trop heureuse de fuir la France et d'oublier son passé, voire sa famille. C'est la seule explication.

— Hé, Sam !

Un garçon tout bouclé accourt vers eux, souriant d'une oreille à l'autre.

— Hey, Zack.

Sarah se tourne vers son fils, surprise par son intonation enjouée. Il a l'air content, normal, comme n'importe quel enfant.

En guise de salut, Zack fait la bise à Sarah, une sur chaque joue. Elle lui sourit. Quel gentil garçon, bien élevé.

— J'aide Sam en français, lui déclare-t-il avec fierté. Mon père est américain.

Ma foi, pense Sarah, *pour l'immersion totale, c'est réussi !* Mais à la vérité, peu lui importe la méthode d'apprentissage linguistique. L'essentiel, c'est que Sam se soit fait un ami.

Les deux garçons s'éloignent en trottinant sans un regard en arrière et pour la première fois depuis l'arrivée de Samuel, Sarah a l'impression que son fils vit quelque chose de normal. Tout espoir n'est peut-être pas perdu ! Elle rentre à l'appartement, le cœur un peu plus léger. C'est si important, les amis, à cet âge ! Grâce à Zack, Sam s'intégrera vite et bientôt, il se sentira chez lui, ici.

Alors qu'elle tourne la clé dans la serrure de l'appartement, des voix lui parviennent du salon. David ? Que fait-il là en plein après-midi ? Intriguée, elle entre dans le salon.

— Bonjour…

Un inconnu est en train de prendre le thé dans leur plus beau service en porcelaine.

— Sarah, je te présente Jacob Levi. Je l'ai rencontré à la synagogue, dit David en se levant du canapé.

— Enchanté de faire votre connaissance, monsieur.

L'inconnu se lève et l'embrasse sur les deux joues.

— David m'a parlé de vous et de votre incroyable histoire.

Incroyable… ce n'est pas le terme que Sarah aurait employé. Tragique, peut-être… choquante, terrible, inimaginable… Mais incroyable, non. Ne sachant que dire, elle va s'asseoir dans le canapé. Un ange passe. De quoi étaient-ils en train de parler avant qu'elle n'arrive ?

David toussote.

— Il reste du café si tu en veux, Sarah.

— Non, merci.

Jacob la fixe de son regard sombre et grave.

— Nous étions en train de parler de Paris sous l'Occupation, à quel point c'était effrayant au quotidien. Pour ma part, j'étais parti en 1939, avant que la vie ne devienne… impossible. Nous avions de la famille à New York. Ils nous ont accueillis chez eux.

Pourquoi éprouve-t-il le besoin de se justifier ? se demande Sarah.

— Si nous avions su, nous serions partis aussi, remarque David, les yeux baissés sur sa tasse.

— Bien sûr. Mais à l'époque, personne n'aurait imaginé… ne pouvait imaginer ce qui allait se passer…

— Non, réplique David en s'animant. Déporter les immigrés, c'était une chose, mais pas les citoyens français. Personne n'aurait pu s'attendre à ça. Lorsque nous avons compris qu'il fallait partir, c'était trop tard.

— Hélas…

Jacob repose sa tasse sur la soucoupe, l'air pensif, laissant Sarah s'interroger sur le véritable but de sa visite.

— Moi, je l'avais vu venir dès le début, reprend-il. Ça commence toujours par des mesures presque insignifiantes, vous savez… des choses qui restent dans le domaine du supportable, comme ne plus avoir le droit de posséder un vélo ou une radio. On se sent montré du doigt, mis au ban, mais la vie continue. Viennent ensuite des restrictions qui vous compliquent de plus en plus le quotidien : on vous interdit certains endroits, on limite les magasins où vous pouvez vous fournir. Vous n'avez plus le droit de côtoyer les non-juifs. *(Il reprend sa tasse.)* Pour finir, on vous prive de votre gagne-pain et vous ne pouvez plus nourrir votre famille. Vos enfants ont faim et vous commencez à vous dire : *Ils sont en train de nous exterminer.* Mais à ce moment-là, il est déjà trop tard. Vous ne pouvez plus compter sur vos économies ou vos relations pour fuir. Vous êtes devenu une proie facile.

Sarah a déjà entendu ce genre de discours et chaque fois, elle a honte de la naïveté qui a été la leur sous l'Occupation. Honte qu'ils se soient crus protégés parce qu'ils étaient français, avec un nom bien français remontant à deux générations, parce qu'ils habitaient dans le très chic XVIe arrondissement. En 1942, ils avaient pourtant été témoins de l'immense rafle du Vél'd'Hiv. Mais ils n'avaient jamais envisagé de fuir. Ils n'avaient pas voulu partir. Par fierté, courage ou déni de la réalité ?

David, elle le sait, va avoir à cœur de défendre leur absence d'initiative.

— Une proie facile ? Oui. Au début, nous avons dû porter l'étoile jaune, puis nous avons été relégués dans le dernier wagon des rames de métro. Du moment que les boches étaient dans les premiers, tout allait bien ! Ensuite, on nous a interdit les Champs-Élysées, les théâtres et les restaurants. Et puis, on nous a empêchés de faire nos courses dans certains magasins.

David toussote en se tirant nerveusement sur la barbe, avant d'enchaîner :

— Mais la vie continuait. Les spectacles restaient à l'affiche, les gens s'habillaient, sortaient, tombaient amoureux… Sarah et moi nous sommes rencontrés au cours de l'été 1940. Nous nous sommes mariés quelques mois après, en toute simplicité, et nous nous sommes installés dans un petit appartement que mes parents possédaient dans le XVIe.

— Vous travailliez ?

— Oui, je faisais partie des rares Juifs à avoir encore un emploi. J'ai même réussi à le conserver jusqu'en 1943.

— Vous vous êtes bien débrouillé.

— Les recherches que je menais sur le cancer à l'époque étaient importantes : ils avaient besoin de moi… Je nous pensais en sécurité. Nous n'avions pas vraiment pris la mesure du danger avant d'y être confrontés brutalement.

— Je comprends, dit Levi. Il faut dire que la réalité dépassait l'entendement. Pour tout le monde. Vous avez certainement fait preuve d'une vigilance de tous les instants pour avoir réussi à survivre si longtemps à Paris.

— Survivre, c'est le mot, soupire David en délaissant sa barbe. Quand j'ai perdu mon travail, nous avons compris que c'était tout ce que nous pouvions espérer… survivre.

— Des amis vous ont aidés à tenir, sans doute, de bons amis…

— Oui, c'est vrai, mais nous ne vivions pas cachés. Simplement, on évitait de sortir de l'appartement. Lorsqu'ils le pouvaient, nos amis nous apportaient de quoi manger et quand Sarah était obligée de sortir, elle ne mettait pas son étoile jaune… C'était toujours un dilemme : la porter, c'était s'exposer à une arrestation arbitraire et ne pas la porter… inutile de vous faire un dessin : on vous demandait vos papiers et c'était fini. De toute façon, il fallait faire un choix, on ne pouvait pas porter l'étoile un jour sur deux. Les gens finissaient toujours par savoir qui était juif et qui ne l'était pas. Et il y avait toujours quelqu'un pour vous dénoncer.

— C'est ce que j'ai le plus de mal à comprendre… toutes ces dénonciations.

— Figurez-vous qu'avant la guerre, fort peu de gens savaient que nous étions juifs. Notre nom ne pouvait pas nous trahir puisque mon père n'était pas juif – seulement ma mère. *(David se remet à tirer sur sa barbe.)*

Mes parents ont été arrêtés un an avant nous. Nous les avions pourtant prévenus, un soir, mais ils ont refusé d'aller en lieu sûr.

Jacob baisse la tête.

— Je suis navré.

Le silence s'abat sur la pièce.

Au bout de quelques minutes, David reprend :

— En théorie, Sarah est plus juive que moi puisque ses deux parents l'étaient.

Sarah sent leurs regards peser sur elle, mais elle ne veut pas penser à ses parents, c'est trop dur. Elle déglutit péniblement et prend la parole malgré la boule d'émotion qui lui obstrue la gorge.

— C'était moins dangereux pour moi de sortir. David courait plus de risques de se faire arrêter. À cette époque, les hommes étaient rares dans Paris, il aurait tout de suite été suspect. Mais une femme comme moi, frêle et amaigrie, passait inaperçue. Nous étions nombreuses à faire la queue pendant des heures devant les magasins d'alimentation. La plupart du temps, personne ne faisait attention à nous.

— Quand vous êtes revenus, après la guerre…, s'enquiert Jacob d'un ton hésitant, pourquoi n'êtes-vous pas retournés chez vous, dans le XVIe ?

La réponse de Sarah fuse :

— Trop de souvenirs.

David opine.

— Nous voulions vivre au sein de notre communauté. Reprendre le cours de notre ancienne existence, c'était impossible. En outre, notre appartement était occupé par de nouveaux propriétaires…

Jacob secoue la tête d'un air accablé.

— Je sais, vous n'êtes pas les seuls dans cette situation. Beaucoup de gens continuent de se battre pour récupérer leur appartement. *(Il toussote et repose sa tasse sur la soucoupe.)* C'est un miracle que vous ayez survécu à Auschwitz... Tous les deux, ajoute-t-il en se tournant vers Sarah.

— Cent quatre-vingt-dix jours, murmure-t-elle.

— Nous étions jeunes, explique David. Et plus solides que beaucoup de prisonniers qui étaient arrivés bien avant nous. N'oubliez pas que nous avons fait partie d'un des derniers convois. Quel jour avons-nous été déportés, Sarah ?

La date est gravée dans son esprit : le 30 mai 1944 – le jour où elle a confié son fils à un inconnu. David s'en souvient aussi bien qu'elle. S'il lui a posé la question, c'est pour ne pas l'exclure de la conversation.

— Une semaine avant le débarquement, répond-elle. Une semaine pile.

Elle n'a jamais réussi à prononcer cette date.

— Nous savions que la guerre tirait à sa fin, poursuit David. L'essentiel, c'était de tenir, et le fait de savoir que Samuel était vivant quelque part nous motivait. Il était notre force secrète, notre phare dans la nuit.

— David s'arrangeait pour me faire parvenir des messages, murmure Sarah, presque rêveuse, les souvenirs lui revenant peu à peu.

David se lève pour aller lui poser la main sur l'épaule.

— Nous étions jeunes, des âmes de roc ! Avec de bonnes raisons pour nous battre. Et nous en avons réchappé.

Un long silence s'ensuit. Tous trois songent à ceux qui ne sont jamais revenus. Sarah aimerait que Jacob s'en aille, maintenant, pour pouvoir aller s'allonger. Le cœur lourd, elle se sent apathique. Cette conversation a eu raison de sa belle énergie.

Comme s'il lisait dans ses pensées, Jacob Levi se lève.

— Bon, je n'ai que trop abusé de votre temps. Il me tarde de faire la connaissance de Samuel, mais rien ne presse. Dieu sera toujours prêt à l'accueillir dans sa maison. Au moment que vous jugerez bon.

Sarah hoche la tête, laissant David le raccompagner à la porte. Puis, sans un mot, elle va se coucher dans leur chambre plongée dans le noir. Les volets sont restés fermés depuis la veille.

70

Sam

Paris, 17 septembre 1953

— On joue aux billes ? demande Zack à la récré.

Un groupe de garçons fait déjà une partie, à genoux par terre. Zach sort un petit sac vert.

— Pour aujourd'hui, tu peux prendre des miennes, dit-il en m'en donnant trois.

Ce sont les transparentes avec des couleurs qui se déploient comme une plume d'oiseau à l'intérieur. J'en étudie une : elle n'est pas tout bêtement bleue, mais de deux nuances différentes, exactement comme ma préférée, à la maison. Je la serre de toutes mes forces dans mon poing, le ventre tordu par la nostalgie.

Les autres garçons mettent leurs doigts en triangle et plissent les yeux pour viser avant d'expédier leur bille d'une pichenette. Je m'assieds par terre avec eux. L'odeur du bitume chaud me fait penser aux planches de la promenade qui me brûlaient les pieds, l'été, à l'océan. Ce souvenir me fait comme un coup de poing à l'estomac et mes yeux se mettent à picoter. Mais je refoule très vite mes larmes en me forçant à me concentrer sur la partie. J'ai toujours été fort aux billes. Je vais leur montrer ce que je sais faire. Je m'allonge, prenant mon temps pour bien aligner ma bille. Un œil fermé, je l'expédie d'une pichenette avec juste la vitesse qu'il faut. Trop fort, elle dépassera la cible. Trop doucement, elle n'ira pas assez loin.

Ouais !

— *Pas mal,* dit l'un des grands.

Pas mal, ça veut dire très bien, en fait. Je me sens tout content, comme quand l'institutrice te dit que ton devoir est excellent. Mais en mieux.

— Merci, dis-je en français.

Le garçon m'adresse un hochement de tête. De sa part, c'est forcément une marque de respect.

Un autre me bouscule.

— *Mais dépêche-toi ! La cloche va sonner.*

J'ai compris ce qu'il a dit ! Les mots français ne traversent plus ma tête comme des fantômes qui traversent les murs. En vrai, je m'en fiche : de toute façon, jamais je ne parlerai cette langue, ce n'est pas la mienne.

Après la récré, on a musique. Zack m'apprend qu'ils appellent le prof Tonton Marius, parce qu'il est du Sud.

Quel rapport ? Je dois faire une drôle de tête, parce que Zack ajoute :

— Tu sais, comme dans Marcel Pagnol.

— C'est qui ?

— *Mon Dieu !* Mais d'où tu sors, toi ? Marcel Pagnol, c'est un écrivain très connu ! Le héros de ses livres s'appelle Marius et il est du Sud. T'as pas vu *Manon des Sources* ? Le film est sorti l'année dernière.

Je fais non de la tête, les joues brûlantes de honte. Je n'ai pas l'habitude de passer pour l'idiot qui ne sait rien.

— Je suis allé en Amérique, me confie Zack, radouci. Mais je m'en souviens pas, j'avais qu'un an. Mon père m'a dit qu'on y retournerait quand je serai grand. C'est vrai que tout le monde a la télé, là-bas ?

— Je crois, oui…

Tous les gens que je connais, en tout cas, mais je ne sais pas si ça veut dire que tous les Américains ont la télé.

— La vache ! Tout le monde est riche en Amérique ?

— Je ne pense pas, non, dis-je en me souvenant du balayeur des rues.

Il n'avait pas l'air riche, lui… En fait, je n'ai jamais vraiment réfléchi à tout ça.

Après le cours de Tonton Marius, on a maths. J'ai toujours été fort en maths. Et puis, au moins, il n'y a pas de mots inconnus à écrire, juste une longue liste d'additions. Je les fais très vite.

L'institutrice passe dans les rangées en donnant de temps en temps un petit coup de règle sur un pupitre lorsqu'elle voit une erreur. Elle s'arrête devant moi.

— *C'est bien, Samuel, on voit que tu as déjà fait des mathématiques.*

Elle a la voix douce, c'est comme une chanson. Je crois qu'elle m'a dit que je m'en sortais très bien en maths. Je lève la tête et je lui souris.

— *Maintenant, il faut travailler ton français.*

L'exercice terminé, Zach me demande :

— Tu veux venir chez moi après l'école ?

— Oh, oui !

Tout plutôt que de retourner dans ce sinistre appartement !

— Tu pourras dire à ta mère de demander la permission à Sarah ?

— C'est qui, Sarah ?

— La dame qui vient me chercher.

— Quoi ? Mais je croyais que c'était ta mère.

— Non, ma mère est en Amérique.

— Mais M. Leplane nous a dit que tu étais venu vivre à Paris chez tes parents. Il a dit que tu avais été transféré… euh, déplacé… à cause de la guerre.

— Ah bon ? Eh bien, c'est parce qu'il ne connaît pas toute l'histoire. En fait, c'est un secret.

— Un secret ? Qu'est-ce que tu veux dire ?

— Normalement, j'ai pas le droit d'en parler.

— Mais tu sais, je suis très très fort pour garder les secrets, je le répéterai pas. Promis, juré !

Il a l'air tellement sérieux avec sa main sur le cœur qu'il me donne envie de rire.

— Je te le dirai dès que je pourrai, Zack, promis. Mais pas maintenant.

— Bon, d'accord, dit-il en me serrant la main.

J'ai l'impression d'être un adulte.

— Mais t'inquiète pas, je suis sûr que Sarah me laissera venir jouer chez toi.

Et donc, après l'école, Zack fait comme on a dit : il demande à sa mère qu'elle demande à ma Fausse Mère si je peux venir chez lui. Sa mère a l'air toute contente, elle me sourit comme si elle venait d'apprendre une nouvelle extraordinaire.

Zack m'entraîne par le bras.

— Allez, viens, elle a dit oui.

Je jette un regard en arrière. La Fausse Mère nous suit en bavardant avec la mère de Zack.

— Elle aussi, elle vient ? dis-je.

Zack se retourne.

— Ouais, je crois. Pourquoi ?

— Rien, je me demandais.

Zut ! Elle doit être en train de raconter toute ma vie à la mère de Zack. Il va tout savoir. Il saura aussi que je lui ai menti et ce sera la fin de notre amitié. Qu'est-ce que je peux faire pour empêcher ça ?

— Zack, il faut que je te dise un secret. Mais quand on sera rien que tous les deux…

71

Sarah

Paris, 17 septembre 1953

Sam a un ami. C'est la lueur d'espoir qu'elle appelait de ses vœux. Elle a passé un agréable après-midi avec la mère de Zack en qui elle a trouvé une oreille compatissante et une amie désireuse de lui venir en aide, dans la mesure du possible. Gagnée par l'optimisme, Sarah se représente un avenir où Sam jouera avec ses nouveaux amis pendant que David et elle discuteront avec leurs parents ; des sorties le week-end, des pique-niques l'été, des visites au zoo, au musée, au parc…

— Un peu plus de thé ? demande la mère de Zack.

— Merci, non. Il doit être tard, nous devrions partir, maintenant. J'ai passé un moment très agréable.

Sarah regarde sa montre : 6 h 30 ! David va rentrer d'une minute à l'autre. Il va s'inquiéter en trouvant l'appartement vide.

— Je suis vraiment navrée, dit-elle en se levant. Je ne pensais pas qu'il était si tard. Merci encore pour votre hospitalité.

Sur le chemin du retour, Sam traîne les pieds. Il le fait exprès parce qu'il voit qu'elle se dépêche. Lorsqu'il s'arrête devant une vitrine, elle le tire par la main.

— Allez, viens, Sam. Il est tard.

La résistance qu'il lui oppose la suffoque. Elle lâche son bras si fort et si frêle. Il ne sert à rien de lutter avec lui, cela ne fera qu'aggraver les choses. Elle fait donc mine de s'intéresser elle aussi à la devanture. Il ne tardera pas à se lasser.

Au bout de deux minutes, Sam repart et cette fois, Sarah veille à ne pas paraître trop pressée.

De retour à l'appartement, ils sont accueillis par David qui les attendait derrière la porte.

— Où étiez-vous passés ?

Sarah sent Sam se raidir.

— Samuel s'est fait un ami à l'école. J'ai un peu parlé avec sa mère et elle nous a invités à goûter chez elle.

David pousse un soupir.

— Je me suis fait du souci.

— Je suis désolée, David. Nous n'avons pas vu le temps passer.

— Ce n'est pas grave, je suis content que tu aies passé un bon moment. Qu'est-ce que vous avez fait ?

— Oh, on a pris le thé en papotant.

Sam s'éclipse dans sa chambre.

— Je vais aller le voir, décide David.

Sarah le suit jusqu'à la chambre de Sam. David frappe à la porte. À leur entrée, Sam lève la tête du bureau et glisse précipitamment une feuille de papier violet dans son tiroir.

— *Bonsoir, Samuel.*

David fait semblant de n'avoir rien vu, mais Sarah se demande ce qu'il y a d'écrit sur cette feuille de papier. David s'avance dans la chambre.

— *Alors, c'était comment, l'école ?*

Le regard de l'enfant va de David à Sarah.

— Bien…

— *Tant mieux, tant mieux,* commente David en souriant. *C'est une bonne nouvelle. Je suis content.*

Sarah part préparer le dîner. Quelques instants après, David la rejoint dans la cuisine.

— Il a l'air plus épanoui depuis qu'il va à l'école. Je savais que ça lui ferait du bien de se retrouver avec des enfants de son âge.

Il sort deux verres à vin et verse dedans un fond de cassis qu'il complète avec du vin blanc.

— Alors, comment est-il, ce nouvel ami ?

— Zack ? Charmant, très poli, bien élevé. Sa mère est charmante, elle aussi.

— Comment ils arrivent à communiquer, tous les deux ?

— Oh, tu connais les enfants. Ils trouvent toujours un moyen pour se comprendre…

Elle toussote, mal à l'aise d'avoir proféré un mensonge éhonté. Elle n'a pas envie de lire la déception sur le visage de David lorsqu'il apprendra que le nouvel ami de Sam est anglophone.

— Oui, bien sûr… Tout va s'arranger, n'est-ce pas, Sarah ?

Ils trinquent ensemble, en se regardant dans les yeux. Toutefois, Sarah ne peut répondre à la question de son mari. Est-ce que tout va s'arranger ? Elle aimerait en être sûre…

Elle boit une gorgée de son Kir.

— J'ai beaucoup de mal à communiquer avec lui. Beaucoup de mal. C'est comme si je devais escalader une montagne sans savoir la vue que j'aurai d'en haut.

— Comment ça ?

— Bah… il finira bien par s'adapter. De toute manière, il n'aura pas le choix. En revanche, j'ignore s'il nous aimera un jour.

72

Sam

Paris, 17 septembre 1953

J'ai juste eu le temps de planquer la lettre dans le tiroir quand ils sont entrés dans ma chambre. Ils n'y auraient rien compris, parce que c'est tout en anglais, mais ils auraient deviné à qui j'écrivais.

Je ressors ma lettre. Cette fois, je pose un album de Tintin à côté, au cas où j'aurais de nouveau besoin de la cacher à toute vitesse. Je me relis en silence.

Chère Maman,

Je t'aime. Tu me manque tellement que ça me fait mal. Tu es la meilleure maman du monde et papa le meilleur papa. Je me fiche de ce que tout le monde dit. Ils y comprennent rien. Ma Fausse Mère et mon Faux Père sont bizares. Lui, je l'appelle le Barbu parce qu'il a une barbe horible, avec des poils tout raides. Papa et toi, c'est vous mes vrais parents et je vais trouvé un moyen de rentrer à la maison. Alors ne t'inquiète pas. C'est dommage qu'on est pas pu passer au Mexique. Je déteste la France. Je t'aime.

Je me concentre de toutes mes forces sur mon écriture, je fais bien attention à ne pas lever la plume du papier, sauf entre les mots. Qu'est-ce que je pourrais lui dire d'autre ? Je n'ai pas encore de plan, mais je veux qu'elle sache que je vais essayer de m'enfuir.

La porte s'ouvre. Mon cœur bondit dans ma gorge. Vite, je cache la lettre sous l'album ouvert en faisant semblant de lire.

Le Barbu s'approche du bureau.

— *Ça va, Samuel ?* (Il se penche par-dessus mon épaule.) *Qu'est-ce que tu lis ?*

Ça, j'ai compris.

— *Tintin.*

— Attends, je vais te le lire.

Il veut prendre l'album, mais je pose les coudes dessus. Comme ça, ma lettre est à l'abri.

Je lui montre l'étagère au-dessus du bureau.

— Celui-là.

Il prend le livre.

— *Les Trois Mousquetaires. Bien, très bien !*

Les Trois Mousquetaires ! Le livre préféré de papa.

Le Barbu commence à lire.

Je laisse le *Tintin* ouvert sur le bureau, la lettre cachée en dessous, et je fais semblant d'écouter, mais en vrai, je réfléchis à ce que je pourrais dire d'autre à maman. J'imagine la tête qu'elle fera quand elle me verra arriver à la maison.

Je m'aperçois que le Barbu s'est arrêté de lire. Il me regarde fixement, le front tout plissé, comme s'il essayait de comprendre quelque chose.

— *Samuel, je sais que c'est difficile pour toi, très difficile, même. Mais nous t'aimons et nous allons tout faire pour que ça marche.*

Il veut dire que c'est dur pour moi, mais qu'on doit aller de l'avant. Je suis presque sûr que c'est ce qu'il a dit.

Oh non ! Il revient vers moi. Il va soulever le *Tintin*, j'en suis sûr, et alors il va voir la lettre ! Je la sors à toute vitesse de sous l'album, elle tombe par terre et je mets le pied dessus.

— *Essayons Tintin, maintenant. C'est plus amusant.*

Je le savais ! Heureusement, je suis plus malin que lui !

Il recommence à lire le *Tintin*, en faisant des voix différentes pour chacun des personnages. Ferme et juvénile pour Tintin, méchante et sournoise pour les méchants. Mais c'est le chien qu'il fait le mieux. Il me fait presque rire. La voix tonitruante, il gesticule, mime certains passages. Je le regarde, fasciné. Il est vraiment très fort pour faire les voix. Je sais qu'il essaie de me faire sourire, et il y arrive presque. Il veut être drôle et gentil avec moi, mais ça change rien. Il ne sera jamais mon père. Jamais.

73

Sarah

Paris, 18 septembre 1953

La veille, elle a passé la tête par l'embrasure de la porte et ce qu'elle a vu lui a serré le cœur. David faisait la lecture à Sam qui semblait vraiment l'écouter, les yeux rivés sur lui, et non perdus dans le vide, comme souvent. Regagnant la cuisine à pas de loup, elle a récité une prière de remerciement en son for intérieur.

Aujourd'hui, c'est vendredi, shabbat commence au coucher du soleil. Après avoir déposé Sam à l'école, elle rentre confectionner la hallah, le pain tressé qu'ils rompent avant de commencer le repas. Comme les interdits sont nombreux entre le coucher du soleil de ce soir et le lever du soleil de demain, il lui faut veiller à ce que tout soit prêt. Elle doit donc faire les courses, mais aussi préparer le repas du samedi. Sarah préfère presque la préparation de shabbat que shabbat en soi. Le rituel a un côté réconfortant. Munie de bougies, elle en garnit le candélabre.

Elle décide de s'attaquer au ménage avant de faire les courses et les repas. Elle commence par ranger la cuisine, puis passe au salon et termine par les chambres. En faisant leur lit, elle se remémore toutes les nuits d'insomnie qu'elle a passées à prier pour qu'ils revoient un jour Samuel, à chercher comment retrouver la trace de ce cheminot à Drancy, ce balafré dont la cicatrice lui arrivait presque à l'œil. Grâce à l'efficacité de l'administration nazie, ils n'avaient pas eu de mal à se procurer son nom dans les registres. Le Service international de recherches avait été chargé du dossier, mais on les avait avertis que cela risquait de prendre des années. Chose qui s'était vérifiée.

Au bout de cinq longues années d'attente et de faux espoirs, David, la mort dans l'âme, lui avait annoncé qu'il leur fallait renoncer et accepter la perte de leur fils. Mais Sarah ne parvenait pas à tourner la page. Parfois, lorsqu'elle fermait les yeux, il lui semblait encore sentir sous ses lèvres la douceur soyeuse de sa petite tête, l'odeur laiteuse de son innocence. Elle ne pourrait redevenir entière que lorsqu'elle aurait retrouvé son enfant et au fond de son cœur, elle savait qu'il était vivant quelque part. Elle le sentait dans sa chair, tout comme elle sentait son petit cœur battre quand il était encore dans son ventre. David, lui, souhaitait qu'ils aient un autre enfant, mais en son for intérieur, Sarah ne pouvait l'envisager. Comment aurait-elle pu expliquer à son mari que son propre corps lui était devenu étranger, qu'il la dégoûtait ? La première fois qu'elle s'était regardée dans un miroir, à son retour d'Auschwitz, elle avait cru voir un fantôme : le fantôme de la Sarah qui était morte là-bas. Elle était méconnaissable. Ses os saillaient bizarrement, des touffes de cheveux gris parsemaient son crâne et ses yeux ressemblaient aux orbites creuses d'une tête de mort. Elle avait longtemps gardé cette image d'elle-même, au point qu'il lui avait fallu plus d'un an avant de pouvoir à nouveau se regarder dans un miroir. Elle avait dû réapprendre à se connaître. Et réapprendre à connaître David. Car ils avaient changé, tous les deux.

Et puis, le temps avait passé. Inexorable, indifférent. Les semaines s'étaient muées en mois, les mois en années. Des années durant lesquelles son fils avait appris à aimer une autre mère, un autre père. Sarah aurait donné son âme pour qu'on lui rende les neuf premières années de la vie de Samuel.

Mais elle ne veut pas s'apitoyer sur son sort. Après tout, ils ont eu beaucoup de chance, comparés à tant d'autres. Ils sont tous les deux en vie et leur enfant aussi. Ils n'en espéraient pas autant lorsqu'on les avait amenés à Drancy par cette sombre matinée, à peine deux jours après son accouchement.

Sarah entre dans la chambre de Samuel, rassemble les livres sur le bureau, plie les vêtements qui jonchent le sol, les range dans les placards et les tiroirs. Elle ramasse l'oreiller et, avant de le retaper, y enfouit le nez pour respirer son odeur – sa douce odeur de transpiration de petit garçon.

Elle ne devrait pas lambiner ainsi, il y a tant à faire, aujourd'hui ! Mais elle est si lasse… Elle va se reposer. Cinq minutes, c'est tout. Cela lui donnera la force de continuer. Elle se couche et ferme les yeux, enveloppés du parfum de Samuel. Un sentiment de paix l'envahit. Allongée sur son lit, elle se sent plus proche de lui qu'elle ne l'a été depuis son arrivée.

Elle rouvre les yeux. Ça va mieux, elle est prête à affronter la journée. Elle se lève et refait le lit lorsque, en bordant les draps, elle aperçoit quelque chose. C'est un morceau de papier violet qui dépasse du matelas. Sans réfléchir, elle tire dessus. C'est une lettre.

Sarah la lâche comme si elle s'était brûlée. Elle ne comprend pas tous les mots, mais elle en comprend assez pour savoir. Accroupie contre le lit, elle se prend le ventre à deux mains, la douleur fusant dans ses entrailles. Comme le jour où elle a perdu les eaux, avant de donner naissance à Samuel.

74

Sam

Paris, 18 septembre 1953

C'est vendredi, mais j'aimerais déjà être à lundi. Je n'ai pas réussi à récupérer ma lettre avant de partir à l'école. Elle est toujours cachée sous le matelas. Maintenant, je vais devoir attendre que le week-end soit passé. Je préfère aller à l'école plutôt que de rester à l'appartement avec la Fausse Mère et le Barbu. J'espère que je retournerai prendre le goûter chez Zack. Je pourrai peut-être demander la permission d'aller jouer chez lui, ce week-end.

Je suis très déçu en sortant de l'école : tous mes copains rentrent chez eux. On ne va pas jouer les uns chez les autres. Et quand j'entre dans ma chambre, il y a des vêtements très chics étalés sur le lit, un pantalon noir et une chemise blanche, comme vendredi dernier.

La porte d'entrée s'ouvre, et très vite, le Barbu apparaît dans ma chambre.

— *C'est shabbat, Samuel.*

Il se penche pour m'embrasser sur le front.

Ça me fait comme un coup de poignard dans le ventre. Quand papa rentrait du travail, il me serrait contre lui et il sentait le savon au citron. Il disait toujours : « Comment va mon petit bonhomme, aujourd'hui ? »

Le gouffre se rouvre en moi. Je murmure :

— Va-t'en, va-t'en…

Mais je le sens debout derrière moi, je l'entends respirer, se gratter la barbe. Puis ses pas s'éloignent et la porte de ma chambre se referme. Il est parti. Maintenant, je peux sortir ma lettre de sa cachette et la terminer.

Je me mets sur le lit et je passe la main sur le côté. Elle n'est pas là. Je défais les draps. Ouf, la voilà ! Toute froissée. Je l'aplatis du mieux que je peux, je sors mon stylo-plume du cartable et je m'installe au bureau.

Je vais vite rentré chez nous, maman. Je ne peut plus rester ici. Je déteste tout à Paris, c'est horible. Je vais trouvé un moyen de revenir à la maison.

Je la ferai passer à Zack lundi matin.

Je suis en train de remettre la lettre dans sa cachette quand la Fausse Mère entre dans ma chambre. Elle reste plantée là quelques secondes, toute blanche, ses yeux verts brillant comme ceux d'un chat. Puis elle me montre les vêtements sur le lit.

— *Ce soir, on fête shabbat. Il faut que tu te fasses beau. Tiens, je te pose tes vêtements là.*

Elle veut que je mette la même tenue chic que l'autre fois. Elle ressort de ma chambre parce qu'elle sait que je ne veux pas m'habiller devant elle. Je parie qu'elle a peur que je fasse pipi sur les vêtements comme l'autre fois, mais je ne vais pas refaire la même bêtise. Ça serait pas marrant. En plus, ça me fait tout drôle de voir ses yeux tout brillants, un peu comme les miens quand je me languis de la maison.

En sortant de la chambre dans mes beaux habits, je vois qu'elle a allumé les bougies, comme vendredi dernier. Ça met un peu de chaleur dans cet appartement sinistre, mais ça me fiche aussi un peu la trouille. Elle porte une longue robe noire et elle s'est fait un chignon. De grandes créoles en or se balancent à ses oreilles et ses yeux verts sont tout tristes dans la lumière tremblotante. Je la regarde : elle est très jolie, en fait. L'espace d'une seconde, je me demande la vie que j'aurais eue si ça avait été elle, ma vraie mère. Peut-être que je l'aurais aimée. Sûrement… J'aurais même aimé le Barbu. Les enfants aiment toujours leurs parents. C'est étrange quand on y pense.

Elle me tend les bras en souriant. Mais je passe devant elle sans la regarder.

Elle laisse retomber ses bras. Le Barbu l'embrasse sur la joue et s'assied à table, à sa place. Il tapote le siège à côté de lui. J'ai l'impression que des flammes me lèchent les jambes et mon estomac est tout tordu de douleur.

— Je vais aux toilettes, dis-je en anglais.

Et je file avant qu'il ait pu me corriger en français.

Je sors dans le couloir sombre. Heureusement, les cabinets sont libres. Une fois enfermé à clé, je baisse mon pantalon. Je me gratte à travers les bandages, mais ça ne suffit pas. Alors, je glisse la main dessous et j'enfonce mes ongles. Ça fait du bien. Le bandage blanc se desserre, il commence à se défaire. Au moins, je peux me gratter autant que je veux, maintenant.

— *Samu-eel ?* fait le Barbu devant la porte. *Tout va bien ?*

Je fais un bond.

— *Oui !*

J'essaie à toute vitesse de remettre les bandages autour de mes jambes. Je me souviens juste à temps de tirer la chasse.

Quand je reviens dans la salle à manger, ils me sourient tous les deux. J'aimerais leur demander ce que ça veut dire, tout ça. À quoi ça sert de faire un grand repas le vendredi soir s'ils n'invitent personne ? Le Barbu récite une prière, puis il coupe en tranches une grosse miche de pain brillant. Il me passe la corbeille et j'en enfourne un morceau tout entier dans ma bouche. Je meurs de faim.

C'est bon, ça ressemble à la brioche qu'on mange des fois au *goûter*. Après ça, il y a une espèce de viande en sauce, avec plein de plats pour accompagner. La Fausse Mère et le Barbu parlent entre eux. De temps en temps, j'entends mon nom et parfois, ils me regardent comme s'ils attendaient que je dise quelque chose. Quand c'est comme ça, je regarde mon assiette.

Après dîner, on débarrasse la table, mais personne ne fait la vaisselle. Il y a de tout partout dans la cuisine, des assiettes sales empilées dans l'évier. Ça m'étonne qu'ils laissent tout en plan. Mais là, on passe au salon. Le Barbu laisse toujours sa main sur mon épaule pour que je ne file pas me réfugier dans ma chambre. Enfin, si je voulais, je pourrais le faire, je pense, mais j'ai la flemme.

La Fausse Mère lui tend un gros livre qu'il prend en faisant très attention, comme s'il avait peur de le casser. Ça doit être la Bible. Le Barbu s'assied sur un des fauteuils durs et il se met à tourner les pages. Moi, je m'assieds sur le canapé doré avec la Fausse Mère. J'ai l'impression que tout le monde retient son souffle le temps qu'il choisisse le passage qu'il va lire. Je reconnais tout de suite l'histoire à cause de la liste des couples d'animaux qui n'en finit pas. Certains noms d'animaux sont presque pareils en anglais et en français, comme *lion, tigre, léopard. Serpent,* je devine ce que c'est parce que le Barbu imite le sifflement. Je me demande comment on dit « le déluge » en français. Mais je commence à avoir sommeil et les mots se fondent les uns dans les autres comme dans une chanson dont je ne connaîtrais pas les paroles. Je pose la tête sur l'accoudoir.

75

Sarah

Paris, 19 septembre 1953

Elle se réveille de bonne heure, comme cela lui arrive souvent, ces temps-ci. À côté d'elle, David ronflote. Se penchant par-dessus lui, elle essaie de voir l'heure au réveil, mais elle ne distingue pas les aiguilles dans la pénombre. Peu importe, de toute façon, elle va se lever. Cela lui fera du bien de prendre un café toute seule, elle pourra mettre de l'ordre dans ses idées avant que la journée ne commence. Sans bruit, elle sort du lit et glisse les pieds dans ses chaussons.

Dans la cuisine, elle remplit le moulin à café et se met à tourner la manivelle. Bien sûr, moudre les grains lui prend du temps, mais elle trouve l'odeur réconfortante et le processus apaisant. Depuis leur retour d'Auschwitz, elle prend du plaisir à effectuer certaines tâches futiles qui, avant, lui auraient pesé. Elle fait la vaisselle sans se presser, en nettoyant méticuleusement chaque assiette et chaque couvert, puis elle les sèche jusqu'à ce qu'ils brillent. Avant, elle les aurait laissés sur l'égouttoir. Mais aujourd'hui, ces petits rituels la détendent.

— Déjà debout ? s'étonne David en entrant dans la cuisine. Quelle heure est-il ?

— Je ne sais pas. Il doit être 7 heures.

— Qu'est-ce que tu veux faire, aujourd'hui ?

— Je ne sais pas.

Avant, ils avaient une routine bien établie le samedi : le matin, ils allaient à la synagogue, ensuite, ils rentraient prendre un repas tout simple à la maison et en fin d'après-midi, ils faisaient une balade dans le Marais. Mais aujourd'hui, ils doivent inventer un autre programme – trouver des activités susceptibles de plaire à un petit garçon de neuf ans. Mais l'office à la synagogue lui manque et elle sait que son mari partage son sentiment.

— David, pourquoi tu n'irais pas à la synagogue pendant que j'emmène Sam faire une promenade ? Peut-être aux Tuileries.

— Je préférerais qu'on y aille tous les trois, en famille. Je ne veux pas aller à la synagogue tout seul.

— Je sais, dit Sarah en versant le café moulu dans le filtre. Mais il faudra un moment avant que Samuel puisse nous accompagner. Aujourd'hui, ça ne réussirait qu'à le dérouter, voire à le rebuter définitivement.

David fronce les sourcils.

— Tu sais, il comprend beaucoup plus de mots qu'il veut nous le faire croire.

— Je sais.

Sarah sourit. Sam est têtu comme une mule, il refuse d'apprendre le français, mais son esprit d'enfant absorbe tout comme une éponge !

— Mais il faut que tu te mettes à sa place, David. En Amérique, il n'allait même pas à l'église. Enfin, seulement à Noël et à Pâques.

— Ça doit être étrange d'élever un enfant en dehors de toute foi. Comment lui inculquer des valeurs et des principes sans aucune référence ?

Sarah le regarde, dubitative. Elle n'est pas sûre que David ait raison sur ce point. Cela signifierait que Sam n'a ni valeurs ni principes. Or, elle ne peut y croire. En dépit de la colère qui l'anime et de son rejet affiché envers eux, elle voit bien qu'il a de bonnes manières et une sensibilité qu'il tente de dissimuler. Il ne veut pas réellement les faire souffrir. Il veut simplement rentrer chez lui.

— Au moins, il a quelques notions religieuses, poursuit David. Il connaît l'existence de Dieu. Il a déjà été à l'église.

Il s'interrompt, le sourcil froncé – signe qu'il réfléchit.

— J'estime important de bien lui faire comprendre qu'il s'agit du même Dieu. Nous devons trouver des points communs entre les deux religions chaque fois que c'est possible.

— Et pour Noël ?

David sourit.

— Noël ? Oh, nous n'en sommes pas encore là…

— Peut-être, mais tu sais bien qu'en Amérique, c'est un grand événement qui se fête dans le pays tout entier.

— Eh bien, nous pourrons toujours lui offrir des cadeaux en lui expliquant qu'ils ont été déposés là par un gros bonhomme jovial à houppelande rouge et barbe blanche, réplique-t-il avec un grand sourire. Il n'y a pas grand mal à ça, tu ne penses pas ?

Mais Sarah n'est pas d'humeur à goûter l'ironie. David a toujours refusé catégoriquement de fêter Noël. Machinalement, elle verse l'eau bouillante sur le café. David lui pose la main sur l'épaule.

— Tout est prêt pour aujourd'hui ?

— Oui. Tous les repas sont prêts et j'ai fait le ménage hier.

— Bon.

Il lui prend la cafetière des mains.

— Et maintenant, assieds-toi. C'est un jour de repos et de prière. Je sais que tu aimes t'occuper les mains, mais souvenons-nous de Dieu en ce jour particulier.

Comment Sarah pourrait-elle lui dire que c'est justement cela qui la perturbe le plus ? Comment lui dire qu'elle ne sait plus comment prier ? Son esprit fourmille de doutes, elle est en pleine confusion. Elle n'arrive même plus à discerner le bien du mal. Est-ce mal d'avoir voulu récupérer son fils ? Mal d'avoir puni l'homme qui l'a sauvé de la mort ? Pour sa part, elle ne voulait pas qu'il soit puni. Chaque fois qu'elle y repense, son cœur se serre de culpabilité. La décision n'était pas de leur ressort, mais tout de même… de la prison ! Cela semble tellement injuste ! Ils ont tous déjà été suffisamment punis, trop durement et pendant trop longtemps. Sarah veut simplement mettre un terme à toute cette souffrance. Parfois, elle a l'impression d'être le réceptacle de la douleur de tout le monde, de s'en imprégner jusqu'à en avoir le cœur prêt à éclater. Tout l'atteint trop fort. Elle a demandé conseil à Dieu, elle lui a demandé qu'il lui donne de la force, mais elle a l'impression qu'il ne l'écoute plus.

Lorsqu'elle l'a supplié de protéger son bébé, il l'a exaucée. Elle aurait dû s'en contenter. Mais non. Cela ne lui a pas suffi ! Elle a été trop gourmande. Dans son grand égoïsme, elle a voulu récupérer son fils, pas seulement pour l'aimer, mais pour le posséder.

76

Sam

Paris, 21 septembre 1953

Enfin, c'est lundi. Ouf ! Je suis tellement content de m'éloigner de ces deux-là.

Je sors la lettre pour maman de sa cachette et je la mets dans mon cartable. Je suis très excité à l'idée de la donner à poster à Zack. J'ai même cinquante centimes pour le timbre. Je les ai volés dans le sac de la Fausse Mère.

À peine arrivé à l'école, je lui confie le tout.

— Zack, j'ai besoin d'un service. Tu peux me poster cette lettre, s'il te plaît ? Tiens, voilà cinquante centimes pour le timbre.

Zack examine la lettre.

— Pourquoi tu l'envoies pas toi-même ?

— J'ai pas le droit.

— Ah bon… d'accord.

Il fourre la lettre et l'argent dans sa poche.

— Tu pourras le faire ce soir ?

— Bien sûr. Je dirai à ma mère que je dois poster une lettre pour mon correspondant en Amérique. Moi, je lui écris jamais, mais des fois, lui, il m'écrit.

— Merci, Zack. Tu es un vrai ami.

Zack me tapote l'épaule. Je me sens vraiment adulte, comme si on était deux hommes en train de mettre un projet au point.

— Fais bien attention à l'envoyer *par avion*, dis-je.

— Évidemment…

La journée se déroule selon le même emploi du temps que la semaine dernière. Le matin, on a écriture, récitation, sport et à midi, on rentre manger. L'après-midi, on y retourne pour faire maths et des fois musique ou dessin. Finalement, ce n'est pas si mal de rentrer manger à la maison. Ça fait une coupure. J'ai une bonne baguette tous les midis, encore tiède de la boulangerie.

En général, à la récré, on joue aux billes, mais j'ai appris à Zack à jouer au backgammon et des fois, on fait des parties après l'école. Il s'en sort pas mal, mais il n'est pas aussi fort que moi. J'ai toujours ce vide en moi, mais quand je suis avec Zack, je fais comme si j'étais de retour chez moi et que je jouais avec Jimmy, et le vide s'en va un moment. C'est quand je me retrouve seul à l'appartement avec la Fausse Mère et le Barbu que c'est le pire. Mes jambes me grattent davantage le soir. Je suis peut-être allergique à un truc dans l'appartement. Papa est allergique aux bananes : s'il en mange, il a plein de boutons. C'est peut-être ça que j'ai. Mes jambes se mettent à me gratter à en devenir fou dès que je reviens de l'école. Je vais tout droit aux toilettes pour pouvoir me gratter tranquillement.

Le jeudi, je me rends compte que j'ai oublié de marquer l'adresse de l'expéditeur sur l'enveloppe. Maman ne pourra pas savoir à quelle adresse m'envoyer sa réponse ! Qu'est-ce que je suis bête !

77

Sarah

Paris, 28 septembre 1953

Sam continue de maintenir en place le rempart qu'il a construit autour de lui, bien décidé à ne pas apprendre le français. Mais en dépit de tous ses efforts, il comprend de mieux en mieux ce qu'on dit. Sans même s'en rendre compte, il suit les consignes au lieu de rester parfaitement impassible, comme lorsqu'il est arrivé. Tous les jours, Sarah lui fait la lecture, après le repas de midi, et chaque soir, David lui lit une histoire avant de le coucher. À certains moments, Sam détourne obstinément la tête, mais à d'autres, elle voit dans ses yeux qu'il reconnaît certains mots quand l'histoire ou le personnage lui est familier. Tout passe dans son regard. En cela, il est comme David. Ni l'un ni l'autre ne peuvent dissimuler leurs sentiments. Elle a vu de la haine et du défi dans les yeux de Sam, du trouble et de la déception dans ceux de David. Ils sont tous les deux terriblement orgueilleux, terriblement têtus.

En entrant dans la chambre de Sam, Sarah se sent toute petite et impuissante. Assis à son bureau, il fait des gribouillages sur une feuille de papier, mais dès qu'elle s'approche, il s'empresse de cacher la feuille de son bras.

— *Sam, est-ce que tu veux jouer au backgammon ?*

— *Non, merci,* répond-il du tac au tac.

— *On pourrait lire une histoire ensemble ?*

— *Non.*

Sarah est désemparée. Son fils souhaite si fort qu'elle s'en aille que c'en est palpable.

Une dernière tentative :

— *Viens m'aider dans la cuisine...*

Il repousse sa chaise en faisant le plus de bruit possible. Sarah se crispe intérieurement en entendant les pieds de la chaise racler sur le vénérable parquet en chêne. Samuel la contemple, les yeux sombres et froids.

— Je veux retourner en Amérique.

Sarah a le cœur trop lourd pour continuer. Elle tend la main vers lui, et pour la première fois, il ne tressaille pas à son contact, il se contente de soutenir son regard.

— Oh, Sam…

Elle tente de l'attirer à elle. Il cède légèrement du terrain. Ses yeux sont maintenant à quelques centimètres des siens. Mais Sarah sait que jamais elle ne pourra l'approcher davantage.

— *Sam chéri, est-ce que tu peux me donner une toute petite chance ?*

Les yeux de l'enfant s'emplissent de larmes.

— Je veux juste rentrer chez moi.

78

Sam

Paris, 24 octobre 1953

La Fausse Mère commence à craquer. Des fois, je la vois qui me regarde avec ses yeux verts de chat. Ils ont l'air si tristes, ses yeux, que je ne peux pas m'empêcher d'avoir pitié d'elle. En même temps, c'est elle qui m'a fait venir, donc c'est sa faute. Ils auraient pas pu me laisser tranquille ?

Des fois, avec Zack, je rigole, mais je fais gaffe quand elle est là. Il ne faut surtout pas qu'elle me surprenne en train de rire ou même de sourire. Avec le Barbu, aucun risque, sauf peut-être quand il me lit *Tintin,* qu'il fait la voix du petit chien et qu'il fait parler le méchant avec une voix de fille.

Mais le temps passe et bientôt, tout le monde trouvera peut-être normal que je sois ici, à Paris. Le français commence à avoir un sens ; certains mots se sont faufilés dans ma tête, même si j'ai tout fait pour les empêcher d'entrer. Mais jamais, jamais je ne deviendrai français. Même si je dois rester ici pendant cent ans.

Il faut que je m'enfuie. Je pourrais peut-être aller à la prison où est enfermé papa. L'endroit s'appelle la Santé et ça se trouve ici, à Paris. Ils croient tous que je ne sais pas où est mon père, mais je suis moins bête que ce que je veux leur faire croire. Je les ai entendus en parler entre eux, et même si c'était en français, j'ai un peu compris et surtout, j'ai retenu le nom : la Santé. Je m'en souviens parce que je connais ce mot-là. Je me suis dit que ça ressemblait plus à un nom d'hôpital qu'à un nom de prison, exactement comme mon école qui, elle aussi, a plus un nom d'hôpital que d'école.

Mais en y réfléchissant, c'est une idée stupide. Papa ne peut pas m'aider : il est prisonnier, comme moi. Et puis, de toute façon, on ne me laisserait jamais entrer. Je parie qu'on me ramènerait tout droit ici. Je ne crois pas que les enfants aient le droit d'aller seul dans une prison.

Aujourd'hui, c'est samedi, ils passent toute la matinée dehors, sans moi. Ils ont dit qu'ils allaient faire des courses, je crois, ou alors ils vont à la synagogue. Je sais pas trop. Ce qui est sûr en tout cas, c'est qu'ils en ont pour un bon moment : ils m'ont laissé une assiette de boulettes de viande, du pain et une pomme sur la table de la cuisine.

Je suis tellement excité que mon cœur cogne comme si j'allais prendre le départ d'une course. C'est l'occasion ou jamais ! Je me force quand même à attendre dix minutes pour être sûr qu'ils sont vraiment partis, puis je vais chercher mon cartable. J'ai mis mon repas dans la poche de devant. Comme ça ne me fera à manger que pour un jour, je prends aussi un paquet de biscuits dans le placard. Il faut que je me dépêche, maintenant. Je pourrai toujours m'acheter à manger si ça ne suffit pas. Un pull, et c'est bon, je suis prêt. Ah, non ! J'oubliais ! L'argent !

Je vais voir si la Fausse Mère a laissé son sac sur la table de l'entrée. Non, mais il y a un billet de cinq francs dessus. Ça fait beaucoup de sous… et avec l'argent que je vais me faire en vendant ma bague en or, je pourrai peut-être m'en sortir. Vite, je retourne chercher le pull, mais pile au moment où je vais ressortir de ma chambre, j'aperçois le mini coffre au trésor sur le bureau. Je le fourre dans mon cartable.

Et maintenant, mon passeport. J'ouvre le tiroir du secrétaire de l'entrée et j'en sors tous les papiers et les documents qu'il contient. Je les étale sur le bureau, mais il n'y a rien qui ressemble au petit livret tout mince avec ma photo dessus. Ce ne sont que des papiers.

Je pourrai peut-être m'en passer… Si j'arrive à monter clandestinement à bord du bateau, je n'en aurai pas besoin. Mais si je *peux* m'acheter un billet, il faudra bien que je montre mon passeport… Je vais voir dans le salon. Il n'y a pas de placards ni de tiroirs, juste une bibliothèque bourrée à craquer. Je passe les doigts sur les reliures, au cas où le passeport serait glissé entre deux livres. Mais il n'y a rien. Où est-ce qu'il peut bien être ?

Dans leur chambre ? Je n'y suis jamais entré et je n'ai pas du tout envie d'y aller maintenant, mais il me faut ce passeport. Tout doucement, j'ouvre la porte et je jette un coup d'œil, même si je sais qu'ils ne sont pas là. Ça sent la poussière et le vieux. Les volets sont fermés. J'allume. Il y a une commode en bois ciré sous la fenêtre, mais je ne pense pas que le passeport soit là : les tiroirs sont trop gros, comme ceux pour les vêtements. Je regarde leur lit : il n'a même pas l'air assez grand pour deux personnes. Il y a une table de chevet de chaque côté. Le Barbu doit dormir à gauche, parce qu'il y a un journal sur la table et il lit tout le temps des journaux.

J'ouvre le premier tiroir de l'autre table de chevet. Il est rempli de photos : la première du tas, c'est moi à la plage, en Amérique. Je la glisse dans ma poche et je continue à farfouiller. Tout à coup, je sens sous mes doigts un petit livret. Je regarde… c'est un passeport ! Je l'ouvre, mais ce n'est pas moi sur la photo. C'est *elle*. Je le jette et je me remets à chercher. Il y a un autre passeport, au fond. Cette fois, c'est le mien ! Je le fourre dans ma poche et je sors de la chambre en courant.

79

Sam

Paris, 24 octobre 1953

Une goutte de pluie s'écrase sur ma joue. Je lève les yeux : de gros nuages gris traversent le ciel. Mais c'est trop tard pour repartir me chercher un manteau. Mon but, c'est la gare Saint-Lazare. À l'école, l'institutrice nous a appris que les trains qui partaient de Saint-Lazare allaient au Havre, et Le Havre, c'est l'énorme port d'où partent tous les bateaux pour l'Amérique.

Mais en premier, je dois vendre la bague. Pas dans ce quartier, n'empêche. Il vaut mieux que je trouve un autre endroit, loin de l'appartement, quelque part où personne ne me reconnaîtra. La rue de Rivoli est pleine de magasins, je peux y aller à pied. Il pleut pour de bon, maintenant, et je suis déjà tout mouillé, même en marchant à toute vitesse sur les trottoirs pleins de monde. J'arrive enfin dans la grande rue ! J'ai peur d'être englouti par cet océan de jambes. Je me faufile entre les gens, petit et invisible ; je prends des coups de coude dans les épaules et je me cogne à des sacs à main aux coins pointus. Mais je suis entraîné par la foule vers un grand magasin.

Je le reconnais, c'est *La Samaritaine* ! Mais je ne veux pas y entrer, moi… J'essaie d'avancer à contresens, comme un petit rhinocéros. Ouf, je suis content d'échapper enfin à cette foule ! Le problème, c'est que je prends la pluie à grosses gouttes, maintenant.

En marchant, je regarde les vitrines, mais il n'y a pas une seule bijouterie. Et puis, tout à coup, je vois un homme et une femme sortir d'un magasin, sous un parapluie. La dame regarde quelque chose au creux de sa main. Je suis sûr que c'est une bague, c'est comme ça, je le sais !

Je respire un grand coup, j'entre dans le magasin et j'avance droit vers le comptoir.

— *Bonjour, monsieur.*

Je me mets sur la pointe des pieds et, ôtant ma bague, je la tends au vendeur.

— *Je veux vendre.*

L'homme me regarde avec des yeux noirs et froids qui me donnent la chair de poule. Il se met à baragouiner à toute vitesse, très fort, d'une voix en colère. Les seuls mots que je comprends, c'est : « Non ! Non ! Et non ! »

Je glisse la bague dans ma poche et je sors en courant du magasin.

Boum ! Je me suis cogné contre quelqu'un. Je lève les yeux : c'est un grand homme en uniforme. Un flic ! Il se met à me crier dessus, mais je ne comprends rien à ce qu'il dit. J'ai l'impression que mes jambes vont se transformer en gelée et mon cœur bat comme un marteau-piqueur. Et si ce flic m'arrêtait ? Est-ce que j'irais en prison ? Je reste cloué sur place.

— *Allez ! Allez !* dit-il en me poussant.

Ouf ! Il voulait simplement que je dégage le chemin. Il y a beaucoup trop de gens, ici. Ce n'était peut-être pas une bonne idée de vendre la bague avant de chercher le train qui va au Havre.

Je me demande à quel moment le Barbu et la Fausse Mère vont rentrer à l'appartement. Combien de temps il me reste ? Ils vont devenir fous quand ils vont s'apercevoir que je suis parti… Ils vont appeler les flics, c'est sûr.

Mais Paris est une ville immense, ils ne pourront jamais me retrouver parmi tous ces gens.

Juste en face de moi, je vois le gros M du métro. *Hôtel de Ville*, c'est écrit en lettres bouclées au-dessus de l'escalier qui s'enfonce sous terre. Je dévale les marches et j'arrive aux tourniquets. Il me faut un ticket.

Derrière des espèces de petites fenêtres, il y a des employés qui en vendent. Je me présente devant une dame. Elle a l'air très sévère. J'ai peur. J'essaie de lui parler dans mon meilleur français.

— *Une ticket, s'il vous plaît madame. Pour Saint-Layzar.*

— *Pardon ?*

— *Une ticket pour Saint-Layzar.*

— *Quoi ?*

Elle a l'air carrément en colère, pourtant, je suis sûr que je l'ai bien dit.

— *Il veut un ticket pour Saint-Lazare,* dit une dame juste derrière moi.

— *Ah, bon. J'ai rien compris avec son accent. C'est trente centimes, alors.*

Trente centimes, d'accord. Tirant les pièces de ma poche, je me retourne pour remercier la dame. Son sourire me fait comme des étincelles dans le cœur. On dirait celui de maman et ses yeux sont du même brun chocolat.

— *Comment tu t'appelles ?* me demande-t-elle.

— *Sam.*

— *Sam ? Pas Samuel ?*

— *Non, je suis américain.*

— *Américain. Dis donc... Quel âge as-tu ?*

Je me redresse pour paraître plus grand :

— *Douze ans.*

— *Douze ans ?*

Elle ne me croit pas, je le vois bien. Elle a la tête de maman quand j'ai dit un mensonge. Et ce petit sourire qui sait tout, comme si elle lisait en moi.

La gentille dame achète un ticket à son tour et je la suis jusqu'au quai. Dans la rame qui fonce dans le tunnel, je regarde les autres passagers. Un homme avec la casquette rabattue sur le front me fixe d'un regard sombre. Je tourne vite la tête, mais à ce moment-là, il enlève sa casquette et je ne peux pas m'empêcher de fixer son crâne chauve tout luisant.

Il étire le bras pour me donner un petit coup de casquette sur le genou.

— *Tu es tout seul ?*

Je me ratatine sur mon siège en regardant ailleurs.

Comme il continue de s'intéresser à moi, je saute du wagon à l'arrêt suivant. Normalement, j'aurais dû descendre à la station d'après. Bizarrement, la gentille dame descend là, elle aussi. Je décide de la suivre. Il faudrait que j'aille à Saint-Lazare, mais j'ai envie de rester près d'elle. Et puis, je peux essayer de vendre la bague là avant de reprendre le métro. On ressort sur une place entourée de cafés. La dame traverse la place. Moi aussi. Elle passe devant une grande église qui ressemble un peu à Notre-Dame, puis elle prend une autre rue. *Rue Montorgueil*, c'est marqué sur la plaque. On passe devant un magasin qui vend des chocolats, devant un autre qui vend des fromages et devant un autre qui vend des poissons tout gluants qui puent.

La dame entre enfin dans une pâtisserie – c'est un magasin qui vend des gâteaux. Je lis *Stohrer* en lettres bleues. Dans la vitrine, il y a des rangées bien nettes d'éclairs au chocolat, de tartelettes au citron avec des petites étiquettes en chocolat noir et des espèces de brioches en escargot avec de gros raisins secs qui dépassent. Mon estomac gargouille. J'ouvre la poche de mon cartable et j'engouffre une boulette de viande. Berk… elle est toute dure et comme du cuir, elle a le goût de mon cartable. Je préférerais un éclair au chocolat…

Mais je n'ai pas le temps. Je veux vendre ma bague. Je passe en courant devant d'autres magasins qui vendent des choses à manger. Les vendeurs crient : « *Poisson frais de ce matin !* » « *Huîtres d'Arcachon !* » « *Pommes de la ferme !* » Tout à coup, j'entends des pas derrière moi, un bruit de métal sur les pavés, comme des chaussures de flic ou de soldat. Un pas régulier. Qui claque, fort et décidé. Ce bruit me fait peur. Je voudrais me retourner pour voir qui c'est, mais si jamais il voit mon visage… Pff… Et si la police était déjà à ma recherche ? Je pique un sprint et je ne ralentis que lorsque je n'entends plus les pas derrière moi.

Les magasins sont plus sales, ici, plus gris. Une femme se tient sur le seuil de l'un d'eux. Elle a des bas qui font comme des toiles d'araignée noires sur sa peau blanche et on dirait que sa jupe est en plastique. Elle me regarde en faisant la moue avec ses horribles lèvres peintes en violet.

— *Qu'est-ce que tu veux ?*

J'aime pas cette rue – elle me fiche les chocottes. Et puis, je suis fatigué, mes vêtements sont tout mouillés et j'ai faim. Je passe devant une boutique de tailleur avec des mannequins tout nus en devanture. Et puis, devant un magasin avec écrit *Prêteurs sur gages* sur un carton collé à la vitrine. Je crois que c'est un endroit où on vend des trucs d'occasion. J'ai déjà vu un magasin comme ça, pas très loin de l'appartement.

J'ai drôlement peur, mais je pousse quand même la porte en me tenant le plus droit possible pour paraître plus grand, plus âgé et plus courageux que je le suis. J'avance jusqu'au comptoir. Un homme tout maigre à la figure luisante sort d'un petit local à l'arrière. Il pose les coudes sur le comptoir et me regarde d'un air méprisant.

— *Oui ?*

Je sors ma bague et je la lui tends.

Il me la prend sans dire un mot, l'examine entre ses doigts de squelette. Il a les ongles tout noirs. J'essaie de rester calme, mais j'ai des frissons dans le dos.

L'homme me regarde. Il a remarqué l'inscription gravée par le bijoutier.

— *S. L. 1944... C'est toi ?*

Je fais oui de la tête.

— *Cinq francs.*

Je ne sais pas si c'est le prix pour une grosse bague en or. Je prends mon courage à deux mains.

— *Dix francs.*

Le vendeur me fait un sourire horrible. Il a des dents toutes jaunes et tordues. Puis il secoue la tête en posant un billet de cinq francs sur le comptoir.

Je le prends et je file à toute vitesse.

80

Sarah

Paris, 24 octobre 1953

David va déposer les sacs de courses dans la cuisine.

— Va voir Samuel, lui lance Sarah. Je vais ranger les provisions.

Elle sort la tarte aux framboises en premier, avec beaucoup de précautions. Elle était chère, mais tant pis. Ils l'ont achetée pour Sam, c'est celle qu'il préfère. Manger… À une époque, elle ne pensait qu'à cela. Le manque de nourriture la poursuivait même dans ses rêves. Aujourd'hui, ils ont de tout, pourtant elle continue à se sentir vide.

David s'encadre dans l'embrasure, pâle comme un mort.

— Sarah…

— Qu'est-ce qu'il y a ?

— Il n'est pas dans sa chambre.

— Va voir dans le salon. Il doit s'être endormi sur la banquette.

— J'ai déjà regardé. Il n'y est pas.

— Il doit être aux toilettes, alors.

David secoue la tête en regardant le bout de ses chaussures.

— Va voir ! s'écrie Sarah. Il est forcément aux toilettes !

Elle se précipite dans le couloir. Les toilettes ne sont pas fermées. Elle pousse la porte. Personne.

— Sam ! Sam !

De retour dans l'appartement, elle refait le tour de toutes les pièces. Continuant d'espérer, envers et contre tout.

— Il n'est pas là !

Elle se tourne vers David et sent le sol se dérober sous elle.

Il la rattrape par les épaules et la conduit jusqu'à une chaise de la cuisine.

— Qu'est-ce qu'on va faire ?

L'air lui manque. Elle suffoque, comme un poisson hors de l'eau.

— Il faut appeler la police ! Vite ! Appelle-les !

Elle a les oreilles qui bourdonnent, le cœur qui cogne dans la poitrine.

— David ! Vite, je t'en supplie !

— Sarah, Sarah… essayons de réfléchir. Tu as une idée de l'endroit où il pourrait être allé ? Chez un copain ?

— Hein ? Oui ! Zack ! Allons voir chez lui !

Elle bondit de la chaise, déjà à la porte d'entrée, quand David la rattrape par le coude.

— Attends, Sarah. S'il te plaît.

— Il n'y a pas une seconde à perdre ! Il risque d'être déjà loin, depuis le temps ! Oh, mon Dieu ! Où est-il ?

— Calme-toi… Je t'en prie.

Sarah porte la main à sa gorge comme pour endiguer le flot de son angoisse. Elle repart vers la porte, paniquée. Ils sont en train de perdre un temps précieux ! Il faut absolument qu'ils le retrouvent avant qu'il ne soit parti trop loin. Il est si petit, si naïf ! Il ne connaît pas la cruauté du monde, il ne se doute pas du nombre de malades qui courent les rues !

— Je vais rester ici, au cas où il reviendrait, lui lance David.

Sarah court sans s'arrêter jusque chez Zack. C'est lui qui lui ouvre la porte.

— Tu as vu Sam ? lui demande-t-elle sans même lui dire bonjour.

Le petit garçon fronce les sourcils en secouant la tête.

— Je t'en supplie, Zack ! Il est peut-être en danger. As-tu une petite idée de l'endroit où il pourrait être allé ?

De nouveau, Zack fait non de la tête. Sarah sonde son regard, en quête d'un possible indice. Sa mère apparaît derrière lui.

— Qu'est-ce qui se passe ? s'enquiert-elle d'un air aussi intrigué que son fils.

— Sam a disparu. Est-ce que vous l'avez vu ?

— Sam ? Non.

Sarah insiste :

— Tu en es bien sûr, Zack ? Réfléchis bien. S'il te plaît. Sais-tu où il pourrait être allé ?

Sarah attend, pendue à ses lèvres, tandis que les secondes défilent.

Enfin, l'enfant murmure :

— Il est peut-être retourné en Amérique.

Mais bien sûr ! Comment n'y a-t-elle pas pensé plus tôt ? Un rire hystérique menace de lui échapper. L'Amérique ! Comment a-t-il pu s'imaginer qu'il parviendrait à partir aussi loin ? Il faut prévenir la police, c'est la seule chose à faire. Elle hésite. Et si elle repassait d'abord à l'appartement ? Non. Il n'y a pas une minute à perdre.

Elle court jusqu'au commissariat du quartier, hors d'haleine. Une fois à l'intérieur, elle marque un temps. C'est comme si tout s'était accéléré autour d'elle. Ça court dans tous les sens, tous s'agitent. Tous, sauf l'agent derrière le bureau en bois de l'accueil. Lui fonctionne au ralenti. Il se lève de sa chaise en se grattant la bedaine.

— C'est mon fils… il a disparu ! Aidez-moi ! articule-t-elle d'une voix hachée.

Avec une lenteur exaspérante, l'homme appuie d'un doigt boudiné sur une sonnette. La note stridente fait venir un autre agent, plus élancé que son collègue.

— Par ici, madame.

Sarah le suit dans un petit local.

— Asseyez-vous, dit-il en lui tirant une chaise en plastique.

Mais Sarah ne veut pas s'asseoir. Elle veut qu'on se mette immédiatement à la recherche de son fils.

— Nom ? lui demande le policier, le stylo pointé au-dessus d'un calepin.

— Samuel Laffitte. Je vous en supplie, il n'a que neuf ans ! Il faut le retrouver très vite !

— Madame Laffitte, on ne peut pas lancer les recherches avant d'avoir quelques renseignements sur lui. Je suis sûre que vous comprenez.

Sarah acquiesce, assaillie par des larmes de frustration. Elle les ravale et tente de répondre aux questions avec calme.

Le policier prend des notes, en levant les yeux de temps en temps, et très vite, une ride se creuse entre ses sourcils.

— Je ferais mieux d'aller chez vous. Au cas où on trouverait des indices… et puis, je veux m'entretenir avec le père de l'enfant.

Il la fait monter dans une voiture de police et met la sirène, ce que Sarah prend pour un bon signe. Il a enfin compris l'urgence de la situation.

David leur ouvre avant qu'ils n'aient pu frapper.

— Il a emporté son passeport !

— Oh, non ! Non !

Sarah s'adosse au mur, pliée en deux.

— S'il vous plaît, madame Laffitte, gardez votre calme, on va le retrouver. *(Le policier se tourne vers David.)* Il a pris autre chose ? De l'argent ?

— C'est possible. Je n'en sais rien.

— Vous avez une idée de l'endroit où il pourrait être allé, vu qu'il a pris son passeport ?

— En Californie, murmure Sarah.

— En Californie ?

— Oui, c'est là que vivent ses parents adoptifs. Il n'est chez nous que depuis la mi-juillet, explique David d'une voix blanche.

— Oui, Mme Laffitte m'a fait un topo de la situation. C'est très regrettable... en effet, dit-il en toussotant. Le point positif, c'est que ça nous donne une idée de son parcours, ça réduit les options. Il ne peut pas prendre un avion, mais ça ne veut pas dire qu'il ne va pas essayer – un enfant ne réfléchit pas jusque-là. Il va peut-être vouloir se rendre à l'aéroport, auquel cas on n'aura pas de mal à le retrouver. Cela dit, il peut aussi chercher à atteindre un port. À moins qu'il ne soit allé voir M. Beauchamps en prison... Pour nous, ce serait l'option la plus facile. On appellera la Santé pour vérifier.

— Mais il ignore dans quelle prison est détenu son père !

— Peu importe. On doit explorer toutes les pistes. La plupart des enfants reviennent dans les vingt-quatre heures, lorsque la faim se fait sentir... On va envoyer deux de nos hommes à l'aéroport.

Ah, si seulement il le faisait au lieu de parler ! pense Sarah. Vite ! Ils sont en train de perdre de précieuses minutes.

Le policier continue :

— On va également téléphoner au Havre. Là-bas, ils contrôleront les arrivées de train et les départs de bateau.

— Mais il n'y a pas que Le Havre ! Et s'il était allé à Calais ou à Dunkerque ?

— Exact. Nous téléphonerons aussi à ces ports et nous préviendrons la police des chemins de fer.

— Mais s'il est déjà là-bas ? S'il n'est plus dans le train ? Nous sommes sortis à midi et il est déjà 3 heures. Il a eu tout le temps d'arriver...

Sarah se laisse choir sur une chaise, accablée par toutes ces possibilités plus funestes les unes que les autres.

— Nos hommes vont contrôler tous les bateaux en partance. Ne vous inquiétez pas, nous vous le ramènerons. En attendant, avez-vous un portrait récent de votre fils ?

Sarah va chercher les photos que Charlotte Beauchamps lui a fait parvenir avant qu'ils n'accueillent Sam à Paris. Il y a aussi des Photomatons de reste, ceux de son passeport. Sans un mot, elle les tend au policier.

Celui-ci les examine avant de les glisser dans son portefeuille en cuir.

— Bon, je vous tiens au courant. Vous avez le téléphone ?

— Oui, s'empresse de répondre David.

— Je vous demande de rester chez vous, au cas où il reviendrait. Ne vous en faites pas, on va le retrouver.

David le raccompagne à la porte.

À nouveau, Sarah est pliée en deux par une douleur aiguë, comme si un serpent lui enserrait les entrailles. Elle murmure dans sa tête : *Je vous en supplie, mon Dieu, je vous en supplie. Pardonnez-moi. Vous l'avez déjà sauvé quand il était bébé. Sauvez-le cette fois encore. Je ne vous demanderai plus jamais rien. Protégez-le. Je renoncerai à lui. Mais ramenez-le-nous, je vous en prie.*

81

Sam

Paris, 24 octobre 1953

Le train démarre. Je tremble de partout, je ne peux pas m'arrêter. Je regarde par la fenêtre. *Au revoir, Paris.* Mon estomac gargouille. Il faudrait que je mange quelque chose. En plus, ça me réchaufferait. Je sors le pain de mon cartable et je le bourre de boulettes de viande. Ça fait comme un sandwich. Berk… C'est tout rassis et ça sent le cuir. Et puis, je me sens mal à l'aise de manger le repas qu'*elle* avait préparé pour moi. Maintenant, ils savent que je suis parti, c'est sûr. Je parie qu'elle pleure. J'avale péniblement ma bouchée et je range le sandwich dans la poche de devant. Je n'avais pas si faim que ça, finalement.

Je fouille mon cartable pour voir ce que j'ai emporté d'autre. Tiens, le petit coffre en bois. Je l'ouvre. À l'intérieur, je retrouve les pierres de toutes les couleurs. Je les tiens dans la lumière, l'une après l'autre. Je me demande si elles sont précieuses… Elles ne brillent pas, mais elles ont de jolies couleurs. Je les remets dans le coffre. Maman va être tellement contente de me revoir ! Je me recroqueville pour tenter de me réchauffer. Par la vitre, je vois les immeubles défiler sur le ciel. Gris sur gris.

Je dois m'être endormi, parce qu'un homme me secoue l'épaule. Au début, je crois que je rêve et il me faut quelques secondes pour me souvenir où je suis.

— *Billet.*

Ah, j'ai compris. Je tire en vitesse le billet de ma poche.

L'homme l'examine, puis il me le rend sans un mot. J'aimerais lui demander quelle heure il est et dans combien de temps on arrive. Il fait rudement noir dehors.

Tout d'un coup, le train freine dans un grand crissement. Il va s'arrêter. Je regarde par la vitre. J'arrive à peine à voir la pancarte dans l'obscurité : *Le Havre.* Je prends mon cartable et je saute du train. Au bout du quai, il y a quelqu'un qui vérifie les billets. Je ressors le mien. Est-ce que le port est loin de la gare ? Il y aura peut-être un bus… La file des voyageurs avance à la vitesse d'un escargot. Devant moi, il y a une famille de cinq personnes et il leur faut un temps fou pour trouver leurs billets. Si seulement ils se dépêchaient un peu ! Je veux monter à bord de ce bateau, moi ! Enfin, c'est mon tour. Je tends mon billet, mais l'agent n'a pas l'air de s'y intéresser.

— *Comment tu t'appelles ?*

— *Samuel.*

— *Passeport.*

— *Mais j'ai mon billet.*

— *Oui, mais là, je te demande ton passeport !*

Je le sors de mon cartable. Mon cœur bat à cent à l'heure. J'essaie de me rassurer : c'est mon passeport, je ne l'ai pas volé, et j'ai le droit de prendre le train si je veux. Tout va bien se passer.

Je tends le passeport à l'agent.

Une main s'abat sur mon épaule.

— Samuel Laffitte.

82

Sarah

Paris, 29 octobre 1953

Le petit garçon qu'on leur a ramené cette sombre nuit n'est plus qu'une pâle copie de lui-même. Il est encore plus morose et renfermé qu'avant.

Sam leur oppose son silence comme une arme, le maniant comme un couteau affûté. Il lacère l'âme de Sarah, lui charcute le cœur. Une fois de plus, David le couche en lui lisant une histoire qu'il refuse d'écouter, la tête tournée vers le mur. Sarah et David vont se coucher tout de suite après l'avoir bordé, recrus de fatigue et d'émotions. Mais le sommeil ne vient pas.

— David, murmure Sarah dans le noir.

— Je t'en prie, Sarah. Il faut qu'on dorme.

— Mais je n'y arrive pas. Je me sens affreusement coupable.

— Sarah, il faut que tu arrêtes, maintenant. Nous n'avons rien fait de mal. Ce n'est pas un crime d'aimer son enfant, de vouloir l'élever… Tu ne dois pas te sentir coupable comme tu le fais.

Sarah brûle de répliquer, mais les mots, ceux qu'elle voudrait réellement lui dire, restent coincés au fond de sa gorge, comme un cancer qui évoluerait en silence. Alors, elle essaie de biaiser :

— Je n'en ai pas la force, David. J'en suis incapable.

— Laisse-lui encore du temps.

— Nous lui en avons laissé. Le temps ne fait rien à l'affaire. Son ressentiment envers nous augmente de jour en jour.

— Il ne pourra pas s'opposer à nous éternellement. Il va finir par s'écrouler et nous serons là pour le rattraper. Il va revenir vers nous, je t'assure. De notre côté, nous devons faire preuve de patience et garder la foi.

— La foi…

David se tourne vers elle en soupirant et cherche sa main.

— Nous avons tous des moments de doute, Sarah. Depuis le début, cette épreuve est très pénible pour nous deux, mais tu as été si courageuse jusqu'ici. Tu as toujours été très courageuse.

— Sauf qu'à aucun moment, je n'avais envisagé de devoir l'être à ce point.

— Je sais, dit-il en lui caressant la main sous le drap.

— Parfois, je me sens tellement en colère et parfois, tellement coupable. Je ne sais plus comment… comment…

Les larmes se mettent à rouler sur ses joues.

— Tout va s'arranger, Sarah, c'est certain. Je te le promets.

— Comment tout cela a-t-il pu arriver ? Auschwitz… comment a-t-on laissé cela arriver ?

— L'homme peut avoir un mauvais fond.

— Mais Dieu ne l'a-t-il pas créé à son image ? David, c'est…

— Chut, chut… tout va s'arranger.

Mais Sarah ne peut pas dormir, ne peut pas manger, ne peut pas rester tranquille. Ses nerfs tendus à craquer risquent de lâcher à tout moment. Tout son corps la fait souffrir, des épaules jusqu'aux orteils. Elle l'a l'impression d'être devenue vieille en deux mois. Elle n'en peut plus, elle ne voit plus l'intérêt d'avoir retrouvé son fils si c'est pour être témoin de sa souffrance. Elle se tourne de l'autre côté, essayant de se calmer. En vain. La panique monte de son ventre, menaçant de l'engloutir tout entière. Elle repousse les draps et se lève.

Elle va ouvrir la fenêtre de la cuisine pour respirer l'air frais de la nuit. Elle aimerait prier, demander conseil à Dieu, mais elle ne s'en sent plus digne. Lorsqu'elle tente de trouver les mots, elle ne rencontre que le néant. Elle scrute la nuit noire.

— Mon Dieu… Si tu as quelque chose à me dire, dis-le-moi.

Un silence froid lui répond. Et elle sait très bien pourquoi. Par deux fois, elle a imploré Dieu de protéger son fils et par deux fois, Il a exaucé ses prières. Sauf que la dernière fois, elle Lui a promis quelque chose en échange. On ne peut pas rompre une promesse faite à Dieu, n'est-ce pas ?

En appui sur le rebord de la fenêtre, elle se penche à l'extérieur, en proie à des idées noires. Et s'ils avaient péri à Auschwitz ? Sam aurait continué à vivre dans l'ignorance de sa véritable identité. Il aurait grandi libre et heureux, loin de toutes ces horreurs. Sans religion. Sans passé. Libre.

Sarah aussi voudrait être libre. Libre de toute cette culpabilité, de toute cette souffrance et de toute cette angoisse. Le regard perdu dans la nuit, elle y voit enfin clair. Il n'y a qu'une seule voie qui mène à la liberté et à la paix de l'esprit.

Pour la première fois depuis des mois, elle sombre dans un sommeil sans rêves et se réveille le lendemain matin fraîche et dispose.

Alors qu'elle prépare la table du petit déjeuner avec David, elle décide d'aborder le sujet.

— Tu sais, j'ai bien réfléchi. J'ai une idée. Qui pourrait nous être utile.

— Oui ?

— Et si j'allais voir Beauchamps en prison ? Je pourrais lui poser des questions sur Samuel, me renseigner sur la façon dont il a été élevé, savoir comment il se comportait quand il était petit… Ça pourrait nous aider à le comprendre.

David s'interrompt au-dessus du moulin à café.

— Laisse-moi y réfléchir.

Sarah n'en attendait pas moins de lui. Patience.

David la regarde.

— Il est 7 heures et demie, va réveiller Samuel.

Sarah ne peut s'empêcher de lui en vouloir de toujours lui laisser la sale besogne. Car elle redoute de faire lever Sam, le matin. Il est si léthargique, comme si, dans la nuit, il se repliait tout au fond de lui-même, en état de dormance ou d'hibernation. Dégageant la couverture, elle lui caresse le dos pour l'amadouer. Son petit corps résiste. Enfin, il accepte de s'asseoir dans le lit. Mais avant qu'il ne s'habille, elle doit s'occuper de ses plaques d'eczéma au niveau des jambes et des coudes. Elle lui passe de la pommade avec soin, lui donne ses vêtements pour la journée et part lui préparer son chocolat. Elle lui apporte le bol dans la chambre. En réalité, c'est un prétexte pour vérifier qu'il n'est pas retourné sous les draps.

Aujourd'hui, elle tente une approche par la douceur :

— Sam, ne te fais pas tant de souci. Nous allons trouver un moyen de te redonner goût à la vie. Je donnerais mon âme pour te voir sourire, je donnerais mon cœur pour t'entendre rire.

Elle le regarde bien en face, mais les yeux du petit garçon restent vides, dénués de toute lueur de compréhension.

Lorsqu'ils entrent dans la cuisine, David finit son café. Il repose la tasse sur la table.

— Je dois y aller, maintenant. Il faudrait que Samuel se lève un peu plus tôt.

Il l'attire à lui pour l'embrasser sur les deux joues.

Sarah voit Sam se raidir comme s'il souhaitait se transformer en statue de pierre.

Après le petit déjeuner, elle l'emmène à l'école. Elle n'essaie plus de lui tenir la main sur le trajet, ni même de marcher à son côté. De toute façon, les trottoirs sont trop étroits pour cela. Il lambine d'un air buté derrière elle. L'école est au coin de la rue, à cinq minutes à pied à peine, mais il leur faut toujours un quart d'heure pour y arriver tant Samuel y met de la mauvaise volonté.

83

Sarah

Paris, 29 octobre 1953

Le claquement de la porte d'entrée la fait sursauter. David doit être rentré du travail. Elle sort du salon au moment où il se débarrasse de son manteau. Lui prenant son chapeau, elle le dépoussière du revers de la main et le pose au-dessus du vestiaire. En se retournant vers lui, elle a un choc : il est tout pâle.

— Je vais aller dire bonsoir à Samuel.

— Bien sûr. Tu veux que je t'apporte un verre ?

— Oui, un, s'il te plaît. Je me sens patraque.

David boit toujours un pastis quand il est malade. D'après lui, cette boisson tue les bactéries plus efficacement que n'importe quel médicament.

Sarah le regarde s'engager dans le couloir.

— Non, Sam n'est pas dans sa chambre. Il est au salon.

Elle finit de lui préparer son pastis quand David entre dans la cuisine.

— Il dort, dit-il en se grattant la barbe. Il s'est endormi sur la banquette. Parfois, je me demande s'il ne fuit pas dans le sommeil.

— Tu t'es déjà interrogé sur les rêves qu'il fait la nuit ? lui demande-t-elle en lui tendant le verre de pastis.

— Ma foi, on ne choisit pas ses rêves, mais s'il le pouvait, il rêverait sûrement de l'Amérique. Son cœur est resté là-bas.

Sarah s'adosse à l'évier en hochant la tête.

— Si seulement… Si seulement il pouvait considérer que c'est ici, son foyer, auprès de nous. Mais c'est trop tard, n'est-ce pas ? Le foyer, c'est une notion qu'on intègre dans l'enfance. Ensuite, c'est fixé dans l'esprit une bonne fois pour toutes.

— Je ne sais pas, Sarah. Je ne suis plus sûr de rien.

David tire une chaise à lui et s'y affale, épuisé.

— Pour le moment, je suis très fatigué. Je ne me sens pas bien.

Sarah s'assied à côté de lui.

— Moi, c'est pareil. J'ai l'impression d'être passée sous un rouleau compresseur. Je n'ai plus la force de me battre.

— Tu te souviens, Sarah ? Tu te souviens comme c'était dur de continuer à y croire, de continuer à se battre ? Parfois, j'avais envie de fermer les yeux et d'attendre que la mort m'emporte, comme une douce libération.

— Je sais.

Elle lui caresse le bras, comprenant son besoin de revenir sur cette période. Elle aussi éprouve ce besoin de revivre ces souvenirs atroces. Peut-être son esprit s'efforce-t-il d'y trouver un sens ? Mais il n'y avait aucun sens à tout cela. Peut-être se repasse-t-elle ces moments dans l'espoir qu'à force, ils perdent un peu de leur acuité destructrice. Dans l'espoir qu'un souvenir ressassé des milliers de fois diminue un peu en puissance.

— Je crois que je serais mort si je n'avais pas su que Samuel était vivant quelque part, déclare David. Si j'ai tenu le coup, c'est parce que je voulais le retrouver un jour.

— Donc, toi aussi, tu le savais ? Tu savais qu'il était vivant ?

— Je ne le savais pas, non, mais je me raccrochais à cet espoir infime. C'est pour lui que je me suis blindé. Je voulais qu'il soit fier de son père, où qu'il soit.

— À moi aussi, il m'a donné de la force… C'est notre amour pour Samuel qui nous a fait tenir, n'est-ce pas ?

Une larme solitaire glisse sur la joue de David et va se perdre dans sa barbe. Il a beaucoup de mal à parler de cette période. L'évoquer le bouleverse ; or il a besoin de rester maître de lui-même. Il se méfie de ces émotions qui, en le submergeant, lui donnent l'impression de perdre prise sur la réalité. Tout cela, Sarah le sait, sans qu'il s'en soit jamais ouvert à elle. Mais puisqu'il a commencé à en parler, autant l'encourager à continuer. Cette conversation leur fera du bien à tous les deux.

— Un jour, dit-elle sans cesser de lui caresser le bras, je creusais une tranchée en dehors du camp sous un soleil de plomb. Il faisait une chaleur terrible et nous n'avions pas d'eau. Je me souviens que je recueillais la sueur qui coulait de mon front pour ensuite me lécher les doigts. Soudain, j'ai remarqué qu'un gardien me regardait faire. J'ai sursauté, par crainte des coups. Mais il m'a seulement demandé si j'avais soif. *(Sarah laisse passer quelques secondes.)* Je n'ai pas osé lui répondre. Alors, il m'a tendu sa gourde. Je n'ai pas osé la prendre. Ma peur était encore plus terrible que ma soif. Mais il me l'a mise de force dans la main et j'en ai bu une gorgée. Ensuite, j'ai voulu la lui rendre ; je pensais que c'était un piège, qu'il allait m'abattre pour avoir bu à la gourde d'un gardien. Mais il m'a dit de la finir. Alors je l'ai bue jusqu'à la dernière goutte. *(Sa main s'immobilise sur le bras de David.)* Je ne lui ai même pas dit merci.

David se redresse sur sa chaise.

— Ce n'est pas l'eau qui t'a sauvée ce jour-là, n'est-ce pas ? C'est le fait d'avoir assisté à un acte de bonté dans l'enfer sur terre. C'est ça qui t'a donné un peu d'espoir.

— Oui, et ça m'a convaincue que, quelque part, quelqu'un prendrait soin de Samuel. Ensuite, quand je t'ai vu couché dans la neige, au milieu des ruines, j'ai su qu'un jour, nous serions tous réunis.

David lui prend la main.

— Je ne sais pas comment tu as fait pour me reconnaître. Nous étions tous identiques, des squelettes ambulants. Quand tu m'as retrouvé, j'étais sur le point de baisser les bras. Pourtant, je savais que la guerre était finie. Mais tout ce que je voulais, c'était me coucher et mourir. C'est là que je t'ai entendue m'appeler, comme dans un rêve, et tout à coup, tu étais là, tu me serrais dans tes bras en répétant mon nom sans t'arrêter.

Sarah lui presse les doigts avec émotion.

— Je te cherchais. Je savais que tu serais là.

— Et moi, je savais que ça n'était pas un rêve parce que j'étais gelé jusqu'à l'os. Ensuite, j'ai entendu Dieu me dire de garder la foi et de rester fort, que bientôt notre calvaire allait prendre fin.

— Mais en fait, il n'a jamais cessé, n'est-ce pas ?

David boit une gorgée de pastis et fait un signe de dénégation de la tête.

Tous les deux se taisent, perdus dans leurs souvenirs. Sarah se remémore ce que lui a raconté David, après. Ce sont ses souvenirs à lui, mais elle aime les revisiter, se représentant l'ingéniosité dont il a fait preuve pour lui faire parvenir des messages, pour l'aider à garder confiance. Grâce à ses compétences de chercheur, il avait été affecté au laboratoire médical, sous la supervision du tristement célèbre Dr Mengele. Il passait ses journées à étudier diverses cellules au microscope dans la chaleur relative du labo. Souvent, on le laissait seul et il s'arrangeait pour subtiliser des médicaments qu'il distribuait ensuite aux prisonniers. Il prenait des risques énormes, mais il était malin et cachait son butin à des endroits improbables. Il cachait des comprimés d'antibiotiques dans ses oreilles et de la pénicilline dans ses chaussures. C'était des articles très recherchés qui s'échangeaient contre divers services, la transmission d'un message, par exemple. Désormais, on savait dans quelles conditions le Dr Mengele conduisait ses ignobles expériences, mais David, lui, était déjà au courant à Auschwitz. Savoir les horreurs qu'ils perpétraient avait d'une certaine manière fait de lui leur complice, disait-il à Sarah. Et il continuait de porter le poids de cette culpabilité. On ne pouvait ressortir indemne d'une telle épreuve.

— Comment nos camarades ont-ils fait pour reprendre une vie normale ? s'interroge Sarah.

Les autres rescapés des camps s'en sortent-ils mieux qu'elle ? Finalement, la seule solution, c'est peut-être de refouler toutes ces horreurs.

— Parfois, je me demande si tout cela a vraiment existé, murmure-t-elle.

— C'est dur pour tout le monde, mais le fait est que personne n'a vraiment envie d'en entendre parler. Les gens ne veulent pas imaginer ce que nous avons vécu là-bas. Mais quand on a vu l'enfer, plus rien ne peut redevenir comme avant, n'est-ce pas ?

Sarah se blottit contre lui.

— Non, plus rien ne sera jamais pareil… Parfois, je me sens si seule.

David lui prend la main.

— Je suis là, Sarah, même si je ne suis pas très doué pour dire les choses, pour exprimer mes sentiments. Mais je suis là pour toi.

Ses yeux brillent de larmes contenues.

— Je sais, David, murmure-t-elle avec tendresse. Ce que nous avons enduré… tout cela n'est pas de ce monde, si ? Pas du monde d'aujourd'hui, en tout cas. Ce n'est pas possible.

— Non.

David essuie les larmes qui coulent en silence sur ses joues.

— Nous sommes revenus de l'enfer, Sarah. Je ne sais pas comment nous avons fait, mais nous devons apprendre à oublier ce que nous avons vu là-bas.

— Apprendre à oublier. Oui. Si seulement c'était possible…

— Oublier, ce n'est peut-être pas possible, dit David. Mais on peut toujours pardonner.

Sarah est prise au dépourvu. Pardonner ! C'est une chose qu'elle n'a jamais envisagée et, jusque-là, elle pensait que son mari partageait son état d'esprit.

— Je ne pense pas en être capable, David. Je ne pense même pas en avoir le désir.

David baisse les yeux sur la table.

— Moi, je le voudrais. Il n'est pas question de leur trouver des excuses, mais… mais je pense que je… que si j'étais meilleur que je ne le suis, j'arriverais à leur pardonner.

— Non, David ! Tu es quelqu'un de bien. Mais ça, c'est trop demander, pour n'importe qui ! Tu en demandes toujours trop !

— Que veux-tu dire ?

Sarah n'avait rien prémédité, mais voilà, c'est dit.

— Tu nourris toujours tellement d'attentes : envers Samuel, envers moi, envers toi-même ! Mais nous ne sommes que des êtres humains, David. Parfois, c'est trop exiger…

Rattrapée par les larmes, Sarah sort un mouchoir de sa poche et se tamponne le nez.

David se gratte la barbe.

— Excuse-moi si je me suis montré trop dur envers vous deux. Ça n'était pas mon intention.

Sarah lui coule un regard. David est bouleversé. Elle ressent sa souffrance comme si c'était la sienne, elle entend les paroles qu'il n'arrive pas à prononcer. Si seulement elle pouvait atténuer sa peine !

— David, nous devrions nous estimer heureux. C'est déjà un miracle que notre fils en soit sorti vivant. Mais en plus, Samuel nous a sauvés tous les deux. Nous ne devrions éprouver que reconnaissance envers le ciel.

— C'est vrai, Samuel nous a sauvés.

— N'est-ce pas suffisant ?

— Comment ça ?

— Je ne sais pas. Nous en demandons peut-être trop. N'est-ce pas déjà beaucoup que nous soyons tous les trois en vie ?

David se tire désespérément sur la barbe.

— Qu'est-ce que tu racontes ?

Sarah se lève pour aller à l'évier et se met à nettoyer toutes les surfaces déjà propres en ravalant ses larmes.

Soudain, elle sent la présence de son mari dans son dos.

— Sarah, tu devrais aller rendre visite à Beauchamps. Ça te fera peut-être du bien de lui parler.

Elle se retourne vers lui en s'essuyant les yeux.

— Tu viendras avec moi ?

— Non, la vue de cet homme me serait insupportable.

84

Sarah

Paris, 2 novembre 1953

Après avoir déposé Sam devant le portail de l'école, Sarah ne peut s'empêcher de repenser à la suggestion de David. Devrait-elle aller voir Beauchamps en prison ? Elle pourrait en retirer une vision plus claire de la situation, un indice qui lui permettrait de mieux comprendre son fils. Quelque chose en tout cas qui l'aiderait à franchir l'étape suivante.

Elle sait où se trouve la prison de la Santé. Dans le XIVe arrondissement, à Montparnasse. Il lui faudra environ une demi-heure pour y aller, soit une heure aller-retour. Et elle a trois heures devant elle avant la sortie de l'école. Cela devrait suffire. Mais elle a peur. Peur de ce qu'elle va éprouver face à Beauchamps, peur de ce qu'il va éprouver face à elle. Cet homme doit la haïr.

Mais Sarah tient à voir Samuel à travers les yeux de son « père adoptif ». À en juger par les photos qu'on lui a fournies, c'était de toute évidence un enfant bien dans sa peau et en pleine forme, qui respirait la joie de vivre. Voilà ce qu'elle veut avoir, un aperçu de ce petit garçon.

Pourtant, la psychologue qui leur a été affectée d'office leur a déconseillé d'évoquer le passé.

« Bien sûr, leur avait-elle dit, la théorie freudienne voudrait qu'on revienne sur tout ça en décortiquant ses premières années… Mais nous sommes d'avis que si le cerveau humain choisit d'effacer certains souvenirs, c'est qu'il a de bonnes raisons pour le faire. C'est une sorte d'instinct de conservation : la vie va toujours vers l'avant, jamais vers l'arrière… enfin, pas encore, en tout cas ! On en reparlera lorsqu'on aura inventé la machine à remonter le temps ! »

Et elle avait ri. Un rire horrible, mondain.

Sarah se presse vers la station de métro Saint-Paul. Elle descend à Montparnasse et s'engage rue de la Santé. C'est un quartier de Paris qu'elle ne connaît pas, mais on peut difficilement manquer la prison : haute et grise, elle domine la rue étroite. D'une main tremblante, Sarah frappe à la double porte en bois.

Elle entend qu'on tire un verrou et un homme passe un œil par un petit guichet.

— Oui ?

— Je viens voir un prisonnier.

— Les visites commencent à 10 heures.

Sarah regarde sa montre : 9 h 20.

— Vous pouvez attendre à l'intérieur, si vous voulez. Il vous faudra laisser vos papiers d'identité à l'entrée.

Prise de sueurs froides, Sarah produit sa carte d'identité en se sermonnant intérieurement. Elle n'a rien à craindre, être juif n'est plus un crime. L'homme note le numéro de sa carte d'identité.

— À qui rendez-vous visite ?

— À M. Jean-Luc Beauchamps.

— Vous devrez être sortie avant 10 heures et demie. Allez attendre à l'intérieur.

Sarah ne se le fait pas dire deux fois.

Elle est reçue par un gardien qui fouille son sac, avant de l'accompagner jusqu'à la salle d'attente. Sarah s'assied sur une chaise en métal. Il règne un froid humide dans la pièce. Elle frissonne, rattrapée par le souvenir d'Auschwitz. Le froid glacial, la faim et les douze heures de labeur quotidien étaient certes pénibles, mais c'était la peur de l'inconnu qui les pétrifiait, qui leur rongeait l'âme. Sarah frémit, s'efforçant de repousser les souvenirs qu'elle s'est tant efforcée d'effacer. Cette prison n'a rien à voir avec tout cela. Rien à voir. Rien du tout. Simplement, tout dans cette salle froide et austère évoque la privation de liberté et la perte de contrôle sur son destin : le silence anormal, l'odeur vinaigrée de la sueur rance, la peur qui suinte des murs…

Sarah tente de mettre de l'ordre dans ses pensées. Pour commencer, définir la meilleure manière d'aborder Beauchamps. Elle veut savoir quel enfant était Samuel à un an, à deux ans. Quels ont été ses premiers mots ? Qu'est-ce qui le rendait heureux ? Qu'est-ce qui le rendait triste ? Qu'est-ce qui pourrait lui apporter du réconfort aujourd'hui ?

Un gardien interrompt le fil de ses pensées.

— Vous pouvez y aller, maintenant.

Prenant une profonde inspiration, Sarah entre dans le parloir, une salle équipée de quelques tables et de chaises éparses. On la conduit à une petite table tout au fond où deux chaises sont disposées face à face. Alors qu'elle s'installe, d'autres visiteurs entrent dans le parloir et prennent place à leur tour dans des raclements de chaise.

Une porte s'ouvre et des prisonniers menottés s'avancent à la queue leu leu. Le frottement de leurs sandales est interrompu par les ordres des gardiens et le claquement de leurs godillots. Sarah retient sa respiration. Beauchamps va-t-il la reconnaître ? Elle ose à peine lever les yeux.

— Beauchamps ! lance un gardien.

Un homme maigre et voûté se dirige d'un pas traînant vers Sarah. *Non, ça ne peut pas être lui !* Elle le pensait plus grand, beaucoup plus grand.

L'homme lève alors la tête et se fige en croisant son regard. Si, c'est bien lui ! Sarah reconnaît la balafre qui lui barre le profil.

Le gardien le pousse dans le dos.

— Allez, grouille-toi ! Ta visiteuse t'attend.

Sarah tressaille involontairement, comme si c'était elle qu'on avait bousculée.

Elle se lève, ne sachant trop comment le saluer, et finalement, c'est lui qui lui tend les doigts en guise de poignée de main, à cause des menottes. Sarah les lui effleure et ils s'asseyent l'un en face de l'autre. Beauchamps a une ecchymose sur la pommette. Quel doit être le quotidien de cet homme, en prison… Sarah n'a jamais voulu une telle chose. Elle voulait juste récupérer son fils.

— Est-ce que Sam va bien ? s'enquiert-il d'une voix rauque, visiblement bouleversé.

— Non, répond-elle.

La suite reste coincée au fond de sa gorge. Sarah détourne la tête, le temps de refouler ses larmes.

— Qu'est-ce qu'il a ?

Beauchamps, inquiet, lève le menton. Exactement comme Sam lorsqu'il essaie d'être courageux, de ne pas pleurer, songe-t-elle avant de répliquer :

— On l'a arraché à la seule famille qu'il ait jamais eue.

Raide comme un piquet, Sarah s'applique à masquer ses émotions. Ce n'était pas du tout ainsi qu'elle souhaitait aborder le sujet.

Beauchamps s'abîme dans la contemplation de la table.

— Il ne nous connaît pas, poursuit Sarah. Et nous non plus. Nous ne parlons même pas la même langue ! Vous vous rendez compte ?

Beauchamps garde les yeux rivés à la table. Aiguillonnée par son silence, Sarah le provoque :

— Pour vous, il aurait mieux valu que nous n'en réchappions pas, hein ? Tout aurait été plus simple. Plus simple pour Sam, en tout cas.

Beauchamps lève enfin les yeux.

— C'est faux ! Je n'ai jamais souhaité une telle chose ! Quand j'ai vu les photos de… de ce qui s'était passé dans les camps, je… c'est… je n'imaginais pas qu'on puisse survivre à ça. Et j'ai cru que vous, je me suis dit que…

— Qu'on m'avait envoyée directement à la chambre à gaz !

La voix de Sarah se brise. Elle n'était pas venue pour parler de cela… Sa propre amertume lui soulève le cœur.

Un gardien s'avance vers eux à grands pas et donne un coup de matraque sur la table.

Sarah fait un bond en arrière, le front envahi de sueur. Elle la sent aussi couler sur ses côtes. Elle ferme les yeux pour s'isoler du monde extérieur. Il faut qu'elle se calme. Elle est en train de tout gâcher.

— Parlez moins fort ! ordonne le garde en donnant un coup de matraque sur l'épaule de Beauchamps.

Ce bruit mat hérisse Sarah, mais Beauchamps ne bronche pas, c'est à peine si une lueur traverse son regard.

— Non, s'il vous plaît… Tout va bien. C'est ma faute, bredouille Sarah, réprimant un soudain sentiment de pitié.

Le gardien s'éloigne et Sarah reprend à voix basse :

— Pourquoi n'avez-vous pas essayé de nous retrouver, après la guerre ?

— Je… j'avais peur.

— Peur ? Mais peur de quoi ? Aux yeux de tout le monde, vous auriez été un héros… vous aviez sauvé un bébé d'Auschwitz !

— Non, vous ne comprenez pas… j'avais peur de perdre Sam.

— Comment osez-vous me dire ça ? Parce que vous croyez peut-être que je n'ai pas eu peur de le perdre, moi ?

Vous savez le courage qu'il m'a fallu pour vous le confier, ce jour-là ?

— Je sais, dit Beauchamps en soutenant son regard.

— Parlez-moi de Sam quand il était petit. Comment était-il ?

L'homme sourit, un petit sourire asymétrique. Le cœur de Sarah bondit : ce sourire, c'est celui de Sam !

— C'était un bébé très sage, il ne pleurait presque jamais. Mais dès qu'il a su marcher, on n'a plus pu l'arrêter. Il voulait tout explorer, il mettait ses petits doigts partout, il démontait tout ce qu'il trouvait. Je passais mon temps à réparer ses jouets et il me regardait faire, fasciné.

— Exactement comme mon père. Il fallait toujours qu'il comprenne comment les choses fonctionnaient. Et puis ? Racontez-moi !

— Il est très doué pour la course. Il… il allait participer aux championnats de Californie.

— Je l'ignorais.

— Si, c'est vrai. Vous devriez lui demander de vous montrer comme il court vite. Il a naturellement le physique pour ça, des membres très déliés.

Sarah secoue la tête tristement en pensant aux jambes de Samuel, à ses horribles plaques d'eczéma.

— Est-ce qu'il a déjà souffert d'eczéma ?

La perplexité se peint sur le visage de Beauchamps.

— De quoi ?

— D'eczéma. C'est une maladie de peau.

Beauchamps ne répond pas tout de suite, mais Sarah sait à quoi il pense. Ce jour fatidique où elle a donné Samuel à un cheminot qui passait, il avait déjà des plaques rouges et sèches à l'intérieur des cuisses.

— Quand il était bébé… Ce jour-là, à la gare…

— Oui, je sais, le coupe Sarah, bouleversée. Nous n'avions pas de pommade à lui mettre à cette époque. Mais c'était un simple érythème fessier.

Elle s'interrompt, submergée par la culpabilité et le regret déchirant de ne pas avoir pu s'occuper de son petit bébé.

— Ne vous tracassez pas, ça a très vite disparu. Sam a une peau superbe. Il ne prend jamais de coups de soleil, contrairement à moi. *(Beauchamps rougit.)* Mais bien sûr, il n'y a pas de raison pour qu'il me ressemble. Je ne voulais pas dire que…

— Je sais.

— Il a vos yeux. La plupart des gens croient qu'il a les yeux bruns, mais si vous regardez bien, ils sont plutôt noisette, pailletés de vert. Ça dépend de la lumière et de son humeur.

Sarah est chavirée. Elle n'avait jamais remarqué de reflets verts dans les yeux de Samuel.

— Et son sommeil ? À quel âge a-t-il fait ses nuits ?

— À notre arrivée en Amérique, nous avons beaucoup déménagé, il nous a fallu un certain temps pour trouver une routine.

Sarah les imagine, réfugiés, cherchant un lieu où s'installer. Mais elle reste sur sa faim concernant Samuel. Elle ne parvient pas à se faire l'image qu'elle espérait de lui, celle qui le rapprocherait d'elle.

— Et la marche ? insiste-t-elle. À quel âge a-t-il marché ?

— Je ne me souviens pas très bien des dates, je regrette. Charlotte est plus douée que moi pour ce genre de détails.

— Charlotte…

Sarah ne peut poursuivre, bouleversée à l'idée du rôle que cette femme a joué pour Samuel.

— Quel genre de mère était-elle ?

— Elle…

Beauchamps s'interrompt, rattrapé par l'émotion.

— Elle est… c'était une très bonne mère.

Ses yeux s'emplissent de larmes et il s'empresse de lever le menton.

— Continuez, dit Sarah d'un ton plus dur qu'elle ne l'aurait voulu.

— Je ne sais pas ce que je pourrais vous dire d'autre.

— Je… Je ne sais pas être une mère pour lui, confesse Sarah d'un trait. On ne devient pas du jour au lendemain la mère d'un petit garçon qui ne vous connaît pas, qui ne parle même pas votre langue.

Le gardien revient en toussant ostensiblement.

Sarah le suit du regard. Ce n'est qu'un gardien de prison, mais elle le déteste. Ce sont tous des tyrans. Tous sans exception.

— Vous savez, c'est un gamin formidable, dit soudain Beauchamps.

Sarah reporte son attention sur lui, soulagée que, par ses paroles, il la ramène au présent.

— C'est un heureux caractère, poursuit Beauchamps, facile à vivre. Vous finirez bien par réussir à communiquer avec lui, mais il lui faudra du temps.

— Du temps ! Tout le monde parle du temps comme d'un allié. Mais c'est faux, n'est-ce pas ? Le temps a été notre ennemi. Si seulement nous avions retrouvé Samuel plus tôt, à l'âge de deux, voire trois ans, ça aurait tout changé.

— Je sais. J'ai eu tort de vous en priver.

Beauchamps réfléchit.

— D'un autre côté, Sam a été aimé. C'est un enfant équilibré, bien dans sa peau. Nous l'aimons… nous l'aimons comme notre propre fils.

— Vous l'aimez ? explose Sarah, submergée par un raz-de-marée de colère. Mais moi aussi, je l'aimais !

— Vous *l'aimiez ?*

— Je l'aime ! Non, je l'aime, je veux dire.

— Pardon. Je ne voulais pas…

— Vous nous avez privés de notre rôle de parents et maintenant, vous osez remettre en cause mon amour pour lui !

Des larmes de rage lui brûlent les paupières.

— Je me ferais couper en petits morceaux pour Samuel !

Beauchamps la considère comme s'il en doutait.

— Feriez-vous passer son bonheur avant le vôtre ?

— Bien sûr ! Comment osez-vous me poser cette question ?

— Et votre mari ? Ferait-il passer le bonheur de Sam avant le sien ?

— Évidemment !

— Très bien.

Sarah bout de colère. Le culot de cet homme ! Elle tente de contenir son indignation.

— Nous aimons Samuel plus que notre propre vie. D'ailleurs, si vous l'aviez aimé autant que nous, vous auriez cherché à nous retrouver après la guerre.

Beauchamps porte un poignet menotté à ses yeux, puis secoue la tête comme pour chasser son chagrin.

Sarah l'examine avec attention, notant ses épaules basses, son regard hanté par le regret, son air de vouloir désespérément trouver un sens à toute cette histoire. Cet air-là, elle l'a déjà vu… chez Samuel. Ce regard dérouté, comme si le monde était trop compliqué à comprendre. Gagnée par la compassion, elle se sermonne. Beauchamps n'est pas un enfant !

— Que pouvez-vous me raconter d'autre sur mon fils ?

— Que voudriez-vous savoir ?

— Quel a été son premier mot ?

L'homme fronce les sourcils.

— Je ne sais plus. Je ne m'en souviens pas.

Il semble tout à coup très mal à l'aise. Se sent-il honteux d'avoir oublié ce détail ? se demande Sarah avant de comprendre. Brusquement, elle sait quel a été le premier mot de Samuel, elle le sait aussi sûrement que si Beauchamps l'avait dit à voix haute.

— Je crois que c'est *car*, marmonne-t-il, d'un air gêné. Ça veut dire « voiture » en anglais. Sam adore les voitures, il connaît toutes les marques, tous les modèles. Il m'a même aidé à choisir la nôtre. Il était venu avec moi faire le tour des garages et, chaque fois, il vérifiait tout : le nombre de chevaux, le moteur, tout…

Sarah le regarde bien en face, sans ciller. Beauchamps tente de soutenir son regard, mais il finit par détourner la tête.

— Ce n'était pas « voiture », n'est-ce pas ? articule-t-elle en refoulant ses larmes. C'était « maman ».

85

Sarah

Paris, 2 novembre 1953

La cloche sonne la sortie à l'instant où Sarah tourne dans la rue des Hospitalières-Saint-Gervais. Les enfants se déversent dans la cour, certains garçons mimant avec leurs bras des avions de combat descendant en piqué. Ils sont tapageurs, affamés et pressés de rentrer à la maison. Tous sauf Sam. À l'écart de la foule des mamans et des élèves, Sarah attend qu'il sorte à son tour avec, comme d'habitude, l'entrain d'un condamné à mort. Mais la cour de récréation est vide, le silence est retombé.

Et s'il avait de nouveau fugué ? Sarah franchit le portail et se précipite dans le couloir qui mène à la salle de classe… et pile net. Sam est là, avec M. Leplane. Les épaules basses, l'air penaud, il semble tout petit à côté du directeur et Sarah se sent brusquement écrasée de chagrin.

— Madame Laffitte, je suis bien content de vous voir. Il faut que nous parlions. Allons dans mon bureau.

— Bien, monsieur.

Sarah se sent redevenue petite fille, une petite fille qui va se faire gronder. Elle suit le directeur jusqu'à son bureau dans un silence de mort et cherche la main de Sam qui, pour la première fois, ne la lui refuse pas. Ils vont se faire gronder tous les deux. Le directeur s'assied derrière son bureau en leur indiquant les sièges en face de lui. Sarah cherche Sam du regard, mais il fixe un point au loin.

— Madame Laffitte, je sais que la situation n'est facile pour personne, à commencer par Samuel. Mais nous devons penser à tous nos élèves, vous comprenez ? Écoutez, je ne vais pas y aller par quatre chemins. Nous ne savons pas quoi faire de Samuel et il ne s'agit pas que d'un problème de langue. Il ne montre aucun intérêt pour quelque matière que ce soit. C'est très inhabituel chez un enfant aussi jeune. Il a une attitude maussade, butée, aujourd'hui, il s'est battu à la récréation et…

— Arrêtez, s'il vous plaît !

Sarah, surprise par sa propre véhémence, poursuit face au directeur interloqué.

— Je sais que Samuel ne veut pas aller à l'école. Il a le mal du pays. Je vais le ramener à la maison. *(Elle lui caresse les cheveux.)* C'est fini, il ne retournera plus en classe.

— Madame Laffitte, ce n'est pas ce que je voulais dire. Vous ne pouvez pas le retirer du jour au lendemain de l'école. Il doit être scolarisé.

— Ne vous inquiétez pas pour ça. Il ira à l'école. Allez, viens, Sam.

Sarah se lève, l'entretien est terminé. Elle fait signe à Samuel qui glisse sa petite main dans la sienne. Sarah fait attention à ne pas trop la serrer, juste assez pour en sentir la chaleur. Tous deux, en silence, ils sortent de l'école, remontent la rue, tournent à l'angle et montent à l'appartement. Sarah le conduit dans le salon et s'assied à côté de lui sur la banquette. Enfouissant la tête dans ses mains, il se met à pleurer à chaudes larmes. Sarah le serre contre elle.

— Tout va s'arranger, tu vas voir. Tout va redevenir comme avant. Je te le promets.

Elle décroche le téléphone, entortillant le cordon spiralé autour de son doigt et, lentement, compose sur le cadran le numéro du bureau de son mari. David décroche immédiatement.

— Est-ce que tu peux rentrer un peu plus tôt ce soir ? Il faut qu'on parle.

— Tu es allée voir Beauchamps ?

— Oui, je l'ai vu au parloir. S'il te plaît, David, est-ce que tu peux rentrer à la maison ?

— Pourquoi ? Qu'est-ce qui se passe ? Il t'a dit quelque chose ?

— Non, je te demande simplement de rentrer.

Elle confectionne un sandwich pour Sam et, enfreignant la règle, le lui apporte au salon. Assise en face de lui, elle le regarde grignoter sans appétit. Il a beaucoup maigri depuis son arrivée et sa peau a perdu son hâle doré. Un enfant peut-il se laisser mourir de chagrin ? Ou l'instinct de survie prend-il le dessus ?

— Sam…

Il la regarde d'un air vide et Sarah a l'impression d'avoir le fils de Jean-Luc Beauchamps en face d'elle, pas le sien.

— Je sais combien tout cela a été pénible pour toi. Ça l'a été pour nous aussi, de te voir souffrir, de voir à quel point tu détestes vivre avec nous.

Pour une fois, il continue de la regarder, elle a même l'impression qu'il suit son discours.

— Nous t'aimons énormément. Est-ce que tu le sais, Sam ?

Il hausse une épaule et détourne le regard.

— Nous ne voulons que ton bonheur. Mais nous voulons aussi que tu saches qui tu es.

— Je sais qui je suis.

Sarah ouvre de grands yeux. Il s'est exprimé dans un français presque parfait.

— Ça, je le sais, Sam.

Elle meurt d'envie de le prendre dans ses bras, de sentir son petit cœur à la fois fier et vulnérable battre contre le sien, de respirer son odeur. C'est comme si ses pensées et ses sentiments étaient trop grands pour son petit corps d'enfant.

Sarah retourne dans la cuisine en attendant David.

Dès qu'elle entend la porte d'entrée, elle se hâte de l'accueillir.

— Que se passe-t-il, Sarah ? Que t'a dit Beauchamps ? demande David avant même d'ôter son manteau.

— Viens dans la cuisine, s'il te plaît.

Il la suit docilement.

— Mais qu'est-ce qu'il t'a dit ?

— Prends d'abord le temps de t'asseoir. Tu veux manger quelque chose ?

— Plus tard. Pour le moment, dis-moi ce qu'il t'a dit.

— Pas grand-chose, en fait. C'est plutôt l'effet qu'il a produit sur moi.

David scrute son regard avec angoisse.

— C'était affreux. De le voir comme ça… en détention. Cet homme n'a rien à faire en prison. Ça m'a rappelé…

David lui presse la main avec compassion.

— Ah, je savais que ça n'était pas une bonne idée d'y aller.

Le voyant se rembrunir, Sarah s'agace un peu.

— Il aime Samuel. De tout son cœur.

— Ça, je n'en doute pas, Sarah. Bien sûr qu'il l'aime. À quoi t'attendais-tu donc ?

— Je n'en sais rien. À quelqu'un que j'aurais pu mépriser.

— Ce n'est pas ce que tu aurais voulu pour Samuel. *(David se tire sur la barbe.)* Qu'est-ce qu'il t'a dit, alors ?

— Il m'a demandé si je serais prête à faire passer le bonheur de Samuel avant le mien.

— Incroyable ! Comment ose-t-il !

— Et il m'a demandé si, toi aussi, tu serais prêt à le faire.

Elle laisse passer quelques secondes en regardant David dans les yeux.

— Je lui ai répondu que oui, bien sûr, nous ferions toujours passer son bonheur avant le nôtre. J'ai même du mal à croire qu'il m'ait posé cette question. Il n'imagine pas ce que c'est de devoir donner son enfant à un inconnu, murmure-t-elle d'une voix brisée.

— Peut-être en a-t-il une petite idée, maintenant.

— Mais est-ce la vérité ?

David hausse un sourcil soupçonneux, comme s'il devinait ce qu'elle allait dire.

— Serions-nous vraiment prêts à faire passer son bonheur avant le nôtre ?

— Sarah, ne te torture pas comme ça, voyons ! Samuel est notre fils et nous l'aimons. Il finira bien par nous aimer en retour. Il a besoin de temps, c'est tout.

— Le temps, répète Sarah. Le temps et son intransigeance.

— Quoi ?

— Le temps nous a volé notre fils.

— Et le temps nous le rendra.

— Non.

Sarah a la gorge serrée ; les mots vont avoir beaucoup de mal à sortir.

— David, je ne peux pas continuer comme ça… Je ne peux plus. Quand il a fugué, j'ai prié Dieu.

Elle voudrait se rapprocher de son mari, lui prendre la main, mais elle sent comme un mur se dresser entre eux.

— J'ai fait une promesse à Dieu, David. Je lui ai promis de renoncer à Samuel s'Il me le ramenait sain et sauf. À présent, c'est tout ce que je souhaite. Qu'il soit heureux et en bonne santé. Le reste m'est égal.

— Qu'est-ce que tu veux dire ?

— Je ne peux pas rester les bras croisés devant le désespoir de mon fils. Samuel est comme un prisonnier qui ne voit pas d'issue à son malheur. Il n'a plus goût à la vie, alors que ce n'est encore qu'un enfant !

Elle essuie ses larmes à l'aide d'un torchon.

— Mais Sarah, nous ne pouvons pas abandonner maintenant !

— David ! *(Elle ravale une nouvelle montée de larmes.)* Nous devons… Nous devons renoncer à lui. Tu ne le vois donc pas ?

— Non, vraiment pas.

Il s'avance vers elle, mais Sarah le repousse.

— Je ne peux pas continuer ainsi. Ne m'y oblige pas !

David la dévisage avec incrédulité avant de sortir brusquement de la cuisine.

— Je vais aller voir Beauchamps moi-même !

86

Jean-Luc

Paris, 3 novembre 1953

Le pire, quand on est en prison, c'est le sentiment d'impuissance. La nourriture infecte, les nuits glaciales, voire la violence omniprésente… à la rigueur, ce serait supportable. Mais c'est son impuissance qui le mine. Sam grandit sans lui et Charlotte doit se débrouiller seule en Amérique. Comme elle lui écrit presque tous les jours, il sait qu'elle a dû vendre la maison, prendre un petit appartement, se rapprocher de la ville où elle a trouvé un emploi de traductrice. Son chagrin imbibe les pages qu'elle noircit. Parfois, Jean-Luc n'a pas la force d'y faire face ; il replie la lettre pour y revenir un peu plus tard. Mais aujourd'hui, il se sent totalement découragé.

— Beauchamps, tu as de la visite ! lui crie le gardien en donnant un coup de matraque sur les barreaux de sa cellule.

Oh, non ! Il ne se sent pas d'attaque à revoir Sarah Laffitte.

Jean-Luc suit le gardien le long du couloir et franchit la double porte de sécurité qui mène au parloir. Du bout de sa matraque, le gardien lui désigne un brun à longue barbe, cramponné aux bords de la table comme s'il avait peur de tomber de sa chaise. Jean-Luc comprend en un éclair. C'est *lui* ! C'est forcément lui. David Laffitte.

Les tempes battantes, il s'approche et, timidement, lui tend ses poignets menottés, suggérant une sorte de poignée de main de fortune. Mais Laffitte ne fait même pas mine de se lever et reste agrippé à la table.

— Monsieur Beauchamps, dit-il en regardant Jean-Luc sous ses épais sourcils bruns.

Jean-Luc s'assied en acquiesçant. Laffitte continue de le jauger, de le sonder du regard.

— Je ne sais pas ce que vous attendez de moi, finit par dire Jean-Luc en tentant de se masser les tempes malgré les menottes.

Il sent le mal de tête poindre.

— Ce que nous attendons de vous ? répète Laffitte avec une agressivité contenue. Que vous nous rendiez les neuf premières années de la vie de notre fils.

Jean-Luc s'étire les cervicales et ferme les yeux. Son mal de tête empire. Mais Laffitte, implacable, hausse le ton :

— Savez-vous ce que c'est pour un parent ? De ne pas savoir si son enfant est mort ou vivant ? Nous ne savions pas si nous devions faire notre deuil ou continuer les recherches.

— Écoutez, sans moi, vous n'auriez même plus de fils. Vous l'avez récupéré, maintenant. Pourquoi ne rentrez-vous pas vous occuper de lui ? C'est bon, vous tenez votre revanche.

— Notre revanche ! Parce que vous croyez qu'il s'agit de revanche ? éclate Laffitte.

— Ma foi, sinon qu'est-ce que c'est ? réplique Jean-Luc sur le même ton. Qu'attendez-vous de moi ?

Le gardien apparaît. Sa matraque frappe la table avec un bruit mat.

— Je t'ai déjà dit de parler moins fort ! ordonne-t-il en enfonçant sa matraque sous le menton de Jean-Luc, l'obligeant à se casser le cou en arrière.

Soudain, Laffitte s'effondre sur la table, secoué de tremblements, comme en proie à une crise d'épilepsie.

— Qu'est-ce qui lui arrive ? demande le gardien en lui soulevant la tête.

Laffitte est livide, luisant de sueur, le regard habité par une peur viscérale.

— Je crois… je crois que vous lui avez fait peur, dit Jean-Luc.

— Moi ? Je vous ai seulement dit de faire moins de bruit !

Laffitte se redresse sans un mot, comme sonné. Jean-Luc lui tend ses mains menottées sur la table. Laffitte le fixe d'un regard fou avant de lui agripper les poignets, le souffle court.

Le gardien s'éloigne en maugréant.

Jean-Luc ne dit rien, laissant Laffitte le temps de se ressaisir.

— Excusez-moi, dit enfin celui-ci. Ça m'a… Tout m'est revenu d'un coup.

— Ce n'est rien. C'est fini.

Laffitte lève un regard sombre.

— Ah oui ? Fini, vous croyez ? Ça ne sera jamais fini.

Jean-Luc sait ce qu'il entend par là.

— Comment se porte votre femme ? lui demande-t-il pour changer de sujet.

— Elle… elle a été bouleversée après vous avoir vu.

— Je suis désolé. Je ne voulais pas lui faire de peine.

— Elle était venue pour en savoir plus sur Samuel. Au lieu de quoi, elle est repartie d'ici en se sentant indigne de son propre fils.

— Ça n'était pas mon intention, pourtant. Elle voulait que je lui donne des détails sur la petite enfance de Sam, mais je n'ai pas pu répondre à toutes ses questions… Je ne me souviens pas à quel âge Sam a marché, à partir de quand il a fait ses nuits… Ce genre de dates, ce n'est pas mon fort.

— Je vois, soupire Laffitte en se massant les orbites, comme las de toute cette histoire. Et de quoi vous souvenez-vous, alors ?

Jean-Luc réfléchit. La petite bouille sérieuse de Sam s'impose avec netteté à son esprit.

— De son sourire. De ses mots d'enfant. De sa façon de lever le menton d'un air volontaire ou avec défi. De ses bras minces autour de moi. De ses câlins à la fois brusques et affectueux. De la douce odeur de sa transpiration. De sa façon de me regarder avec de grands yeux quand je lui lisais une histoire…

Laffitte abat sa main sur la table.

— Ça suffit ! *(Il change de position sur la chaise.)* Pourquoi n'avez-vous jamais eu d'enfant ?

Jean-Luc fronce les sourcils.

— Nous avons essayé.

Il s'interrompt, hésitant à continuer.

— Mais… comment dire, c'était difficile. Charlotte ne peut pas en avoir. D'après les médecins, ce serait dû aux privations dont elle a souffert sous l'Occupation… à un âge délicat.

— Ah…

Laffitte, gêné, reprend quelques couleurs.

— Les médecins nous ont dit qu'il fallait attendre, poursuit Jean-Luc. *(Les mots sortent sans mal, à présent, comme une libération.)* Qu'avec une alimentation équilibrée et une bonne hygiène de vie, les choses finiraient par revenir à la normale, mais ça ne s'est jamais produit, hélas.

À son grand étonnement, Jean-Luc retrouve un peu de Sam dans le regard intelligent de Laffitte, et même dans sa manière de se frotter les yeux lorsqu'il est face à un problème.

— Est-ce qu'à mon tour je peux vous demander, si je puis me permettre… Je sais que vous non plus, vous n'avez pas eu d'autre enfant.

Laffitte s'abîme dans la contemplation de la table. Lorsqu'il relève enfin la tête, ses yeux sont humides, son regard flou, comme perdu dans ses souvenirs.

— Je vous prie de m'excuser, marmonne Jean-Luc.

Il ne sait par quel côté aborder cette conversation. Mais là, il s'est aventuré en terrain glissant, il lui faut absolument en sortir.

À cet instant, Laffitte semble revenir sur terre. Il se met à parler, le regard fixé sur un point imaginaire.

— À notre retour, nous avons eu beaucoup de mal à reprendre le cours de notre vie. Les efforts physiques, la faim, les brutalités… tout cela avait laissé des séquelles. Nous avions changé ; ce corps n'était plus le nôtre. Nous n'avions plus rien à voir avec le jeune couple que nous avions été. Nous nous sentions tous les deux comme…

Il regarde soudain Jean-Luc droit dans les yeux, comme étonné d'en avoir dit autant.

— Il nous a fallu du temps avant de retrouver notre humanité, de redevenir nous-mêmes. Et durant tout ce temps, nous n'avons pas cessé de chercher Samuel. Moi, j'aurais voulu avoir un autre enfant, mais Sarah n'avait pas le cœur à ça. Elle pleurait tout le temps… Elle ne pensait qu'à retrouver son bébé, rien d'autre ne l'intéressait.

— Elle l'a récupéré, maintenant.

— Oui… sauf que Samuel n'est plus un bébé. Ah, si seulement… si seulement vous aviez cherché à nous retrouver après la guerre ! Tout aurait été si différent, soupire-t-il.

— Dix minutes ! lance le gardien.

— Dites-moi comment il va, demande Jean-Luc. Je vous en prie. Mme Laffitte m'a parlé d'une éruption cutanée… Ça s'est arrangé ?

Le regard de Laffitte se fait lointain, glacé, comme s'il était perdu dans ses pensées.

— Non… non, ça ne s'arrange pas… Bon, d'accord, reprend-il d'un ton plus ferme. Vous voulez savoir comment il va ? Eh bien, je vais vous le dire. *(Il se tire sur la barbe.)* Le pauvre petit a été terriblement perturbé. Il refuse de parler français, il pleure toutes les nuits dans son oreiller et il a développé un eczéma qui le rend fou. La semaine dernière, il a même fugué. La police l'a retrouvé au Havre, il voulait s'embarquer pour l'Amérique.

— Oh, non ! Ce n'est pas vrai !

Jean-Luc se laisse aller en arrière sur sa chaise, anéanti. Qu'ont-ils fait à son pauvre Sam ? Il a l'impression qu'on lui larde l'estomac de coups de poignard. C'est à peine s'il arrive à respirer.

Le gardien s'approche.

— Cinq minutes.

— Sarah…, murmure Laffitte. Sarah souffre de voir son fils dans cet état-là. C'est dur aussi pour moi, mais je m'oblige à penser à long terme, à envisager l'avenir. Sarah, elle, ne voit qu'une chose : son petit garçon est malheureux. Et ça la tue à petit feu, conclut-il, accablé.

87

Sarah

Paris, 3 novembre 1953

David est allé voir Beauchamps à la prison de la Santé, Sam est dans sa chambre – Sarah est seule. Elle sort son plus beau papier à lettres, cet épais rouleau qu'elle garde dans une boîte en bois, avec une rose séchée. Elle s'apprête à écrire la lettre la plus importante de toute sa vie. Avec précaution, elle remplit le réservoir de son stylo-plume en songeant à David. Il ne pourra jamais accepter la décision qu'elle a prise. Mais il ne pourra pas non plus l'en empêcher, maintenant qu'elle lui a avoué la promesse qu'elle a faite à Dieu. La foi de David est un pilier inébranlable, indestructible : il ne pourrait accepter que Sarah compromette sa propre foi en rompant une telle promesse.

Chère madame,
C'est le cœur brisé que je vous écris cette lettre. Samuel n'est pas heureux ici. Nous ne savons plus quoi faire. Son désespoir d'avoir été arraché à vous et à son pays nous est devenu insupportable. J'en appelle à vous, en désespoir de cause. Il a besoin de vous. Pouvez-vous venir ?
Sarah Laffitte

Le cliquetis de la serrure de l'entrée lui fait relever la tête. David se plante devant elle en se frottant les yeux. Il a les épaules basses, le teint gris.

Immobile sur sa chaise, Sarah le contemple. Il a l'air à bout de forces, au-delà de la fatigue. À tel point qu'elle préfère ne pas savoir comment s'est passée la rencontre avec Beauchamps. Leur entretien ne peut qu'avoir été pénible.

Une larme coule sur la joue de son mari, suivie d'une autre. Sarah ne bouge toujours pas. Comment pourrait-elle le consoler ? Elle n'a rien à lui offrir pour le moment, hormis son propre renoncement. David voulait qu'elle fasse preuve de ténacité, qu'elle se cramponne à leur fils de toutes ses forces, quel qu'en soit le coût. Mais elle aime trop Samuel pour cela.

Il faut que ses larmes tombent sur la lettre et brouillent les mots tracés à l'encre bleue pour qu'elle s'aperçoive qu'elle aussi pleure. Alors qu'elle contemple les taches floues, elle sent David venir s'accroupir auprès d'elle, appuyant sa joue humide à la sienne. Il est en train de lire la lettre. Elle retient son souffle, se préparant à une explosion de chagrin et de colère.

— Sarah, murmure-t-il. Sarah…

Puis il l'attire contre lui.

Elle s'abandonne à son étreinte.

— Sarah, ne pleure pas. Je t'en prie, ne pleure pas.

— Mais tu pleures bien, toi.

Lui prenant le visage en coupe, il efface ses larmes par de légers baisers.

— Notre fils est vivant, Sarah. Ça me suffit. C'est suffisant.

88

Charlotte

Santa Cruz, 9 novembre 1953

Encore un lundi matin. Je me tire péniblement du lit et je vais dans la cuisine, sans entrain. Là, je verse deux grosses cuillerées de café moulu dans le filtre et je mets l'eau à chauffer sur la cuisinière. En attendant qu'elle bouille, je m'allume une cigarette. Je n'ai jamais été une grande fumeuse, mais à présent, fumer me détend et puis, ça m'occupe les mains. Ce qui me plaît aussi, c'est d'inhaler à fond : je tire longuement sur la cigarette, je garde la bouffée dans mes poumons, une seconde, et j'exhale lentement la fumée. Je pourrais m'arrêter si je le voulais et je le ferai sans doute… un jour.

J'ai rendez-vous chez le psychiatre à 9 heures. En entrant dans son cabinet aux murs d'un blanc éblouissant, j'éprouve toujours la même appréhension. Ce n'est pas facile de faire semblant d'être quelqu'un que je ne suis pas. Je prends place en face de lui, sur une chaise en plastique ronde, et je le regarde, un sourire rivé aux lèvres.

— Bonjour, Charlotte. Comment allez-vous, aujourd'hui ?

— Très bien, merci. Et vous ? dis-je en le regardant droit dans les yeux pour le convaincre de ma sincérité.

Il me sourit.

— Qu'avez-vous fait de beau, cette semaine ?

— Samedi, je suis allée à un cours de poterie.

Il hoche la tête d'un air pénétré, comme si j'avais dit quelque chose de profond.

— Les autres élèves sont très sympathiques ! Ensemble, on peut parler de tout.

J'omets juste de préciser que je laisse leurs bavardages glisser sur moi pendant que je sculpte un visage d'enfant dans le bloc de terre humide, avant de tout broyer entre mes doigts et de recommencer. Je ne parviens pas à former les traits de Sam. Néanmoins, j'aime écouter les autres femmes. Leurs conversations m'apaisent. Peut-être est-ce l'absence de présence masculine qui les libère. Entre elles, elles parlent de tout : des enfants, de l'éducation, de leur propre enfance, des hommes, de l'amour, de leurs aventures. De leur côté, elles excusent mon silence. Comme je suis française, elles trouvent normal que je reste en retrait. Elles croient que je n'arrive pas à suivre tout ce qu'elles disent. Mais c'est faux. J'ai simplement découvert que c'était un atout dans mon jeu. Mon statut d'étrangère. Cela dresse une barrière naturelle entre moi et les autres.

— Et ces femmes, vous en avez revu une en dehors du cours de poterie ?

Zut ! Il n'est pas si simple à berner, ce bonhomme.

— Pas encore. Mais je songe à en inviter quelques-unes chez moi, ce week-end.

— Bien… Très bien. Vous me raconterez comment ça s'est passé lors de notre prochain rendez-vous, donc ?

— Bien sûr, dis-je d'un ton enjoué.

Mais en mon for intérieur, je me maudis pour ce petit mensonge. Je suis coincée, maintenant ! Et s'il vérifiait ?

— Et comment dormez-vous ? Votre sommeil s'est amélioré ?

— Je continue de prendre les médicaments que vous m'avez donnés.

— Oui, il serait d'ailleurs peut-être temps d'entamer le sevrage.

J'acquiesce, mais en réalité, je ne me sens pas forcément prête à arrêter les médicaments. Je ne veux pas revivre les semaines de détresse que j'ai endurées quand on m'a pris Sam. Je ne dormais plus que par épisodes d'une demi-heure. Épuisée par la tension nerveuse, je sombrais comme une masse pour me réveiller en sursaut, frappée par la foudre du désespoir qui aussitôt se propageait dans tout mon être.

— Commencez par réduire la dose de moitié pendant une semaine et nous verrons comment vous réagissez.

J'hésite à lui demander un petit délai supplémentaire. Mais non, je dois afficher une attitude positive si je veux qu'il me déclare en parfaite santé mentale. J'acquiesce donc une fois de plus.

— Et vos pensées à propos de Sam ? Comment arrivez-vous à les affronter ?

— J'essaie de ne pas penser à lui…

Je marque une pause, le temps de me préparer à l'énorme mensonge que je vais proférer.

— Je commence à accepter le fait que je n'ai jamais été sa véritable mère. Je n'étais qu'une solution de remplacement temporaire.

— Bien. Bien…

Comment pourrait-il savoir que je pense à Sam tout le temps ? Que je me demande ce qu'il fait, tandis que passent les heures, les jours, les semaines ? Je n'ai aucune nouvelle de lui, mais je suis sûre qu'il doit détester Paris. Tout doit lui paraître si étranger. Apprend-il le français ? Son nouveau père lui lit-il une histoire le soir, comme le faisait Jean-Luc ? Sa nouvelle mère lui fait-elle un gros câlin quand il y a de l'orage ? Se laisse-t-il faire ? Lui laisse-t-on une lumière allumée, la nuit ? Sait-il comment le demander en français ? Lui fait-elle des crêpes pour le petit déjeuner ? Et à l'école, comment ça se passe ? Les autres enfants sont-ils gentils avec lui ? Toutes ces questions me mettent à la torture.

— Et… votre mari ? Comment va-t-il ? me demande le psychiatre.

Il doit avoir oublié son nom.

— Jean-Luc. C'est dur pour lui d'être en prison.

Je ne peux pas en dire plus. Quelle ironie ! Sam et Jean-Luc sont à Paris, alors que moi, je suis ici. Je trouve cela tragique. Nous sommes tous les trois prisonniers, perdus les uns pour les autres.

— Vous vous sentez prête à avoir des enfants à vous, maintenant ?

Je le dévisage avec stupeur. Comment peut-il me poser une telle question ?

— Enfin, je veux dire… une fois que votre mari aura été libéré.

Il consulte ses notes.

— Je vois qu'il n'a écopé que d'une courte peine…

Mon sourire factice s'est envolé.

— Deux ans.

— Deux ans, oui, c'est ça. Mais vous êtes jeunes, vous avez encore tout le temps de fonder une famille à vous.

— Je ne peux pas. Je ne peux pas avoir d'enfant.

— Hum, ma foi… On n'a jamais bien su pourquoi, en fait. Vous serez peut-être surprise de voir qu'une fois que vous aurez accepté le départ de Sam, quelque chose va peut-être se libérer en vous.

Je continue de le fixer sans y croire. A-t-il perdu la raison ?

— Ça pourrait être d'origine psychologique, voyez-vous.

— Je ne crois pas, non.

Je pourrais lui expliquer que je n'ai plus eu mes règles depuis la guerre, mais je vais lui épargner les détails. Si je suis là, après tout, c'est pour qu'il me déclare équilibrée du point de vue mental. L'essentiel, c'est que je puisse récupérer mon passeport. Je n'ai pas les moyens de perdre cet imbécile à ma cause.

Serrant les dents, je hoche la tête.

— Vous avez peut-être raison, dis-je d'un ton radouci. Je n'avais jamais envisagé la chose sous cet angle-là.

— Bien… Bien. Et professionnellement, comment ça se passe ?

— Très bien. Les gens sont très gentils et le travail me plaît.

C'est un job calme et peu exigeant : je traduis des documents juridiques. Mon maigre salaire couvre le loyer de mon petit appartement et me permet de mettre un peu d'argent de côté tous les mois. J'en aurai besoin pour me payer un billet d'avion pour la France – dès que j'aurai récupéré mon passeport.

En revenant du travail ce jour-là, j'ouvre la boîte aux lettres, l'esprit ailleurs. Il y a une enveloppe blanche au fond. Le timbre est français, mais ce n'est pas l'écriture de Jean-Luc. Je la décachète, le cœur battant. C'est peut-être une lettre de Sam !

Mais non. Elle commence par *Chère madame*...

Démoralisée, je continue ma lecture et soudain, une sorte de frénésie m'inonde les veines. Ils veulent que je vienne à Paris !

Je serre la lettre contre mon cœur. Je vais revoir mon fils ! Je lis et je relis les mots. Sarah Laffitte… elle aime vraiment Sam. Les larmes ruissellent sur mon visage, me brouillent la vue. Elle n'a jamais cessé de l'aimer. Durant toutes ces années, elle l'a cherché sans relâche. Elle n'a jamais baissé les bras.

La culpabilité me crucifie. Nous aurions dû essayer de les retrouver. Nous aurions pu. Ç'aurait été la seule chose honnête et correcte à faire. Mais non, nous avons préféré choisir la facilité, nous nous sommes convaincus qu'ils avaient péri à Auschwitz. Après tout ce que ces gens ont déjà enduré… devoir subir une telle épreuve ! Retrouver leur fils au bout de neuf ans pour s'apercevoir que ce n'est plus leur bébé, mais un petit garçon qui ne parle même pas la même langue qu'eux. Dans ces conditions, comment communiquer, comment tisser un lien affectif durable avec lui ? Nous leur avons rendu la tâche impossible.

Bourrelée de remords, je monte l'escalier menant à mon appartement, en serrant cette lettre dont chacun des mots me brûle les doigts. *Samuel n'est pas heureux ici.* Ce calme euphémisme me laboure le cœur. C'est loin d'être pire que ce que je m'étais imaginé, mais le voir écrit noir sur blanc par sa mère biologique ravive ma détresse. La réalité m'atteint de plein fouet. Un véritable coup de poing à l'estomac. Sam est dans un tel désespoir que sa propre mère ne sait plus quoi faire. Elle est prête à tout pour lui rendre le sourire, même à me laisser le voir. Je remercie le ciel que Sarah Laffitte aime autant ce fils qu'elle ne connaît pas. Mais… et maintenant ? Croit-elle que je vais venir vivre à Paris ? Que nous allons l'élever ensemble ? Cela m'étonnerait. Voir Sam chérir une autre maman qu'elle ne ferait qu'accroître sa douleur. Est-elle prête à renoncer à lui ? Serait-elle capable d'un tel sacrifice ? Une mère qui vient à peine de retrouver son enfant peut-elle supporter de le perdre à nouveau ?

89

Charlotte

Santa Cruz, 17 novembre 1953

Il fait encore chaud ici, mais à Paris, il fait froid en cette saison. J'ai passé la semaine à me demander comment j'allais m'habiller. Sam adore ma robe d'été jaune bordée de coquelicots, mais elle ne convient pas du tout à l'hiver français. J'opte finalement pour une jupe droite beige et un chemisier crème, je garderai mon cardigan en laine et ma veste sur le bras.

Dans la cuisine, j'attends le taxi, incapable de rester en place, nerveuse. Je regarde les murs blancs de l'appartement : les reverrai-je un jour ? J'espère bien que non. Pour moi, cet appartement rime avec solitude. À 7 heures pile, on sonne. Je prends ma valise et attrape au passage une fine écharpe en cachemire.

— À l'aéroport ? me demande le chauffeur de taxi dans le rétroviseur.

— Oui, s'il vous plaît.

— Vous allez où ?

— À New York, et de là, à Paris.

— Vous avez de la famille, là-bas ?

— Oui.

— Il me semblait bien que vous aviez un accent. Vous êtes française, c'est ça ?

— Oui.

Il me dévisage dans le rétroviseur, comme s'il tentait de me cerner.

— Il n'y a pas eu trop de bombardements, si ? À Paris ?

— Non…, dis-je d'un ton hésitant.

Je ne voudrais pas paraître impolie, mais je n'ai aucune envie de m'engager dans ce genre de discussion.

— Non, en effet. La ville a été relativement épargnée.

— C'est pas comme à Londres, insiste le chauffeur. À Londres, ils ont sacrément morflé, pas vrai ?

— Oui, dis-je, résignée à lui dire ce qu'il a envie d'entendre. À Paris, nous étions occupés par les Allemands.

— Exactement. La ville s'est rendue sans qu'ils aient besoin de la bombarder.

Je me tourne vers la vitre dans l'espoir de le décourager. Il se met à pianoter sur son volant, comme s'il battait la mesure d'un air dans sa tête. Les rues défilent : les maisons aux vastes pelouses, les boîtes aux lettres perchées sur leur pied en bois, attendant de recevoir le courrier du jour. Tout est si différent de Paris, et si familier en même temps. Je commençais à me sentir chez moi, ici. Paris va-t-il m'apparaître comme une ville un peu étrangère ?

— Ils ont eu qu'à marcher droit sur Paris, pas vrai ?

Si seulement il pouvait se taire ! Je pousse un bruyant soupir. Pourvu qu'il saisisse l'allusion…

Il recommence à pianoter sur son volant et le reste du trajet se déroule en silence. En descendant du taxi, je lui donne un dollar de pourboire, pour le remercier de s'être enfin tu.

Je suis soulagée de monter dans l'avion, de retourner enfin en France. Comme c'est mon baptême de l'air, j'éprouve un peu de nervosité lors du décollage. L'accélération est impressionnante. Je me cramponne aux accoudoirs. Comment Sam a-t-il vécu son premier vol ? Est-ce qu'il a eu peur ? Quelqu'un lui tenait-il la main lorsqu'il est monté à bord ? Penser qu'il a dû surmonter tout cela tout seul, sans Jean-Luc ni moi, m'emplit de tristesse.

L'hôtesse de l'air s'arrête devant ma rangée avec un chariot rempli de mignonnettes.

— Voulez-vous boire quelque chose ?

— Non, merci.

Mon voisin lève les yeux de son journal.

— Une bière, s'il vous plaît.

Il se la verse dans un gobelet en plastique avant de me demander :

— Où allez-vous ?

— À New York. Et de là, à Paris.

Mais je n'ai pas envie de parler, c'est trop compliqué. Je ferme les yeux, feignant de dormir pour le décourager. Mais je suis trop excitée pour dormir, et trop nerveuse. Sam. Sam ! Va-t-il m'en vouloir ? Croit-il que je l'ai abandonné ? Aura-t-il changé en trois mois ? Trois mois ! Seulement trois mois ? J'ai l'impression que cela fait trois ans.

Après le changement à New York, nous atterrissons enfin à Paris. À la douane, je me rends compte que je n'ai pas de cadeaux pour les Laffitte. J'hésite. Devrais-je leur acheter quelque chose ? Mais tout présent paraîtrait futile, voire déplacé… Il ne s'agit pas d'une visite de courtoisie. Je me hâte vers la file d'attente pour les taxis.

— Rue des Rosiers, s'il vous plaît, dans le Marais.

Les mots franchissent mes lèvres sans effort. Quel soulagement de pouvoir à nouveau parler ma langue ! Je me sens chez moi.

Le regard rivé à la vitre du taxi qui slalome dans la ville, je m'interroge sur le sens de cette expression : chez soi. Est-ce un lieu ? Est-ce une langue ? N'importe où du moment qu'on y est avec les siens ? Un mélange de tout cela, sans doute. Mais Sam ne peut pas se sentir chez lui, à Paris. Comme je regrette que nous ne lui ayons pas parlé français quand il était petit ! Nous n'avions pas le droit de le priver de tout un pan de son identité. Nous en voudra-t-il plus tard, lorsqu'il se rendra compte de ce que nous lui avons confisqué ? Mais pour le moment, tout ce qui m'importe, c'est de serrer son petit corps contre mon cœur en lui disant que tout va s'arranger. Le reste, je m'en inquiéterai plus tard.

Le taxi me dépose juste devant leur immeuble. Sur le trottoir, je croise deux hommes portant barbe longue et chapeau noir. C'est vrai, c'est le quartier juif, ici. Je grelotte. Quel froid ! Posant ma valise, j'enfile mon cardigan et ma veste, mais je continue de trembler comme une feuille. Je m'entoure de mes bras, nouée par l'angoisse. Je ne suis plus qu'à quelques mètres de Sam. Je lève la tête, l'imaginant en train de m'attendre derrière l'une de ces fenêtres, dans l'un de ces appartements.

Je prends une profonde inspiration et, les sens en ébullition, je pousse les lourdes portes en bois. Une petite cour intérieure. Leur appartement est au quatrième. Je hisse ma valise le long de l'étroit escalier en colimaçon, le cœur battant la chamade. Avant de frapper à la porte, je prends un moment pour me lisser les cheveux et rajuster mon écharpe. Si seulement je pouvais cesser de trembler…

Soudain, la porte s'ouvre à toute volée et Sam me saute au cou comme un petit ouistiti, m'enserrant des bras et des jambes, manquant me faire tomber en arrière. Enfin, il est là ! Contre moi. Je le respire… son odeur douce et musquée. Nous n'avons pas besoin de parler. Je ressens la puissance de son amour et je sais qu'il ressent la mienne.

Un petit toussotement nous interrompt. J'entre d'un pas vacillant dans l'appartement, Sam toujours accroché à moi. Lentement, il consent enfin à me lâcher et repose les pieds au sol. Je lui prends le visage en coupe pour me noyer dans ses yeux bruns. Les bras autour de ma taille, il se niche dans ma poitrine.

— Tout va bien, Sam. Tout va s'arranger, dis-je en lui caressant les cheveux.

Un autre toussotement me fait lever la tête. M. et Mme Laffitte sont là. Pâles comme des spectres, ils nous regardent, les larmes aux yeux. M. Laffitte passe un bras autour des épaules de sa femme, tandis que de l'autre main, il me désigne une porte au bout du couloir. Sam toujours serré contre moi, je le suis dans le salon.

M. Laffitte aide sa femme à s'asseoir dans un fauteuil et se poste derrière elle, une main posée sur son épaule.

— *Je vous en prie,* dit-il en nous indiquant la banquette.

Sam se perche sur mes genoux, bien qu'il soit trop grand pour cela.

— Maman, on peut rentrer à la maison, maintenant ?

Je dépose un baiser sur son crâne.

— S'il te plaît, maman, s'il te plaît, allez… Je serai sage. Je veux juste rentrer à la maison.

— Je sais, je sais, dis-je en l'embrassant encore.

M. Laffitte se remet à toussoter.

— *C'est très difficile pour nous.*

— *Je suis désolée, pardonnez-nous.*

— Maman ! s'écrie Sam en me prenant les joues à deux mains. Ne parle pas français !

Les larmes se mettent à rouler sur son visage.

— Maman ! S'il te plaît !

— Calme-toi, Sam. Je suis toujours la même et je ne te laisserai plus jamais.

Il ne s'est pas comporté de façon aussi puérile depuis des années.

M. Laffitte prend la main de sa femme.

— *Nous allons vous laisser.*

J'acquiesce d'un signe de tête. Avant que nous puissions avoir une vraie conversation ensemble, je dois me retrouver un peu seule avec Sam.

Les Laffitte sortent du salon et peu de temps après, j'entends la porte d'entrée s'ouvrir et se refermer.

— Ils sont partis ! s'écrie Sam en me nouant les bras autour du cou. On peut y aller, maintenant ? Hein ? On peut rentrer chez nous ?

— Attends un peu, Sam, attends, s'il te plaît.

Il ouvre de grands yeux, pupilles dilatées.

— Quand ? Quand ?

— Je dois d'abord parler à… à…

Comment dois-je les appeler ?

— À M. et Mme Laffitte.

Sam s'écarte de moi.

— Mais on va rentrer, hein ? C'est promis ?

— Je vais faire de mon mieux.

— Non ! Tu dois promettre !

Les larmes lui montent aux yeux.

J'essuie ses joues humides.

— Je te le promets, Sam.

Maintenant, il va falloir que je tienne ma promesse…

Lorsque les Laffitte reviennent, deux heures plus tard, Sam s'est endormi la tête sur mes genoux, brisé par toutes ces émotions. Avec douceur, M. Laffitte le prend dans ses bras et le porte jusqu'à sa chambre. Il le dépose sur le lit et le borde avec une tendresse qui me serre le cœur, puis le contemple longuement. Si seulement je pouvais le réconforter d'un geste. Il se penche pour embrasser Sam sur les cheveux.

— Maman, murmure Sam.

M. Laffitte me laisse la place.

Je m'agenouille près du lit.

— Tout va bien, Sam, dis-je en lui caressant la tête. Je suis là.

Il sombre à nouveau dans le sommeil.

Lorsque je me relève, M. Laffitte n'est plus dans la chambre. Me sentant coupable, je retourne dans le salon et je m'assieds dans le fauteuil. Là, je fixe le bout de mes chaussures. Je ne supporte pas de lire le chagrin dans leurs yeux. Mme Laffitte me tend une tasse de café. Je la remercie en la regardant pour la première fois. Elle a des yeux tout à fait remarquables, comme ceux de Sam, mais d'un vert plus vif. Les yeux de Sam ne sont verts que dans une certaine lumière et encore, cela dépend de son humeur. « Des yeux de chat », m'a dit un jour une amie.

M. Laffitte prend la parole :

— Nous voulons que vous rameniez Sam en Amérique.

J'accuse le coup. Ce n'est pas du tout ce à quoi je m'attendais. C'est tellement direct. Sans ambages.

— Mais…

— C'est trop dur pour nous tous. Surtout pour lui.

— C'est trop tard, renchérit Mme Laffitte dans un souffle. Il ne nous appartient plus.

Je repose ma tasse de café et, spontanément, je me lève pour aller vers elle. Elle me fait une place sur la banquette et je m'assieds en lui posant la main sur le genou.

— Je vous prie de nous pardonner.

Elle pose sa main sur la mienne.

— Nous vous pardonnons. Vous avez sauvé notre fils.

Ses larmes tombent sans bruit sur nos mains jointes. Je la prends dans mes bras, comme si je pouvais absorber toute sa douleur de mère.

— Je lui apprendrai le français. Il vous écrira. Nous parlerons de vous. Tout n'est pas fini. Je vous en prie, ne pensez pas que tout est fini.

M. Laffitte me pose une main sur l'épaule.

— Nous le savons. Vous avez été une bonne mère pour lui… Et votre mari un bon père. Sam a eu de la chance d'être sauvé par un homme tel que lui.

Je ne puis empêcher les larmes d'inonder mon visage. Sarah et David aiment Sam plus qu'eux-mêmes : ils font passer son bonheur avant le leur. Pour moi, c'est comme un coup de poignard dans le cœur. Ce sont eux, ses vrais parents. Ils l'ont toujours été. Emplie de honte à cette pensée, je me promets de veiller à ce que Sam grandisse en ayant pleinement conscience de l'immense sacrifice auquel les Laffitte ont consenti pour lui.

En une semaine, les papiers sont prêts et dans l'avion qui nous ramène en Californie, je regarde Sam. Il dort tandis que nous survolons l'Atlantique. Ses longs cils frémissent sur ses joues pâlottes et il s'agrippe à mon bras comme s'il avait peur de ne pas me retrouver à son réveil.

Je contemple les nuages en songeant aux Laffitte et au sacrifice qu'ils viennent de faire par amour. Je pense à mon mari – l'homme le plus courageux que je connaisse – qui va nous revenir. Et à Samuel.

Reconnaissante pour la seconde chance qui nous est donnée, je récite une prière en mon for intérieur.

ÉPILOGUE

Un an après, au moment de se coucher, Sarah a pris la main de David et l'a posée sur son ventre.

— David, j'ai quelque chose à te dire…

Elle s'est ménagé une pause pour mieux savourer sa réaction.

— J'attends un enfant.

Les yeux de David se sont emplis de larmes.

Six mois après, Sarah a mis au monde un petit garçon qu'ils ont appelé Jérémie.

Lorsque Sam a eu treize ans, David, Sarah et Jérémie sont venus le voir en Amérique. Il a pu faire la connaissance de son petit frère, mais à vrai dire, la visite s'est passée de façon un peu contrainte. Sam n'osait pas parler français et ils ont eu du mal à faire la conversation. Cette fois, c'est David qui a réconforté Sarah.

— Il a treize ans, c'est un âge difficile où, de toute manière, on est mal dans sa peau. Qui plus est, il ne comprend pas encore. Un jour, tu verras, il finira par nous accepter.

Il a été convenu que les Beauchamps viendraient à Paris avec Sam pour ses dix-huit ans. Mais en définitive, le voyage ne s'est pas fait. Jean-Luc et Charlotte devaient payer son cursus universitaire, ce qui a anéanti toutes leurs économies. À l'arrivée, tout le monde était ric-rac. Mais les études, ça passe avant tout, non ?

Grâce aux lettres de Sam, David et Sarah ont appris qu'il avait rencontré quelqu'un. Sam espérait qu'ils seraient heureux pour lui.

Par un samedi matin ensoleillé de l'été 1968, David et Sarah prennent leur petit déjeuner dans la cuisine. Ils trempent des croissants dans leurs bols de café. Jérémie et sa petite sœur, qui a sept ans maintenant, sont à l'école. Sarah a quelques fils d'argent dans sa chevelure et autour de ses yeux, les rides de chagrin se sont creusées. David, lui, porte toujours la barbe, même si elle commence à grisonner.

Après le petit déjeuner, ils se rendront à la synagogue, mais pour l'instant, David lit son journal.

— Le gouvernement a interdit les manifestations étudiantes, dit-il en levant les yeux sur Sarah.

Elle s'apprête à répondre que de Gaulle devrait démissionner. *Après tout*, songe-t-elle, *il aura bientôt quatre-vingts ans... Il est temps de céder la place.* Mais la sonnette de la porte interrompt le fil de ses pensées.

— Qui cela peut-il être ? Un samedi matin ?

— J'y vais, dit David.

Il descend l'escalier qui mène à l'entrée. Derrière la porte vitrée, un jeune homme regarde autour de lui comme s'il était perdu. David lui ouvre.

— Bonjour, monsieur… Que puis-je pour vous ?

Le jeune homme le dévisage. Il est grand et beau ; une mèche de cheveux bruns retombe sur son front. Il a le teint hâlé, mais ce sont ses yeux qui attirent le regard de David : brun chocolat, avec des paillettes de vert.

— Bonjour…

David s'avance d'un pas, incrédule.

— C'est moi, continue le jeune homme. C'est…

— Samu-el…, murmure David.

Ce prénom roule comme une perle dans sa bouche. Il ne peut résister à l'envie de le répéter.

— Samuel, Samuel…

Le jeune homme lui décoche un petit sourire asymétrique.

— Oui, c'est moi, dit-il avec un petit rire. Samu-el.

Il ouvre les bras à son père biologique et David se retrouve pris dans une chaleureuse étreinte. Bouleversé, il se laisse aller contre son fils et cède aux larmes, anéanti par l'émotion.

Les bras du beau jeune homme se resserrent autour de lui.

— Je suis désolé… Pardon, pardon.

David entend vaguement Sarah qui descend l'escalier, sent l'étreinte de son fils se desserrer. Samuel s'est tourné vers Sarah. Il lui prend la main et la porte à ses lèvres pour y déposer un baiser.

— Samuel ? murmure-t-elle. C'est toi ?

Elle se met à lui caresser le visage, à lui prendre les joues à deux mains.

— C'est bien toi ?

Pour toute réponse, Sam rit et l'embrasse de nouveau.

Le petit garçon hostile est devenu un homme plein de bonté, un homme qui comprend la souffrance d'autrui, constate David, le cœur débordant de fierté. Une grande paix l'envahit. Que son fils soit quelqu'un de bien, c'était tout ce qui comptait pour lui.

Encadrant Samuel, David et Sarah remontent l'escalier et vont s'asseoir à la table de la cuisine. Sam regarde tout autour de lui, enregistre tout, comparant ses souvenirs d'enfance à ce qu'il voit aujourd'hui.

— Je suis si content d'être ici, dit-il dans un français impeccable. J'ai beaucoup hésité, mais maintenant que je vous vois, je suis vraiment très content d'avoir franchi le pas.

— J'ai toujours su que tu reviendrais, dit Sarah en s'essuyant les yeux. Il fallait simplement attendre que tu sois prêt.

Elle lui prend la main et l'appuie contre sa joue, comme si elle n'arrivait pas à croire qu'il est bien là.

— C'est un de mes dessins ? s'enquiert Samuel.

Ils se tournent d'un bloc vers le cadre accroché au mur.

— Oui, répond David. Nous aimons bien le regarder en pensant à toi, là-bas, en Californie.

— C'est la Grande Casserole. C'est très ressemblant, en plus.

Sam esquisse son petit sourire en coin avant de redevenir sérieux.

— Je tenais à vous remercier tous les deux de m'avoir laissé repartir. *(Son regard passe de David à Sarah.)* Je sais ce que ça a dû vous coûter. À quel point vous avez dû m'aimer pour consentir à un tel sacrifice.

— Nous t'aimons toujours, le corrige Sarah avec un sourire.

— C'est vrai, ta mère a raison. Ce n'est pas parce que tu ne vivais plus ici que nous avons cessé de t'aimer.

— Et moi, je ne vous ai jamais oubliés.

Sam sort de la poche intérieure de sa veste une petite boîte en bois que David reconnaît immédiatement.

Il la lui prend des mains, en ôte le minuscule crochet et en examine le contenu. Il fait rouler les petites pierres de couleur entre ses doigts.

— Sais-tu où je les ai trouvées ? À Auschwitz, un jour qu'on creusait. *(Il s'interrompt le temps de chasser une larme.)* C'était un signe de Dieu. J'ai su que si j'avais pu dénicher tant de beauté dans la boue et le gravier, cela signifiait que je retrouverais mon fils un jour.

— J'ai quelque chose à vous dire.

Samuel pose sa main ouverte au milieu de la table. Sarah, puis David posent la leur dessus et Sam leur presse les doigts avec émotion.

— Si j'ai compris à quel point vous m'avez aimé, c'est parce qu'aujourd'hui, je sais ce que c'est. D'être parent. J'ai une fille. Elle a trois mois et elle attend dehors dans la voiture avec sa mère, Lucy. Vous voulez faire sa connaissance ?

— Si nous voulons faire sa connaissance ? Mais comment ! Bien sûr ! Et tu les laissais attendre toutes les deux dehors ! Mais fais-les entrer !

David est déjà sorti de la cuisine.

Samuel le suit vers l'entrée.

— Je ne pouvais pas vous l'apprendre par écrit. Il fallait que je vous voie pour vous annoncer la nouvelle.

David lui pose la main sur l'épaule, ému.

— Merci, Samuel.

— Nous ne sommes pas mariés. Je ne l'aurais pas fait sans vous le dire.

— Eh bien, tu peux te marier, alors ! lance Sarah en riant, le cœur débordant de joie.

Lucy est blonde. Ses cheveux tombent en cascade sur ses épaules et ses yeux sont d'un beau bleu vif. *Typiquement américaine*, ne peut s'empêcher de songer Sarah. *Une vraie star de Hollywood.*

Le bébé dans ses bras, la jeune maman se penche pour embrasser Sarah, puis David. La chaleur du nourrisson brûle Sarah lorsqu'elle l'effleure, mais elle ne veut pas regarder l'enfant tout de suite. Elle veut garder ce moment pour l'intimité de leur appartement.

— Je suis vraiment très heureuse de faire votre connaissance, dit Lucy. Samuel me parle tout le temps de ses parents français.

Sarah plonge ses yeux dans ceux de la jeune femme, soulagée d'y voir chaleur et générosité.

— Votre français est excellent, remarque David.

— Ma foi, encore heureux ! Sam ne vous a rien dit ? Je suis à moitié française.

— Quelle moitié ? s'enquiert David.

— La meilleure !

Lucy éclate de rire avant de poursuivre :

— Ma mère est française et mon père américain. Ils se sont connus à la fin de la guerre, ici, à Paris. Mais je n'ai jamais vécu en France. J'ai grandi à San Francisco.

— Venez, venez…

Un bras autour de la taille de Sarah, David dirige la petite troupe vers l'immeuble.

Le bébé ne se réveille pas pendant la montée de l'escalier. Ils vont dans la cuisine et s'installent tous autour de la table. David, assis à côté de Lucy, se penche pour caresser la joue du bébé.

— Elle a les longs cils de Samuel.

Sarah, assise de l'autre côté, est enfin prête à découvrir sa petite-fille. Le cœur battant, elle contemple ses cils en éventail sur ses joues veloutées, son duvet brun et soyeux, et dépose un doux baiser sur son front innocent.

Samuel se racle la gorge, ému.

— Je ne me rendais pas compte. Je ne pouvais pas imaginer ce par quoi vous étiez passés. J'étais trop jeune… Je ne comprenais pas ou je refusais de comprendre. Je ne m'en souviens plus. Mais ce qui est sûr, c'est que je ne savais pas.

Sarah et David s'arrachent à la contemplation de leur petite-fille.

— Tu n'étais qu'un enfant, à l'époque. C'était trop exiger de toi.

— Je vous prie de m'excuser.

— Samuel, tu n'as pas à t'excuser auprès de nous. Tu es revenu.

— Eh bien, il se pourrait même que nous restions. Avec Lucy, nous aimerions nous installer quelque temps ici. Histoire de faire l'expérience de notre double culture.

Le regard de David s'illumine.

— C'est au-delà de tout ce que nous aurions pu espérer.

Sarah sourit à la jeune maman.

— Merci, merci à tous les deux. Je peux ? demande-t-elle en tendant les bras.

Lucy lui passe le bébé sans la moindre hésitation.

Ce geste, cette façon de lui confier son enfant, ramène un flot de souvenirs à la mémoire de Sarah, soudain envahie d'un sentiment protecteur envers cette petite-fille qu'elle ne connaît pas encore. Elle se met à la bercer en fredonnant.

Samuel se penche pour embrasser sa petite tête brune, avant de lever les yeux sur sa mère :

— Elle s'appelle Sarah.

Poème pour un enfant adopté

Tu n'es pas la chair de ma chair
Tu n'es pas le sang de mon sang
Et pourtant, miracle,
Tu es mien.
N'oublie jamais
Ne serait-ce qu'une seconde
Que tu n'as pas grandi sous mon cœur
Mais en lui.

Anonyme

NOTE DE L'AUTEUR

Lorsque je me suis installée à Paris, en 1993, j'ai tout de suite été frappée par le nombre de monuments et de plaques commémorant la Seconde Guerre mondiale, ainsi que par les bouquets qui étaient déposés à leur pied.

Je n'arrivais pas à comprendre comment des gens comme nous, à une époque presque semblable à la nôtre, avaient pu être victimes de l'Holocauste. Cela m'a donné envie d'en savoir plus. J'ai donc commencé à me documenter sur le sujet et à m'entretenir avec des personnes qui avaient connu cette période, même si, à ce moment-là, je n'avais pas encore le projet d'en faire un roman.

En particulier, j'ai rencontré la merveilleuse Dora Blaufoux, une charmante dame pétillante d'esprit qui compte à ce jour plus de quatre-vingts printemps. Dora n'avait que treize ans lorsqu'elle a été déportée à Auschwitz. C'est dans ses souvenirs personnels ainsi que dans d'autres témoignages que j'ai puisé pour rédiger les passages concernant ce camp de concentration.

J'avoue avoir éprouvé un vague sentiment d'imposture en écrivant ces chapitres puisque j'ai la chance de ne pas avoir connu l'horreur d'Auschwitz que j'arrive d'ailleurs difficilement à me représenter. Mais là n'est pas le sujet de ce livre.

Parmi les thèmes que je voulais explorer, il y a celui de l'amour parental et de ses limites. L'idée m'en est venue une nuit, tandis que j'allaitais mon troisième fils. Mon amour pour lui était si pur et inconditionnel que je me suis demandé quelles pouvaient être les limites à un tel amour, à condition qu'il y en ait. J'avais trouvé la base de mon histoire.

À la même période, j'ai commencé à m'intéresser au concept d'identité culturelle, vu que j'élevais mes enfants dans une culture qui n'était pas la mienne. La culture, c'est comme un iceberg : souvent, on n'en voit que la pointe émergée. Néanmoins, elle va bien plus profond en nous.

Elle nous habite et influence tout notre système de valeurs et de communication. Certaines personnes s'adaptent sans difficulté à une culture différente de la leur, alors que pour d'autres, il s'agit d'un processus ardu et déroutant. En ce qui concerne ceux-là, on constate d'ailleurs qu'à l'arrivée, ils vont d'autant plus se raccrocher à leur culture qu'ils ont eu du mal à en assimiler une autre.

À partir de là, je me suis demandé ce que pourrait ressentir un petit enfant, arraché à ses parents, coupé de ses origines et envoyé dans un pays où la langue et la religion seraient différentes des siennes. J'ai alors imaginé le pire scénario possible qui est devenu la trame de mon récit.

Comme je l'ai mentionné plus haut, je me suis énormément documentée pour mieux appréhender la guerre et les conditions de vie à Paris sous l'Occupation. Pour information, j'ai puisé dans la bibliographie suivante :

BERR, Hélène, *Journal 1942-1944*, Tallandier, 2008.

HAFFNER, Sebastian, *Histoire d'un Allemand–Souvenirs 1914-1933*, Weidenfeld and Nicolson, 2002.

HUMBERT, Agnès, *Notre guerre : Souvenirs de Résistance, Paris 1940-41 – Le Bagne – Occupation en Allemagne*, Bloomsbury, 2008.

MOOREHEAD, Caroline, *Un train en hiver*, Chatto and Windus, 2001.

OUSBY, Ian, *Occupation – The Ordeal of France*, Pimlico, 1999.

SEBBA, Anne, *Les Parisiennes*, Weidenfeld and Nicolson, 2017.

VINEN, Richard, *The Unfree French – Life under the Occupation*, Penguin, 2007.

WIESEL, Elie, *La Nuit*, Les Éditions de Minuit, 1958.

Remerciements

J'ai vécu l'écriture de ce livre comme un long et passionnant périple au cours duquel j'ai fait bien des rencontres, toujours passionnantes et souvent exceptionnelles. Car pour moi, l'écriture n'est pas un processus solitaire : j'adore échanger idées et tournures de phrase avec toute personne désireuse de m'apporter ses conseils francs et avisés. L'atelier d'écriture que je codirige à Paris m'a ainsi permis de faire la connaissance de nombreux auteurs, en particulier de Hazel Manuel, fondatrice de ce groupe. Son enthousiasme, ses critiques constructives et ses conseils bienveillants m'ont été d'une aide précieuse dans les moments de doute. Différents auteurs ont fréquenté cet atelier, certains d'entre eux continuent même d'y participer. Je leur adresse toute ma reconnaissance, en particulier à Rachel, à Carol, à Nancy, à Kass, à Cris, à Shelley, à Connie et à Melissa. Merci à Maz, à Ian et à Haz de m'avoir accompagnée le long de la Loire, dans les Alpes et en Inde, d'avoir supporté la lecture à haute voix de mes chapitres dans la chaleur comme dans le froid. Merci aussi pour toutes nos parties de rigolade ! Je tiens également à remercier mon amie Lucy Watson qui m'a prêté son cabanon de plage pour que je puisse m'y livrer à tout mon travail de réécriture.

J'adresse toute ma gratitude à Abbie Greaves chez Curtis Brown qui m'a permis de concrétiser mon projet le jour où elle a sélectionné mon manuscrit dans la pile de tous ceux qu'elle devait avoir reçus. Toute ma reconnaissance va aussi à mon merveilleux agent, Sheila Crowley, pour avoir cru en mon roman, compris mes intentions et défendu mes intérêts.

Je tiens également à remercier l'adorable équipe de Headline qui a fait de la genèse de ce livre une aventure inoubliable, en particulier Sherise Hobbs qui m'a aidée à y mettre les dernières touches.

Au cours de mes recherches, j'ai eu la chance d'être conseillée par Stefan Martens, vice-directeur de l'Institut historique allemand de Paris, dont l'érudition et la passion pour la Seconde Guerre mondiale m'ont donné accès à tout un trésor de documents.

Achevé d'imprimer en juin 2024
sur les presses de la Nouvelle Imprimerie Laballery
58500 Clamecy (Nièvre)
Numéro d'impression : 405677

Imprimé en France

La Nouvelle Imprimerie Laballery est titulaire de la marque Imprim'Vert®